셜록 홈스
베스트 장편선

셜록 홈스 베스트 장편선

초판 5쇄 인쇄일 | 2024년 8월 6일   초판 5쇄 발행일 | 2024년 8월 15일

지은이 | 아서 코난 도일
옮긴이 | 조미영
그린이 | 신혜원
펴낸이 | 강창용
책임기획 | 강동균
디자인 | 김동광
책임영업 | 최대현

펴낸곳 | 느낌이있는책
출판등록 | 1998년 5월 16일 제10-1588
주 소 | 경기도 고양시 일산동구 고양대로 953-17 한울빌딩 2층
전 화 | (代)031-932-7474
팩 스 | 031-932-5962
이메일 | feelbooks@naver.com

ISBN 979-11-6195-175-1 (03840)

* 잘못된 책은 구입처에서 교환해드립니다.

셜록 홈스
베스트 장편선

아서 코난 도일 지음 | 조미영 편역

Contents

주홍색 연구
A Study in Scarlet

제1부
전 육군 군의관 존 H. 왓슨의 회상록

01 왓슨, 셜록 홈스를 만나다 …… 18
02 독특한 추리 세계 …… 32
03 로리스턴 살인 사건 …… 48
04 의문의 주정꾼 …… 67
05 반지 주인의 정체 …… 78
06 그렉슨의 추리 …… 90
07 두 번째 살인 사건 …… 108

제2부
성인들의 땅

01 소금 평원 위의 두 여행객 …… 128
02 운명적인 만남 …… 147
03 보이지 않는 손 …… 159
04 자유를 찾아서 …… 169
05 악연의 사슬 …… 187
06 기나긴 복수의 끝 …… 204
07 주홍색 실 골라내기 …… 225

네 개의 서명
The Sign of Four

01 홈스의 추리 기법 …… 240
02 기묘한 실종 사건 …… 257
03 발신인을 찾아서 …… 269
04 감춰진 보물의 행방 …… 277
05 폰티체리 저택의 비극 …… 297
06 두 명의 범인 …… 312
07 크레오소트의 흔적 …… 332
08 오로라호의 행방 …… 354
09 잃어버린 퍼즐 조각 …… 371
10 숨 막히는 추격전 …… 390
11 아그라의 보물 상자 …… 407
12 조너선 스몰의 사건 진술 …… 420

어떤 비밀이라도
관찰과 추리로 밝혀낼 수 있다

1년 내내 안개가 끼지 않은 날이 없는 도시, 런던 베이커가 221B 하숙집. 사냥 모자를 쓰고 돋보기를 든 한 남자가 파이프 담배를 물고 골똘히 생각에 잠긴 채로 앉아 있다.

자신의 친구이자 조수인 왓슨의 슬리퍼만 보고도 그가 감기에 걸렸음을 증명할 수 있는 천재 탐정 홈스다. 그는 베일에 싸인 어떤 범죄라도 관찰과 추리로 해결할 수 있으며, 세계의 어떤 비밀조차도 이성과 논리로 모두 벗겨낼 수 있다고 말한다.

홈스는 말한다.

"나에게 문제를 던져주게. 가장 난해한 암호, 가장 복잡한 분석 과제를 던져주게. 나는 무미건조한 일상을 혐오하네."

한때 추리소설은 작품성이 없다는 이유로, 또는 순수 문학만이 진정한 문학이라고 생각하는 사회 풍조에 밀려 저급한 읽을거리로 취급당했다. 그러나 이제 추리 문학도 대중소설의 한 분야로서 당당히 그 지위를 차지하면서 순수 문학에도 추리소설적 기법을 사용하는 작품들을 어렵지 않게 만날 수 있게 되었다.

오늘날 수많은 장르의 문학 작가들이 작품성을 인정받는 작품들을 내놓고 있지만, 1887년 등장한 이후 100년이 지난 지금까지 셜록 홈스는 명탐정으로서 최고의 명성을 떨치고 있다. 추리소설 마니아가 아니더라도 홈스는 어른, 아이 구분할 것 없이 함께 즐기는 명작으로 세계인의 변함없는 사랑을 받고 있다.

이러한 흐름에 발맞추어 네 개의 장편을 제외한 56편의 단편 중 명작을 선별해 새로운 감각과 색다른 접근으로 홈스의 활약을 즐길 수 있도록 했다.

자, 이제 불후의 명탐정 홈스가 보여주는 긴장감 넘치는 활약을 통해 홈스만의 명쾌한 추리 비법과 고품격의 트릭을 즐겨보자.

셜록 홈스 SHERLOCK HOLMES

1854년 영국 잉글랜드 요크셔 출신으로 옥스퍼드 케임브리지 대학을 수학했다. 키 185센티미터에 약간 마른 체형이어서 실제보다 더 키가 커 보이며, 번뜩이는 눈과 콧날이 선 매부리코 때문에 전체적으로 날카롭고 강한 인상을 준다. 또한 각진 턱은 의지가 강한 성품임을 엿보이게 한다.

평소 화학 실험을 즐겼기 때문에 두 손은 늘 잉크나 화학 약품으로 얼룩져 있지만, 손놀림이 날렵해서 다루기 쉽지 않은 물건도 아주 익숙하게 다룰 줄 안다. 친구인 왓슨조차도 알아보지 못할 정도로 뛰어난 변장 솜씨와 연기력을 가지고 있다. 과학적인 지식도 해박해 '과학계는 명민한 이론가를 잃고 연극계는 훌륭한 배우를 놓치고 말았다'라고 하기도 한다. 파이프 담배(엽궐련)를 즐기고 위스키와 포도주를 좋아하며 가끔은 코카인을 즐기기도 한다.

런던 베이커가 221B에서 평생을 독신으로 살았고, 23년간 탐정 생활을 하면서 아무리 많은 돈을 조건으로 사건을 의뢰해도 내용이 시시하면 냉정히 거절했다.

존 H. 왓슨 JOHN H. WATSON

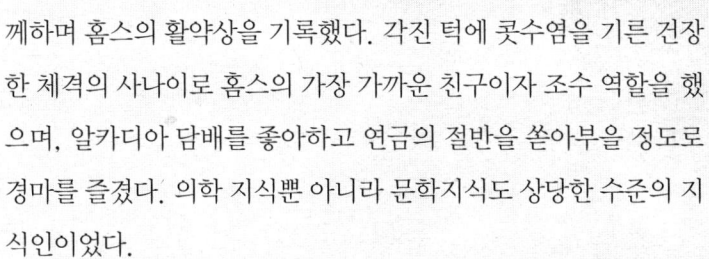

의학박사이며 예비역 군의관인 왓슨은 23년 동안 지속한 홈스의 탐정 생활 중 17년을 함께하며 홈스의 활약상을 기록했다. 각진 턱에 콧수염을 기른 건장한 체격의 사나이로 홈스의 가장 가까운 친구이자 조수 역할을 했으며, 알카디아 담배를 좋아하고 연금의 절반을 쏟아부을 정도로 경마를 즐겼다. 의학 지식뿐 아니라 문학지식도 상당한 수준의 지식인이었다.

1889년 '네 개의 서명' 사건에서 만난 메리 모스턴과 결혼해 베이커가와 가까운 패딩턴가에 병원을 개업하고 신혼살림을 시작했다. 1891년 라이헨바흐 폭포에서 홈스가 죽은 줄 알고 켄싱턴으로 옮겨 병원을 개업했다. 1894년 왓슨은 홈스가 살아 돌아오자 병원을 팔고 베이커가의 하숙집으로 되돌아온다. 1929년 사망하기까지 홈스의 변치 않는 친구, 신뢰할 수 있는 협력자로서 늘 홈스의 곁에 있었다.

홈스의 말에 따르면 왓슨은 변화의 물결에서도 바위처럼 변하지 않는 사람이다.

주홍색 연구
A Study in Scarlet

토비아스 그렉슨

런던 경찰청 형사로 의욕이 넘치고 민첩하지만, 틀에 박힌 생각에서 벗어나지 못한다. 드레버 살인 사건이 미궁에 빠지자 홈스에게 자문한다. 그러나 홈스의 도움을 받으면서도 그가 경찰을 무시한다고 생각하고 불쾌해한다.

레스트레이드

그렉슨의 동료 형사로 비쩍 마른 데다 쥐처럼 생긴 인상이다. 그렉슨과는 사사건건 부딪치며 사이가 좋지 않은 경쟁자 관계다. 애초에 조지프 스탠거슨을 드레버 살해 사건의 용의자로 생각하지만, 그 역시 시체로 발견되자 크게 낙심하고 홈스에게 도움을 청한다.

이녹 J. 드레버

대략 43세로, 성격이 매우 거칠고 야비한 데다 술을 자주 마신다. 로리스턴 가든에서 극심한 공포와 고통으로 괴로워하다 살해당한 채 발견된다. 모르몬교에서 기독교로 개종하고 재산을 현금으로 바꾼 뒤 유럽을 돌아다니며 산다.

조지프 스탠거슨

드레버에 비해 조용하고 침착한 성격이다. 드레버와 만나기로 한 호텔에서 왼쪽 가슴에 칼이 찔려 죽은 채 발견된다. 원래는 모르몬 교도였는데, 분열 사태 이후 기독교로 개종하고, 경제적 어려움 때문에 드레버의 비서 노릇을 하며 지낸다.

존 랜스
담당구역인 브릭스턴가를 순찰하던 도중 빈집에서 드레버의 시체를 처음 발견한 경관이다. 그날 사건현장 근처에서 의문의 주정꾼을 만나고도 별다른 의심 없이 보내버려 홈스의 질책을 받는다.

차펜티어 부인
드레버와 스탠거슨이 3주가량 머문 하숙집 주인이다. 술에 취해 하녀들과 자신의 딸을 함부로 대하는 드레버를 매우 경멸하지만, 경제적 형편 때문에 참고 지낸다.

앨리슨 차펜티어
차펜티어 부인의 딸로 얌전하고 순진한 성격에 보기 드문 미녀. 그 때문에 드레버로부터 희롱을 당하기도 한다.

아서 차펜티어
해군 중사로 휴가를 받아 집에 머무르던 중, 드레버가 동생인 앨리슨을 희롱하는 것을 보고 참지 못해 심하게 싸운다. 게다가 지팡이를 들고 그의 뒤를 쫓은 것 때문에 드레버 살해 사건의 용의자로 지목된다.

제퍼슨 호프
광산업에 종사하던 젊은 시절, 우연히 루시를 위험에서 구해준 인연으로 그녀와 사랑에 빠진다. 강인한 의지와 동물적인 감각으로 위기 상황에 놓인 루시와 존 페리어를 도와 도망치지만, 결국 두 사람 모두를 잃고 만다. 이후 복수하겠다는 강한 일념으로 갖은 고난을 감수하고 원수를 찾아 유럽을 돌아다닌다.

존 페리어
어린 루시와 함께 불모의 사막에서 죽기 직전, 모르몬 교도들에게 구조된다. 개종한 이후 끈기와 노력을 바탕으로 상당한 재력가로 성장하지만, 결혼과 관련된 모르몬교의 교리를 못마땅하게 생각한 탓에 교도들의 질타를 받는다. 결국 루시를 지키기 위해 모든 것을 버리고 도망친다.

루시 페리어
어린 시절 어머니를 잃고 존 페리어의 양녀가 되었다. 이후 서부에서 가장 아름다운 여인으로 성장했으며 성격은 매우 당차고 강인하다. 제퍼슨과 결혼을 약속하지만, 모르몬교의 교리에 따라 스탠거슨과 드레버 중 한 사람과 결혼하라는 명령을 받는다.

브리검 영
유능하고 결단력 있는 모르몬교의 지도자다. 하지만 결혼을 하지 않는 존 페리어를 못마땅하게 여기는 데다 만약 루시가 이방인인 제퍼슨과 결혼할 경우 큰 위험이 따를 것이라고 위협한다.

스탠퍼드
세인트 바솔로뮤 병원에서 왓슨의 수술 조수로 일했던 사람으로, 홈스와는 같은 병원 화학 실험실을 사용한다. 이런 인연으로 홈스와 왓슨이 같은 하숙집을 쓸 수 있게 다리 역할을 해준다.

　《주홍색 연구(원제: A Study in Scarlet)》는 저자 아서 코난 도일이 쓴 최초의 장편 추리소설이자 셜록 홈스를 주인공으로 한 시리즈의 첫 작품이다. 1886년에 집필해 다음 해인 1887년에 출간되었는데, 내용은 홈스와 왓슨의 만남, 그 후에 일어난 살인 사건을 해결하는 과정을 그리고 있다.

　《주홍색 연구》는 순수한 홈스식 추리소설로 보기에는 무리가 있다. 1부와 2부로 구성된 이 작품에서 2부는 추리보다는 전기적 요소가 강한 면모를 보이기 때문이다. 또한 셜록 홈스가 주인공이라기보다는 작품에 등장하는 한 사람의 인물이라는 점도 그러하다.

　한편 이 작품은 출간된 후 영국보다 미국에서 더 주목을 받았다. 특히 미국의 리핀코트 출판사의 관심이 대단해서 출판사 대표와 저자의 만남을 주선하기도 한다. 이 만남은 두 번째 장편《네 개의 서명》이 세상에 나올 수 있는 계기가 된다.

제1부

전 육군 군의관
존 H. 왓슨의 회상록

01
왓슨, 셜록 홈스를 만나다

1878년, 런던 대학에서 의학박사 학위를 받은 나는 육군 외과 교육 과정을 이수하기 위해 네틀리 병원으로 향했다. 그곳에서 모든 과정을 마친 후에는 노섬버랜드 퓨질리어 제5연대의 부외과의로 임명되었다. 그 당시 5연대는 인도에 주둔 중이었다. 그런데 내가 부임하기도 전에 제2차 아프간 전쟁이 발발하고 말았다. 나는 뭄바이에 도착한 뒤에야 내가 배속된 부대가 이미 적진 깊숙한 곳에 들어가 있다는 사실을 알게 되었다. 뭄바이에는 나와 비슷한 처지의 장교가 여럿 있었다. 나는 그들과 함께 우리 부대를 향해 떠났다. 다행히 우리는 칸다하르에 무사히 도착해 소속 부대에 합류할 수 있었다. 나는 그곳에서 내게 주어진 새로운 임무를 충실히 수행했다.

제2차 아프간 전쟁을 겪는 동안 수많은 군인이 훈장을 받거나 명예를 얻었다. 그런데 그 전쟁은 유독 나에게만은 불행과 재난을 선사했다. 제5연대에서 근무하던 나는 버크셔부대로 전출되었는데, 그때 참참하기로 이름난 마이완드 전투에 참전했다. 그 전투에서 나는 어깨에 총탄을 맞는 상처를 입고 말았다. 쇄골 아래 동맥을 아슬아슬하게 스치고 지나간 총알은 내 어깨뼈를 으스러뜨려버렸다. 하지만 위기 상황 속에서도 당번병 머레이가 나를 말에 태우고 영국군 진지까지 데려다준 덕분에 목숨은 지킬 수 있었다. 만약 그의 헌신적인 노력이 아니었다면 나는 잔인한 이슬람 병사에게 꼼짝없이 잡히는 신세가 되었을 것이다.

  큰 상처를 입은 데다 오랜 시간 동안 고생을 한 탓에 내 몸은 매우 쇠약해져 있었다. 그래서 나는 수많은 부상병과 함께 페샤와르에 있는 기지 병원으로 후송되었다. 그곳에서 지내는 동안 다행히 병원 복도를 돌아다니고 베란다에서 햇볕을 즐길 수 있을 정도로 몸이 회복되었다. 그런데 생각지도 못했던 일이 벌어지고 말았다. 저주스럽기 그지없는 인도의 병인 장티푸스에 걸리고 만 것이다. 그 바람에 나는 몇 달 동안 사경을 헤매며 고통스러운 나날을 보내야만 했다. 겨우 병에서 회복되었지만, 이미 내 몸은 바짝 여위고 쇠약해져 있었다. 내 상태를 확인한 군 의료진은 하루빨리 나를 본국으로 소환하기로 했다. 결국 나는 영국으로 향하는 군 수송선 오론테스호에 몸을 실었다. 그리고 한 달간의 지루한 항해 끝에 포츠머스 부두에 도착했다. 당시 내 건강은 돌이키기 힘들 만큼 망가진 상태였다. 그러자 정부는 앞으로 9개월 동안 요양에 전념하면서 몸을 회복시키라는 명령을 내렸다.

  영국에서 나는 공기처럼 자유롭게 살았다. 친척은 물론이요, 친구조차 없었기 때문에 나를 알아보는 이 하나 없었다. 사실보다 정확히 말하자면 하루 수입인 11실링 6펜스가 허락하는 범위에서 자유로웠다. 상황이 이렇다 보니 나라 안의 온갖 빈둥대는 놈들과 놈팡이들이 몰려들어 우글거리는 런던으로 내가 이끌려 들어간 것은 어쩌면 자연스러운 일이었다. 런던 스트랜드가의 호텔에 머무는 동안 나는 주머니 속 돈을 탈탈 털어가며 쓸쓸하고 무의미한 삶을 이어갔다. 하지만 돈은 금세 바닥을 드러내고 말았다. 위기감을 느낀 나는 내가 처한 상황을 돌아볼 수밖에 없었다. 이제 런던을 떠나 시골로 향할 것인가, 아니면 생활방식을 완전히 바꿀 것인가를 선택할 때가 된 것이었다. 고민 끝에 나는 후자를 선택했다. 그 즉시 호텔에서 나와 저렴한 비용으로 생활할 수 있는 값싼 집을 구하기로 했다.

이런 결심을 한 바로 그날이었다. 누군가가 크리테리온 술집 앞에 서 있는 내 어깨를 툭 쳤다. 깜짝 놀라 뒤를 돌아보니 세인트 바솔로뮤 병원에서 내 수술 조수로 일한 스탠퍼드였다. 황량한 런던에서 뜻하지 않게 아는 사람을 만난 것은 외롭던 내게 기쁘기 그지없는 일이었다. 엄밀히 따지자면 그와 나는 특별히 친한 사이는 아니었다. 그럼에도 불구하고 나는 환호성을 지를 정도로 그를 반겼다.

"이게 누군가! 스탠퍼드! 정말 반갑군."

"정말 오랜만입니다, 왓슨 박사님."

스탠퍼드 역시 반가운 얼굴로 내게 인사를 건넸다.

"시간 있으면 홀본 식당에서 점심이나 같이하세."

이내 우리는 이륜마차를 타고 식당으로 향했다.

"왓슨 박사님, 그동안 무슨 일이 있었던 겁니까?"

마차가 복잡한 런던 거리를 달리기 시작하자, 스탠퍼드가 호기심 가득한 얼굴로 나를 살피며 물었다.

"몸은 바짝 여위신 데다 피부는 호두 빛으로 타지 않으셨습니까."

나는 그에게 그동안 내가 겪은 일들에 대해 간략하게 이야기해주었다. 하지만 마차가 식당에 닿을 때까지도 내 이야기는 끝나지 않았다.

"세상에! 정말 힘드셨겠군요."

나의 불운했던 과거에 대해 들은 스탠퍼드가 혀를 끌끌 차며 말했다.

"이제 어떡하실 생각입니까?"

"하숙을 구하고 있다네. 적당한 비용으로 편안한 숙소를 얻으려고 알아보는 중이지."

"거참 희한한 일이군요. 오늘 이런 이야기를 두 번째 듣습니다."

"그래? 처음 말한 사람은 누군가?"

내가 그의 말에 관심을 보이며 물었다.

"병원의 화학 실험실에서 일하는 사람입니다. 오늘 아침에 이야기를 나눴는데, 그는 이미 하숙집을 구해놓은 상태였습니다. 그런데 혼자 쓰려고 보니 너무 비싸다며 함께 쓸 사람을 구했으면 하더군요."

"그것참 잘됐군! 그 사람이 같이 방을 쓸 사람을 구하고 있다면 나만 한 적임자가 없지. 나도 혼자 지내는 것보다는 누구랑 함께 지내기를 원한다네."

그러자 스탠퍼드가 자신의 포도주잔 너머로 나를 쳐다보았다. 그런데 그 눈길이 어딘가 모르게 이상해 보였다.

"박사님이 셜록 홈스 씨를 잘 몰라서 하시는 말씀입니다. 그분과 며칠만 살아보면 당장에 헤어지고 싶은 마음이 들게 분명합니다."

"그 사람에게 무슨 문제라도 있나? 혹시 이해 못 할 나쁜 점이라도?"

주홍색 연구 21

"아, 특별히 나쁜 점이 있는 건 아닙니다. 약간 괴상한 면이 있다는 게 좀 걸린다는 말이지요. 하지만 그가 점잖고 좋은 사람이라는 건 틀림없습니다. 특히 과학에 대단한 열정이 있지요."

"의대 학생인가 보군."

"아닙니다. 그런데도 셜록 홈스는 해부학에 지식이 풍부하고 화학자로서 능력이 탁월하지요."

"체계적인 의학 공부를 한 적이 없는데도 말인가?"

나는 그의 이야기에 점점 관심이 생겼다.

"놀라운 일이지요. 그가 연구하는 분야는 매우 산만하고 희한하지만, 그는 교수들도 깜짝 놀랄 만큼 지식이 풍부합니다."

"대체 그의 목표가 무엇이라고 하던가?"

"저도 잘 모르겠습니다. 그는 웬만해서는 자기 속내를 남에게 털어놓지 않거든요. 하지만 마음이 내킬 때는 놀랄 만큼 수다스러워지기도 한답니다."

이야기를 들을수록 나는 셜록 홈스라는 인물이 궁금해졌다.

"그 사람을 만나보고 싶군. 나는 나와 함께 방을 쓰는 사람이 학구적이고 조용한 사람이었으면 한다네. 지금 내 몸이 쇠약한 상태라 소음이 심하고 자극적인 일들은 감당하기가 힘들어. 그렇게 흥분되는 일들은 이미 아프가니스탄에서 실컷 경험했다네. 그나저나 그 사람은 어떻게 해야 만날 수 있겠나?"

"아마 실험실에 있을 겁니다. 그는 몇 주 동안 실험실에 그림자도 비치지 않다가 마음이 내키면 온종일 그곳에 틀어박혀 연구에 몰두한답니다. 괜찮으시면 점심 후에 함께 들러보시겠습니까?"

"나야 좋지."

잠시 후 우리의 대화는 다른 방향으로 흘러갔다. 홀본 식당을 나와 세인트 바솔로뮤 병원으로 향하는 동안 스탠퍼드는 내가 동거인으로 지목한 사람에 대해 몇 가지 이야기를 더 해주었다.

"혹시 그와 잘 지내지 못하게 되더라도 저를 원망하시면 안 됩니다. 제가 그에 대해 아는 거라곤 어쩌다 실험실에서 만나는 게 전부니까요. 오늘 이 일은 박사님께서 추진하신 거니까 제게 책임을 넘기시면 안 된다는 말입니다."

"같이 지내기 힘들면 헤어지면 그만이지."

나는 이렇게 대답한 뒤 스탠퍼드의 얼굴을 찬찬히 들여다보며 말했다.

"그런데 말이야, 자네가 이 일에서 자꾸 발을 빼려고 하는 데는 그만한 이유가 있을 것 같군. 혹시 그 친구 성격이 이상한가? 솔직히 말해보게."

"글쎄요. 말로는 표현하기가 힘들군요."

스탠퍼드가 웃으며 답했다.

"셜록 홈스는 너무나 과학적인 데다 학구열이 지나치게 높습니다. 거의 냉혈한 수준이라고 할 수 있지요. 그는 최근에 발견된 알칼로이드(식물 속에 들어 있는 질소를 함유한 알칼리성 유기물. 모르핀, 니코틴, 코카인, 카페인 등으로 약리 작용과 함께 독작용도 일으킨다. – 옮긴이)를 서슴지 않고 친구에게 투여한답니다."

"설마!"

"물론 특별한 악의가 있어서는 아닙니다. 그저 정확한 효능을 알고자 하는 탐구 정신의 발로라고 할 수 있지요. 엄밀히 말하자면 그는 자기 자신에게도 그 약물을 투약하기를 주저하지 않을 겁니다. 그만큼 그는 정확하고 명확한 지식에 목말라 있습니다. 아주 대단하고 열정적인 사람이지요."

"하지만 그것은 충분히 이해할 수 있는 일 아닌가?"

"물론 그렇지요. 문제는 도가 너무 지나치다는 점입니다. 해부실에서 시체를 막대기로 두들기는 일은 기괴하다 못해 섬뜩하지 않습니까?"

"시체를 때린다고?"

"네. 시체에 멍이 얼마나 드는지 확인하기 위해서랍니다. 제 두 눈으로 그 장면을 똑똑히 목격했습니다."

스탠퍼드의 말에 나는 깜짝 놀라 물었다.

"그런데도 그가 의대생이 아니란 말인가?"

"그렇습니다. 게다가 홈스의 연구 목적이 무엇인지는 귀신도 모른답니다."

"정말 독특한 사람이로군."

"자, 도착했습니다. 이제 박사님께서 직접 만나보신 뒤 판단하시지요."

우리는 좁은 골목을 지나 큰 병원의 부속 건물로 통하는 작은 옆문으로 들어섰다. 나는 그런 곳에 익숙했기 때문에 별도의 안내는 필요 없었다. 우리는 삭막한 검은 돌계단을 올라간 뒤 긴 복도를 지났다. 복도의 벽은 회색으로 칠해져 있었고 좌우에는 어두운 갈색 문들이 늘어서 있었다. 복도 끝에 가까워지자 화학 실험실로 통하는 낮은 아치형 복도가 모습을 드러냈다.

천장이 높은 실험실은 생각보다 훌륭했다. 벽과 바닥에는 수많은 병이 즐비하게 늘어서 있었다. 다리는 낮지만, 면적이 넓은 탁자 위에는 증류기와 시험관, 그리고 푸른 불꽃이 타오르는 작은 분젠 가스램프들이 어지럽게 놓여 있었다. 실험실 안에는 오직 한 사람만 있었는데, 그는 안쪽에 놓인 탁자에 몸을 구부린 채 자기 일에 몰두하는 중이었다. 그때 우리의 발소리를 들은 그가 뒤로 휙 돌아보더니 갑자기 환성을 지르며 몸을 일으켜 세웠다.

"드디어 내가 발견했다! 찾고야 말았어!"

그는 한 손에 시험관을 든 채 우리 쪽으로 뛰어오며 스탠퍼드를 향해 소리쳤다.

"혈액 속의 헤모글로빈에 의해서만 침전되는 시약을 발견했단 말일세!"

설령 금광을 발견했다 한들 그만큼 기쁠까 싶을 정도로 그는 흥분 상태였다.

"왓슨 박사님, 이쪽은 셜록 홈스 씨입니다."

스탠퍼드가 우리 두 사람을 소개해주었다.

"안녕하십니까?"

홈스는 다정한 목소리로 인사하며 내 손을 꼭 쥐었다.

"아프가니스탄에 다녀오셨군요."

"아니, 그걸 어떻게 아셨습니까?"

홈스의 말에 나는 깜짝 놀라 물었다.

"아, 내 말에 신경 쓰실 건 없습니다."

홈스는 미소를 지으며 말했다.

"중요한 건 헤모글로빈이니까요. 이 발견이 얼마나 중요한 것인지 아시겠습니까?"

"화학적으로는 흥미로운 발견임이 분명하군요. 하지만 과연 실용적인 면에서는 어떨지……."

내가 조심스럽게 답하자 홈스가 발끈하며 말했다.

"모르시는 말씀! 이것은 근래 들어 가장 실용적인 법의학적 발견입니다. 이것은 혈흔이 있는지를 밝혀내는 절대적인 검사법이란 말입니다. 자, 어서 이리 와서 보십시오."

홈스는 목에 핏대를 세우며 자신이 일하던 탁자 쪽으로 나를 끌고 갔다.

"일단 피를 좀 구해야겠군요."

그는 기다란 바늘로 자신의 손가락을 찌르더니 핏방울을 피펫(화학 실험 기구로 일정한 양의 액체를 재는 가는 유리관)에 넣었다.

"이제 이 소량의 피를 물 1리터와 섞어보겠습니다. 보십시오. 혼합액이 마치 순수한 물처럼 보이지 않습니까? 물과 피의 비율이 1백만 분의 1도 안 될 겁니다. 하지만 분명히 특정한 반응이 일어날 것이니 두고 보시지요."

홈스는 피펫에 하얀 가루를 조금 섞은 뒤 투명한 액체를 몇 방울 떨어뜨렸다. 그러자 곧바로 내용물이 탁한 적갈색으로 변하더니 유리관 바닥에 갈색 입자가 가라앉았다.

"하! 하! 하!"

홈스는 마치 새로운 장난감을 얻은 아이처럼 손뼉을 치며 즐거워했다.

"어떻습니까?"

홈스는 자랑스럽다는 듯 고개를 쳐들고 물었다.

"흠, 아주 정밀한 실험이군요."

내가 답했다.

"아주 훌륭해요! 대단합니다! 기존의 시험 방식은 다루기가 힘든 데다 조잡해서 검사 결과가 불확실했습니다. 특히 현미경 검사는 피가 묻은 지 몇 시간만 지나도 정확성이 급격히 떨어졌습니다. 하지만 이 검사법은 오래된 피에서도 같은 반응을 보인다 이 말이죠. 만약 이 검사법이 조금만 더 일찍 발견되었다면 어떤 일이 벌어졌을지

아시겠습니까? 지금 도시를 활보하고 다니는 범죄자 중 수백 명이 교도소에 갇힌 신세가 되었을 겁니다."

"그렇군요."

나는 고개를 끄덕였다.

"그동안 이런 검사법이 없었기 때문에 범죄 사건 해결이 어려웠던 겁니다. 그래서 범죄가 일어나고 몇 달이 지난 후에 느닷없이 누군가를 용의자로 지목하는 예도 심심치 않게 발생했죠. 예를 들어 용의자의 셔츠나 손수건 혹은 이불 따위에서 검붉은 얼룩이 발견되었다고 합시다. 그 얼룩은 핏자국일까요, 아니면 흙탕물 자국일까요? 그것도 아니면 녹물이나 과즙일까요? 수많은 수사관이 바로 이 문제를 해결하지 못해서 골머리를 앓아왔습니다. 왜 그런 줄 아십니까?"

그는 내 얼굴을 빤히 쳐다보며 말을 이었다.

"바로 믿을 만한 검사법이 없었기 때문입니다. 하지만 이젠 걱정할 것 없습니다. 나, 셜록 홈스가 만들어낸 검사법이 있으니 말입니다."

이렇게 말하는 동안 그의 눈은 밝게 빛나고 있었다. 그는 흥분을 감추지 못하고 자신의 가슴 위에 손을 대더니 박수갈채를 보내는 관중들을 향해 답례하듯 정중히 머리 숙여 인사했다.

"듣고 보니 분명 축하할 일이로군요."

내가 홈스의 열의에 놀라 말했다.

"작년에 독일 프랑크푸르트에서 폰 비숍 사건이 발생했습니다. 만약 그때 이 검사법을 쓸 수만 있었다면 그는 분명 교수형을 당했을 겁니다. 그뿐만이 아닙니다. 브래드퍼드의 메이슨과 흉악범 뮬러, 몽펠리에의 르페브르와 뉴올리언스의 샘슨도 죗값을 치러야 했겠지요. 나는 이 검사법으로 유죄를 입증할 수 있는 사건을 스무 개도 더 알고 있습니다."

"역시 홈스 씨는 걸어 다니는 범죄 연감이로군요."

스탠퍼드가 웃으며 말했다.

"그런 내용으로 신문을 만들어보는 건 어떻습니까? 신문 제목을 〈과거 사건에 대한 경찰 소식〉이라고 하고 말입니다."

"분명 흥미로운 읽을거리가 될 거야."

홈스가 바늘로 찌른 손가락에 작은 반창고를 붙이며 말했다.

"여기서는 독극물이 튀는 경우가 많으니 조심해야 합니다."

홈스는 나를 보고 씽긋 웃더니 자신의 손을 펴서 보여주었다. 그의 손에는 작은 반창고들이 여기저기 붙어 있었고, 강한 산성 물질을 만진 탓인지 피부가 군데군데 변색해 있었다.

"실은 볼 일이 있어서 일부러 왔습니다."

스탠퍼드가 높은 삼발이 의자에 앉으며 말했다. 그는 내게도 의자 하나를 밀어주었다.

"여기 왓슨 박사님이 하숙을 구하고 계신다는 말을 들으니 홈스 씨 생각이 나더군요. 지금 하숙방을 함께 쓸 사람을 찾고 계시지요?"

셜록 홈스는 나와 함께 방을 쓴다는 사실을 기분 좋게 받아들이는 눈치였다.

"베이커가에 좋은 방을 구해놓았습니다. 우리가 살기에 안성맞춤인 집이지요. 그런데 혹시 독한 담배 연기를 싫어하십니까?"

"그럴 리가요. 저 역시 해군 담배를 항상 피우는걸요."

내 말에 홈스가 껄껄 웃으며 말했다.

"아주 좋습니다. 그런데 나는 항상 화학 약품들을 가까이하는 데다 이따금 집에서 실험하기도 합니다. 그것도 괜찮습니까?"

"아무 상관 없습니다."

"그럼 어디 보자. 내 단점이 또 뭐가 있더라? 참, 나는 가끔 우울증에 빠지곤 합니다. 그럴 때면 며칠 동안 입을 열지 않습니다. 혹 내가 그럴 때 당신에게 화가 나서 그런 거라고는 생각하지 마십시오. 그저 내 기분이 처져 있을 뿐이니 말입니다. 그냥 내버려두면 다시 괜찮아지곤 한답니다."

내가 고개를 끄덕이자 홈스가 나를 응시하며 말했다.

"이제 왓슨 박사님이 고백할 차례로군요. 같이 살기 전에 서로의 단점이나 특징을 알아두는 게 좋을 것 같습니다."

갑작스러운 홈스의 질문에 나는 웃음을 터뜨리고 말았다.

"나는 불독 새끼를 한 마리 키우고 있습니다. 또 요즘은 몸이 쇠약해진 데다 신경이 날카로워진 탓에 시끄러운 걸 견디지 못합니다. 그리고 일어나는 시간이 일정치 않고 매우 게으른 편입니다. 몸이 건강할 때는 나쁜 습관이 더 많았지만, 지금은 이 정도로군요."

"혹시 당신이 말한 시끄러운 소리에 바이올린 연주도 포함됩니까?"

홈스가 걱정스러운 표정으로 물었다.

"그건 아무래도 연주자에 따라서 다르겠지요. 훌륭한 연주는 신을 향한 합창 소리겠지만 서툰 연주는……."

"아, 그럼 됐습니다. 문제 될 건 없겠군요. 문제는 방이 당신 마음에 드는가 하는 점인데."

홈스가 밝은 표정으로 말했다.

"언제 방을 보러 가면 될까요?"

"내일 정오에 여기서 만납시다. 함께 가서 일을 마무

리 지으면 되겠습니다."

"좋습니다. 내일 12시 정각에 봅시다."

나는 웃으며 홈스와 악수를 했다. 셜록 홈스는 다시 실험에 빠져들기 시작했다. 스탬퍼드와 나는 그를 혼자 남겨둔 채 실험실 밖으로 나왔다. 그리고 우리는 내가 머무는 호텔을 향해 함께 걸었다.

"그런데 말이야."

나는 갑자기 걸음을 멈추고 스탬퍼드를 향해 돌아서서 물었다.

"대체 그는 내가 아프가니스탄에서 왔다는 사실을 어떻게 알았지?"

내 질문에 스탬퍼드가 피식 웃으며 말했다.

"그게 바로 그 친구의 유별난 특징이지요. 박사님뿐만 아니라 수많은 사람이 바로 그 점을 알고 싶어 한답니다."

"아, 풀리지 않은 수수께끼 같은 건가!"

호기심이 생긴 나는 두 손을 비비며 말했다.

"정말 흥미롭군. 여보게, 스탬퍼드. 홈스를 소개해줘서 고맙네. '인류를 제대로 연구하려면 사람을 연구해야 한다'는 말이 있지 않은가."

"그렇다면 이제 그 친구를 연구해보시지요."

스탬퍼드가 내게 작별인사를 하며 말했다.

"하지만 그 문제는 그리 호락호락 풀리지 않을 겁니다. 내 장담하죠. 박사님이 그에 대해 알아내는 것보다 그 친구가 박사님에 대해 알아내는 것이 더 많을 겁니다. 그럼 안녕히."

"잘 가게."

스탬퍼드와 헤어진 나는 호텔을 향해 천천히 걸었다. 내 머릿속은 온통 새로 만난 친구, 홈스에 대한 생각으로 가득했다.

02
독특한 추리 세계

다음 날 정오에 나는 홈스와 만나 그가 말했던 베이커가 221B 번지의 집을 둘러보았다. 하숙집은 커다란 침실 두 개와 햇빛이 잘 들고 바람이 잘 통하는 거실로 구성되어 있었다. 거실에는 밝은 빛깔의 가구들이 놓여 있었는데, 그저 보고만 있어도 왠지 기분이 좋아지는 것들이었다. 내가 상상했던 것 이상으로 집은 여러 면에서 완벽했다. 게다가 경비를 둘이서 나누어 부담하니 전혀 망설일 이유가 없었다. 나는 그 즉시 홈스와 계약했다. 그리고 저녁이 되기 전에 호텔에서 내 짐을 옮겼다. 홈스도 다음 날 아침, 상자 몇 개와 커다란 트렁크를 들고 이사했다. 우리는 대략 이틀 동안 짐을 풀고 물건을 정리하며 시간을 보냈다. 짐 정리가 끝난 후에는 새로운 환경에 적응하기 시작했다. 생활의 틀이 잡히기까지는 그리 오랜 시간이 걸리지 않았다.

함께 지내고 보니 홈스는 같이 생활하기에 전혀 어려운 사람이 아니었다. 그는 조용한 편이었고 규칙적인 생활을 했다. 밤 10시 이후까지 홈스가 깨어 있는 경우는 거의 드물었다. 아침에는 항상 먼저 일어나 식사를 챙겨 먹었고, 내가 일어나기도 전에 집을 나섰다. 그리고는 온종일 화학 실험실에 틀어박혀 있거나 해부실에서 시간을 보내기도 했다. 때로는 도시 변두리까지 산책하곤 했다. 그는 어떤 일이나 공부가 하고 싶어지면 다른 모든 일을 제쳐놓고 그것에만 몰두했다. 그 어떠한 것도 그의 열의를 막을 수는 없었다. 하지만 어느 순간 무기력함이 밀려들기 시작하면 그는 온종일 소파에 누워 손가락 하나 까딱하지 않았다. 그럴 때면 그는 좀처럼 말하는 법이 없었다. 그런 식으로 며칠을 보내는 동안 홈스의 두 눈에는 꿈꾸는 듯한 공허함이 떠돌았다. 만약 그의 생활이 얼마나 규칙적이고 절제 있으며 청결한지를 모르는 사람이라면, 그가 마약에 취해 있는 게 아닐까 하고 의심을 할 정도였다.

시간이 흐를수록 셜록 홈스라는 인물에 대한 궁금증은 커져만 갔다. 대체 그는 어떤 인물인지, 삶의 목표는 과연 무엇인지 알고 싶어졌다. 일단 홈스의 겉모습과 행동은 타인에게 별 관심이 없는 사람이라 할지라도 관심을 기울이게 하는 매력이 있었다. 그의 키는 180센티미터가 넘었는데, 바짝 마른 탓에 실제보다 훨씬 더 커 보였다. 그의 두 눈은 앞서 말했던 무기력한 때를 제외하면 언제나 날카롭게 빛나고 있었다. 그것은 마치 그 앞에 선 사람의 속내를 훤히 꿰뚫어 보는 것처럼 보였다. 또 가느다란 매부리

코는 그를 더욱 기민하고 단호한 인물로 보이게 했다. 각지고 돌출된 턱 역시 그가 매우 결단력 있는 사람이라는 인상을 주었다. 그의 두 손은 항상 잉크와 화학 약품 따위로 얼룩져 있었지만, 바이올린 연주를 훌륭히 해낼 정도로 섬세한 감각을 지니고 있었다.

날이 갈수록 홈스에 대한 나의 호기심은 커져만 갔다. 하지만 홈스는 자신과 관련된 일에 대해서는 조금도 말하려 들지 않았다. 그렇다고 포기할 내가 아니었다. 나는 그의 입을 열기 위해 상당한 공을 들이고 있었다. 이렇게 말하면 독자들은 왜 남의 일에 참견이냐며 나를 이상하게 생각할지도 모르겠다. 하지만 나에 대해 성급한 단정을 내리기보다는 당시 나의 상황을 이해해주기를 바란다. 그 무렵 나는 아무런 목적 없이 살아가고 있었다. 내 흥미를 자극하는 것 또한 전혀 없었다. 불행히도 건강이 매우 나빴기 때문에 날씨가 아주 화창하게 좋은 날이 아니고서는 외출은 꿈도 꾸지 못했다. 게다가 이따금 나를 찾아와 단조로운 내 생활에 자극을 줄 만한 친구도 없었다. 이런 처지에 있던 터라 나는 내 동거인을 둘러싼 자그마한 수수께끼에도 환호하며 그것을 알아내는 데 시간 대부분을 할애했다.

내가 알아낸 확실한 사실은 셜록 홈스는 의학도가 아니라는 것이었다. 나는 스탬퍼드에게 들었던 이 사실에 대해 홈스에게 직접 확인했다. 그렇다고 그가 과학 분야의 학위를 따기 위해 공부하는 것도 아니었고, 또 다른 학문에 입문할 의도가 있는 것도 아니었다. 하지만 어떤 분야에 대한 그의 열정은 대단했다. 실로 기묘하다고 말해야 할 정도로 그의 지식은 풍부하고 정확했으며 관찰력이 뛰어났다. 만약 뚜렷한 목적이 없다면 그렇게 열심히 공부할 리도 없었고 그토록 정확한 지식을 갖출 수도 없었을 것이다. 별다른 목적의식

없이, 닥치는 대로 책을 읽는 사람은 그 정도의 지식을 쌓을 수 없다. 특히나 아무런 목적 없이 그토록 사소한 것들에 온 열정을 쏟아부으며 자신을 괴롭힐 사람도 없다.

그런데 홈스를 관찰하던 중 놀랍고도 재미난 사실을 알게 되었다. 이토록 뛰어난 그가 사실은 대단히 무지하다는 것이었다. 그에게 토머스 칼라일을 인용했던 적이 있다. 그러자 홈스는 순진한 표정을 지으며 그가 누구이고, 무슨 일을 했는지 내게 물었다. 그가 너무나 태연하게 묻는 바람에 내가 당황스러울 정도였다.

하루는 이런 일도 있었다.

"홈스, 코페르니쿠스의 이론과 태양계의 구성에 대해서 말이네……."

"아, 나는 그것에 대해 전혀 알지 못하네."

이번에도 홈스는 너무도 당당하게 자신의 무지를 털어놓았다. 나는 너무나 놀란 나머지 한참을 멍하게 앉아 있었다. 차마 말을 하지는 못했지만 19세기를 살아가는 문명인이 지구가 태양 주위를 돈다는 사실을 모른다는 게 도무지 이해가 되지 않았다.

"놀란 모양이군."

하얗게 질린 내 얼굴을 본 홈스가 싱글거리며 말했다.

"그 사실을 알았으니 이제는 잊어버리도록 노력해야겠군."

"대체 그게 무슨 소린가?"

나는 홈스의 말이 도통 이해가 되지 않았다. 홈스는 미소를 지으며 말을 이었다.

"내 말을 잘 들어보게. 사람의 뇌는 원래 텅 빈 다락방과도 같다네. 사람들은 누구든지 그 방 안에 자기가 원하는 가구만 채워 넣어야 해. 여기에 쓸데없는 잡동사니들을 닥치는 대로 집어넣는 사람들은 어리석은 인간들이지."

"그건 왜 그런가?"

"그렇게 하다가는 쓸모 있는 지식이 자리를 잃고 밀려나게 되기 때문이야. 게다가 꼭 필요한 지식까지도 필요할 때 꺼내 쓰기 힘들어진다네. 그래서 뛰어난 인물들은 다락방에 물건을 넣어둘 때 대단히 주의를 기울이지. 자기한테 필요한 도구들만 집어넣는단 말일세."

"처음 듣는 이야기로군."

"그런데 이때 순서대로 잘 넣어야 한다는 것을 명심해야 해. 그 조그마한 다락방이 무한정 늘어날 거로 생각하는 건 오산이야. 새로운 지식을 집어넣을 때마다 전에 알고 있던 지식을 잊게 되는 일이 발생한단 말일세. 그래서 쓸데없는 지식이 유용한 지식을 밀어내지 않도록 주의해야 해."

홈스의 이야기를 듣던 나는 전적으로 그의 말에 찬성할 수가 없었다.

"하지만 태양계 같은 지식은……."

"그게 나한테 무슨 소용이 있단 말인가?"

홈스는 답답하다는 듯 짜증을 내며 내 말을 잘라버렸다.

"이해하지 못하겠나? 지구가 태양을 돌든, 지구가 달을 돌든 나내가 하는 일과는 전혀 상관이 없단 말일세."

그 순간, 나는 홈스에게 당신이 하는 일이 대체 무어냐고 대놓고 묻고 싶었다. 하지만 당시 홈스의 태도는 내 질문을 전혀 반길 것 같지 않았다. 그래서 나는 우리가 나눴던 짧은 대화를 다시 떠올리며 여러 상황을 추측해보기로 했다. 우선 홈스는 자신의 목적과 관계없는 지식은 습득할 필요가 없다고 말했다. 그 말은 곧 그가 쌓은 지식은 모두 그에게 유용한 것이라는 말이었다. 그래서 나는 그가 통달하고 있는 분야가 무엇인지 생각해보았다. 그리고 그것들을 종이에 적었다. 목록들을 죽 적어놓고 보니 나도 모르게 웃음이 나왔다. 그 내용은 다음과 같았다.

셜록 홈스의 지식

1. 문학에 대한 지식 없음.
2. 철학에 대한 지식 없음.
3. 천문학에 대한 지식 없음.
4. 정치에 대한 지식 약간 있음.
5. 식물학에 대한 지식 일정치 않음. - 벨라도나, 아편, 그 외의 독성 물질에 대한 지식은 풍부하지만, 실용적인 원예에 대한 지식은 없음.
6. 지질학에 대한 지식 있음. - 실질적인 지식은 있지만, 여러모로 한계가 있음. 여러 가지 토양을 한눈에 구별할 수 있음. 산책을 마친 뒤 자신의 바지에 튄 흙탕물을 보여주더니 그 흙의 색과 밀도를 바탕으로 그것이 런던 시내의 어느 지역에서 묻어온 것인지를 알려주었음.
7. 화학에 대한 지식 해박함.
8. 해부학에 대한 지식 정확하지만, 체계가 없음.
9. 범죄학 지식 해박함. 금세기에 벌어진 중범죄에 대해서 모르는 것이 없을 정도임.
10. 바이올린 연주 수준급.
11. 목검술, 펜싱, 권투 실력 수준급.
12. 영국 법률에 대한 실용적 지식이 많음.

여기까지 죽 써나가던 나는 순간 실망감에 젖어 들어 종이를 불 속에 던져버렸다.

"이따위 것들을 적는다고 그가 하는 일을 알아낼 수 있겠어?"

그런데 앞서 언급한 것처럼 홈스의 바이올린 연주 실력은 매우 뛰어났다. 단, 그의 다른 재능들처럼 이것 역시 묘한 구석이 있었다. 그는 내 요청에 따라 멘델스존의 가곡이며 그 밖의 꽤 어려운 명곡들을 곧잘 연주했다. 하지만 그는 혼자 있을 때는 악보를 펼 생각도, 곡을 연주하려는 시도도 하지 않았다. 밤이 되면 그는 안락의자에 기대어 앉아 바이올린을 무릎에 올려놓았다. 그러고는 눈을 감은 채 활을 그었다. 어느 때는 낭랑하다가도 어느 때는 슬픈 곡조가 흘러나왔다. 또 다른 날은 환상적이고 즐거운 소리가 울려 퍼졌다. 그 곡들은 모두 바로 그 순간 셜록 홈스의 생각을 드러내는 것이었다. 하지만 음악이 그의 생각에 도움을 주는 것인지, 아니면 단순히 기분 전환용인지는 판단하기 힘들었다. 사실 내가 종잡을 수 없는 그의 연주를 견딘 이유는 따로 있었다. 내 인내심에 대한 보상이었는지 홈스는 자신만의 독주를 끝내고 나면 항상 내가 좋아하는 곡들을 연달아 들려주었기 때문이다. 만약 그렇지 않았다면 나는 홈스에게 연주를 중지하라고 큰소리로 따졌을지도 모른다.

홈스와 함께 지낸 첫 주 동안 그를 방문하는 사람은 없었다. 그래서 나는 홈스 역시 나처럼 변변한 친구 하나 없는 사람이 아닐까 생각했다. 하지만 얼마 지나지 않아 나는 내 생각이 틀렸음을 알게 되었다. 그에게는 각계각층의 지인들이 있었다. 그중에는 검은 눈동자에 쥐처럼 생긴 사내도 있었는데, 혈색이 매우 나쁜 편이었다. 사내의 이름은 레스트레이드였다. 그는 일주일에 서너 번씩 홈스를 찾아와 이야기를 나누곤 했다. 어느 날 아침에는 유행하는 옷차림으로 한껏 멋을 낸 아가씨가 찾아와 30분 넘게 머물다 갔다. 또 서리가 앉은 머리에 유대인 행상처럼 보이는 초라한 사내가 홈스를 방문하기도 했다. 그는 몹시 흥분한 상태로 홈스에게 하소연하고 있었다. 그의 뒤로 옷차림이 깔끔하지 못한 늙은 여인이 찾아왔다. 또 어느 날은 백발의 노신사가 찾아와 홈스와 이야기를 나누기도 했다. 기차역에서 수화물을 운반하는 인부가 벨벳 제복을 입고 찾아온 적도 있었다. 이렇게 정체를 알 수 없는 사람들이 찾아올 때마다 홈스는 내게 거실을 좀 써도 좋겠냐고 묻곤 했다. 그때마다 나는 흔쾌히 거실을 내주고 내 방으로 들어가곤 했다.

"불편하게 해서 미안하네. 나를 찾아오는 사람은 모두 내 고객이야. 그래서 거실을 사무실로 써야 한다네."

홈스는 미안한 표정으로 내게 말했다. 사실 이때가 바로 그에게 직접 질문을 던질 기회였다. 하지만 나는 그의 속마음을 들어보고 싶은 마음을 애써 꾹 눌렀다. 분명 그에게도 어떠한 사정이 있을 거라는 생각이 들었기 때문이다. 그런데 얼마 후 뜻밖의 일이 벌어졌다. 홈스 스스로 자신의 이야기를 털어놓은 것이다.

그날은 3월 4일이었다. 내가 그 날짜를 기억하는 것은 그만한 이유가 있었다. 그날 나는 평소보다 조금 일찍 일어났는데, 홈스는 벌써 아침 식사를 하는 중이었다. 하숙집 주인아주머니는 내가 늦게 일어난다는 사실을 잘 알고 있었기 때문에 아침 식사뿐만 아니라 커피조차 가져다 놓지 않은 상태였다. 나는 괜스레 짜증이 나서 벨을 울리며 퉁명스럽게 말했다.

"어서 아침 식사를 준비해주세요!"

홈스는 아무런 말도 없이 토스트를 먹고 있었다. 나는 식사가 준비될 동안 여유를 보낼 생각으로 탁자 위에 놓인 잡지를 펼쳤다. 여러 기사 중에서 유독 제목에 밑줄을 친 기사에 시선이 갔다.

기사의 제목은 〈생명의 책〉으로 다소 거창했다. 그 내용은 관찰력이 뛰어난 사람이 정확하고 체계적으로 주위의 것들을 고찰하고 검토함으로써 다양한 지식을 얻을 수 있다는 것이었다. 나는 그 내용이 기발하긴 하지만 합리적이지 못한 아이디어들은 묘하게 섞어놓은 것처럼 보였다. 추론 과정은 치밀하고 논리적인 듯 보였지만 결론은 터무니없고 과장되어 보였다. 저자는 사람의 얼굴에 잠깐 스치고 지나가는 표정이나 근육의 떨림, 순간적인 눈길의 움직임만으로도 사람의 속마음을 꿰뚫어 볼 수 있다고 주장했다. 즉, 그에 따르면, 관찰과 분석에 능통한 사람은 절대로 속일 수 없다는 말이었다. 그는 자신이 내린 결론은 옛 그리스의 수학자 유클리드의 정리처럼 확실한 것이라고 강조했다. 그리고 이 결론에 도달하는 과정을 경험하지 못한 사람들은 너무도 놀란 나머지 자신을 마법사로 생각할지도 모른다고 했다. 그리고 저자는 이렇게 썼다.

논리적인 사람은 한 방울의 물만으로도 태평양이나 나이아가라 폭포를 추측해낼 수 있다. 심지어 그것들을 보거나 듣지 않고서도 말이다. 이처럼 인생이라는 하나의 거대한 사슬은 그 사슬의 일부인 고리 하나만 보고서도 그 본성을 알 수 있다. 다른 학문이나 기술처럼 추리 분석학은 오랜 시간 끈질긴 노력과 연구를 해야지만 익힐 수 있다. 하지만 인생은 그 과정을 모두 거칠 수 있을 만큼 길지 않다. 특히나 탐구자는 가장 어렵다 할 수 있는 정신적, 도덕적 측면에 신경 쓰기보다는 더 기초적인 문제부터 통달하는 것이 중요하다. 일단 타인을 만날 때는 그 사람의 경력과 직업을 첫눈에 알아보는 연습을 해야 한다. 이러한 연습들이 무의미하게 여겨질 수도 있지만, 그 과정을 통해 관찰력을 기를 수 있다. 또 어디를 보아야 하는지, 무엇을 찾아야 할지를 알 수 있게 된다. 상대방의 손톱, 소매 끝단, 구두, 바지의 무릎, 엄지와 검지에 박힌 굳은살, 표정, 커프스……. 이런 것들을 유심히 살펴보면 그의 직업을 쉽고 정확하게 알아낼 수 있다. 뛰어난 관찰자라면 이런 정보들로 추리에 실패하는 일은 결코 없을 것이다.

"세상에! 이런 걸 글이라고 썼단 말인가?"
나는 잡지를 탁자 위에 집어 던지며 소리쳤다.
"내 평생 이렇게 쓰레기 같은 글은 처음이야."
"도대체 왜 그러나?"
홈스가 물었다.
"이 기사 말이네."
나는 홈스의 옆자리에 앉으며 에그 스푼으로 잡지의 기사를 탁탁 내리쳤다.
"표시가 된 걸 보니 자네도 읽었겠군. 나름 논리적으로 쓴 글인 건 맞네만, 이자가 늘어놓는 가설들은 도저히 인정할 수가 없네. 이건 분명히 온종일 방 안에 틀어박혀 이상한 생각들만 해대는 사람의 이론에 불과해. 실용적인 면이 전혀 없지 않은가. 이 글을 쓴 사람을 지하철 삼등칸에 태우고 승객들의 직업을 일일이 맞혀보라고 하고 싶군. 만약 내기한다면 나는 못 맞추는 쪽에 얼마든지 돈을 걸겠네."
"그러면 자네는 돈을 다 잃고 말걸?"
홈스가 침착한 목소리로 말했다.
"그게 무슨 소린가?"
나는 이해가 가지 않는다는 듯 물었다.
"그 기사, 바로 내가 썼다네."
"자네가?"
나는 깜짝 놀란 나머지 말문이 막혀버렸다.

"나는 관찰과 추리, 모두에 자신 있어. 자네는 이 이론을 터무니없는 것으로 여기지만, 사실은 대단히 실용적이라네. 그걸로 내가 먹고산다고 하면 이해할 수 있겠나?"

"도대체 어떻게?"

홈스의 말이 끝나기가 무섭게 내가 물었다.

"사실 내게도 직업이 있다네. 아마 이런 직업을 가진 사람은 세상에 나밖에 없을 거야. 자네가 이해할 수 있을지 모르겠지만 나는 자문 탐정이라네. 런던에는 형사도 많지만, 사립탐정도 많아. 이 사람들은 사건 해결에 실패하면 나를 찾아오지."

"그동안 자네를 찾아오던 그 사람들이 모두?"

"맞아. 그리고 나는 그들이 올바른 단서를 찾을 수 있도록 도움을 준다네. 일단 사건의 증거를 내게 모두 제출하면 나는 범죄의 역사에 대한 지식을 총동원해 추리를 올바른 방향으로 발전시켜주지. 놀랍게도 범죄에는 아주 강한 유사성이 있다네. 그래서 천 가지 범죄를 속속들이 알고 있다면 천한 번째 범죄의 비밀을 쉽게 풀어낼 수 있어."

"그런데 레스트레이드 씨는 유명한 형사가 아닌가?"

"그 사람 역시 최근 수사 중인 위조 화폐 사건이 미궁에 빠지자 내게 도움을 청하러 온 거야."

"그러면 다른 사람들은?"

"그들은 주로 사설 기관의 소개를 받아서 온 사람들이지. 대부분 곤란한 일에 휘말려 내 조언을 구하러 온 거야. 나는 그 사람들의 이야기를 들어주고 그들은 내 설명을 들어. 그리고 상담료를 지불하지."

"자네 말대로라면 방에서 한 걸음도 나가지 않은 자네가, 모든 일을 직접 경험하고서도 이해하지 못하는 사건의 실마리를 해결한다는 말인가?"

내가 이해가 가지 않는다는 표정으로 말하자 홈스가 미소를 지으며 답했다.

"물론이야. 나는 그런 일에 대해 놀라운 직관력을 갖고 있다네. 하지만 복잡한 사건이 들어올 때면 직접 내 눈으로 확인하기 위해 현장으로 나서기도 한다네. 알다시피 나는 여러 종류의 문제를 해결할 수 있는 지식을 많이 갖고 있지. 그것들은 분명 문제 해결에 대단한 도움이 된다네. 자네는 비웃었지만, 이 잡지에 쓰인 추리법도 실질적인 작업에서는 굉장히 요긴하게 쓰인다네. 내게 관찰은 제2의 천성과 같은 것이지."

홈스는 내 얼굴을 빤히 보더니 빙그레 웃으며 말했다.

"우리가 처음 만났을 때 내가 자네에게 아프가니스탄에서 왔느냐고 물었지? 자네는 꽤 놀란 것 같았는데."

"누군가에게 이야기를 들은 게지."

나는 홈스의 말에 곧바로 반박했다.

"전혀 그렇지 않아. 나는 자네를 본 순간, 아프가니스탄에서 왔다는 사실을 알았다네. 오랜 습관 탓인지 나는 수많은 생각을 한꺼번에 해버리지. 중간 단계를 의식하지 못하고 바로 결론에 도달해버린단 말일세. 그렇다고 중간 단계가 없었단 말은 아니네."

"좀 자세히 설명해주게."

"자네를 보고 처음으로 떠올린 생각은 바로 군인 냄새가 나는 의사라는 거였네. 그렇다면 군의관이 틀림없겠지. 얼굴이 검게 그을린 것으로 봐서 최근에 열대 지방에서 귀국했다는 걸 알 수 있었어."

"원래부터 얼굴이 검었을 수도 있지 않나?"

내 말에 홈스는 빙그레 웃었다.

"자네 손목이 흰 걸 보면 피부가 원래부터 검은 건 아니라는 사실을 알 수 있지. 얼굴이 수척한 건 고생을 많이 하고 병에 시달렸기 때문이야. 또 왼팔을 다쳤다는 것도 알 수 있었어. 왼팔의 움직임이 부자연스럽고 뻣뻣했으니까."

"관찰력이 대단하군."

"그렇다면 군의관이 고생을 심하게 하고 팔에 상처를 입을 만한 열대 지방이 어디일까? 당연히 아프가니스탄이지. 이 결론을 얻기까지 채 1초도 걸리지 않았다네. 그래서 자네에게 아프가니스탄에서 오지 않았냐고 말했던 것이고, 자네는 내 말에 깜짝 놀랄 수밖에 없었겠지."

"설명을 듣고 보니 정말 간단하군."

나는 미소를 지으며 말했다.

"자네 설명을 듣고 보니 애드거 앨런 포의 뒤팽이 생각나는군. 그런 인물이 소설 밖 세상에 존재할 거라곤 생각도 못 했어."

홈스는 자리에서 일어나 파이프에 불을 붙였다.

"자네는 나를 칭찬할 생각으로 뒤팽과 비교했겠지만, 그는 나보다 수준이 낮은 탐정에 불과해."

홈스는 천천히 담배 한 모금을 빨아들였다.

"15분 동안 침묵을 지키다 갑자기 그럴듯한 말로 친구들의 생각을 방해하는 건 천박한 자기 과시에 지나지 않아. 물론 그가 분석에서 천재적 능력이 있다는 사실은 인정하네. 하지만 그는 포가 의도했던 것만큼 대단하고 비범한 인물은 아니었어."

"그럼 에밀 가보리오의 작품을 읽어본 적이 있나? 자네가 보기에 탐정으로서 르콕의 자질은 어떤가?"

홈스는 차가운 표정으로 코웃음을 치고는 대답했다.

"그는 형편없는 인물이야. 그에게서 건질 거라곤 넘치는 의욕뿐이지. 나는 그 책을 읽고 속이 뒤집히는 것 같았네. 문제는 죄수 중에서 어떻게 범인을 밝혀내느냐는 것이었어. 나였다면 24시간 이내에 범인을 찾아냈을걸세. 하지만 르콕은 무려 6개월이나 걸렸어. 그 책은 탐정들이 절대 해서는 안 될 일들을 나열한 교본으로나 써야 할걸?"

나는 내가 좋아하는 소설 속 인물 둘을 무참히 짓밟아버리는 홈스의 태도가 몹시 불쾌했다. 순간 화가 치밀어 오른 나는 창가로 걸어가 번잡한 거리를 내려다보며 생각했다.

'저 친구는 머리는 좋을지 몰라도 자만심이 지나치군.'

내 마음을 아는지 모르는지 홈스는 계속해서 투덜거렸다.

"요즘엔 범죄다운 범죄도, 범인다운 범인도 없어. 내 이름을 떨칠 만큼 대단한 두뇌를 가졌으면 뭘 하나? 범죄 수사에서 나만큼 소질이 있는 사람도, 나만큼 연구를 오래 한 사람도 없지만 지금 상황은 어떠한가? 내가 나서서 수사할 만한 범죄가 없는 것은 물론이요, 런던 경찰국의 형사도 쉽게 알 만한 서투른 범죄밖에 없으니."

나는 홈스의 오만한 말투에 더욱 화가 치밀어 올랐다. 나는 차라리 화제를 바꾸는 편이 낫겠다고 생각했다.

"그런데 저 친구는 도대체 뭘 찾고 있는 거지?"

내가 길 건너편에 서 있는 사내를 가리키며 말했다. 검소한 차림을 한 건장한 몸집의 사내가 어딘지 걱정스러운 표정으로 번지수를 살피며 걷고 있었다. 손에 커다란 푸른 봉투를 들고 있는 것으로 보아 편지를 전달하려는 게 분명했다.

"저 퇴역한 해병 부사관 말인가?"

홈스가 말했다.

'이 친구, 또 허풍을 떠는군.'

나는 내가 확인할 수 없는 사실이기 때문에 홈스가 마음대로 떠들고 있다고 생각했다.

바로 그때였다. 우리가 내려다보고 있던 그 사내가 우리 집 번지를 보더니 급히 길을 건넜다. 그리고 이내 아래층에서 문 두드리는 소리가 나는가 싶더니 굵은 목소리가 들려왔다. 잠시 후 계단을 올라오는 무거운 발소리가 울렸다.

"셜록 홈스 씨에게 이것을 전달하러 왔습니다."

방 안으로 들어온 사내가 홈스에게 편지를 건네며 말했다. 나는 지금이야말로 홈스의 오만함을 고쳐줄 기회라고 생각했다. 마음대로 떠들어대던 홈스는 이런 순간이 오리라고는 생각지도 못했을 것이었다. 나는 최대한 부드러운 목소리로 사내에게 물었다.

"실례지만 직업을 물어도 될까요?"

"제대 군인 조합 소속의 심부름꾼입니다. 제복은 수선집에 맡겨놓았고요."

사내는 무뚝뚝한 말투로 답했다. 나는 홈스의 눈치를 슬쩍 본 뒤 다시 물었다.

"그럼 전에는 무슨 일을 했습니까?"

"영국 해병대 보병 부대 부사관이었습니다. 답장이 없으시면 돌아가겠습니다."

사내는 두 발을 소리 내어 붙이더니 거수경례를 하고 방을 나갔다.

03
로리스턴 살인 사건

홈스의 이론이 얼마나 실용적인지를 두 눈으로 확인한 나는 정말 놀라지 않을 수 없었다. 그의 분석력은 진정 존경할 만한 것이었다. 그렇다고 내 마음속의 의심이 완전히 사라진 것은 아니었다. 혹시 나를 감탄하게 하려고 홈스가 이 모든 일을 사전에 계획했을 수도 있다는 생각이 들었기 때문이다. 물론 그가 내게 그런 짓을 할 만한 이유는 알 수 없었다. 이런 생각 끝에 나는 홈스를 쳐다보았다. 그런데 편지를 다 읽은 그의 눈빛은 이상하게도 흐리고 멍한 상태였다.

"도대체 어떻게 알아낸 건가?"

내가 물었다.

"무얼 말인가?"

홈스가 짜증 섞인 목소리로 답했다.

"방금 다녀간 그 사내가 전역한 해병대 부사관이란 사실 말이네."

"지금 그런 사소한 문제에 답할 시간이 없어."

홈스는 퉁명스럽게 대답하더니 갑자기 빙긋 웃으며 말했다.

"내 무례를 용서하게. 지금 자네가 내 생각의 고리를 끊어놓았기 때문에 화가 난 거라네."

내가 미안한 표정을 짓자 홈스가 고개를 저으며 말했다.

"하지만 이제 괜찮네. 그런데 자네는 그 사내가 해병대 부사관이라는 사실을 전혀 알아채지 못했나?"

"정말 몰랐네."

"그 사실을 알기는 쉽지만 설명하긴 어려워. 만약 누가 자네에게 2 더하기 2는 4라는 걸 증명하라고 했다고 치세. 그럼 자네는 그게 옳다는 사실을 알면서도 증명하기는 까다롭다고 느낄 거야. 나는 그 사내가 길 건너편에 있을 때 손등에 푸른 닻 문신이 있는 걸 봤지. 알다시피 닻은 바다를 상징하지 않나."

"아니, 꽤 먼 거리였는데도 그걸 봤단 말인가?"

홈스는 내 질문에 옅은 미소를 지으며 고개를 끄덕이더니 말을 이어갔다.

"그리고 그의 태도에서 군인의 느낌이 풍겨 나왔고 군대식 구레나룻까지 기르고 있었기 때문에 해병 출신이라는 걸 단박에 알아차릴 수 있었다네. 게다가 약간 거드름을 피우는 태도 하며 고개를 꼿꼿이 세우고 지팡이를 휘두르는 모양은 영락없는 지휘관의 모습이었네. 그의 표정에서는 견실하고 반듯한 중년의 이미지를 읽어낼 수 있었지. 이 모든 걸 종합해보면 그가 부사관 출신이었다는 걸 추리해낼 수 있다네."

"정말 훌륭하군!"

나도 모르는 사이 감탄사가 절로 흘러나왔다.

"뭐, 그 정도 갖고."

홈스는 겸손하게 말했지만 실은 내가 놀라고 감탄한 모습에 흡족해하는 것 같았다.

"방금 나는 범죄자 같은 범죄자가 없다고 말했네만, 이걸 보게. 아무래도 내 말이 틀린 것 같군."

그는 사내가 가지고 온 편지를 내게 건네주었다.

"세상에! 이렇게 끔찍한 일이!"

편지를 읽은 나는 두 손을 부르르 떨며 소리쳤다.

"상식적으로는 도저히 일어날 수 없는 일이 일어난 거지."

홈스가 침착한 목소리로 말했다.

"그 편지를 큰 소리로 읽어주겠나?"

내가 읽은 편지는 다음과 같은 내용이었다.

친애하는 셜록 홈스 선생

지난밤 브릭스턴가에서 멀지 않은 곳에 있는 로리스턴 가든 3번지에서 끔찍한 사건이 발생했습니다. 그곳을 순찰 중이던 경관 두 명이 새벽 2시경 그 집에서 불빛이 새어 나오는 것을 보았습니다. 그 집이 빈집이라는 사실을 알고 있던 그들은 무언가 이상한 일이 벌어진 것으로 생각하고 집 안으로 들어갔습니다. 아니나 다를까, 현관문이 열려 있었고, 가구가 하나도 없이 텅 빈 거실에는 잘 차려입은 신사의 시체가 있었습니다. 그의 주머니에는 〈미국, 오하이오주 클리블랜드시, 이녹 J. 드레버〉라는 명함이 들어 있었습니다. 도난당한 물품은 없고, 사인을 밝혀낼 만한 단서도 남아 있지 않은 상태입니다. 방에는 핏자국이 많았지만, 시체에는 어떠한 상처도 없었습니다. 우리는 그 사람이 어떻게 빈집에 들어갔는지 알아내지 못했습니다. 사건 전체가 안개에 싸인 듯 수수께끼투성이입니다. 오늘 12시 안으로 이곳에 오신다면 저를 만날 수 있을 겁니다. 그때까지 현장을 보존해두겠습니다. 만약 못 오시게 된다면 좀 더 자세하게 사건 경위를 보고하겠습니다. 홈스 선생께서 이 사건에 대해 의견을 들려주신다면 정말 감사하겠습니다.

충실한 벗, 토비아스 그렉슨

"그렉슨은 런던 경찰청에서도 손꼽히는 인물이라네. 그와 레스트레이드는 의욕이 넘치고 민첩해. 하지만 틀에 박힌 생각을 벗어나지 못하는 게 단점이라네. 게다가 두 사람은 서로를 못 잡아먹어서 안달이지. 마치 직업여성들처럼 서로를 질투한다고 해야 하나? 만약 두 사람 모두 이 사건에 관여한다면 참 재미있을 텐데."

나는 홈스가 너무나 여유롭게 이야기하는 것을 보고 놀랐다.

"홈스, 이럴 시간이 없지 않은가? 가서 마차를 불러올까?"

그런데 내 재촉에도 홈스는 느긋한 표정으로 말했다.

"흠, 거기에 가야 할지 아직 결정을 못 했다네. 나는 정말 구제 불능의 게으름뱅이야. 물론 때로는 누구보다 빠르게 움직이기도 하지만 지금은 그때가 아닌 것 같아."

"정말 이해되지 않는군. 이 사건이야말로 자네가 기다리던 것이 아닌가?"

"글쎄, 그게 나와 무슨 상관이란 말인가? 내가 사건을 해결한다고 해도 그렉슨과 레스트레이드가 그 공을 모두 가져갈 텐데. 나 같은 사립탐정에게 공이 돌아올 리가 없지."

"하지만 그렉슨이 자네에게 간절히 도움을 청하고 있지 않은가."

"그야 내가 자기보다 훨씬 낫다는 걸 그렉슨 스스로가 인정하고 있으니 당연하지. 하지만 제3자 앞에서는 절대 그런 내색을 안 할 뿐만 아니라 내 존재에 대해서 입을 열려고 하지 않아."

홈스는 잠깐 천장을 보며 생각에 잠겼다. 잠시 후 그는 나를 보고 빙긋 웃으며 말했다.

"그래도 가보는 편이 낫겠군. 내 힘으로 사건을 해결해보는 게 좋겠어. 비록 내게 아무런 이득이 없다고 하더라도 그 친구들 코를 납작하게 눌러줄 수 있으니까 말이야."

홈스는 서둘러 외투를 걸쳐 입었다. 그가 재빨리 움직이는 걸 보니 이전까지의 우울함은 사라지고 일에 대한 의욕이 솟구치는 모양이었다.

"모자를 쓰게."

"나도 함께 가자는 말인가?"

홈스의 느닷없는 제안에 나는 깜짝 놀랐다.

"달리 할 일이 없으면 말이네."

잠시 후 우리는 이륜마차를 타고 브릭스턴가를 향해 쏜살같이 달려가고 있었다. 그날 아침은 흐린 날씨에 안개까지 뿌옇게 끼어 있었다. 금세라도 내려앉을 것만 같은 잿빛 구름은 땅 위의 흙길을 고스란히 닮아 있었다. 그런데 날씨와는 정반대로 홈스는 한껏 들뜬 상태였다. 그는 크레모나 바이올린과 스트라디바리우스, 그리고 아마티의 차이점에 대해 계속해서 떠들어댔다. 반면에 나는 음침한 날

씨에다 우리가 개입하게 된 우울한 사건 때문에 기분이 축 처진 상태였다. 솔직히 그의 말에 대꾸할 기운도 마음도 생기지 않았다.

"홈스, 자네는 사건에 대해서는 별로 생각하지 않는 모양이로군."

나는 끊임없이 이어지는 홈스의 음악 이야기를 중간에 툭 잘라버렸다.

"아직 아무런 자료도 없으니까 당연하지. 증거를 보기 전에 섣불리 추리하면 치명적인 실수를 불러올 수 있다네. 그건 이성적인 판단력을 마비시키는 짓이야."

"이제 곧 증거를 얻을 수 있겠군."

나는 손을 들어 바깥을 가리키며 말했다.

"여기가 바로 브릭스턴가라네. 그리고 내 생각에 저것이 그 집 같군."

"그렇군. 마부! 어서 마차를 세우게."

사실 그 집까지는 아직 1백 미터가량 남은 상태였다. 하지만 홈스가 마차에서 내리기를 고집했기 때문에 우리는 그곳까지 걸어갔다. 로리스턴 가든 3번지는 어딘지 모르게 불길하고 음산해 보였다. 그 집은 거리에서 약간 떨어져 있는 네 채의 집 중 하나였다. 그중 두 집에는 사람이 살고 있었고, 나머지 두 집은 비어 있는 상태였다. 비어 있는 두 집의 창문에는 '임대'라고 적힌 종이가 덕지덕지 붙어 있을 뿐 커튼조차 없었다. 사람의 손이 닿지 않은 작은 정원에는 죽은 나무와 풀들이 여기저기 뒤엉켜 거리와 경계를 이루고 있었다. 정원 한가운데로 좁은 통행로가 있었는데, 흙과 자갈이 섞여 누르스름한 색깔이었다. 간밤에 내린 비 때문인지 길은 매우 질퍽거렸다. 집 둘레에는 90센티미터 높이의 벽돌담이 서 있고 담 위에는 목재 난간 장식이 박혀 있었다. 벽돌담 주변으로는 호기심에 찬 구경꾼 몇몇이

건장한 경관 주변에 모여 웅성거리고 있었다.

  나는 홈스가 금방이라도 집 안으로 들어가 사건을 조사할 거로 생각했다. 하지만 웬일인지 그는 그럴 생각이 전혀 없어 보였다. 홈스는 그저 천천히 길을 오르내리며 하늘을 올려다보거나 땅을 내려다보았다. 그리고 길 건너편 집과 벽돌담 위 난간을 멍한 표정으로 바라보았다. 내 눈에 홈스의 모습은 그저 으스대는 정도로밖에 보이지 않았다. 도무지 의도를 알 수 없는 조사를 끝낸 홈스는 정원으로 난 통행로를 따라 천천히 걸어갔다. 아니, 더 정확히 말하자면 통행로 주변의 풀밭 위로 걸어갔다. 땅 위를 뚫어져라 바라보며 걷던 홈스는 정확히 두 번 걸음을 멈췄다. 그중 한 번은 만족스러운 미소를 지으며 감탄사를 내뱉기까지 했다. 축축하게 젖은 땅 위에는 발자국이

무수히 찍혀 있었다. 하지만 경관들이 이미 그 길을 여러 차례 오간 뒤라 홈스가 거기에서 어떠한 단서를 찾아낼 거라고는 생각할 수 없었다. 그래도 나는 홈스의 감각이 유난히 발달해 있다는 것을 잘 알고 있었기 때문에 내가 알아채지 못한 것을 그는 이미 파악하고 있을지도 모른다고 생각했다.

현관 앞에 이르자 얼굴이 희고 키가 큰 금발 머리 사내가 우리를 기다리고 있었다. 그는 노트를 손에 들고 있었는데, 홈스를 발견하자마자 반가운 표정으로 달려와 그의 손을 꼭 잡았다.

"와주셨군요. 정말 고맙습니다. 현장은 그대로 보존해둔 상태입니다."

"저것은 예외군요."

홈스가 냉랭한 표정으로 길을 가리키며 말했다.

"들소 떼가 지나가도 저 정도는 아닐 겁니다. 하지만 그렉슨, 사람들이 지나다니기 전에 조사는 마쳤을 거라고 믿어도 됩니까?"

"아, 집 안에 할 일이 많았습니다."

그렉슨은 재빨리 변명 조로 말했다.

"정원은 동료 형사인 레스트레이드가 담당했습니다. 밖은 그 친구가 맡기로 했기 때문에."

흘깃 나를 보는 홈스의 표정에는 비웃음이 서려 있었다.

"당신과 레스트레이드가 이미 사건 현장에 있는데, 내가 할 일이 뭐가 더 있겠습니까?"

그렉슨은 만족한 표정으로 두 손을 비벼댔다.

"물론 우리가 할 수 있는 일은 다 했습니다. 그런데 아무리 생각해도 이상한 사건이라서 말입니다. 이런 사건에는 누가 뭐래도 홈스 선생이 제격이지요."

"여기에 올 때 마차를 타고 오셨습니까?"

홈스가 물었다.

"아닙니다."

"레스트레이드 씨는?"

"걸어왔습니다."

"일단 현장부터 봅시다."

홈스는 도무지 알 수 없는 질문 몇 개를 던지고는 집 안으로 들어갔다. 그렉슨은 어리둥절한 얼굴을 하고 그의 뒤를 따랐다.

우리는 먼지가 잔뜩 쌓인 짧은 복도를 지나갔다. 복도에는 두 개의 문이 있었는데, 왼쪽은 몇 주째 한 번도 열린 적이 없는 상태였다. 오른쪽으로 난 문은 식당으로 통했다. 그곳이 바로 의문의 사건이 발생한 장소였다. 홈스가 먼저 식당 안으로 들어갔고, 나는 그의 뒤를 따라갔다. 누군가 그 안에서 죽었다는 생각을 하자 기분이 급격히 가라앉는 느낌이었다.

커다란 정사각형의 방은 가구가 없이 휑한 탓에 더욱 커 보였다. 벽에는 번쩍거리는 싸구려 벽지가 붙어 있었는데, 군데군데 곰팡이가 슬어 있었다. 또 여기저기 떨어진 벽지가 아래로 축 처져 있어서 노랗게 회칠한 벽이 그대로 드러났다. 문 건너편에는 지나치게 화려한 벽난로가 있었는데, 그 위에는 모조 대리석으로 만든 커다란 선반이 달려 있었다. 벽난로 선반의 한쪽 구석에는 타다 남은 빨간 양초가 놓여 있었다. 그리고 방에 하나뿐인 창문은 너무나 더러워서 창으로 들어오는 햇빛마저 흐릿했다. 그 때문에 가뜩이나 먼지가 잔뜩 내려앉은 방 안이 더욱 어두워 보였다.

사실 내가 이 모든 것을 관찰한 것은 한참 후의 일이었다. 방에 들어가자마자 내 시선을 확 잡아끈 것은 바닥에 누워 있는 섬뜩한 시체였다. 시체는 공허한 눈을 크게 뜬 채로 나무 바닥에 길게 누워 있었다. 죽은 사내의 나이는 대략 마흔셋가량 돼 보였다. 그는 보통 체격에 어깨는 넓었고 억세 보이는 검은 고수머리에 짧은 턱수염을 기르고 있었다. 옷은 질 좋은 프록코트와 조끼에 밝은색 바지를 입었는데, 셔츠 깃과 소매는 티 없이 깨끗했다. 바닥에는 손질이 깔끔하게 된 실크 모자가 떨어져 있었다. 사내는 양팔을 넓게 벌리고 두 주먹을 움켜쥔 상태였다. 그런데 두 다리를 꼬고 있는 것으로 보아 죽는 순간에 매우 심한 고통을 느낀 듯했다. 뻣뻣하게 굳은 얼굴에는 공포가 짙게 깔려 있었다. 어찌 보면 그것은 이제껏 내가 본 적 없는 증오심이 가득한 표정이기도 했다. 처참하게 일그러진 표정에 좁은 이마, 뭉툭한 코에 돌출된 턱, 게다가 몸을 비틀고 있는 모습이 마치 원숭이처럼 보일 지경이었다. 여태껏 나는 수많은 죽음을 보아왔다. 하지만 런던 교외의 대로변에 있는, 저 어둡고 더러운 방 안에서 목격한 죽음보다 더 두려운 것은 본 적이 없었다.

그때였다. 깡마른 데다 족제비 같은 인상의 레스트레이드가 문 옆에 서 있다가 우리에게 인사를 건넸다.

"홈스 선생, 아무래도 이 사건은 조용히 끝날 것 같지 않군요."

그가 말했다.

"나는 절대 풋내기가 아니지만 이런 사건은 처음입니다."

"무슨 단서라도 찾았나?"

그렉슨이 묻자 레스트레이드가 고개를 저으며 말했다.

"전혀 없네."

홈스는 바닥에 무릎을 꿇고 앉은 뒤 시체를 세심하게 살펴보았다.

"외상이 없는 건 확실합니까?"

홈스가 사방에 튄 핏자국을 가리키며 물었다.

"확실합니다."

두 형사가 동시에 대답했다.

"그렇다면 이 피는 다른 사람의 것이 확실하군요. 아마도 살인범이 흘린 피겠지요. 만약 이곳에서 살인이 일어났다면 말입니다."

"그렇겠군요."

"이 사건을 보니 1834년에 유트레히트에서 일어난 반 얀센 살인 사건의 정황이 떠오르는군요. 그렉슨, 그 사건을 기억하고 있습니까?"

"모르겠습니다."

홈스는 의기양양한 표정으로 말을 이었다.

"그렇다면 사건 기록을 한번 읽어볼 필요가 있습니다. 반드시 읽어야 합니다. 하늘 아래 새로운 것은 없으니까요. 지금 벌어지는 모든 일은 과거에 한 번쯤 일어난 적이 있었다는 것을 잊지 말아야 합니다."

홈스는 자신의 의견을 말하는 동안에도 민첩한 손동작으로 시체의 여기저기를 만지고 눌러보았다. 또 셔츠의 단추를 풀고 안을 들여다보기도 했다. 그러는 사이 그의 두 눈에는 예전에 보았던 것과 같은 멍한 표정이 떠올라 있었다. 다만 홈스의 조사는 매우 신속하게 이루어졌기 때문에 그것이 정확하고 면밀하게 이루어졌는지는 알 수 없었다. 잠시 후 그는 죽은 사내의 입가에 코를 대고 킁킁 냄새를 맡은 뒤 시체의 에나멜 구두 밑창을 훑어보았다.

"혹시 시신을 움직였습니까?"

"조사를 위해 살짝 건드렸을 뿐, 움직였다고 할 순 없습니다."

"필요한 건 다 봤습니다. 이제 시신을 안치소로 옮겨도 좋습니다."

그렉슨은 들것과 사내 넷을 준비시켜둔 상태였다. 그가 신호를 보내자 사람들이 들어와 시신을 들어 올렸다. 바로 그때였다. 반지 하나가 바닥으로 툭 떨어지더니 또르르 굴러가는 것이었다. 레스트레이드가 반지를 집어 들고는 이상하다는 듯 쳐다보더니 소리쳤다.
 "분명 이곳에 여자가 있었어! 이건 여자의 결혼반지야!"
 그는 반지를 손바닥에 올려놓고는 앞으로 쭉 내밀었다. 우리는 모두 그 옆에 모여 별다른 장식이 없는 황금 반지를 바라보았다. 그것은 분명 신부의 손가락에 끼워져 있던 결혼반지가 틀림없었다.

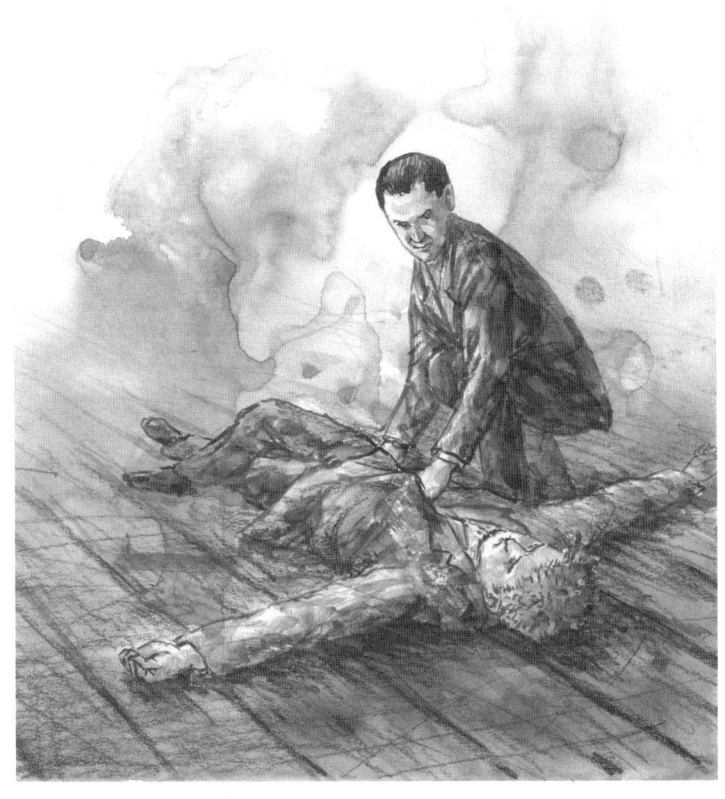

"이런! 사건이 더 복잡해졌군. 그렇지 않아도 충분히 복잡했는데 말이야."

그렉슨이 한숨을 쉬며 말했다.

"그 반지가 사건을 더 단순하게 만들었다는 생각은 들지 않습니까?"

이 말을 하는 동안에도 홈스는 무언가 생각하는 듯한 표정이었다.

"반지만 쳐다본다고 뭐가 나오겠습니까? 그보다도 시체의 주머니 속에는 뭐가 들어 있었습니까?"

"여기 모두 모아뒀습니다."

그렉슨이 계단 아래 잡동사니를 가리키며 말했다.

"순금 앨버트 줄이 달린 런던 바로드 사의 금시계, 제조번호는 97163입니다. 프리메이슨 문장이 든 금반지, 눈이 루비로 되어 있는 불독 모양의 황금 장식 핀, 러시아제 가죽 명함 케이스가 있습니다. 이 안에 클리블랜드시의 이녹 J. 드레버의 명함이 들어 있습니다. 이것은 그의 셔츠와 손수건에 새겨진 'E.J.D'라는 머리글자와 같습니다."

"지갑은요?"

"지갑은 없었고 잔돈만 7파운드 13실링이 있었습니다."

"그 밖에 다른 것은?"

"보카치오의 《데카메론》 문고판이 있었는데, 표지 안쪽에 조지프 스탠거슨이라는 이름이 쓰여 있었습니다. 그리고 드레버와 조지프 스탠거슨 앞으로 온 편지가 각각 한 통씩 있었습니다."

"편지의 주소는?"

"스트랜드가의 아메리카 익스체인지 환전소입니다. '편지를 찾아갈 때까지 보관해달라'는 내용이었습니다."

"발신처는 어딥니까?"

"두 통 모두 기온 선박회사에서 보낸 것이었습니다. 리버풀에서 기선이 출항한다는 내용이었지요. 아마도 이 불행한 사내는 뉴욕으로 돌아가려 했던 것 같습니다."

"스탠거슨에 대해서는 조사했습니까?"

"물론입니다. 일단 모든 신문에 그에 대한 광고를 냈고, 경관 한 명을 아메리카 익스체인지 환전소로 보냈습니다. 아직 연락은 없습니다만."

"클리블랜드 쪽에는 알아보셨습니까?"

"오늘 아침에 전보를 쳤습니다."

"무슨 내용이었습니까?"

"일단 사건 경위를 간단히 설명한 뒤 도움이 될 만한 정보가 있으면 알려달라고 했습니다."

"좀 더 중요하다고 생각되는 점에 대해 특별히 묻지는 않았습니까?"

"스탠거슨의 신원 조회를 의뢰했지요."

"다른 내용은 없습니까? 사건 해결에 결정적으로 작용할 만한 사항은 없냔 말입니다. 혹시 전보를 다시 칠 생각입니까?"

홈스가 연속해서 질문을 퍼붓자 그렉슨은 기분이 상한 표정이었다. 그는 화가 난 듯 얼굴을 찌푸리며 답했다.

"더 이상 전보를 칠 일은 없습니다. 물어볼 말은 다 전보에 썼으니까요."

그렉슨의 기분과는 상관없이 홈스는 연신 싱글거리더니 무슨 말인가를 더 하려고 했다. 바로 그때, 식당에 있던 레스트레이드가 만족스러운 표정으로 입맛을 다시며 나타났다. 그가 의기양양한 태도로 그렉슨에게 말했다.

"여보게, 그렉슨. 방금 내가 아주 중대한 단서를 발견했다네. 만약 내가 식당 벽을 자세히 살피지 않았다면 절대 찾아낼 수 없었을걸세."

키가 작은 이 사내는 두 눈을 반짝이며 말했다. 경쟁자 관계에 있는 동료에게 한 방 먹인 것이 즐거워 죽겠다는 표정이었다.

"다들 이쪽으로 오시지요."

레스트레이드는 식당으로 들어가면서 우리를 불렀다.

"잠깐만 여기서 기다리십시오."

레스트레이드는 구두 바닥에 성냥을 그어 불을 켜고는 큰소리로 외쳤다.

"여기를 좀 보십시오!"

앞서 나는 그곳의 벽지가 군데군데 떨어졌다는 이야기를 했다. 레스트레이드가 가리킨 곳은 방구석의 벽지가 떨어져서 거칠고 조잡한 누런색 벽이 드러나 있었다. 그리고 그 벽 위에는 핏빛 글씨가 쓰여 있었다.

RACHE

"어떻게 생각하십니까?"

레스트레이드는 무대 위 배우처럼 소리쳤다.

"여기는 방에서 가장 어두운 구석이라 아무도 여기를 조사할 생각을 하지 않았습니다. 하지만 살인범은 바로 여기에 자신의 피로 이 글씨를 썼습니다. 여기 벽 위로 흘러내린 핏자국을 보십시오. 이것은 곧 죽은 사람이 자살했을 가능성이 없음을 의미합니다."

"그런데 그 글씨를 왜 구석진 곳에 썼을까요?"

내가 조심스럽게 묻자 레스트레이드는 기다렸다는 듯이 답했다.

"좋은 질문입니다. 저기 벽난로 위의 양초가 보이지요? 이 글씨를 쓸 때는 분명 양초가 켜져 있었습니다. 그러면 이 벽은 가장 어두운 부분이 아니라 가장 밝은 부분이었겠지요."

"이게 무슨 의미가 있단 말인가?"

그렉슨이 빈정거리는 투로 물었다.

"그거야 당연하지 않나? 살인범은 분명 레이첼(RACHEL)이라는 이름을 쓰려 했던 거야. 하지만 다 쓰기 전에 방해를 받았던 거지. 내 말을 잘 기억해두게. 분명히 이 사건에는 레이첼이라는 여자가 어떤 식으로든 관계되어 있을걸세."

그때 홈스가 쿡쿡대며 웃기 시작했다. 레스트레이드가 기분이 상한 듯 못마땅한 표정으로 홈스를 흘겨보며 말했다.

"홈스 선생, 웃는 거야 선생 마음이지요. 하지만 선생이 제아무리 비상한 재주를 가졌다 해도 결국은 산전수전 다 겪은 늙은 사냥개가

가장 훌륭하다는 걸 깨닫게 될 겁니다."

홈스는 애써 웃음을 참으며 사과했다.

"이거 정말 미안하게 됐습니다. 누가 뭐래도 이것을 가장 먼저 발견한 사람은 당신입니다. 그리고 당신 말대로 이 글을 쓴 것은 살인범일 가능성이 크지요. 그런데 아직 나는 이 방을 조사할 만한 여유가 없었습니다. 이제부터 조사를 해보고 싶은데 어떻습니까?"

레스트레이드가 애써 마음을 다독이며 헛기침을 하자 홈스는 주머니에서 줄자와 커다란 확대 렌즈를 꺼냈다. 그는 이 두 가지 도구를 들고 조용히 방 안을 걸어 다니기도 하고 그 자리에 서기도 했다. 또 무릎을 꿇어 바닥을 살피는가 싶더니 급기야 배를 바닥에 깔고 엎드리기도 했다. 그는 자기 일에 너무나 몰두한 나머지 우리를 까맣게 잊어버린 듯했다. 게다가 홈스는 연신 낮은 목소리로 뭔가를 중얼거리고 있었다. 그의 입에서는 감탄사와 신음, 휘파람 소리와 외침 소리가 끊임없이 흘러나왔다. 그 모습은 마치 잘 훈련된 순종 폭스 하운드 사냥개가 잃어버린 사냥감의 냄새를 찾을 때까지 열심히 수풀을 헤매고 다니는 것처럼 보였다.

20분이 지나도록 홈스는 내 눈에는 보이지 않는 흔적들 사이의 거리를 조심스럽게 측정했다. 가끔은 줄자로 벽을 재며 자기만의 조사를 계속해나갔다. 그리고는 바닥에 쌓인 회색 먼지 한 뭉치를 조심스럽게 봉투에 담기도 했다. 마지막으로 그는 확대 렌즈를 들고 벽위에 쓴 글씨를 한 글자, 한 글자 세밀하게 검사했다. 이 일을 끝마치자 홈스는 만족스러운 표정으로 줄자와 확대 렌즈를 주머니에 집어넣었다. 그제야 홈스는 우리를 돌아보고는 웃으며 말했다.

"천재는 끊임없이 고통을 참아내는 사람이라는 말이 있습니다. 대단히 형편없는 정의이긴 하지만 그래도 탐정 일을 하는 사람에게 딱

알맞은 표현이라는 생각이 드는군요."

그렉슨과 레스트레이드의 얼굴에 호기심과 함께 경멸의 표정이 떠올랐다. 그들 눈에 홈스는 아마추어 탐정에 불과한 모양이었다. 하지만 이들과는 다르게 나는 홈스가 하는 행동들은 아무리 사소한 것이라 하더라도 실용적인 목적이 있다는 사실을 이미 깨달은 상태였다.

"어떻게 생각하십니까?"

두 사람이 동시에 물었다.

"만약 내가 두 분을 돕겠다고 나선다면 그건 주제넘은 짓 아니겠습니까? 당신들의 공을 가로채고 싶지는 않습니다. 게다가 두 분은 지금 훌륭히 임무를 수행하고 있으니 말입니다."

홈스의 말에는 비아냥거리는 기색이 역력했다.

"하지만 앞으로 수사 진행 상황을 알려주신다면 할 수 있는 한 협조하겠습니다. 일단 시체를 발견한 순경과 이야기를 나누고 싶은데, 그 사람의 이름과 주소를 알려주시겠습니까?"

레스트레이드는 수첩을 들여다보며 말했다.

"이름은 존 랜스, 오늘은 비번이군요. 켄닝턴 파크 게이트 오들리 코트 46번지로 가면 그를 만날 수 있을 겁니다."

홈스는 주소를 받아 적었다.

"왓슨, 같이 가세."

방을 나서려던 홈스가 두 형사를 향해 돌아서서 말했다.

"제가 수사에 도움이 될 만한 정보 하나 알려드릴까요? 이 사건은 분명한 살인 사건입니다. 살인자는 남자고 키는 180센티미터가량입니다. 키에 비해 비교적 발이 작은데 구두코가 각진 싸구려 신발을 신고 있지요. 또 인도산 시가 트리치노폴리를 피웁니다. 범인은 어제 피살자와 함께 사륜마차를 타고 이곳에 왔습니다. 그 마차를 끈 말의 편자 세 개는 낡은 것인데, 오른쪽 앞발에는 새 편자가 박혀 있습니다. 살인자의 얼굴은 붉고 오른쪽 손톱이 유난히 길지요. 이런 사항들은 몇 가지 특징에 불과하지만 수사하는 데 도움이 될 겁니다."

레스트레이드와 그렉슨은 도무지 믿을 수 없다는 표정으로 서로를 바라보더니 히죽 웃었다.

"그 사람이 살해당한 거라면 살해 수법은요?"

레스트레이드가 물었다.

"독살입니다."

홈스는 퉁명스럽게 대답하고는 발걸음을 옮겼다.

"레스트레이드 씨, 헛수고는 하지 마십시오."

레스트레이드는 대체 무슨 소리냐는 표정으로 홈스를 쳐다봤다.

"RACHE는 독일어로 '복수'를 뜻합니다. 그러니 미스 레이첼을 찾느라 시간 낭비하지 말란 말입니다."

말을 마친 홈스는 입을 다물지 못하고 서 있는 두 형사를 남겨둔 채 문밖으로 사라져버렸다.

04
의문의 주정꾼

오후 1시경, 우리는 로리스턴 가든 3번지를 떠났다. 홈스는 가까운 전신국으로 나를 데리고 가서 긴 전보 한 통을 보냈다. 그런 뒤 마차를 불러 타고는 레스트레이드가 말해준 주소로 향했다.

"증거는 직접 구하는 게 가장 좋다네. 사실 이 사건은 거의 해결한 셈이지만 그래도 최대한 정보를 구하는 것이 좋지."

"홈스, 자네는 정말 사람을 놀라게 하는 재주가 있군. 그런데 아까 두 형사 앞에서 했던 말처럼 정말 자신 있는 건가?"

내가 묻자 홈스는 자신감 넘치는 표정으로 고개를 끄덕였다.

"당연하지. 내가 현장에 갔을 때 가장 먼저 발견한 것은 인도 가까이에 남아 있던 사륜마차 자국이었네. 어젯밤 내린 비가 얼마 만에 온 건지 알고 있나?"

내가 우물쭈물 답을 못하자 홈스가 계속 말을 이었다.

"일주일 만에 온 거라네. 즉, 마차의 바퀴 자국이 깊게 남았다는 것은 어젯밤 마차가 그곳에 있었다는 것을 의미하지. 또 길에는 말발굽 자국도 남아 있었네. 다른 세 개의 자국에 비해 한 개의 자국이 훨씬 뚜렷이 파여 있는 것으로 보아 새로 편자를 씌웠다는 걸 알 수 있었지."

"아, 그래서 자네가 그렉슨에게 그런 질문을 했던 거로군."

홈스는 내 말에 빙그레 웃으며 말을 이었다.

"그렉슨의 말로는 오전 중에 현장 앞을 지나간 마차는 없다고 했어. 그렇다면 문제의 마차가 어젯밤에 그 앞을 지나갔다는 말이 되지. 그리고 그 마차에는 의문의 두 사나이가 타고 있었을 테고."

"듣고 보니 간단한 추리로군. 그런데 용의자의 키는 어떻게 알아낸 건가?"

"사람의 키는 보폭으로 쉽게 알아낼 수 있다네. 계산법은 아주 간단해. 하지만 숫자를 시시콜콜 나열해서 자네를 지루하게 하고 싶진 않아. 나는 정원의 진흙과 집 안의 먼지에 찍힌 발자국을 보고 용의자의 보폭을 알아냈다네."

과연 그럴까 하는 표정으로 홈스를 바라보자 그는 설명을 계속했다.

"또 다른 단서도 있지. 사람은 벽에 글씨를 쓸 때 본능적으로 자신의 눈높이에 맞춰서 쓴다네. 'RACHE'라는 글씨는 바닥에서 180센티미터 정도 되는 높이에 쓰여 있더군. 그러니 용의자의 키를 추측해내는 일 정도는 식은 죽 먹기가 아니겠나?"

"그럼 나이는 어떻게 알았나?"

"정원에 있는 웅덩이를 보고 알았지. 용의자는 폭이 130센티미터가량 되는 웅덩이를 뛰어넘었네. 만약 힘없는 늙은이였다면 그럴 수 없었겠지. 조사 결과 에나멜 구두 발자국은 웅덩이를 돌아갔고, 각진 구두 발자국은 그것을 건너뛰었다는 걸 알아냈어."

"오호!"

내 입에서는 절로 감탄사가 흘러나왔다.

"이제 알겠나? 내가 잡지에 썼던 것처럼 관찰과 추리를 실생활에 적용할 수 있다는 사실을 말일세. 또 궁금한 게 있나?"

"용의자의 손톱이 길다는 건 어찌 알았나?"

"벽에 쓴 글씨는 용의자가 검지에 피를 묻혀 쓴 것이었네. 확대 렌즈로 보니 글씨 아래 벽이 약간 긁혀 있더군. 만약 그자의 손톱이 짧았다면 그런 일은 일어날 수 없었겠지."

"그럼 트리치노폴리 시가는?"

"아까 내가 마룻바닥에 엎드려 있던 걸 봤지? 그때 바닥에 떨어진 담뱃재를 모아보니 빛깔이 검고 조각이 얇더군. 그런 재가 나오는 담배는 트리치노폴리뿐이지."

"담뱃재도 연구한 건가?"

설마 하는 얼굴로 내가 묻자 홈스는 어깨를 으쓱하며 답했다.

"담뱃재를 주제로 논문을 쓰기도 했다네. 나는 시가든 궐련이든 어느 상표의 담뱃재라도 한눈에 구별할 수 있어. 내가 생각해도 참 대단한 능력이야. 그러니 그렉슨이나 레스트레이드 같은 형사들이 나처럼 뛰어난 탐정을 어떻게 따라잡을 수 있겠나?"

이번만큼은 절로 고개가 끄덕여지는 순간이었다.

"그러면 얼굴이 붉다는 건?"

"사실 그 부분은 다른 추리에 비해 상당히 과감한 추측이었지. 하지만 분명 맞을 거라고 믿네. 이 부분에 대해서는 지금 당장 설명하긴 곤란해."

나는 두 손으로 얼굴을 마구 비벼댔다.

"너무나 혼란스럽군. 생각할수록 희한한 사건이야. 현장에 정말 두 사람이 있었다면 그들은 왜 빈집에 들어간 걸까? 그들을 태워다 준 마부는 어떻게 된 거지? 도대체 어떻게 피살자에게 독을 먹일 수 있었을까? 바닥에 흘린 피는 누구의 것이지? 범행 목적이 절도가 아니라면 도대체 살해 동기는 뭘까? 어째서 여자 반지가 거기에 있었던 거지? 용의자는 왜 떠나기 전에 'RACHE'라는 독일어를 써놓았을까? 솔직히 말해서 나는 이 모든 사실을 어떻게 이해해야 할지 도무지 모르겠네."

홈스는 만족스러운 듯 미소를 지으며 말했다.

"자네는 지금 이 사건에서 해결해야 할 문제들을 잘 정리해주었네. 나는 사건의 중요한 줄기에 대해서는 이미 판단을 내린 상태야. 하지만 아직 밝혀내지 못한 사실도 많아. 레스트레이드가 대단한 발견인 양 으스댔던 벽면의 글씨 말이네, 사실 그건 용의자가 사회주의 운동과 비밀 결사 단체를 암시해서 경찰 수사에 혼선을 주려고 쓴 거라네."

"대체 그걸 어떻게 알았나?"

"자네 혹시 글씨의 A가 독일식으로 쓰여 있는 걸 보았나? 하지만 그건 서툰 속임수야. 그가 진짜 독일인이었다면 분명히 라틴 글자로 썼을걸세. 즉, 수사에 혼선을 주기 위한 계략이지."

"정말 대단하군."

"이제 여기까지만 이야기하겠네. 마술사가 비법을 다 가르쳐줘버리면 누가 그 마술을 보려 하겠나? 자네에게 내 수사 방법을 다 알려주고 나면 결국 홈스도 평범한 인간에 불과하다고 생각하게 될 거야."

"절대로 그런 일은 없을걸세."

나는 단호하게 말했다.

"나는 자네가 추리를 과학의 최고 경지까지 끌어올렸다는 걸 잘 알고 있다네."

진심을 담은 칭찬을 들어서인지 홈스의 얼굴은 금세 붉게 상기되었다. 사실 나는 홈스가 칭찬에 매우 약하다는 걸 잘 알고 있었다. 그것은 마치 십 대 소녀들에게 예쁘다고 칭찬할 때와 같았다.

"그럼 한 가지만 더 알려주지."

흐뭇한 표정의 홈스가 내게 말했다.

"에나멜 구두를 신은 사람과 끝이 각진 구두를 신은 사람은 같은 마차를 타고 왔어. 그리고 아주 다정하게 길을 걸어 올라갔지. 그들은 집 안에 들어가서 방 안을 여러 차례 왔다 갔다 했어. 정확히 말하자면 에나멜 구두는 그 자리에 가만히 서 있었고 각진 구두만 방 안을 오갔다고 할 수 있지."

"먼지 위의 발자국을 보고 알아낸 것이지?"

내 말에 홈스가 씩 웃으며 고개를 끄덕였다.

"그런데 각진 구두를 신은 사내는 시간이 갈수록 점점 더 흥분하고 있었어. 보폭이 점점 커진 걸 보면 알 수 있지. 그는 분명 무슨 말인가를 계속 쏟아내며 화를 냈던 게 틀림없어. 그러다 비극적인 사건이 일어난 거야. 이게 내가 알고 있는 전부네. 나머지는 단순한 추측에 불과해. 하지만 이를 토대로 수사를 진행하면 문제는 없을걸세."

"그런 것까지 알아낼 수 있다니, 정말 훌륭하네."

"지금은 일단 서둘러야겠군. 오늘 저녁에 노만 네루다의 연주를 들으러 할레 콘서트에 가야 하거든."

우리가 이런 대화를 나누는 사이 마차는 지저분한 거리와 어두운 골목길을 달려갔다. 마부는 그중에서도 가장 더러운 거리에 마차를 세웠다.

"저기가 오들리 코트입니다."

마부가 칙칙한 벽돌 건물 사이로 난 좁은 골목을 가리키며 말했다.

"돌아오실 때까지 여기서 기다리고 있겠습니다."

오들리 코트는 왠지 모르게 기분 나쁜 동네였다. 좁은 골목 안으로 들어가니 돌을 깔아놓은 네모난 공터가 나타났다. 공터 주위로는 허름한 집들이 늘어서 있었다. 우리는 더러운 아이들이 떼 지어 놀고 있는 사이를 지나쳐 '랜스'라는 이름의 청동 문패가 달린 46번지 집에 도착했다. 랜스 경관이 잠을 자고 있다는 이야기를 들은 우리는 일단 응접실에서 그를 기다리기로 했다. 잠시 후 랜스가 불쾌한 표정으로 응접실에 나타났다. 단잠을 깨운 우리가 영 못마땅한 눈치였다.

"무슨 일이십니까? 보고서는 경찰서에 이미 제출했는데요."

홈스는 주머니에서 반 파운드짜리 금화를 꺼내더니 골똘히 생각하는 표정으로 금화를 만지작거리기 시작했다.

"당신에게 직접 이야기를 들어보고 싶어서 왔습니다."

"뭘 알고 싶으십니까? 기꺼이 설명해드리지요."

랜스는 홈스의 손에 있는 작은 금화에 시선을 고정하며 말했다.

"당신이 본 것을 순서대로 자세히 설명해주십시오."

홈스의 말에 랜스는 고개를 끄덕이며 말총으로 만든 소파에 앉았다. 그리고 기억을 되살리는 듯 미간을 찌푸리더니 곧바로 입을 열었다.

"처음부터 말씀드리겠습니다. 제 근무 시간은 밤 10시부터 아침 6시까지입니다. 11시에 화이트 하트에서 싸움이 벌어졌는데, 그것만 빼고는 별다른 일 없이 평온했습니다. 1시쯤에 비가 내리기 시작했지요. 그때 저는 해리 머처를 만나 모퉁이에서 이야기를 잠깐 나누었습니다. 그는 자신의 담당 구역인 홀랜드 그로브를 순찰 중이었지요. 그러다 새벽 2시가 되자 저는 브릭스턴가를 순찰했습니다. 물론 아무 이상 없었습니다. 아실지 모르겠지만 그 거리는 매우 지저분하고 음침한 데다 인적이 드뭅니다."

"그때 누굴 봤다거나 하진 않았습니까?"

"그냥 마차 한두 대가 지나갔을 뿐 길을 지나는 사람은 없었습니다. 사실 그때 저는 날씨도 그렇고 해서 술이나 한잔하고 싶은 마음이 굴뚝같았습니다. 그런데 바로 그 순간, 그 집 창문으로 불빛이 새어 나오는 게 보이더군요."

"그 집이 비어 있었다는 사실을 알고 계셨습니까?"

"물론입니다. 예전에 그곳에 살던 사람이 장티푸스로 죽었는데도 집주인이 하수구를 그냥 내버려뒀거든요. 그 사실을 알고 있던 터라 저는 무언가 이상하다는 생각을 했습니다. 그래서 그 집 앞 현관까지 갔다가⋯⋯."

"걸음을 멈추고 정문으로 돌아갔지요?"

바로 그때 홈스가 말을 자르며 끼어들었다. 갑작스러운 홈스의 질문에 랜스는 얼굴이 하얗게 질려버렸다.

"왜 그랬습니까?"

홈스가 묻자 랜스는 두 눈을 동그랗게 뜬 채 홈스를 쳐다보았다.

"그것은 사실입니다만, 대체 어떻게 아셨습니까? 아무에게도 말하지 않았는데요."

홈스가 대답 없이 자신을 응시하자 랜스는 작게 한숨을 쉬더니 말을 이었다.

"그 집 현관 앞까지 갔을 때 사방이 너무 고요한 데다 어둡더군요. 그래서 누군가 같이 들어갔으면 하는 생각을 했습니다. 사실 전 별로 무서워하는 게 없는 사람입니다만, 그날은 왠지 장티푸스로 죽었다는 사람이 떠올랐습니다. 혹시라도 그의 영혼이 자신을 죽게 만든 하수구를 다시 조사하러 왔을 수도 있다는 생각이 들었지요. 순간 어찌나 섬뜩하던지 서둘러 정문 앞으로 달려왔습니다. 혹시라도 머처의 랜턴 불빛이 보이지 않을까 싶어서 말입니다. 하지만 아무것도 보이지 않더군요."

"거리에는 아무도 없었습니까?"

"사람은커녕 개 한 마리도 없었습니다. 그래서 저는 크게 심호흡을 한 뒤 다시 용기를 내서 현관문을 열었습니다. 집안은 매우 조용했습니다. 그래서 저는 불이 켜진 방으로 들어갔지요. 벽난로 선반 위에는 촛불이 켜져 있었습니다. 아주 빨간 색깔 양초였죠. 그리고 그 아래에는……"

"아, 당신이 무엇을 봤는지는 다 알고 있습니다. 당신은 시체를 발견한 뒤 방을 몇 바퀴 돌아보았죠? 그런 뒤 시체 옆에 쪼그리고 앉았고요. 그리고 방을 나와 주방 문을 열어보려다……"

그때였다. 잔뜩 겁먹은 표정의 랜스가 자리에서 벌떡 일어섰다. 그는 의심에 찬 눈초리로 홈스를 노려보며 소리쳤다.

"당신 어디에 숨어 있었던 거요? 너무 많은 걸 알고 있잖소!"

홈스는 피식 웃더니 랜스 앞에 자기의 명함을 던졌다.

"나를 살인자로 몰아붙일 생각은 마시오. 난 사냥꾼이지, 사냥감은 아니니까. 그래도 의심이 된다면 그렉슨이나 레스트레이드에게 물어보시오. 그들이 잘 설명해줄 거요. 자, 계속 이야기해보시오. 그 다음엔 어떻게 했소?"

랜스는 다시 의자에 앉았지만, 여전히 의심이 가득한 얼굴이었다.

"일단 밖으로 나가서 호루라기를 불었습니다. 그 소리를 들은 머처와 경관 두 명이 곧장 현장으로 달려왔지요."

"그때 길에는 아무도 없었습니까?"

"사건에 도움을 줄 만큼 멀쩡한 인간은 없었습니다."

"그게 무슨 말입니까?"

홈스가 묻자 랜스가 피식 웃으며 답했다.

"그간 주정꾼을 많이 봐왔지만 그렇게 취한 사람은 처음 봤습니다. 제가 밖으로 나갔을 때 그놈은 담벼락에 기댄 채 고래고래 노래를 부르고 있었지요. 〈컬럼바인의 새로운 깃발〉인가 하는 노래였는데, 가사도 겨우 알아들을 정도로 취한 상태였습니다. 그런 사람이 누굴 도울 수나 있었겠습니까? 제 몸도 똑바로 가누지 못하는 사람이요?"

"어떻게 생겼던가요?"

홈스가 눈빛을 반짝이며 물었다. 하지만 랜스는 사건과 관련 없는 이야기를 하는 게 못마땅한 얼굴이었다.

"그 사람은 만취 상태였습니다. 그 사건만 아니었다면 유치장에 처넣었을 겁니다."

"그자의 옷이나 얼굴은 혹시 못 봤습니까?"

홈스가 초조한 표정으로 물었다.

"머처와 함께 그 사람을 부축하면서 슬쩍 보기는 했습니다. 일단 키가 상당히 컸습니다. 그리고 얼굴은 붉은빛이었는데, 얼굴 아래쪽은 목도리로 가리고 있어서……."

"이제 됐습니다."

홈스가 소리쳤다.

주홍색 연구   75

"그다음에는 어떻게 됐습니까?"

"우린 그 사람을 돌보는 일 말고도 할 일이 많았습니다."

랜스가 불쾌한 듯 인상을 찌푸리며 말했다.

"아마 무사히 집에 갔을 겁니다."

"옷은 뭘 입고 있던가요?"

"갈색 코트를 걸치고 있더군요."

"혹시 손에 채찍을 들고 있었습니까?"

"채찍? 아니요."

"어딘가에 두고 온 게 분명하군."

홈스가 작은 목소리로 중얼거렸다.

"그 후에 마차를 보거나 마차 소리를 듣지는 않았습니까?"

"아니요."

"좋습니다. 이 금화는 당신 겁니다."

홈스는 만지작거리던 금화를 랜스에게 건네고는 자리에서 일어섰다. 그는 모자를 쓰더니 한심하다는 듯 말했다.

"그런데 말입니다, 랜스 씨. 아무래도 당신은 앞으로 승진하긴 힘들겠군요. 사람 머리는 장식용이 아닙니다. 쓰라고 있단 말입니다. 만약 어제 머리를 좀 썼더라면 당신은 분명 진급했을 겁니다."

"그게 대체 무슨 소립니까?"

랜스가 발끈해서 소리쳤다.

"어젯밤 당신이 부축했던 그 사내는 이 사건의 단서를 쥐고 있는 인물입니다. 바로 우리가 찾고 있는 사람이지요. 하지만 지금 와서 말해봤자 무슨 소용이겠습니까. 이제 가세, 왓슨."

랜스는 홈스의 말을 반신반의하는 듯하면서도 불안해하는 기색이 역력했다. 우리는 그를 뒤로하고 마차를 향해 걸어갔다.

"한심한 바보 녀석!"

하숙집으로 향하는 마차 안에서 홈스가 화난 목소리로 말했다.

"그렇게 좋은 기회를 놓친다는 게 말이 되는 소린가?"

"나는 아직도 잘 모르겠네. 랜스 씨가 만난 주정뱅이의 모습이 자네가 추측한 살인범의 인상착의와 일치하는 건 사실이야. 하지만 현장을 떠났던 그가 다시 그 집으로 돌아왔다는 건 도무지 이해가 되지 않네. 그건 범인이 할 행동이 아니지 않나?"

내 말에 홈스는 고개를 저으며 말했다.

"그건 반지 때문이야. 그것 때문에 그는 돌아갈 수밖에 없었네. 만약 그자를 잡을 신통한 방법이 없다면 우린 그 반지를 미끼로 써야 해. 반드시 붙잡고 말겠어. 잡는다는 쪽에 2대 1로 내기를 걸어도 좋아."

홈스는 단호한 태도로 딱 잘라 말했다.

"아무튼 자네에겐 고맙네. 자네가 아니었다면 난 사건 현장에 가지 않았을걸세. 그랬다면 이렇게 멋진 연구 기회를 놓쳤겠지. 이건 바로 주홍색(비유적으로 죄악을 상징하는 색) 연구라네."

"그것 참 예술적인 표현이군."

"삶이라는 무채색 실타래 속에 살인이라는 주홍빛 실이 섞여 있어. 우리가 할 일은 그 실타래를 풀어서 붉은 실을 골라내는 거지."

홈스는 잠시 생각하는 듯 바깥 풍경을 바라보았다.

"자, 이제 점심을 먹고 노만 네루다의 공연을 보러 가야겠네. 네루다의 연주는 정말 훌륭하다네. 그녀가 장엄하게 연주하는 쇼팽의 소곡 제목이 뭐였더라? 트라 라 라라라 라라 레이."

아마추어 탐정은 뭐가 그리 즐거운지 마차에 몸을 파묻은 채 종달새처럼 노래를 흥얼거렸다. 그사이 나는 인간의 정신이 얼마나 복잡한가에 대해 깊이 생각하고 있었다.

05
반지 주인의 정체

허약한 몸으로 오전에 돌아다닌 것이 무리였는지 오후가 되자 극심한 피로가 몰려왔다. 홈스가 연주회에 가자 나는 소파에 길게 누워 잠을 청했다. 하지만 쓸데없는 일이었다. 오전에 일어난 일 때문에 내 머릿속은 이상한 추측과 생각들로 터져나갈 지경이었고 마음은 쉽게 진정되지 않았다. 애써 눈을 감아보았지만, 피살자의 일그러진 원숭이 같은 얼굴이 자꾸만 떠올랐다. 그 얼굴이 어찌나 흉측하고 악랄했던지, 이 세상에서 그를 없애준 사람에게 고마움을 느낄 정도였다. 만약 인간의 얼굴 중에서 가장 극악무도한 얼굴을 찾으라고 한다면 나는 주저 없이 클리블랜드의 이녹 J. 드레버의 얼굴을 꼽을 것이다. 하지만 정의는 반드시 지켜져야 한다는 것, 그리고 아무리 그에게 피해를 봤다고 해도 범죄에 대한 면죄부를 받을 수 없다는 것만큼은 분명했다.

그런데 생각하면 생각할수록 피살자가 독살당했다는 홈스의 추측은 대단한 것이었다. 나는 홈스가 피살자의 입가에 코를 대고 냄새를 맡던 장면을 떠올렸다. 홈스는 분명 그때 무언가를 탐지해낸 것이 확실했다. 하지만 시체에 특별한 상처도 없었고 교살한 흔적도 없었으니 독살이라 생각하는 것은 어쩌면 당연한 결과였다. 그런데 바닥에 흥건하게 고여 있던 피는 대체 누구의 것일까? 방 안에는 싸움한 흔적도 없었고 피살자는 흉기를 갖고 있지도 않았다. 이 모든 궁금증이 풀리기 전까지는 나나 홈스나 쉽게 잠들기는 힘들겠다는 생각이 들었다. 다만 홈스의 침착하고 자신감 넘치는 태도로 보아 그는 이런 의문들을 풀어줄 가설을 가진 게 분명했다. 하지만 나는 그것이 무엇인지 도무지 알 수 없었다.

그날 저녁, 홈스는 상당히 늦게 돌아왔다. 시간상으로 보아 그는 연주회만 갔던 것이 아닌 게 분명했다. 저녁 식사는 그가 오기 전부터 식탁에 차려져 있었다.

"정말 환상적인 연주회였어."

홈스가 만족한 표정으로 식탁에 앉으며 말했다.

"자네, 다윈이 음악에 대해 뭐라고 말했는지 알고 있나? 그는 인류에게 언어가 생기기 전부터 음악을 연주하고 감상하는 능력이 존재했다고 주장했지. 우리가 음악에 민감하게 반응하는 것은 아무래도 그 때문인 것 같아. 복잡한 시대를 살아가는 우리의 무의식 어딘가에 원시 시대의 기억들이 아련히 남아 있는 게 아닐까 싶어."

"자넨 정말 상상력이 풍부하군."

내 말에 홈스는 미소를 지으며 답했다.

"자연을 알기 위해서는 상상력이 필요해."

그는 내 얼굴을 찬찬히 들여다보더니 걱정스러운 표정으로 물었다.

"그런데 어디 아픈가? 얼굴이 안 좋아 보이는군. 브릭스턴 사건 때문에 충격을 받은 건가?"

"솔직히 말하자면 그렇다네. 아프가니스탄에서 숱한 경험을 했으니 이젠 좀 무뎌질 때도 됐는데 말이야. 나는 마이완드에서 전우들이 난도질당하는 걸 맨정신으로 봤었다네."

"그 심정 알 것 같네."

홈스는 잠시 무거운 얼굴로 고개를 끄덕였다. 잠시 후 그는 사건 이야기를 꺼냈다.

"그런데 말이야, 왠지 모르게 이 사건은 상상력을 자극하는 뭔가가 있어. 만약 상상하지 않는다면 공포는 없지."

"상상이라."

"참, 자네 오늘 석간신문 봤나?"

"아니."

"이번 사건에 관한 기사가 꽤 자세히 실렸더군. 그런데 시체에서 여자 반지가 떨어졌다는 얘기는 없었네. 다행스러운 일이야."

"그건 왜 그런가?"

"이 광고를 좀 보게. 내가 오늘 자 석간신문에 이 광고를 실었다네."

홈스는 내게 신문을 건네주며 손가락으로 한 지점을 가리켰다. 그것은 습득물란 가장 위쪽에 실린 광고였다.

오늘 아침 브릭스턴가의 '화이트 하트' 술집과 홀랜드 그로브 사이에서 여성용 결혼 금반지 습득. 오늘 저녁 8시에서 9시 사이에 베이커가 221B번지의 왓슨 박사에게 연락 바람.

"자네 이름을 써서 미안하네."

홈스가 말했다.

"내 이름을 쓰면 그 멍청한 경찰들이 알아보고 쓸데없이 참견할 것 같아서 말이야."

"그건 괜찮네. 하지만 정말 누가 찾아오면 어떡하나? 나한테는 반지가 없는데."

"여기 준비해두었네."

홈스는 반지 하나를 내 눈앞으로 내밀었다.

"거의 비슷한 모양이니, 이 정도면 충분할걸세."

"누군가가 이 광고를 보고 찾아올 거로 생각하나?"

"물론이네. 갈색 코트의 사내. 얼굴이 붉고 각진 구두를 신은 사람이 분명히 찾아올걸세. 만약 자기가 직접 오지 않는다면 공범이라도 보내올 거야."

"내 생각에 그렇게 움직이는 건 위험하다고 생각할 것 같은데."

내 말에 홈스는 단호하게 고개를 가로저으며 말했다.

"전혀 그렇지 않을걸세. 만약 이 사건에 대한 내 판단이 옳다면, 그는 이 반지를 위해 위험을 무릅쓸 게 분명해. 그는 드레버의 시체 위로 몸을 굽혔을 때 반지를 떨어뜨렸어. 하지만 그때는 그걸 몰랐지. 사건 현장을 떠난 뒤 반지가 없어졌다는 걸 알고 황급히 돌아왔지만, 상황은 크게 달라져 있었어."

"랜스 경관이 있었지."

"맞아. 그것도 자기가 실수로 켜놓고 나간 촛불 때문에 말이야. 그는 혹시라도 의심을 받게 될까 봐 취객인 척 연기를 했지."

거침없는 홈스의 설명에 나는 고개를 끄덕일 수밖에 없었다.

"자, 이제 용의자의 처지에서 생각해보세. 그는 어디서 반지를 잃어버렸는지에 대해 여러 상황을 가정해봤을 거야. 어쩌면 집을 나선 후에 반지를 잃어버렸을지도 모른다고 생각했겠지. 이쯤 되면 그자가 어떤 행동을 할지 알겠나?"

"신문의 분실물 습득란?"

"바로 맞았네. 그가 이 광고를 보면 눈이 번쩍 뜨이겠지. 좋아서 어쩔 줄 모를 거야. 이 광고가 함정일 거란 생각은 절대 하지 못할걸세. 그가 보기에 반지와 살인 사건을 연관시킬 만한 이유가 하나도 없거든. 분명 그자는 올걸세. 적어도 한 시간 안에 그자의 얼굴을 보게 될 거야."

"그가 오면 어떡하지?"

"그 일은 내가 알아서 할 테니 걱정하지 말게. 혹시 무기 갖고 있나?"

"전에 쓰던 군용 권총 하나와 실탄이 약간 있네."

"그렇다면 총을 잘 닦은 뒤 실탄을 장전해놓는 게 좋겠네. 그는 세상에 무서울 게 없는 인간이니까."

내 얼굴이 급격히 굳는 것을 본 홈스가 싱긋 웃으며 말했다.

"내가 그자를 덮칠 테니 걱정하지 말게. 혹시 무슨 일이 벌어질지 모르니 미리 대비하자는 것뿐이야."

나는 침실로 가서 홈스가 말한 대로 준비했다. 내가 권총을 갖고 거실로 돌아가자 식탁은 이미 치워진 상태였다. 홈스는 언제나처럼 바이올린 켜는 일에 푹 빠져 있었다.

"사건이 점점 재미있어지는군."

내가 들어서자 홈스가 말했다.

"방금 미국에서 답신이 왔네. 사건에 대한 내 추측이 맞았어."

"대체 자네 생각은 뭔가?"

"바이올린 줄을 갈 때가 되었군."

홈스가 바이올린 줄을 살피며 말했다.

"권총은 주머니에 넣어두게. 나중에 놈이 오면 절대 눈치를 채게 해서는 안 돼. 평소처럼 행동하면 되네. 나머지 일은 내게 맡기게. 다만 그자를 너무 빤히 쳐다봐서 의심을 사는 일이 없도록 해야 해."

"8시군."

나는 시계를 흘낏 쳐다보고 말했다.

"그는 곧 도착할 거야. 문을 좀 열어두게."

홈스의 말에 나는 출입문을 살짝 열었다.

"좋아. 이제 열쇠는 안쪽 열쇠 구멍에 꽂아두게."

그는 내 앞으로 책 한 권을 내밀며 말했다.

"이건 내가 어제 헌책방에서 산 책인데, 좀 특이해. 로랜즈라에주에서 라틴어로 출판된 《국가 간의 법》이란 책이야. 1642년이니까 찰스 1세의 머리가 아직도 몸에 단단히 붙어 있을 때지."

"발행인은 누군가?"

"필립 드 코리야. 그런데 이 사람이 어떤 인물인지는 모르겠어. 표지 안쪽에는 색 바랜 잉크로 '윌리엄 휘테의 장서'라고 씌어 있더군. 도대체 윌리엄 휘테가 누굴까? 아마도 17세기에 잘나가던 변호사였을 거야. 필체에서 법률가 냄새가 나거든."

바로 그때였다. 홈스가 손을 들더니 말을 멈추었다.

"그가 오는군."

홈스의 말이 끝나기가 무섭게 초인종 소리가 요란스레 울렸다. 홈스는 조용히 일어나 의자를 문 쪽으로 옮겼다. 하녀가 현관문을 여는 소리가 철컥 울렸다.

"왓슨 박사님 계시오?"

목이 쉰 듯한 목소리가 또렷하게 들렸다. 하녀의 대답 소리는 들을 수 없었지만 이내 문이 닫히고 누군가가 계단으로 올라오고 있었다. 발소리로 보아 발을 약간 끄는 듯했다.

발소리를 들은 홈스의 얼굴에 당황한 표정이 떠올랐다. 발소리는 천천히 복도를 지나왔다. 그리고 힘없이 문을 두드리는 소리가 들렸다.

"들어오세요."

나는 침착함을 유지하며 소리쳤다. 그런데 방문을 연 사람은 우리가 기대한 사내가 아니었다. 그는 기운찬 남자가 아니라 얼굴에 주름이 가득하고 발을 절룩거리는 노파였다. 노파는 갑자기 환한 불빛을 보자 눈이 부신지 인상을 찌푸리더니 몸을 굽혀 인사했다. 그리고 부들부들 떨리는 손으로 주머니를 더듬었다. 나는 홈스의 표정을 흘낏 쳐다보았다. 아니나 다를까 그의 미간은 잔뜩 찌푸려진 상태였다. 나는 애써 태연한 척하며 노파를 쳐다보았다. 노파는 주머니에서 석간신문 한 장을 꺼내 우리가 낸 광고를 가리켰다.

"이것 때문에 왔다우."

노파는 다시 한번 허리를 굽혀 인사했다.

"브릭스턴가에서 주웠다는 금반지 말이우. 그 반지는 결혼한 지 1년 된 내 딸 샐리 거라우. 남편은 유니언호에서 주방 보조로 일하는데, 돌아와서 반지를 잃어버렸다는 걸 알면 난리를 칠 게 분명해요. 어이쿠, 그다음 일은 생각하기도 싫수. 맨정신일 때도 성질이 불같은데 술까지 처먹고 나면 짐승만도 못하게 변하지. 그런데 글쎄 어젯밤 샐리가 서커스 구경을 갔다가 반지를……."

"이 반지가 맞습니까?"

내가 물었다.

"아이구, 하느님! 감사합니다!"
노인은 호들갑을 떨며 소리쳤다.
"샐리가 엄청 좋아하겠네! 우리 딸 반지가 맞다우!"
"사시는 곳 주소가 어떻게 됩니까?"
내가 연필과 메모지를 꺼내 들고 물었다.

"하운즈디치 던컨가 13번지. 여기서 지겨우리만치 먼 곳이라우."

"하운즈디치라면 어느 서커스를 보러 가더라도 브릭스턴가를 지나가지 않습니다."

홈스가 날카롭고도 단호한 목소리로 말했다. 노파는 핏발이 선 작은 눈으로 홈스를 노려보았다.

"이분은 내가 사는 곳을 물으셨잖수. 내 딸이 사는 곳은 펙햄의 메이필드 플레이스 3번지라우."

"할머니 성함은요?"

"내 성은 소여이고, 샐리의 성은 데니스라우. 샐리 남편이 톰 데니스거든. 그놈은 바다에 있을 때는 똑똑하고 일 처리도 깔끔한데, 어찌 된 일인지 육지에만 나오면 술에, 여자에……."

"소여 부인, 반지 여기 있습니다."

나는 홈스의 신호에 따라 노파의 말을 자르며 반지를 내밀었다.

"따님 물건이라니 다행이군요. 주인을 찾게 돼서 저도 기쁩니다."

노파는 들릴 듯 말 듯한 목소리로 감사와 축복의 말을 웅얼거렸다. 그런 뒤 반지를 주머니에 넣고 발을 질질 끌며 복도를 지나갔다. 노파가 나가자마자 홈스는 자리에서 벌떡 일어나 그의 방으로 달려갔다. 금세 외투와 목도리로 몸을 감싸고 나온 홈스가 다급한 목소리로 말했다.

"노파를 미행해야겠어. 분명 공범에게로 갈 거야. 내가 올 때까지 자네는 여기서 기다리게."

1층 현관문이 닫히는 소리가 나자마자 홈스는 계단으로 달려나갔다. 창문으로 내려다보니 노파는 맞은편 길을 힘없이 걸어가고 있었다. 홈스는 약간의 거리를 둔 채 그 뒤를 따랐다.

'홈스의 추측이 맞는다면 이제 곧 수수께끼가 풀리겠군.'

홈스는 내게 기다리라는 말을 남길 필요가 없었다. 홈스의 무용담을 듣기 전까지는 잠이 올 리 없었으니까. 홈스가 밖으로 나간 것은 9시가 다 돼서였다. 그가 언제 돌아올지는 알 수 없었지만, 나는 멍하게 앉아 파이프 담배를 피우며 앙리 뮈르제르의 《보헤미안의 생활》을 뒤적이고 있었다.

밤 10시가 지나자 하녀가 방문 앞을 지나 자러 가는 발소리가 들렸다. 11시에는 하숙집 주인아주머니가 침실 쪽으로 가는 묵직한 발소리가 들렸다. 자정이 가까운 시각, 날카롭게 현관문을 여는 소리가 들렸다. 그런데 홈스가 방에 들어서는 순간, 나는 일이 잘못되었다는 걸 알아챘다. 홈스의 얼굴이 묘하게 일그러져 있었기 때문이다. 웃는 얼굴인가 싶어서 보니 분함이 가득한 얼굴이기도 했다. 잠시 후 홈스는 큰 소리로 웃기 시작했다.

"이 일은 런던 경찰청 형사들에게 비밀로 해야 해."

그는 의자에 털썩 주저앉으며 소리쳤다.

"내가 그들을 한껏 약 올려놨기 때문에 내 이야기를 듣고 나면 나를 비웃고 싶어 안달할 테니까. 하지만 난 얼마든지 그들을 제칠 수 있어."

"도대체 무슨 일인가?"

궁금증이 가득한 얼굴로 내가 묻자 홈스는 한결 편안해진 얼굴로 답했다.

"실패담이라고 해서 말 못 할 건 없지. 그 노파는 다리를 질질 끌면서 온갖 아픈 행세를 다 하더군. 그러더니 지나가는 사륜마차를 불러 세웠어. 나는 노파가 말하는 주소를 들으려고 가까이 갔지만 사실 그럴 필요가 없었네. 노파가 건너편에서도 들을 수 있을 만큼 아주 큰 소리로 주소를 말했거든. '하운즈디치 던컨가 13번지로 갑시다'라고. 노파가 마차에 타자 나는 그 마차 뒤에 매달려 탔어."

"위험하지 않았나?"

내가 놀라서 묻자 홈스는 미소를 지으며 말했다.

"탐정이라면 그 정도 기술쯤은 있어야지. 던컨가에 도착할 때까지 마차는 한 번도 멈추지 않고 달렸네. 나는 목적지에 도착하기 직전에 마차에서 뛰어내렸어. 그리곤 마치 아무 일도 없다는 듯 길을 어슬렁거렸지. 마차는 곧 어느 집 앞에 멈춰 섰어. 마부가 뛰어내리더니 마차 문을 열고 노파가 내리기를 기다리더군. 그런데 황당한 일이 일어났어. 세상에! 마차 안이 텅 비어 있었던 거야."

"어떻게 그런 일이!"

"가까이 다가가 보니 화를 참지 못한 마부가 욕지거리를 퍼붓고 있더군. 요금을 받지 못했으니 화가 날 법도 하지. 어디를 봐도 노파의 흔적은 없었네."

"그럴 수가!"

"아무튼 나는 13번지에 가서 노파에 관해 물어봤네. 집주인은 케스윅이라는 점잖은 표구업자였어. 그는 소여나 데니스라는 사람은 전혀 모른다고 답하더군."

"아니, 그렇다면 다리도 부실한 힘없는 노파가 달리는 마차에서 뛰어내렸단 말인가?"

"노파는 무슨!"

홈스가 날카롭게 말했다.

"그따위 속임수에 넘어간 우리가 노파나 다름없지. 그자는 분명 젊은 놈이었을 거야. 그것도 아주 연기력이 좋은 배우였을 테지. 변장은 최고라고 할 정도로 훌륭했어. 그자는 내가 자기를 미행한다는 사실을 알고 나를 따돌린 게 분명해. 범인에게는 위험을 무릅쓰고라도 그를 도우려는 친구가 많은 것 같아."

분한 듯 몸을 부르르 떨던 홈스는 내 얼굴을 슬쩍 보더니 걱정스러운 표정으로 말했다.

"자네, 아주 피곤해 보이는군. 어서 들어가서 자게."

그때 나는 몹시 피곤한 상태였기 때문에 홈스를 홀로 둔 채 침실로 들어갔다. 홈스는 오랫동안 자지 않고 연기를 내며 타오르는 벽난로 앞에 앉아 있었다. 밤늦도록 홈스의 우울한 바이올린 소리가 울려 퍼졌다. 나는 홈스가 이 기묘한 사건에 대해 깊이 생각하고 있다는 것을 알 수 있었다.

06
그렉슨의 추리

다음 날 발행된 신문마다 〈브릭스턴의 수수께끼〉라는 제목으로 장문의 기사가 실렸다. 어떤 신문에는 그에 관한 사설까지 덧붙어 있었다. 신문 기사 중에는 내가 미처 몰랐던 내용도 있었다. 나는 그 사건에 관한 기사를 여러 개 스크랩해두었는데, 그중 몇 가지를 요약하면 다음과 같다.

〈데일리 텔레그라프〉는 범죄 역사를 통틀어 외국인이 등장한 비극적인 사건은 거의 드물다는 사실을 지적했다. 그리고 피살자의 이름인 이녹이 독일식이라는 점, 뚜렷한 살해 동기가 없다는 점, 벽에 남겨진 섬뜩한 글씨 등을 종합해볼 때 정치적 망명자나 혁명가가 저지른 범행일 가능성이 크다고 주장했다. 미국에는 수많은 사회주의 단체가 있는데, 피살자는 그들의 불문율을 어긴 결과 살해당했다는 것이다. 그리고 이 신문은 중세의 비밀 재판제도인 뱀게리히트, 서서히 효과를 발휘하는 독약인 아쿠아 액, 이탈리아 공화당의 비밀결사이 카르보나리당, 악명 높은 여자 살인마 브랑빌리에 후작 부인, 다윈의 '진화론', 맬서스의 '인구론', 래트클리프의 하이웨이 살인 사건 등을 장황하게 설명했다. 그리고 정부는 영국에 거주하는 외국인에 대해 철저히 감시해야 한다고 주장하며 글을 맺었다.

〈스탠다드〉는 불법적이고 난폭한 행위는 대부분 자유주의적 행정에서 일어난다는 사실을 지적했다. 이런 사건은 불안한 군중심리로 인해 권위가 실추되는 데 그 원인이 있다는 것이다. 피살자는 몇 주 동안 런던에서 거주했던 미국인 신사로, 캠버웰의 토웨이 테라스에 소재한 차펜티어 부인의 하숙집에서 머물렀다. 그의 개인 비서인 조지프 스탠거슨 씨와 함께 여행 중이었는데, 두 사람은 지난 화요일에 하숙집 주인에게 작별인사를 하고 떠났다는 것이었다. 이들은 리버풀행 급행열차를 타러 유스턴역으로 향했고 이들의 모습은 기차역에서 목격되었다. 이후 이들의 행적에 대해서는 알려진 바가 없다. 드레버 씨가 왜 역에서 몇 마일이나 떨어진 브릭스턴가의 빈집에서 시체로 발견되었는지, 어떻게 범인과 관련이 있는지는 오리무중 상태며, 스탠거슨의 행방 역시 아직 알려지지 않았다. 또한 신문은 런던 경찰청 소속 형사, 레스트레이드와 그렉슨이 이 사건을 담당하고 있다는 것은 매우 다행스러운 일이라고 평가했다. 그리고 명성 높은 두 형사가 사건을 빨리 해결할 것을 기대한다고 적었다.

〈데일리 뉴스〉는 이 사건이 정치적인 범죄가 분명하다고 단정 지었다. 전제 정치와 유럽 각국에서 활개를 치고 있는 자유주의에 대한 혐오로 수많은 사람이 영국으로 몰려오고 있는데, 이들 대부분은 자기들이 겪은 일에 불만을 품고 있다는 것이었다. 그런데 이들 집단 내부에는 엄격한 내부 규율이 있어서 이것을 어길 시에는 죽음으로 벌을 받는다 했다. 그리고 수사의 급선무는 일단 비서 스탠거슨을 찾아 피살자에 관한 정보를 수집하는 것이라고 강조했다. 또 피살자가 하숙했던 집을 찾아낸 것은 수사상 큰 진전이라고 칭찬을 아끼지 않았다. 또 이것은 런던 경찰청 그렉슨 형사의 예리한 통찰력과 노력에 따른 것이라고 서술했다.

홈스와 나는 아침 식사를 하며 신문 기사들을 함께 읽었다. 홈스는 이 기사들을 상당히 재미있어하는 것 같았다.

"내가 얘기했지? 일이 어떻게 돌아가든, 모든 공은 레스트레이드와 그렉슨에게 돌아갈 거라고."

"그거야 결과에 따라 달라지겠지."

"아니, 그건 전혀 중요하지 않아. 만약 범인이 잡히면 그건 두 형사의 '노력 덕분'이고, 사건을 해결 못 하면 '노력했는데도 불구하고'가 되는 거야. 즉, 어떤 결과를 맞더라도 결과는 같다는 거지."

"대체 왜?"

"아주 간단해. 그들 주변에는 그들이 무슨 일을 하든 환호할 추종자가 있기 때문이야. '바보에게 감탄하는 더 멍청한 바보는 항상 끊이지 않는다'라는 프랑스 속담도 있지 않나?"

바로 그때였다. 아래층 홀과 계단에서 시끄러운 발소리가 쿵쾅거리는가 싶더니 이내 하숙집 아주머니의 화난 목소리가 울려 퍼졌다.

"잠깐, 이게 무슨 소리지?"

내가 놀란 얼굴로 말하자 홈스가 심각한 표정으로 답했다.

"베이커가 소년 탐정단이라네."

그의 말이 끝나기가 무섭게 방문이 활짝 열렸다. 그리고는 꾀죄죄한 누더기 차림의 부랑아 대여섯 명이 방 안으로 들어섰다.

"차렷!"

홈스가 기다렸다는 듯이 날카로운 목소리로 명령했다. 그러자 몹시 지저분한 데다 불량스러워 보이기까지 하는 여섯 명의 소년이 일제히 조각상이 된 양 부동자세를 취했다.

"앞으로는 보고할 일이 있으면 위킨스만 올라오도록 해라. 나머지는 모두 길에서 기다리도록!"

홈스가 엄한 목소리로 명령하자 아이들은 고개를 끄덕였다.

"위킨스, 그걸 찾아냈나?"

"아직 못 찾았습니다, 선생님."

이들 중 하나가 답하자 홈스가 심드렁하게 말했다.

"그럴 줄 알았다. 앞으로도 계속 알아보도록! 모두에게 수고비를 주겠다."

홈스는 아이들 한 명당 각각 1실링씩을 쥐여주었다.

"자, 이제 돌아가라. 다음에는 더 나은 정보를 가져와야 한다."

홈스가 손짓하자 아이들은 쥐처럼 쪼르르 계단을 내려갔다. 들어올 때와 마찬가지로 시끄러운 소리가 복도 가득 울려 퍼졌다.

"저 거지 아이 하나가 경찰 열둘보다 더 나을 때가 있어. 사람들은 경찰 제복만 봐도 입을 다물거든. 하지만 저 녀석들은 어디든지 돌아다니고 누구에게나 이야기를 전해 듣지. 게다가 거리에서 잔뼈가 굵은 놈들이라 눈치 하나는 빠르거든. 한번 저 녀석들과 연결되고 나면 나중에는 알아서 정보를 물고 온다네."

"브릭스턴 사건에 저들을 쓰고 있나?"

"꼭 확인하고 싶은 게 있어서 말이야. 밝혀지는 건 시간 문제라네."

내가 궁금한 얼굴로 쳐다보자 창밖을 내다보던 홈스가 빙그레 웃으며 말했다.

"이런! 이제 새로운 소식을 듣게 되겠군. 저기 그렉슨이 싱글거리며 오고 있어. 분명 우리한테 오는 거겠지. 그렇지. 바로 요 앞에 섰군."

아니나 다를까 벨 소리가 요란스레 울렸다. 그리고 금발의 그렉슨이 한 번에 세 계단씩 성큼성큼 올라오는 발소리가 들렸다. 그는 곧바로 우리 거실로 들어오더니 홈스의 손을 덥석 움켜쥐었다.

"홈스 선생, 축하해주시오! 내가 사건을 완전히 해결했소!"

그렉슨이 들뜬 목소리로 소리쳤다. 하지만 홈스의 얼굴에는 걱정스러운 빛이 역력했다.

"중요한 단서라도 찾았습니까?"

"무슨! 범인을 체포했습니다."

그렉슨의 말에 나는 깜짝 놀랐지만, 홈스는 침착한 목소리로 말했다.

"범인의 이름은 무엇입니까?"

"아서 차펜티어라는 해군 중사입니다."

그렉슨은 자신감이 한껏 넘치는 얼굴로 가슴을 쭉 펴더니 살이 두툼하게 오른 두 손을 마구 비벼댔다. 홈스는 안도의 한숨을 내쉬더니 피식 웃으며 말했다.

"일단 여기 앉아서 시가 한 대 태우시지요. 당신이 어떻게 그 일을 해냈는지 궁금하군요. 위스키 좀 드릴까요?"

홈스가 정중히 묻자 그렉슨은 더욱 거드름을 피우며 답했다.

"그거 좋군요. 지난 이틀 동안 어찌나 바빴는지 피곤해 죽을 지경입니다. 아시다시피 이 일이란 게 육체적으로 힘들다기보다는 정신적으로 힘들지 않습니까? 나나 홈스 씨나 모두 정신노동자라고 할 수 있지요. 홈스 씨는 분명 내 이야기를 이해하시리라 믿습니다."

"과찬의 말씀입니다."

홈스가 정색하고 말했다.

"그럼 이제 어떻게 그처럼 만족스러운 결과를 얻게 되었는지 이야기 좀 들어볼까요?"

그렉슨은 한결 여유로운 표정으로 시가를 피워 물고는 안락의자에 몸을 기댔다. 그러다 갑자기 무슨 생각이 떠올랐는지 자기 허벅지를 찰싹 때리며 킥킥대고 웃기 시작했다.

"정말 우스운 건 말입니다……."

그는 터져 나오는 웃음을 참지 못하고 한참을 키득거렸다.

"바보 같은 레스트레이드가 생각나서 말입니다. 그치는 완전히 엉뚱한 단서를 뒤쫓고 있단 말이죠. 사건과는 아무런 상관도 없는 비서 스탠거슨의 뒤나 쫓고 있다니까요. 아마 지금쯤은 스탠거슨을 잡았을 겁니다."

그렉슨은 여전히 우스워 죽겠다는 표정이었지만, 홈스의 표정에는 전혀 변화가 없었다.

"당신은 어떻게 단서를 찾았습니까?"

"아, 이제 설명해드리지요. 왓슨 선생도 내 말을 잘 들으십시오. 참, 이건 우리만의 비밀이라는 걸 꼭 기억하십시오."

그는 우리에게 다짐이라도 받으려는 듯 힘주어 말했지만, 속마음이 어떤지는 알 수 없었다.

"내가 가장 먼저 직면한 어려움은 피살된 미국인의 신원을 파악하는 일이었습니다. 어떤 이들은 신문 광고를 보고 연락이 오기만을 기다리거나 누군가가 제 발로 찾아와서 정보를 주기를 바라지만, 나 토비아스 그렉슨은 절대 그런 식으로 일을 하지 않지요."

"그렇군요."

"홈스 선생, 피살자의 옆에 놓여 있던 모자를 기억하십니까?"

"물론입니다. 그건 캠버웰가 129번지의 존 언더우드 앤 선즈 회사 제품이었죠."

홈스가 모자에 관한 정보를 거침없이 말하자 그렉슨은 갑자기 풀이 죽은 목소리로 말했다.

"홈스 씨도 그 모자를 눈여겨봤을 줄은 몰랐군요. 그럼 그 상점에 가보셨습니까?"

"아닙니다."

"오!"

홈스의 대답을 들은 그렉슨의 얼굴에 금세 생기가 돌았다. 그는 홈스를 비웃는 듯한 표정으로 말했다.

"저런, 선생은 아주 좋은 기회를 놓치신 겁니다. 제아무리 시시해 보이는 것이라 해도 절대 놓쳐서는 안 되지요."

"위대한 정신에 시시한 것은 없습니다."

홈스는 그렉슨의 말이 끝나기가 무섭게 설교조로 답했다.

"아무튼 나는 언더우드 상점으로 가서 주인에게 그 모자의 모양과 사이즈에 대해 자세히 설명해주었습니다. 그리고 혹시 그렇게 생긴 모자를 판 적이 있느냐고 물었지요. 주인은 장부를 뒤져보더니 곧바로 대답해주었습니다. 그 모자를 토퀘이 테라스 차펜티어 하숙집에 머무는 드레버 씨에게 보냈다는 사실을 말입니다. 바로 그렇게 해서 나는 그의 주소를 알아냈습니다."

"흠, 훌륭하군요. 아주 훌륭해요."
홈스는 작은 목소리로 중얼거렸다.
"그런 뒤 나는 차펜티어 부인을 찾아갔습니다."
홈스의 칭찬에 한껏 고무된 그렉슨은 신이 나서 말을 이어갔다.
"차펜티어 부인은 안색이 매우 창백했습니다. 깊은 슬픔에 빠진 듯했어요. 부인의 딸도 방 안에 있었는데, 보기 드문 미녀더군요. 내가 이야기를 꺼내자 딸의 눈이 금세 붉어지더니 입술이 바르르 떨렸습니다. 내가 누굽니까? 바로 그런 점을 내가 놓칠 리가 없지요. 아하, 이 사건과 무슨 연관이 있구나 하는 걸 알 수 있었습니다. 홈스 씨도 잘 아시죠? 제대로 된 단서를 찾았을 때의 그 짜릿함!"
홈스는 별다른 표정 변화 없이 턱을 괸 채 그렉슨의 이야기를 듣기만 했다.

다음은 그렉슨이 전한 이야기를 정리한 것이다.

그렉슨이 차펜티어 부인에게 물었다.
"이곳에서 머물렀던 클리블랜드의 이녹 J. 드레버가 의문의 죽임을 당한 사실을 알고 있습니까?"
초췌한 얼굴의 부인은 조용히 고개를 끄덕였다. 그런데 그때 갑자기 딸이 울음을 터뜨리는 것이었다. 그렉슨은 속으로 생각했다.
'이 두 여자가 사건에 대해 중요한 정보를 알고 있는 게 분명해! 그런데 이들은 드레버의 죽음이 슬퍼서만 우는 게 아닌 것 같군.'
그렉슨은 속마음을 감추고 다시 질문을 이어갔다.
"드레버 씨는 몇 시에 역으로 나갔습니까?"
"8시쯤 됐습니다."

부인은 마음의 동요를 숨기려는 듯 입술을 꽉 깨물며 침을 꿀꺽 삼켰다.

"비서 스탠거슨 씨가 기차가 둘 있다고 했어요. 저녁 9시 15분과 저녁 11시에 출발하는 기차요. 그는 먼저 출발하는 기차를 타겠다고 했습니다."

"그럼 드레버 씨를 마지막으로 본 게 그때였습니까?"

그렉슨의 질문에 부인의 얼굴이 하얗게 변하더니 볼이 부들부들 떨리기 시작했다. 부인은 한참 동안 입을 다물고 뜸을 들이더니 잠시 후 목이 쉰 듯한 부자연스러운 목소리로 답했다.

"그렇습니다."

그리고 이들 사이에는 잠시 냉랭한 침묵이 흘렀다. 침묵을 먼저 깬 것은 딸이었다. 그녀는 침착하고 차분한 목소리로 말했다.

"어머니, 거짓말을 해봤자 아무런 도움이 안 돼요. 이분에게 솔직히 말하는 게 좋아요."

딸은 그렉슨의 얼굴을 똑바로 바라보며 똑똑히 말했다.

"드레버 씨는 다시 여기로 왔어요."

"오! 하느님!"

부인은 두 팔을 번쩍 치켜들더니 의자에 몸을 기대며 소리쳤다.

"네 오빠를 죽일 셈이니?"

"진실을 말하는 게 오빠를 위해서 더 좋아요!"

딸은 부인을 보며 단호하게 말했다. 둘 사이에 흐르는 팽팽한 신경전은 그렉슨의 호기심을 더욱 자극했다.

"모든 사실을 있는 그대로 밝히는 게 좋을 겁니다. 반만 털어놓는 건 아예 이야기를 안 하는 것보다 더 나쁘니까요. 게다가 부인은 우리가 얼마나 많은 정보를 알고 있는지 전혀 모르지 않습니까?"

"앨리스! 이건 모두 네 책임이야!"

부인은 절망에 찬 목소리로 소리치더니 체념한 듯한 얼굴로 그렉슨을 바라보았다.

"형사님, 다 말씀드리겠습니다. 하지만 절대 오해는 하지 마십시오. 제가 이렇게 걱정하는 건 제 아들이 끔찍한 짓을 저질렀다고 생각하기 때문이 아닙니다. 그 아이에게는 죄가 없습니다. 형사님의 얼굴을 보니 그 애가 혹시라도 다칠 수 있다는 생각이 들어 무섭기만 합니다. 제 아들은 훌륭한 인격을 갖춘 데다 직업과 경력도 나무랄 데가 없다는 걸 알아주십시오."

부인은 간절한 표정으로 그렉슨에게 간청했다.

"우선 모든 사실을 깨끗이 털어놓으십시오. 그러면 크게 걱정하실 일은 없을 겁니다."

그렉슨은 부드러운 어조로 말하며 부인을 안심시켰다. 부인은 크게 심호흡을 하며 고개를 끄덕였다.

"얘야, 너는 잠깐 나가 있으렴."

딸이 방 밖으로 나가자 부인은 한결 편안해진 목소리로 입을 열었다.

"이 얘기를 다 털어놓을 생각은 아니었는데, 제 딸아이가 말해버렸으니 더는 숨길 방법도 없겠군요. 이제 말씀드리기로 했으니 작은 것 하나도 빠뜨리지 않고 말씀드리겠습니다."

"현명한 생각입니다."

"드레버 씨는 우리 집에 3주 정도 머물렀습니다. 이곳에 오기 전에 그는 비서 스탠거슨 씨와 유럽 여행을 다녔다고 하더군요. 그분들의 여행 가방마다 코펜하겐 라벨이 붙어 있는 거로 봐서 그곳이 마지막 여행지였던 모양이었습니다."

"두 사람의 성격은 어땠습니까?"

"스탠거슨 씨는 상당히 조용하고 점잖은 사람이었어요. 하지만 드레버 씨는 그와는 정반대였죠. 그분은 태도가 매우 거칠고 사람됨이 별로였어요. 솔직히 말하자면 야비하고 상스럽기 그지없었답니다. 우리 집에 도착한 날 밤에도 술을 진탕 마시고는 무례하게 행동했습니다. 게다가 한낮에도 술에 잔뜩 취해 있었습니다. 그런 상태에서 하녀들을 집적거리고 희롱했으니 제 속이 어땠겠습니까? 문제는 점점 더 심각해져서 급기야는……."

화가 치밀어 오르는지 부인의 얼굴이 부들부들 떨리기 시작했다.

"제 딸아이에게도 똑같은 행동을 하기 시작했습니다. 앨리스에게 몇 번이나 희롱하는 말을 지껄이더라니까요. 하지만 앨리스는 그 말이 무슨 뜻인지도 모를 정도로 순진한 아이랍니다. 한번은 앨리스의 팔을 잡아당겨 강제로 끌어안기도 했습니다. 그 모습을 본 스탠거슨 씨가 신사답지 못한 행동이라고 주인을 나무라기까지 했지요."

"그런 일을 겪고도 왜 참고 있었습니까? 원한다면 그 사람을 내보낼 수도 있었을 텐데요."

그렉슨이 이상하다는 듯 묻자 부인의 얼굴이 금세 붉게 달아올랐다.

"물론 그 인간이 여기 온 첫날부터 쫓아내고 싶은 마음은 굴뚝같았지요. 하지만 유혹이 너무 강했어요. 그들은 하루에 1인당 1파운드씩 하숙비를 내고 있었거든요. 일주일이면 14파운드나 되는 돈이니, 요즘 같은 불경기에 그만한 장사가 어딨답니까. 혼자 사는 과부가 해군에 있는 아들 뒤치다꺼리까지 하려면 돈이 많이 필요하답니다. 솔직히 그 돈이 너무 필요했어요. 그래서 폭발할 것 같은 감정도 꾹 참으며 하루하루를 견디고 있었던 겁니다. 돈이 원수지요. 하지만 앨리스에게 한 행동을 보고는 더는 참을 수가 없어서 당장 나가라고 말했습니다. 그래서 드레버 씨가 우리 집을 나간 거고요."

"그다음엔 어떻게 됐습니까?"

"그가 떠나자 속이 후련하더군요. 사실 그때 휴가를 받은 아들이 집에 와 있었지만 저는 그 얘기를 하지 않았어요. 그 아이는 제 여동생을 끔찍하게 생각하거든요. 혹시라도 성질이 불같은 아들 녀석이 그 이야기를 듣고 무슨 일이라도 벌일까 걱정됐기 때문이죠."

부인은 아차 하는 표정으로 말을 멈추고 그렉슨을 쳐다보았다.

"아, 그렇다고 아들놈이 무슨 일을 벌인 건 절대 아니니 오해하지 마세요."

부인은 다시 한번 그렉슨에게 다짐을 하고는 말을 이었다.

"그들이 떠난 뒤 저는 훨훨 날아갈 것처럼 마음이 가벼웠어요. 그런데 그들이 떠난 지 한 시간도 채 안 돼서 벨이 울렸습니다."

"그들이 돌아온 거로군요."

"맞아요. 드레버 씨가 돌아온 거였어요. 그는 잔뜩 취한 데다 아주 흥분한 상태더라고요. 그는 저와 딸이 있는 방에 막무가내로 들어오더니 기차를 놓쳤다며 횡설수설하기 시작했습니다. 그러더니 갑자기 앨리스에게 함께 떠나자고 했어요. 아니, 제 엄마가 보는 앞에서 그렇게 말하는 사람이 어딨답니까?"

"그자가 정확히 뭐라고 말하던가요?"

"'넌 이미 다 큰 성인이다. 법적으로도 아무런 문제가 없으니 누구 눈치도 볼 필요가 없다. 게다가 나는 넘치도록 돈이 많다. 저따위 할망구는 신경 쓰지 말고 나와 함께 가자. 여왕 대접을 받으며 살게 해주마.' 하고 말도 안 되는 소리를 지껄이더군요."

부인은 그때의 일이 생각나는지 두 주먹을 꽉 움켜쥐며 부르르 떨었다.

"불쌍한 딸아이는 겁에 질려서 꼼짝도 못 하고 있었습니다. 그런데 그놈이 벌떡 일어서서 딸아이의 손목을 비틀어 쥐고는 문 쪽으로 끌고 가는 것이었어요. 나는 날카롭게 비명을 질러댔습니다. 그러자 아들 아서가 방 안으로 곧장 달려 들어왔어요. 그다음에는 무슨 일이 일어났는지 모르겠습니다. 욕지거리하는 소리와 치고받으며 싸우는 소리가 요란스레 들렸던 것만 기억납니다. 전 너무나 무서워서 고개를 들 수가 없었어요. 잠시 후 제가 얼굴을 들었을 때 아서가 손에 지팡이를 든 채로 문 앞에 서서 웃고 있더군요."

"지팡이를요?"

"아서는 '다시는 저 자식이 우릴 괴롭히는 일은 없을 거예요.'라고 당당하게 말했어요. 그런 뒤 '그놈이 무슨 짓을 하는지 쫓아가 봐야겠어요.' 하더니 말릴 새도 없이 모자를 들고 밖으로 나갔습니다."

"그리고?"

"다음 날 아침에 우리는 드레버 씨가 의문의 죽임을 당했다는 이야기를 전해 들었습니다."

부인은 말을 마치며 한숨을 길게 내쉬었다.

"부인의 목소리는 너무 낮고 조용해서 알아듣기 힘들 때도 있었습니다. 하지만 그녀가 말한 것을 모두 속기로 기록해두었으니 대화 내용이 틀릴 리는 없을 거예요."

그렉슨이 자신만만한 표정으로 말했다.

"호, 아주 흥미롭군요."

홈스는 따분한 표정으로 하품을 하며 말했다.

"그다음에는 어떻게 됐습니까?"

"부인이 이야기를 끝냈을 때……."

그렉슨은 눈빛을 반짝이며 말을 이었다.

"나는 이 순간이야말로 사건 해결의 중심처로구나 하고 생각했습니다. 그래서 부인의 눈을 똑바로 바라보고 말했죠. 이 방법이 여자들에게 잘 먹히거든요. 아무튼 나는 아서가 몇 시에 들어왔느냐고 물었습니다. 부인은 모른다고 답하더군요."

"모른다고요?"

내가 묻자 그렉슨이 고개를 끄덕이며 말했다.

"아서가 현관 열쇠를 갖고 있어서 직접 문을 열고 들어왔기 때문이죠. 그래서 나는 부인이 몇 시에 잠자리에 들었는지 물었습니다. 11시라더군요."

"그럼 적어도 두 시간 동안은 밖에 있었던 거로군요."

"네 시간이나 다섯 시간이 될 수도 있지요. 그 시간 동안 아들이 무슨 일을 했냐고 물었지만, 부인은 모른다고 답했습니다. 그래서 나는 경찰관 두 명을 동행하고 차펜티어 중사를 찾아내 체포했습니다."

"순순히 잡히던가요?"

내가 묻자 그렉슨은 어깨를 으쓱하며 답했다.

"내가 그의 어깨를 툭 치면서 얌전히 따라오라고 하자 그는 뻔뻔스럽게 말하더군요. '내가 드레버라는 악당 놈의 죽음과 관련이 있다고 생각하는군요.' 우리 중 누구도 드레버의 이야기를 꺼내지 않았는데도 그 이야기를 꺼내는 걸 보니 매우 의심스러웠습니다."

"정말 그렇군요."

홈스가 고개를 끄덕이며 말했다.

"그는 그때까지도 드레버를 쫓아갔을 때 가지고 갔다던 무거운 지팡이를 들고 있었습니다. 아주 굵은 참나무 몽둥이였어요."

"그러면 당신의 가설은 뭡니까?"

홈스가 그렉슨의 얼굴을 빤히 보며 물었다.

"내 추리는 이렇습니다. 우선 그는 브릭스턴가까지 드레버의 뒤를 쫓아갔습니다. 거기서 두 사람은 옥신각신 말다툼을 벌였겠지요. 그러다 드레버는 중사가 휘두른 몽둥이에 얻어맞아 즉사한 겁니다. 그래서 상처도 남지 않았지요. 만약 몸통을 맞았다면 분명히 상처가 남았을 겁니다. 그날 밤에는 비가 많이 와서 거리에 행인이 없었어요. 그래서 중사는 자기가 살해한 드레버의 시체를 빈집에 끌어다 놓은 겁니다."

"그럼 집 안에 있던 단서들은요?"

"그건 속임수죠. 촛불과 핏방울, 벽에 쓴 글씨, 그리고 반지까지 모두 경찰 수사에 혼선을 주기 위해 심어둔 단서들이에요."

"훌륭합니다!"

홈스가 격려 조로 말하자 그렉슨은 의기양양한 표정을 지으며 어깨를 으쓱했다.

"그렉슨, 정말 대단하군요. 당신은 분명 훌륭한 수사관이 될 겁니다. 큰일을 해내겠어요!"

"내 자랑 같긴 하지만 나 스스로 일을 훌륭히 처리했다고 생각합니다."

그렉슨은 자랑스럽게 말했다.

"그 청년은 묻지도 않았는데 이야기를 꺼내더군요. 자기가 드레버를 뒤쫓아 가자 드레버는 미행당한다는 사실을 눈치채고 마차를 타고 도망치더랍니다. 그래서 중사는 집으로 돌아가고 있었는데 그 길에서 오래전에 알고 지내던 선원을 만났답니다. 두 사람은 한참 동안 함께 산책했고요."

"그 선원은 어디에 산답니까?"

홈스의 질문에 그렉슨은 눈빛을 반짝이며 말했다.

"나도 바로 그 점에 관해서 물었습니다. 하지만 그는 속 시원하게 답하지 못하더군요. 정말 희한할 정도로 앞뒤가 딱 떨어지지 않습니까?"

그 순간 그렉슨은 또다시 키득거리며 웃기 시작했다.

"그런데 생각할수록 우스운 건 레이스트레이드가 완전히 헛다리를 짚었다는 사실입니다. 그 친구가 허탕 치고 돌아올 걸 생각하면 걱정스럽기까지 하다니까요."

그때였다. 계단을 급히 올라오는 발소리가 쿵쿵 울렸다.

"어이쿠, 호랑이도 제 말 하면 온다더니! 레스트레이드군요."

그렉슨의 말대로 문을 열고 들어선 사람은 레스트레이드였다. 그런데 평상시와는 다르게 그의 자신감 넘치는 태도는 눈을 씻고 봐도 찾아볼 수가 없었다. 그의 얼굴은 풀이 잔뜩 죽어 있었고, 항상 단정하던 옷차림도 엉망으로 흐트러져 있었다. 그는 홈스에게 사건에 대한 자문을 구하러 온 것이 분명했다. 하지만 그 자리에 그렉슨이 먼저 와 있는 것을 보고 흠칫 놀라는 눈치였다. 그렉슨의 의기양양한 표정을 본 레스트레이드는 당황한 나머지 애꿎은 모자만 만지작거릴 뿐이었다.

"이렇게 이상한 사건은 난생처음입니다."

한참을 망설이던 레스트레이드가 겨우 입을 열었다.

"오! 그렇게 생각하나?"

그렉슨이 자신만만하게 소리쳤다.

"난 자네가 그런 결론을 내릴 걸 이미 알고 있었네. 그나저나 스탠거슨은 찾았나?"

레스트레이드는 금방이라도 울 것 같은 얼굴로 침통하게 말했다.

"오늘 아침 6시경에 할리데이스 프라이빗 호텔에서 살해된 채로 발견됐네."

07
두 번째 살인사건

레스트레이드가 우리에게 전한 정보는 정말 생각지도 못한 것이었다. 우리 모두 너무 놀란 나머지 한참 동안 입을 다물고 있었다. 얼마나 지났을까. 자리에서 벌떡 일어서던 그렉슨이 마시다 남은 위스키를 쏟아버렸다. 나는 홈스를 쳐다보았다. 그는 입을 꼭 다문 채 이맛살을 찌푸리고 있었다.

"스탠거슨도 죽었단 말이지."

홈스가 나지막이 중얼거렸다.

"사건이 점점 더 재밌어지는군."

"재밌기는요! 전보다 더 복잡해지지 않았습니까?"

레스트레이드는 입을 쭉 내밀고 볼멘소리를 했다.

"무슨 참모 회의에 온 기분이군."

"레스트레이드, 그 정보 틀림없는 건가?"

그렉슨이 더듬거리며 말했다.

"지금 스탠거슨이 투숙했던 호텔에서 오는 길이네. 사건 현장을 처음 발견한 사람도 바로 나일세."

레스트레이드가 인상을 찌푸리며 답했다.

"지금까지 우리는 사건에 대한 그렉슨 형사의 고견을 듣고 있었습니다."

홈스가 매우 흥미롭다는 표정으로 레스트레이드에게 말했다.

"어서 스탠거슨 사건의 경위를 설명해주십시오."

"알겠습니다."

레스트레이드는 의자에 털썩 주저앉으며 대답했다.

"솔직히 나는 스탠거슨이 드레버의 죽음과 분명히 관계가 있으리라는 심증을 갖고 있었습니다. 하지만 사건이 완전히 새로운 국면으로 전환되면서 내 생각이 잘못되었다는 게 증명된 셈입니다. 아무튼 이 사실을 알기 전까지 나는 줄곧 스탠거슨을 찾아야 한다는 생각만 하고 있었습니다. 그래서 그의 소재 파악에만 주력했죠."

비록 침통한 표정이긴 했지만 레스트레이드는 침착하게 이야기를 이어갔다.

다음은 레스트레이드가 전한 이야기다.

레스트레이드는 3일 저녁 8시 30분경에 유스턴역에서 드레버와 스탠거슨을 목격한 사람이 있다는 사실을 알아냈다. 그리고 다음 날 새벽 2시에 브릭스턴가에서 드레버가 시체로 발견되었다는 점을 주목하고 스탠거슨의 알리바이를 알아내는 데 주력했다. 즉, 저녁 8시 30분부터 범죄가 발생한 시간까지 스탠거슨이 무슨 일을 했는지 알아내는 것이 사건 해결의 관건이라고 생각한 것이다. 일단 레스트레이드는 리버풀로 전보를 쳐서 스탠거슨의 인상착의를 자세히 설명했다. 그리고 혹시라도 그런 인물이 미국 배에 타려고 하면 예의 주시하라고 경고했다. 그런 다음 유스턴 부근에 소재한 호텔과 하숙집을 상대로 탐문 수사에 들어갔다. 만약 드레버와 스탠거슨이 따로 떨어져 행동했다면, 스탠거슨은 그 근처에서 숙박했을 것이 분명하다고 판단했기 때문이다. 그리고 다음 날 아침에 스탠거슨이 다시 역에 나타날 거라 믿었다.

"그게 아니라면 둘이 사전에 모종의 약속을 했을 수도 있지요."

홈스가 중간에 끼어들어 자기 생각을 말했다.

"맞습니다! 나는 엊저녁 내내 유스턴 지역을 돌아다니며 수사를 진행했습니다. 하지만 아무런 성과도 없었지요. 그래서 오늘은 새벽부터 움직이자 결심하고 아침 8시에 리틀 조지가의 할리데이 프라이빗 호텔에 도착했습니다."

레스트레이드는 심각한 표정으로 말을 이었다. 레스트레이드는 곧장 호텔 프런트로 다가가 직원에게 물었다.

"혹시 스탠거슨이라는 사람이 투숙하고 있습니까?"

"아하! 손님께서 기다리시던 분이군요. 스탠거슨 씨께서는 어떤 신사분이 자기를 찾아올 거라며 이틀 동안이나 기다리셨습니다."

직원은 반가운 표정으로 답했다.

"그 사람은 지금 어디 있습니까?"

레스트레이드는 흥분을 애써 감추며 물었다.

"위층 객실에서 주무시고 계십니다. 9시에 깨워달라고 하셨습니다."

"지금 당장 그를 만나야겠소."

레스트레이드는 그 즉시 스탠거슨을 만나야 한다고 생각했다. 그가 갑자기 나타나면 스탠거슨이 당황한 나머지 솔직하게 사실을 털어놓을 것 같기 때문이었다. 그때 호텔에서 일하는 구두닦이가 자진해서 안내해주겠다며 앞으로 나섰다.

레스트레이드는 작은 복도를 지나 2층에 있는 스탠거슨의 방으로 향했다. 구두닦이는 스탠거슨이 투숙한 방을 손가락으로 가리키고는 뒤돌아섰다. 그런데 바로 그때였다.

속이 뒤집힐 것 같은 메스꺼운 장면이 레스트레이드의 눈 속으로 파고들었다. 20년 동안이나 경찰 생활을 한 그마저도 참기 힘들 정도로 구역질나는 장면이었다. 스탠거슨의 방문 밑으로 흘러나온 검붉은 피가 복도 맞은편의 벽 아래쪽에 고여 있었다. 레스트레이드는 자신도 모르게 소리를 지르고 말았다. 고함에 놀란 구두닦이가 황급히 레스트레이드에게 달려왔다. 눈 앞에 펼쳐진 상황을 목격한 구두닦이는 소스라치게 놀라 기절할 지경이었다. 불행한 사건이 벌어진 것으로 판단한 레스트레이드는 방문을 열기 위해 문고리를 돌렸다. 하지만 방문은 안으로 잠겨 있었기 때문에 꿈쩍도 하지 않았다. 하는 수 없이 레스트레이드와 구두닦이는 어깨로 방문을 힘껏 밀었다. 그들이 방 안으로 들어가자 창문은 활짝 열려 있었고, 창가에는 마구 흩어진 물건들과 함께 잠옷을 입은 남자의 시체가 바닥에 누워 있었다. 팔다리가 차갑게 굳은 것으로 보아 남자는 죽은 지 오래된 것이 분명했다. 레스트레이드가 시체를 돌려 눕히자 구두닦이가 소리쳤다.

"이분은 조지프 스탠거슨 씨입니다! 이 방에 투숙한 신사가 맞아요!"

레스트레이드는 무릎을 꿇은 채 시체의 상태를 살펴보았다. 시체의 왼쪽 가슴에는 깊은 칼자국이 있었다. 칼이 심장을 뚫은 것이 분명해 보였다. 그것이 바로 남자의 사인인 셈이었다.

멈추지 않고 이야기를 이어나가던 레스트레이드는 목이 마르는지 옆에 놓여 있던 컵에 물을 따라 벌컥벌컥 들이켰다. 그리고 마치 중대한 비밀을 알고 있는 아이처럼 눈빛을 반짝이며 입을 열었다.

"자, 이제부터 이 사건의 가장 이상한 점을 이야기해드리겠습니다. 피살자의 시체 위에 무엇이 있었는지 아시겠습니까?"

레스트레이드는 홈스와 나, 그렉슨의 얼굴을 차례로 보았다. 그렉슨은 전혀 알 수 없다는 얼굴이었고, 나는 왠지 모르게 등골이 서늘한 느낌 때문에 아무런 말도 하지 못했다. 하지만 홈스는 달랐다.

"RACHE라는 글씨가 피로 쓰여 있었겠군요."

"오! 맞습니다!"

레스트레이드가 깜짝 놀라 소리쳤다. 그의 얼굴에는 공포의 그림자가 드리워져 있었다. 아주 잠깐 방 안에 어색한 침묵이 흘렀다. 이 알 수 없는 살인자의 행동은 어딘지 모르게 규칙적이면서도 이해하기 어려운 점이 많았다. 바로 그 점이 그의 범죄를 더욱 두렵게 만드는 것 같았다. 피비린내가 진동하는 전쟁터에서도 멀쩡했던 내 신경은 그 생각이 몰려들자 참기 힘들 만큼 복잡하게 얽혀버렸다.

"그런데 범인을 목격한 사람이 있었습니다."

가장 먼저 침묵을 깬 건 레스트레이드였다.

"그는 바로 우유 배달 소년이었습니다. 그 아이는 호텔 뒤쪽으로 난 골목을 지나 우유 가게로 가던 중이었답니다. 그런데 여느 때와는 달리 땅 위에 놓여 있던 사다리가 2층 객실의 창문 밑에 세워져 있는 걸 보고 이상하다는 생각을 했지요. 게다가 그 방의 창문이 활짝 열린 상태였으니 더 의문이 들었겠지요. 그래서 길을 가다 뒤를 돌아보았는데, 글쎄 한 남자가 사다리를 타고 내려오고 있었답니다."

"의심할 만한 점이 있었답니까?"

"그 남자가 너무나 태연스레 사다리에서 내려오기에 호텔에서 일하는 목수나 기술자라고 생각하고 말았답니다. 물론 일하기에는 아직 이른 시간이라는 생각을 잠깐 했지만 별다른 의심은 안 했다더군요. 그래서 그 남자를 자세히 보지 않았던 거죠."

"그래도 인상착의나 옷차림은 기억하겠지요?"

"소년의 말로는 키가 크고 유난히 얼굴이 붉었다고 했습니다. 옷은 긴 갈색 코트를 입었고요."

그 순간, 나는 깜짝 놀라지 않을 수 없었다. 레스트레이드가 말한 용의자의 인상착의가 홈스의 추측과 정확히 일치했기 때문이었다. 나는 홈스를 곁눈질로 흘깃 쳐다보았다. 하지만 그의 표정에서 만족한다거나 기뻐하는 기색은 전혀 찾아볼 수가 없었다.

"방 안에 들어갔을 때 세면대에 핏물이 고여 있었습니다. 그리고 침대 시트에는 용의자가 칼을 닦은 자국이 남아 있었고요."

"방 안에 단서가 될 만한 건 없었습니까?"

홈스가 물었다.

"전혀 없었습니다. 스탠거슨의 주머니에서 드레버의 지갑이 나오긴 했지만, 스탠거슨이 모든 경비를 계산했다는 사실을 생각하면 이상한 일도 아닙니다."

"지갑에는 뭐가 들어 있었습니까?"

"80파운드 정도가 들어 있었지만, 누가 빼간 흔적은 없었습니다. 이 기묘한 범죄의 동기가 무엇인지는 모르겠지만 강도 사건은 아닌 것 같습니다."

"주머니에 또 다른 물건은 없었습니까?"

"다른 건 없고 전보 한 장이 있었습니다. 한 달 전에 클리블랜드에서 보낸 것이었는데, 내용은 'J. H는 유럽에 있음'이었습니다. 전보를 친 사람 이름은 없었고요."

"그 밖에 다른 것은요?"

"특별히 중요한 건 없었습니다. 침대 위에는 자기 전에 읽은 듯한 소설 한 권이 놓여 있었고, 의자 위에는 파이프가 있었습니다. 탁자 위에 물 한 잔이 있었고요."

"잘 생각해보십시오. 하나라도 빠뜨리면 안 됩니다."

"참, 창틀 위에 알약 두어 개가 든 조그마한 나무 약 상자가 있더군요."

그때였다. 홈스가 활짝 웃으며 자리에서 벌떡 일어섰다.

"드디어 마지막 고리를 찾았군! 이것으로 사건은 모두 해결됐어!"

홈스는 들뜬 목소리로 외쳤다. 두 형사는 갑작스러운 홈스의 행동에 어리둥절한 표정으로 서로의 얼굴을 바라보았다.

"이 사건의 전모를 완전히 파악했습니다. 물론 자세한 부분에 대해서는 좀 더 밝혀내야겠지요. 하지만 적어도 드레버와 스탠거슨이 역에서 헤어진 다음부터 드레버가 시체로 발견될 때까지, 굵직한 사건의 내용에 대해서는 똑똑히 알고 있단 말입니다. 마치 내 두 눈으로 본 것처럼 말입니다."

홈스는 껄껄 웃으며 두 손을 맞잡았다.

"하지만 어떻게……."

"이제 그 증거를 보여드리지요. 그 알약 좀 볼 수 있을까요?"

"여기 있습니다."

레스트레이드가 조그맣고 하얀 상자를 꺼내며 말했다.

"경찰서 금고에 보관할 요량으로 상자와 지갑, 전보를 다 가져왔습니다. 솔직히 이 알약은 별로 중요한 게 아니라고 생각해서 놓고 올까 하기도 했습니다."

"이리 주십시오."

홈스는 상자를 받아 알약을 꺼내 들고는 나를 향해 돌아섰다.

"왓슨, 이걸 좀 보게. 보통 알약인가?"

나는 창가로 가서 알약을 햇빛에 비춰보았다. 그것은 진줏빛의 작고 둥근 알약으로 매우 투명했는데, 보통의 알약은 아닌 것 같았다.

"가볍고 투명한 걸 보니 물에 녹을 것 같군."

내가 말하자 홈스가 만족스러운 미소를 지으며 말했다.

"정확하게 봤네. 왓슨, 미안하지만 아래층에 내려가서 병든 테리어를 데리고 와주게. 어제 하숙집 아주머니가 자네에게 안락사를 부탁했던 그 개 말일세."

나는 곧장 아래층으로 내려가서 개를 안고 방으로 돌아왔다. 오랫동안 병에 시달린 개는 힘겹게 숨을 쉬고 있었고 두 눈은 초점 없이 흐린 상태였다. 누가 보더라도 금방 죽을 거라는 생각을 할 정도로 상태가 나빴다. 실제로 주둥이 언저리가 하얗게 변한 것을 보면 수명이 이미 다했다는 것을 알 수 있었다. 나는 개를 카펫 위에 놓인 방석에 눕혔다.

"이제 이 알약을 반으로 나누겠습니다."

홈스는 주머니칼을 꺼내 알약을 쪼갰다.

"알약의 반쪽은 나중에 다시 쓸 일이 있을 테니 도로 상자에 넣겠습니다. 나머지 반쪽은 찻숟가락 하나 분량의 물이 담겨 있는 와인 잔에 넣고요."

두 형사와 나, 그리고 홈스의 시선은 일제히 와인 잔에 고정됐다.

"왓슨의 말처럼 약이 금세 녹는군요."

홈스는 매우 흥미롭다는 듯 말했지만 레스트레이드는 불만스러운 표정이었다. 그는 자신이 놀림당하는 느낌이 들었는지 언짢은 목소리로 말했다.

"그게 조지프 스탠거슨의 죽음과 무슨 상관이 있다는 겁니까?"

홈스는 미소를 지으며 부드럽게 말했다.

"인내심을 가지세요. 사람은 인내할 줄 알아야 한답니다. 조금만 있으면 이 알약이 그 사건과 관계가 있다는 걸 알게 될 겁니다. 이제 여기에 우유를 조금 부어보겠습니다. 그래야 먹기 쉬울 테니까요. 이걸 개에게 주면 아마 잘 먹을 겁니다."

홈스는 와인 잔에 든 액체를 접시에 쏟은 뒤 개 앞에 밀어주었다. 개는 순식간에 접시를 싹싹 핥아 먹었다. 홈스가 워낙 진지한 태도를 보였기 때문에 우리 모두 숨죽이며 그의 행동을 지켜보고 있었다. 도대체 개에게 어떤 변화가 나타날지 궁금했기 때문이었다. 하지만 시간이 지나도 개에게 별다른 변화는 나타나지 않았다. 개는 축 처진 상태로 방석 위에 엎드려 있었지만 약을 먹기 이전과 다른 점은 없었다. 거칠게 호흡하기는 했지만, 그것은 약을 먹기 이전에도 비슷했다.

홈스는 시계를 꺼내 들더니 시간을 재기 시작했다. 1분, 2분, 3분, 시간이 흘러감에도 아무런 변화가 없자 홈스의 얼굴에 실망한 기색이 역력했다. 그는 입술을 꽉 깨물고 손가락으로 탁자를 톡톡 치며 초조함을 감추지 못했다. 나는 홈스의 감정이 동요하고 있다는 생각에 안타까움을 금할 수가 없었다. 하지만 두 형사는 달랐다. 그들은 자신감에 차 있던 홈스가 어려움에 부딪힌 것이 내심 고소했는지 비웃음을 머금고 있었다.

"우연의 일치일 리가 없어!"

자리에서 벌떡 일어선 홈스가 소리쳤다. 그는 손으로 머리를 쓸어올리며 방 안을 미친 듯이 돌아다녔다.

"이것이 우연의 일치라는 건 불가능해! 드레버 사건이 일어났을 때 나는 그 약이 가방 속에 들었을 거로 생각했어. 그런데 그 약이 스탠거슨이 죽은 뒤에야 발견된 거야. 거기까진 좋아. 하지만 이 약이 아무런 해도 끼치지 않는다니! 도대체 뭐가 잘못된 거지? 이 빌어먹을 개가 멀쩡한 걸 보라고!"

몹시 초조한 표정으로 방 안을 서성대던 홈스는 한 자리에 우뚝 멈춰 서더니 무언가 골똘히 생각하는 눈치였다. 몇 초의 시간이 흘렀을까. 미간을 찌푸린 채 손가락으로 제 이마를 톡톡 건드리던 홈스가 갑자기 환성을 질러댔다. 그는 곧바로 약 상자로 달려가더니 남은 알약 하나를 꺼내 둘로 나누었다. 그리곤 이번에도 약을 물에 타서 녹이더니 우유를 타서 개에게 주었다. 개는 또다시 혀를 날름거리며 접시에 코를 박았다. 그런데 혀가 접시에 닿자마자 개는 온몸을 비틀며 사지를 부들부들 떨기 시작했다. 그리고 이내 몸이 뻣뻣하게 굳는가 싶더니 곧바로 숨이 끊겨버렸다. 그제야 홈스는 긴 한숨을 내쉬며 이마에 흥건히 맺힌 땀을 닦았다.

"나는 좀 더 강한 믿음을 가져야 했습니다."

홈스가 진지한 표정으로 말을 이었다.

"만약 겉으로 드러난 사실이 오랫동안 추리해온 내용과 맞지 않는다면 그것을 대신할 만한 다른 해석이 있다는 걸 상기해야 합니다. 상자에 든 알약 두 개 중에서 하나는 치명적인 독약이었지만, 다른 하나는 전혀 해가 없는 것이었습니다. 이 약 상자를 보기 전부터 그 정도는 알았어야 했습니다."

이 말을 들은 나는 너무 놀란 나머지 그가 제정신일까 하는 의문까지 들었다. 하지만 죽어서 축 늘어진 개가 눈앞에 놓여 있으니 그의 추리가 옳다는 것은 이미 증명된 셈이었다. 그제야 내 머릿속을 뿌옇게 만들어놓았던 안개가 서서히 걷히고 저 너머의 진실이 어렴풋이 보이는 것 같았다.

"여러분에게는 이 모든 일이 이상하게만 보일 겁니다."

홈스는 빙긋 미소를 지으며 두 형사를 쳐다보았다.

"왜 그런 줄 아십니까? 그건 여러분이 수사 초기 단계에서 진짜 중요한 단서, 하나뿐인 단서를 간과했기 때문입니다. 그 단서가 얼마나 중요한 것인지 파악하지 못했기 때문에 실패할 수밖에 없었죠. 하지만 나는 그 의미를 이해하고 있었습니다. 이후에 발생한 사건들은 내가 처음에 추측했던 내용이 옳다는 걸 확인시켜줄 뿐이었습니다. 그것은 논리적인 추리의 결과니 놀랄 것은 없습니다."

"아니, 이렇게 복잡하고 혼란스러운 사건의 전말을 모두 추측하고 있었단 말입니까?"

그렉슨이 못마땅한 표정으로 볼멘소리를 했다. 하지만 홈스는 그의 말에는 아랑곳하지 않고 당당한 자세로 말을 이어갔다.

"여러분에게는 복잡하고 혼란스럽게만 보였던 여러 정황이 내게는 뚜렷한 빛처럼 보였습니다. 그것들은 내가 올바른 결론에 도달하는 데 큰 도움을 주었습니다."

"좀 쉽게 설명해보십시오."

레스트레이드가 짜증 섞인 목소리로 말했다.

"가장 일상적인 범죄가 가장 이해하기 힘든 사건이 될 가능성이 크단 말입니다. 왜냐하면 평범한 사건에는 우리가 추리할 만한 새로운 사실이나 특별한 점들이 없기 때문입니다. 그렇게 되면 추리를 전개하기 힘들어지지요. 만약 이 사건의 피해자가 런던의 어느 길거리에서 발견되었다고 생각해보십시오. 당신들을 혼란스럽게 했던 이상하고 특이한 사항들이 전혀 없이 말입니다. 그랬다면 이 살인 사건은 해결하기 매우 힘들어졌을 겁니다. 결과적으로 이 사건의 이상한 특징들은 사건을 어렵게 만들기보다는 쉽게 만들었다는 걸 알 수 있습니다."

초조한 얼굴로 최대한 인내심을 발휘하며 홈스의 말을 듣던 그렉슨이 화난 목소리로 말했다.

"여보세요, 홈스 씨. 우리는 당신이 매우 비상하고 독특한 수사 기법을 갖고 있다는 걸 충분히 알고 있습니다. 하지만 지금 우리가 원하는 건 단순한 이론이나 설교 따위가 아닙니다. 문제는 범인을 잡는 일이 아닙니까? 나 역시 나름대로 수사 방향을 정하고 수사를 벌여왔지만, 지금 보니 내가 틀렸다는 걸 알겠습니다. 차펜티어 중사가 두 번째 사건을 저질렀을 리 없으니까요."

그렉슨은 흥분을 가라앉히려는 듯 짧은 한숨을 내쉬고는 말을 이었다.

"레스트레이드도 마찬가집니다. 스탠거슨을 추적했지만, 그 또한 시체로 발견되지 않았습니까. 듣고 보니 홈스 씨는 우리보다 많은 걸 알고 계시는 것 같은데, 이제 속 시원히 말씀해보십시오. 여기저기 찔러대며 암시만 하지 말고 선생이 알고 있는 것에 대해 자세히 설명해달란 말입니다."

그러자 레스트레이드가 그렉슨을 거들고 나섰다.

"맞습니다. 범인의 이름이라도 알고 있는 겁니까?"

홈스 덕분에 두 형사는 잠깐이지만 마음이 통한 모양이었다.

"우리 둘 다 범인을 잡으려고 노력했지만 실패하고 말았습니다. 나는 이 방에 들어온 이후에 필요한 증거를 모두 확보했다는 선생의 말을 똑똑히, 그것도 여러 차례 들었습니다. 이제는 털어놓을 때가 되었습니다."

나 또한 두 형사와 같은 생각이었기에 레스트레이드의 말이 끝나자 그를 거들고 나섰다.

"홈스, 범인 체포가 늦어질수록 그자가 잔인한 범죄를 저지를 확률이 높아진다는 걸 잊지 말게."

이렇게 세 사람이 한꺼번에 압박을 가하자 홈스도 마음이 흔들리는 모양이었다. 그는 고개를 푹 숙인 채 턱을 쓰다듬으며 방 안을 서성거렸다. 홈스는 지금 깊은 생각에 빠진 것이 분명했다.

"더 이상 살인은 없습니다."

홈스는 제자리에 멈춰 선 채 우리를 쳐다보며 말했다.

"왓슨, 그런 걱정은 할 필요 없다네. 그리고 여러분은 내게 범인의 이름을 알고 있느냐고 물었지요? 당연히 알고 있습니다."

홈스의 확신에 찬 말을 들은 두 형사는 두 눈이 휘둥그레졌다.

"하지만 그를 잡는 일에 비하면 이름을 아는 일 정도는 식은 죽 먹기입니다. 나는 곧 범인을 잡을 거라고 확신합니다. 나 역시 그가 이른 시간 안에 잡히기를 바라고 있고요. 하지만 모든 일에 순서가 있듯, 범인을 잡는 데는 신중함과 인내심이 필요합니다."

"그건 또 무슨 말입니까? 범인에 대해 알고 있다면 빨리 잡는 게 우선 아닙니까?"

도무지 이해가 안 간다는 표정으로 레스트레이드가 묻자 홈스는 고개를 가로저으며 말했다.

"그보다 범인의 특징을 파악하는 게 우선입니다. 그는 매우 영리해서 조심스럽게 접근해야 합니다. 게다가 범인은 그 못지않게 뛰어난 두뇌를 가진 공범의 도움을 받고 있습니다."

"공범?"

"만약 범인이 수사망이 좁혀들고 있다는 사실을 눈치채지 못했다면 그를 체포할 가능성은 충분합니다. 하지만 그가 조금이라도 눈치를 채게 되는 날에는 모든 게 물거품으로 돌아갈 겁니다. 범인은 분명 자신의 이름을 바꾸고 4백만이 사는 대도시 런던의 어느 뒷골목 속으로 숨어버릴 게 분명해요."

두 형사는 못마땅한 기색이 역력했지만 표현하지 않고 꾹 참느라 주먹을 꽉 움켜쥐고 있었다.

"나는 절대 두 분의 마음을 상하게 할 생각이 없습니다. 하지만 경찰이 범인들의 상대가 되지 못한다는 것은 어쩔 수 없는 사실입니다. 내가 두 분에게 지원을 요청하지 않은 것도 그 때문입니다."

"지금 그렇게 큰소리를 치고는 있지만, 만약 홈스 씨가 범인을 잡지 못한다면요?"

그렉슨이 묻자 홈스가 빙긋 미소를 지으며 답했다.

"그에 따르는 모든 비난은 제가 받겠습니다. 그 정도의 각오는 이미 되어 있어요. 다만 이것만은 약속드리죠. 앞으로 범인을 체포할 최적의 순간이 왔다는 확신이 서게 되면 그 즉시 여러분에게 모든 정보를 알려드리겠습니다."

하지만 그렉슨과 레스트레이드는 여전히 불만스러운 표정을 짓고 있었다. 홈스가 경찰을 무시한다고 생각하는 모양이었다. 그렉슨은 머리끝부터 발끝까지 빨개져서 씩씩대고 있었고, 레스트레이드의 작은 두 눈은 호기심과 분노로 번들거렸다. 하지만 그 누구도 입 밖으로 자신의 감정을 드러내지는 않고 있었다.

바로 그때였다. 문 두드리는 소리가 나더니 부랑아의 대표인 위킨스가 지저분한 얼굴을 쑥 내밀었다. 그는 홈스를 향해 경례를 붙이며 말했다.

"선생님, 밑에 마부를 데리고 왔습니다."

"잘했다."

홈스가 부드럽게 말했다.

"런던 경찰청에서도 이런 수갑을 사용하면 어떨까요?"

홈스가 책상 서랍에서 철제 수갑을 꺼내며 말했다.

"아주 훌륭하고 정교한 수갑입니다. 순간적으로 한 번에 채울 수가 있거든요."

"우리가 지금 쓰는 것도 아무 문제 없습니다."

레스트레이드가 말했다.

"수갑을 채울 상대만 찾는다면 말입니다."

"물론 그렇겠지요."

홈스가 피식 웃으며 답했다.

"위킨스, 마부에게 올라와서 내 짐을 옮겨달라고 전해라."

나는 홈스가 여행을 떠날 것처럼 말해 속으로 놀라고 있었다. 그가 여행을 떠나겠다는 이야기를 한 적이 없었기 때문이었다. 홈스는 방 한구석에 놓여 있던 작은 여행 가방을 끌어내더니 끈으로 묶기 시작했다. 홈스가 열심히 가방을 꾸리고 있을 때 마부가 방 안으로 들어왔다.

"이보게, 와서 가방 묶는 걸 좀 도와주게."

무릎을 꿇고 가방 위로 몸을 구부린 채 짐을 싸던 홈스가 마부 쪽으로 고개도 돌리지 않고 말했다. 마부의 얼굴에는 불쾌한 기색이 역력했다. 하지만 홈스의 말에 따라 가방 밑으로 두 손을 집어넣었다. 바로 그 순간이었다. 찰칵하는 날카로운 소리와 함께 철컥하는 금속성 소리가 들려왔다. 그와 함께 홈스가 벌떡 일어섰다.

"신사 여러분!"

홈스는 만면에 미소를 띤 채 두 눈을 반짝이며 말했다.

"이녹 J. 드레버와 조지프 스탠거슨을 살해한 제퍼슨 호프 씨를 소개합니다."

정말 눈 깜짝할 사이에 벌어진 일이었다. 어찌나 빠르게 일어난 일인지 당시에는 무슨 일이 일어났는지 실감하지 못할 정도였다. 하지만 나는 지금까지도 그때 내가 목격했던 장면만큼은 또렷이 기억하고 있다. 홈스의 의기양양한 얼굴과 자신감 넘치는 목소리, 요술에라도 걸린 듯 순식간에 자신의 손목에 채워진 번쩍거리는 수갑을 바라보던 마부의 황망한 표정, 잠시 상황 파악을 못 한 채 멍하게 서 있던 두 형사와 나의 모습까지도.

그런데 갑작스러운 일이 또 벌어지고 말았다. 수갑을 차고 있던 마부가 난폭한 짐승처럼 울부짖으며 분노에 찬 고함을 질러대는 것이었다. 그는 홈스의 팔을 뿌리치고 곧바로 창문으로 돌진했다. 그 바람에 창문 유리와 창틀이 큰 소리를 내며 부서졌다. 하지만 마부가 창밖으로 몸을 날리기 전에 레스트레이드와 그렉슨, 홈스가 사냥

개처럼 재빨리 그에게 달려들었다. 마부는 다시 방 안으로 끌려 들어왔고 이내 무시무시한 격투가 벌어졌다. 마부는 너무나 힘이 세고 사나워서 우리 네 사람이 힘으로 제압하기에는 역부족이었다. 두 형사가 팔을 틀어잡으려 했지만, 그는 간질 환자가 발작을 일으키는 것처럼 초인적인 힘을 발휘했다. 유리창으로 돌진할 때 다친 그의 얼굴과 두 손에서는 시뻘건 피가 뚝뚝 떨어지고 있었다. 하지만 그는 그쯤은 아무것도 아니라는 태도였다. 레스트레이드가 그의 목덜미에 간신히 손을 집어넣어 반쯤 목을 조른 후에야 저항해도 소용없다는 것을 깨달은 것 같았다. 우리는 그의 손발을 꽁꽁 묶고 나서야 안도의 한숨을 내쉴 수 있었다.

"아래에 이 자의 마차가 있습니다."

홈스가 숨을 거칠게 몰아쉬며 말했다.

"거기에 이 자를 태워서 경찰청으로 호송하면 될 겁니다. 그리고 여러분!"

만족스러운 미소를 지은 홈스는 사람들을 둘러보며 말을 계속했다.

"이로써 우리는 사건을 마무리 지었습니다. 이제 아무 문제도 없으니 어떤 질문을 해도 좋습니다. 기꺼이 답변해드리지요."

제 2 부

성인들의 땅

01
소금 평원 위의 두 여행객

거대한 북미 대륙의 중심부에 바짝 메마른 불모의 사막이 있다. 이곳은 오랫동안 문명의 전파를 막는 거대한 장벽이 되어 왔다. 시에라네바다에서 네브라스카까지, 그리고 북쪽의 옐로스톤강에서 남쪽의 콜로라도에 이르는 이 지역은 적막하기 짝이 없는 곳이었다. 하지만 드넓고 음산한 황무지가 모두 똑같은 상황에 있지는 않았다. 그곳에는 정상이 흰 눈에 덮인 높은 산들도 있었고, 어둡고 음침한 계곡들도 있었으며, 깎아지른 듯한 계곡을 휘감고 도는 물살 빠른 강도 있었다. 겨울에는 새하얀 눈으로 덮이고 여름에는 잿빛 소금 가루로 뒤덮이는 거대한 평원도 있었다. 그러나 어느 곳을 보더라도 황량함과 가혹함, 그리고 고난과 비참함이라는 공통점을 읽어낼 수 있었다.

이 절망의 땅에는 아무도 살지 않았다. 포니족 인디언이나 검은발 인디언이 다른 사냥터로 가기 위해 이따금 그곳을 지나가는 정도였다. 하지만 가장 용맹하다고 이름난 그들도 이 처참한 평원을 빨리 벗어나 초원으로 가기 위해 발걸음을 재촉하곤 했다. 바짝 마른 잡목들 사이에서 굶주린 늑대가 눈빛을 번득이고 있었고, 대머리독수리는 공중에서 무겁게 날갯짓을 하며 먹잇감을 노리고 있었다. 회색곰은 바위틈에 있는 먹이를 찾아 어두운 산골짜기를 어슬렁거렸다. 무서운 황무지에 사는 것이라고는 이런 짐승들밖에 없었다.

이 세상 어디를 가더라도 시에라 블랑코의 북쪽 기슭에서 보는 풍경보다 더 암울한 광경은 찾아볼 수 없을 것이다. 사방을 둘러보아도 끝없는 벌판만이 펼쳐져 있었고, 키 작은 덤불만이 드문드문 보일 뿐 땅은 온통 소금 가루로 뒤덮여 있었다. 저 멀리 아득한 지평선 끝에 흰 눈에 덮인 험준한 산봉우리가 길게 늘어져 있는 것만 보일 뿐이었다. 이 광활한 황무지에는 살아 있는 것이라고는 눈을 씻고 찾아봐도 없었다. 땅의 모양새와는 다르게 푸르기만 한 하늘에는 새 한 마리 날지 않았고, 음울하기 그지없는 회색 대지 위에서는 개미 한 마리도 찾아보기 힘들었다. 끝없이 펼쳐진 하늘과 땅 사이에서는 아무런 소리도 들리지 않았다. 오로지 정적뿐이었다. 세상 어느 곳에서도 느껴보지 못했던, 어쩌면 기괴하고 무서우리만큼 완전하고 절대적인 고요였다.

앞서 이 황무지에는 생명의 흔적이 없다고 말했다. 하지만 어쩌면 그것은 사실이 아닐지도 모른다. 시에라 블랑코에서 아래를 내려다보면 굽이굽이 사막을 가로지르는 좁은 길 하나가 보인다. 그 길에는 수많은 마차 바퀴 자국과 이름을 알 수 없는 모험가들의 발자국이 숱하게 찍혀 있다. 그리고 길 곳곳에는 잿빛 땅을 배경으로 햇빛을 받아 밝게 빛나는 물체가 흩어져 있다. 좀 더 가까이 가서 그것을 살펴보라. 그것은 바로 **뼈**다. 어떤 것은 크고 거친 데다 구멍도 숭숭 뚫려 있다. 또 다른 것은 작고 섬세하게 생겼다. 큰 것은 소의 뼈고 작은 것은 사람 뼈다. 이런 유골들은 대략 2,400킬로미터나 되는 마차 길 곳곳에 흩어져 있다. 그 길이야말로 누구도 경험해보지 못했을 정도로 섬뜩하고 무서운 길이다.

  1847년 5월 4일, 어느 외로운 여행객이 이 장면을 내려다보고 서 있었다. 그의 모습은 마치 이 지역의 정령이나 악마처럼 보였다. 겉모습만으로는 그가 사십 대인지 육십 대인지 가늠하기 힘들 정도였다. 바짝 마른 얼굴은 초췌하기 그지없었고, 누런 양피지 같은 피부는 툭 튀어나온 얼굴 뼈를 팽팽하게 감싸고 있었다. 또 덥수룩한 갈색 머리와 다듬지 않은 턱수염은 희끗희끗하게 변해 있었다. 심한 고생을 한 탓인지 퀭한 두 눈에서는 이상한 빛이 뿜어져 나오는 것 같았다. 그리고 소총을 잡은 두 손에는 뼈만 앙상하게 도드라져 있었다. 그는 소총에 기댄 채 힘없이 서 있었는데, 큰 키에 굵은 뼈마디를 보면 원래 체격이 좋은 사람이었으리라는 추측이 가능했다. 하지만 수척한 얼굴과 비쩍 마른 몸에 걸치고 있는 헐렁하고 누더기 같은 옷 때문에 여행객은 지치고 늙어 보였다. 그는 오랫동안 굶주린 데다 극심한 갈증으로 인해 죽어가고 있었다. 지금 그는 물이 있을지도 모른다는 실낱같은 희망을 품고 골짜기를 힘들게 내려왔다가 다시 이 작은 언덕에 올라온 길이었다. 하지만 퀭한 두 눈 앞에 펼쳐진 것이라고는 광활한 소금 평원뿐이었다. 근처에는 물이 있다는 희망을 지닐 만한 나무 한 그루, 풀 한 뿌리 없었다. 드넓은 황무지 어디에도 희망의 빛은 없었다. 그는 눈을 크게 뜨고 동서남북을 미친 듯이 둘러보았다. 하지만 이내 자신의 방황이 바로 이 험준한 바위 위에서 끝나 죽음을 맞이하게 되리라는 사실을 깨닫게 되었다.

"20년 뒤에 편안한 침대에서 죽을 수 있으면 좋으련만! 왜 하필 이곳이란 말인가?"

그는 바위가 병풍처럼 둘러싼 곳에 털썩 주저앉으며 힘없이 중얼거렸다. 불행한 여행객은 바닥에 앉기 전에 쓸모없는 소총을 땅에 내려놓았다. 또 오른쪽 어깨에 둘러메고 있던, 회색 숄로 감싼 커다란 꾸러미를 땅 위에 내려놓았다. 그런데 그 짐이 꽤 무거웠던지 땅에 내려놓을 때 쿵 소리가 났다.

바로 그 순간이었다. 회색 꾸러미 속에서 칭얼거리는 듯한 신음이 들려왔다. 그리고 이내 초롱초롱한 눈망울을 한, 겁에 질린 작은 얼굴이 꾸러미 속에서 쑥 튀어나왔다.

"갑자기 던지면 어떡해요! 아프잖아요!"

밝은 갈색 눈동자의 아이가 따지듯이 말했다.

"그랬니? 일부러 그런 건 아니었단다."

여행객은 미안한 표정으로 회색 숄을 벗겨냈다. 그러자 다섯 살쯤 되어 보이는 예쁜 여자아이가 얼굴을 쑥 내미는 것이었다. 그는 초롱초롱한 눈망울을 가진 아이를 꾸러미에서 꺼내주었다. 앙증맞은 신발을 신고 깜찍한 앞치마가 달린 분홍색 원피스를 입은 모습만 보더라도 엄마가 아이를 얼마나 정성껏 돌봤을지 짐작할 수 있었다. 아이는 얼굴이 창백하고 힘이 없어 보이기는 했지만, 팔다리가 여전히 통통한 것으로 보아 남자보다 훨씬 고생을 덜 한 것 같았다.

"지금은 어떠니?"

곱실거리는 금발 머리의 아이가 뒤통수를 문지르자 사내가 걱정스럽게 물었다.

"호, 하고 불어주세요."

아이는 아픈 곳을 가리키며 볼멘소리를 했다.

"엄마는 내가 아프다고 하면 항상 그렇게 해줬단 말이에요. 그런데 우리 엄마는 어딨어요?"

"엄마는 가셨단다. 하지만 곧 만나게 될 거야."

"엄마가 갔다고요?"

아이는 두 눈을 동그랗게 뜨고 고개를 저으며 말했다.

"엄마는 나한테 인사도 안 한걸요? 옆집 아줌마네 차 마시러 갈 때도 항상 인사를 했단 말이에요. 근데 엄마는 벌써 사흘이나 내 곁에 없어요."

아이는 도무지 이해가 안 된다는 표정으로 불평하다 두 손으로 목을 쥐었다.

"아! 목말라! 아저씬 목 안 말라요? 왜 물도 없고 먹을 것도 없어요?"

아이의 말에 사내의 얼굴이 급격히 어두워졌다.

"그래, 지금은 아무것도 없단다. 하지만 조금만 참으렴. 금방 괜찮아질 거야."

사내는 측은한 눈길로 아이를 내려다보더니 아이의 머리를 자기 쪽으로 끌어당겼다.

"이리 기대렴. 좀 편해질 거야. 지금은 아저씨가 입술이 바짝 말라서 말하기가 힘들어. 하지만 나중에 다 설명해줄게."

그때 아이가 쥐고 있는 반짝이는 물건이 사내의 눈에 들어왔다.

"이게 뭐니?"

"예쁜 거요! 너무너무 좋은 거요!"

아이는 반짝거리는 운모 석 조각 두 개를 들고 흔들더니 활짝 웃으며 소리쳤다.

"집에 가면 동생한테 줄 거예요!"

"조금만 있으면 그것보다 더 예쁜 것들을 볼 수 있을 거야."

사내는 자신 있게 말했다.

"정말요?"

아이가 두 눈을 반짝이며 물었다.

"아주 조금만 기다리렴. 사실 아저씨는 벌써 너한테 얘기해주고 싶었단다. 너, 우리가 강을 떠났던 걸 기억하니?"

"그럼요!"

"그땐 그런 강이 금방이라도 다시 나타날 줄 알았단다. 하지만 그건 잘못된 생각이었어. 도대체 어디서부터 잘못된 걸까. 나침반일까? 지도일까? 아니면 다른 어떤 것일까? 아무튼 강은 나타나지 않았단다."

사내는 절망스러운 표정으로 고개를 저었다.

"이제 물도 다 떨어졌단다. 네 입술을 겨우 적실 수 있는 몇 방울 빼고 말이야. 그래서……."

사내의 눈에서는 금세라도 눈물이 뚝 떨어질 것만 같았다.

"그래서 아저씨는 세수를 못 했군요?"

사내의 더러운 얼굴을 찬찬히 들여다보던 아이가 천진스러운 목소리로 말했다.

"그래. 먹을 물도 없었는걸. 그래서 벤더 씨가 가장 먼저 돌아가셨단다. 다음엔 인디언 피트가 죽었지. 그리고 맥그리거 부인, 그다음엔 조니 혼스, 그 다음엔……."

사내는 목이 메는 듯 잠시 말을 멈추었다.

"애야, 너희 엄마도 죽었단다."

"우리 엄마가 죽었단 말이에요?"

아이는 앙증맞은 프릴이 달린 앞치마에 얼굴을 푹 파묻고 흐느껴 울었다. 아이의 머리를 쓰다듬는 사내의 손길이 파르르 떨렸다.

"그래, 너와 나만 남겨놓고 모두 떠나버렸단다. 그리고 나는 이쪽으로 오면 물이 있을 것 같아 너를 어깨에 메고 여기까지 왔지. 그런데 상황은 더 나아지질 않았어. 우리에겐 희망이 없구나."

"우리도 곧 죽는다는 거예요?"

아이는 울음을 뚝 그치더니 눈물로 얼룩진 얼굴을 들고 사내에게 물었다.

"그럴 것 같구나."

"그 얘길 왜 이제 하는 거예요?"

아이는 이제야 안심한 듯 한숨을 내쉬며 방긋 웃었다.

"아저씨 때문에 진짜 무서웠잖아요. 우리가 죽으면 엄마를 다시 만나게 되니까 나는 좋아요!"

아이가 천진스럽게 말하자 사내는 짧은 한숨을 내쉬었다.

"그래, 그렇구나."

"아저씨도 같이 있을 수 있으니 난 더 좋아요. 아저씨가 나한테 정말 잘해줬다고 엄마한테 꼭 말해줄게요. 엄마는 분명히 천국의 문 앞에서 시원한 물이 가득 담긴 커다란 주전자를 들고 있을 거예요. 또 동생이랑 내가 좋아하는 달콤한 케이크도요. 거기까지 가는 데 얼마나 걸려요?"

아이는 한껏 들뜬 목소리로 종알거렸다.

"모르겠다. 하지만 오래 걸리지는 않을 거야."

사내는 고개를 들고 북쪽 지평선을 바라보았다. 그때였다. 푸른 하늘 저편에서 작은 점 세 개가 나타나는가 싶더니 빠른 속도로 커지기 시작했다. 사내는 눈을 부릅뜨고 점들을 응시했다. 점들은 이내 커다란 갈색 새들로 변하더니 두 방랑자의 머리 위를 빙빙 돌기 시작했다. 새들의 날갯짓에 메마른 흙바람이 불었다. 새들은 사내와 아이에게 시선을 고정한 채 바위 위에 앉았다. 이 새들은 죽음을 예고하는 서부의 대머리독수리였다.

"와! 닭이다!"

아이가 불길한 새들을 손가락으로 가리키며 좋아했다. 그리고 빠르게 손뼉을 쳐서 새들이 날아가게 하려고 했다.

"아저씨, 여기도 하느님이 만드셨어요?"

"그렇단다."

사내는 뜻밖의 질문에 약간 놀란 목소리로 대답했다.

"하느님은 일리노이도 만드셨고 미주리도 만드셨어."

아이는 계속해서 종알거렸다.

"하지만 아무리 생각해봐도 이곳은 다른 사람이 만든 것 같아요. 여기엔 없는 게 너무 많잖아요. 물도 없고 나무도 없고."

"그럼 우리 기도해볼까?"

사내가 힘없는 목소리로 물었다.

"하지만 지금은 밤이 아니잖아요."

아이가 고개를 저으며 답했다.

"그건 상관없어. 지금은 특별한 상황이니까 하느님은 아무 상관 안 하실 거야. 우리가 평원에 있을 때 네가 마차 속에서 하던 기도를 해보겠니?"

"그냥 아저씨가 하면 안 돼요?"

아이가 이상하다는 듯 물었다.

"이상하게도 기억이 안 나는구나. 내 키가 이 총의 반만 할 때부터 난 기도를 드리지 않았거든. 하지만 지금 다시 시작해도 늦진 않을 거야. 네가 먼저 큰 소리로 기도해보겠니? 그럼 아저씨가 잘 듣고 따라 해보마."

사내가 부드러운 목소리로 말했다.

"그럼 먼저 무릎을 꿇으세요. 나도 꿇을게요."

아이는 바닥에 정성껏 숄을 깔았다.

"이렇게 앉은 다음에 두 손을 모으세요. 그러면 기분이 좋아져요."

이들의 행동을 지켜보는 것이라곤 대머리독수리뿐이었다. 작은 숄 위에 무릎을 꿇고 앉은 두 사람은 두 손을 모으고 기도를 시작했다. 아이는 작은 입을 움직이며 기도문을 조잘거렸고, 두려움을 모르는 늙은 여행객은 두 눈을 꼭 감고 기도문을 따라 하려 애썼다. 잠시 후 아이의 토실토실한 얼굴과 늙고 수척한 얼굴은 구름 한 점 없이 맑은 하늘을 올려다보았다. 아이의 가냘프고 맑은 목소리와 사내의 거친 목소리는 전혀 다른 것이었지만, 신의 자비와 용서를 구하고 희망을 갈구하는 마음만은 똑같았다.

기도를 마친 뒤 두 사람은 바위 아래 그늘에 앉았다. 피곤했던지 아이는 사내의 넓은 가슴에 머리를 대자마자 잠에 빠져들었다. 사내는 주위를 둘러보며 아이를 지켜주려 했지만, 그 또한 눈꺼풀의 무게를 감당해낼 수가 없었다. 지난 사흘 밤낮 동안 잠을 자기는커녕 편하게 휴식도 취하지 못했던 터라 밀려오는 졸음을 쫓을 재간이 없었다. 결국 그의 고개는 점점 아래로 떨어졌고 사내의 희끗희끗한 수염은 아이의 금발 머리와 뒤섞였다. 두 사람은 꿈도 없는 깊은 잠 속으로 빠져들어 갔다.

만약 이 방랑자가 30분 정도만 늦게 잠들었다면 그는 이상한 장면을 목격할 수 있었을 것이다. 처음에는 소금 평원 저 멀리서 작은 먼지구름이 피어오르는 정도로 시작됐다. 언뜻 보면 그것은 지평선 위 안개처럼 보였다. 하지만 잠시 후 먼지구름이 점점 높고 크게 일어나는 것을 보니 동물들이 집단으로 움직이면서 먼지를 일으키고 있는 것이 분명했다. 만약 이보다 비옥한 땅이었다면 풀을 뜯는 들소

무리가 이동하고 있는 것으로 생각했을 것이다. 하지만 이처럼 황량한 땅에 그런 일이 생길 리는 만무했다. 그렇다면 도대체 저들의 정체는 무엇일까? 두 사람이 잠들어 있는 절벽을 향해 달려오는 먼지의 소용돌이는 점점 그 형체를 드러내기 시작했다. 그것은 천막을 친 마차들과 무장한 채 말을 탄 사람들이었다. 그들은 서부를 향해 이동하는 거대한 이주민 무리였다.

그 대열은 실로 어마어마해서 끝이 보이지 않을 정도였다. 대열의 선두가 산기슭에 도착했을 때도 후미에 선 사람들은 아직 지평선 위에 나타나지도 않았다. 포장마차와 이륜마차, 말을 탄 사람들, 걷는 사람들이 꼬리에 꼬리를 물고 이어졌다. 무거운 짐을 이고 진 여자들은 무게를 이기지 못하고 비틀대기 일쑤였고, 피곤한 기색이 역력한 아이들은 이륜마차 옆으로 힘겨운 발걸음을 옮기고 있었다. 하얀 포장마차 밑에서 빠끔히 밖을 내다보는 어린아이들의 모습도 간간이 눈에 띄었다. 그런데 이들은 보통 이주자 무리가 아니었다. 이들은 분명 억압적인 환경에서 벗어나 새로운 땅을 찾아 헤매는 것이 틀림없었다. 적막감이 감돌던 황무지 위로 이 거대한 집단이 만들어 내는 소음이 울려 퍼지기 시작했다. 마차가 삐걱거리는 소리, 말 울음소리가 고요한 하늘을 뒤흔들었다. 하지만 절벽 위에서 깊은 잠에 빠져 있는 두 여행객을 깨우기에는 역부족이었다.

대열의 선두에는 근엄한 얼굴을 한 스무 명의 남자가 소총을 든 채 말을 타고 가고 있었다. 그들은 손으로 짠 수수한 옷을 입고 있었다. 절벽 아래에 도착하자 일행은 말을 멈추고 잠시 회의에 들어갔다.

"형제 여러분, 샘은 오른쪽에 있소."

머리가 희끗희끗하고 깨끗이 면도한 얼굴에 입매가 야무진 사내가 말했다.

"시에라 블랑코의 오른쪽이오. 이 길로 쭉 가다 보면 리오그란데 강에 도착하게 될 거요."

또 다른 남자가 말했다.

"물 때문이라면 걱정하지 마시오!"

세 번째 사내가 소리쳤다.

"바위틈에서 물을 뽑아내시는 분이시니 선택한 사람들을 버리실 리가 없소!"

"아멘! 아멘!"

그 자리에 모인 사람들이 한목소리로 소리쳤다. 선두가 다시 대열을 갖추고 출발하려고 할 때였다. 그들 중에서 가장 젊고 눈이 밝은 남자가 소리를 지르더니 머리 위의 험한 절벽 위쪽을 가리켰다. 사람들이 고개를 들어 젊은이의 손가락 끝이 가리키는 곳을 쳐다보았다. 그러자 분홍색 옷자락이 바람에 펄럭이는 모습이 선명하게 보이는 것이었다. 선두의 기수들은 일제히 말고삐를 당기며 총을 어깨에서 내려놓았다. 또 다른 기수들은 선두를 보호하기 위해 재빨리 말을 타고 달려왔다. 사람들의 입에서 '인디언'이라는 단어가 새어 나오는가 싶더니 이내 웅성거림이 커졌다.

그때 지도자처럼 보이는, 나이가 지긋한 노인이 앞으로 나서며 말했다.

"이곳에 인디언이 있을 리 없소. 우리는 이제 막 포니족을 지나쳐 왔소. 그러니 저 산을 넘을 때까지 원주민은 없을 것이오."

"스탠거슨 형제님, 제가 가서 보고 오겠습니다."

사내 하나가 나서서 말했다.

"저도 가겠습니다!"

"저도요!"

열댓 명 정도 되는 사람이 손을 들고 앞으로 나섰다.

"그렇다면 말은 여기에 두고 걸어 올라가시오. 우리는 여기서 기다리겠소."

나이 든 노인이 말하자 청년들은 곧바로 말에서 내렸다. 그들은 재빨리 말을 묶은 뒤 절벽 위로 올라갔다. 자신들의 호기심을 일으킨 그 물체의 정체가 무엇인지 알고 싶었기 때문이었다. 청년들은 유능한 척후병처럼 재빠르게, 하지만 소리 없이 절벽을 기어올랐다. 바위에서 바위로 날쌔게 몸을 움직이는 모습을 본 사람들의 입에서는 절로 탄성이 흘러나왔다. 가장 먼저 절벽에 올라선 사람은 분홍색 옷자락을 발견한 청년이었다. 그는 눈앞의 광경에 놀라 몸을 움찔하더니 갑자기 두 팔을 번쩍 쳐들었다. 뒤이어 절벽에 오른 청년들도 그들의 눈에 비친 광경을 보고 깜짝 놀랐다.

그들이 힘겹게 오른 힘준한 절벽 위에는 커다랗고 둥근 모양의 바위가 우뚝 솟아 있었다. 그 바위 아래에는 키가 크고 수염이 덥수룩한 사내가 비스듬히 누워 있었다. 비쩍 마른 얼굴을 언뜻 보았을 때는 혹시 죽은 게 아닐까 싶기도 했지만, 규칙적으로 숨소리가 들리는 것으로 봐서 깊이 잠들어 있는 것이 분명했다. 사내의 옆에는 금발 머리에 통통한 얼굴을 한 여자아이가 잠들어 있었다. 아이는 토실토실하고 하얀 팔로 힘줄이 툭 튀어나온 사내의 목을 꼭 끌어안은 채였다. 아이의 장밋빛 입술 사이로 눈처럼 희고 고운 치아가 보였다. 아이는 자신의 처지를 알지 못하는 듯 입가에 천진난만한 미소를 머금고 있었다. 새하얀 양말을 신은 통통하고 작은 발에는 반짝거리는 버클이 달린 예쁘장한 신발이 신겨져 있었다. 그것은 사내의 길고 바짝 마른 다리와 묘한 대조를 이루었다. 이 이상한 두 여행객의 머리 위로 튀어나온 바위 위에는 대머리 독수리 세 마리가 눈을 번득거리며 앉아 있었다. 먹잇감을 덮칠 기회만 노리고 있던 독수리들은 느닷없이 등장한 낯선 사람들을 보고 기분 나쁜 울음소리를 질러댔다. 그것들은 눈앞의 먹이를 놓치게 된 것이 분했는지 실망과 분노를 한꺼번에 토해냈다.

불쾌하기 그지없는 새 소리에 사내와 아이는 눈을 번쩍 떴다. 그들은 어리둥절한 얼굴로 사방을 둘러보았다. 잠에서 덜 깬 상태로 비틀거리며 일어난 사내는 절벽 아래쪽을 내려다보고는 깜짝 놀라 두 눈이 휘둥그레졌다. 도대체 몇 시간이나 잠들었던 걸까. 잠들기 전까지만 해도 황량했던 땅에 수많은 사람과 말의 행렬이 길게 늘어서 있는 게 아닌가. 그 광경을 멍하게 바라보는 사내의 얼굴에는 도무지 믿을 수 없다는 표정이 떠올랐다. 그는 뼈만 남은 앙상한 두 손으로 퀭한 눈을 비비며 중얼거렸다.

"이젠 헛것까지 보이는군."

그사이 잠에서 깬 아이는 사내의 옷자락을 꼭 움켜쥔 채 아래를 내려다보았다. 어린아이다운 호기심이 가득한 눈망울로 사방을 둘러보던 아이 역시 눈 앞에 펼쳐진 상황이 꿈이 아닐까 생각하는 표정이었다.

하지만 이내 구조대가 다가가 이 상황이 꿈이 아님을 알려주었다. 한 사람이 아이를 번쩍 안아 올려 어깨에 메고, 다른 두 사람은 수척해진 사내를 부축해 마차가 있는 곳으로 데려갔다.

"당신은 누굽니까?"

구조자 중 한 명이 물었다.

"내 이름은 존 페리어입니다."

사내가 말했다.

"아이 말고 다른 일행은 없습니까?"

구조자의 질문에 사내가 한숨을 푹 내쉬며 답했다.

"처음엔 일행이 스물한 명이나 됐지요. 하지만 나와 이 아이만 살아남았답니다. 모두 극심한 굶주림과 갈증을 견디지 못하고 죽고 말았어요."

"이 애는 당신 딸입니까?"

"지금부터는 내 아이입니다!"

사내는 눈을 번득이며 공격적으로 소리쳤다.

"내가 살렸으니 이 아이는 이제부터 내 아이입니다. 아무도 이 애를 내게서 빼앗아 갈 수 없어요. 오늘부터 이 아이의 이름은 루시 페리어입니다."

구조자들은 사내의 반응이 너무 지나친 게 아닌가 생각하면서도 한편으로는 힘든 시간을 보낸 사람에게서 볼 수 있는 자연스러운 태도로 받아들였다.

"그런데 당신들은 누굽니까?"

사내가 호기심 가득한 눈으로 검게 탄 구조자들을 둘러보며 말했다.

"일행이 아주 많은 것 같군요."

"거의 1만 명에 가깝습니다."

한 청년이 대답했다.

"우리는 핍박당하는 신의 자녀들입니다. 하지만 모로니 천사에게 구원받은 백성들이지요."

"모로니 천사라! 그런 이름은 처음 들어봤는데."

사내는 피식 웃으며 말을 이었다.

"그런데 그 천사가 엄청나게 많은 사람을 선택한 모양이로군요."

"성스러운 이름을 농담처럼 입에 담지 마십시오!"

한 젊은이가 못마땅한 듯 인상을 쓰며 경고했다.

"우리는 황금 판에 새겨진 성스러운 경전을 신봉하는 사람들입니다. 이 경전은 조지프 스미스가 팔미라에서 가져온 것으로 이집트 글씨로 적혀 있습니다."

"당신들은 어디서 왔습니까?"

"일리노이주의 노부에서 왔습니다. 우리는 그곳에 예배당을 세웠지만, 신앙이 없고 폭력적인 자들과 충돌을 피하려고 우리의 땅을 찾아가는 길입니다. 비록 그곳이 사막 한가운데라고 해도 말입니다."

노부라는 단어를 듣자 존 페리어의 머리에 퍼뜩 떠오르는 것이 있었다.

"당신들은 모르몬 교도군요?"

"그렇습니다. 우리는 모르몬 교도입니다."

청년들이 한목소리로 대답했다.

"그런데 지금 어디로 가는 길입니까?"

"그건 우리도 아직 모릅니다. 다만 신께서 선지자를 통해 우리를 이끌고 계시다는 것만은 확실합니다. 일단 당신도 선지자께로 가야 합니다. 그러면 그분께서 당신이 가야 할 길을 알려주실 겁니다."

그들이 절벽 아래로 내려가자 수많은 순례자가 주변으로 몰려들었다. 창백한 얼굴에 온순해 보이는 여자들, 깔깔거리며 웃는 건강한 아이들, 걱정스러운 눈빛의 남자들까지 다양한 표정의 사람들이 그곳에 모여 있었다. 귀여운 금발의 여자아이와 바짝 마른 사내가 그들 곁을 지나가자 사람들의 입에서는 놀라움과 동정의 탄식이 쏟아져 나왔다. 하지만 두 사람을 이끄는 청년들은 그곳에서 멈추지 않고 계속해서 앞으로 나갔다. 그러자 수많은 모르몬 교도가 그 뒤를 따랐다. 청년들은 외관이 가장 화려하고 훌륭한 마차 앞에 멈춰 섰다. 다른 마차는 말 한두 마리 혹은 기껏해야 네 마리가 끄는 데 비해 그 마차는 여섯 마리가 끌고 있었다. 마부 옆에는 한 남자가 근엄한 표정으로 앉아 있었다. 그의 나이는 서른 살도 채 안 돼 보였다. 하지만 큰 머리와 결의에 찬 다부진 표정이 지도자라는 인상을 강하게 풍기고 있었다. 그는 사람들이 몰려오자 읽고 있던 두꺼운 갈색 표지의 책을 내려놓고 청년의 이야기에 귀를 기울였다. 설명을 다 들은 남자가 엄숙한 목소리로 말했다.

"우리와 함께 가려면 우리의 종교를 믿어야 하오. 선량한 우리 신자들 사이에 늑대가 끼어서는 안 되기 때문이오. 작은 부패의 씨앗 하나가 과일 전체를 썩게 할 수도 있으니, 그럴 바에야 차라리 이 황무지에서 그대들이 죽게 내버려 두는 것이 낫소."

남자는 단호한 어조로 힘주어 말하고는 사내의 얼굴을 '뚫어져라' 쳐다보았다.

"어떻게 하겠소? 지금 개종하고 우리와 함께 가기를 원하오?"

"어떤 조건이든 다 받아들이겠습니다."

페리어가 다급하게 대답했다. 그러자 근엄한 표정으로 페리어를 쳐다보던 장로들의 입가에 미소가 어렸다. 하지만 지도자만큼은 여전히 엄격한 표정을 지으며 페리어를 응시했다.

"스탠거슨 형제, 이 사람들을 데리고 가서 물과 음식을 나눠주시오. 이제 이들에게 우리의 신성한 종교를 가르치는 일은 당신에게 맡기겠소."

스탠거슨은 고개를 숙이며 지도자의 명을 받았다.

"여기서 너무 많은 시간이 지체되었다! 어서 시온을 향하여 전진하자!"

지도자가 사람들을 둘러보며 소리쳤다.

"시온을 향하여!"

수많은 모르몬 교도가 두 팔을 벌리고 소리쳤다. 그 소리는 사람들의 입에서 입으로 물결처럼 번져나갔다. 행렬의 맨 뒤까지 퍼져 나간 그 소리는 점점 작아져 마침내는 알아듣기 힘든 웅얼거림으로 변해 사라졌다. 채찍 소리와 마차 바퀴가 삐걱거리는 소리가 시끄럽게 들리는 가운데 마차들이 움직이기 시작했다.

이윽고 대열 전체가 출발했다. 페리어와 아이를 맡은 스탠거슨은 그들을 자신의 마차로 데리고 갔다. 마차 안에는 이미 음식이 준비되어 있었다.

"우선 이 마차를 타십시오."

스탠거슨이 말했다.

"며칠 지나면 기운이 날 겁니다. 이제부터 당신은 우리와 같은 모르몬교 신자라는 사실을 잊어서는 안 됩니다. 브리검 영(1884년 기독교인들의 종교 폭동으로 조지프 스미스가 살해당하자, 그 뒤를 계승해 모르몬 교도들을 서부로 이동시켰다. 1847년에 현재 모르몬교의 본산인 솔트레이크시티를 건설했다.)의 말씀은 곧 조지프 스미스의 말씀입니다. 그리고 그것은 바로 신의 말씀임을 잊지 마십시오."

02
운명적인 만남

이 책은 모르몬 교도들이 안식처를 찾기 전까지 겪어야 했던 시련과 고난을 기념하기 위한 것이 아니다. 미시시피 연안을 떠나 로키산맥의 서쪽 비탈에 도착하기까지, 그들은 역사상 유례없는 불굴의 인내심을 발휘해 고난을 헤쳐왔다. 야만 부족들과 맹수들, 굶주림과 갈증, 몰려드는 피로와 질병 등 온갖 장애물이 출현했다. 그러나 이들은 앵글로색슨 특유의 끈기와 인내로 그것을 이겨내 왔다. 하지만 오랜 여행과 되풀이해서 경험하는 공포는 가장 용맹한 사람의 마음까지 흔들어대곤 했다. 그럼에도 불구하고 태양이 내리쬐는 유타의 드넓은 골짜기 위에서 그들의 지도자가 외치는 소리를 들었을 때 그들의 마음속에는 기쁨과 감사만이 가득 차올랐다.

"이곳이 바로 약속된 땅이다!"

사람들은 모두 무릎을 꿇고 앉아 뜨거운 눈물을 흘리며 기도를 올렸다.

사람들의 지도자, 브리검 영은 유능한 행정가이자 결단력 있는 지도자였다. 그는 그들이 만들어갈 미래 도시의 지도를 만들었다. 이것을 근거로 사람들은 도시 계획을 수립하기 시작했다. 사방의 땅은 각 개인의 신분에 따라 나누어졌다. 상인은 상업에 종사했고, 기능인은 자신의 기술을 살릴 수 있는 일을 시작했다. 얼마의 시간이 흘렀을까. 마치 마술을 부린 것처럼 마을에는 길과 광장이 생겨났다. 사람들은 농장에 배수 시설을 하고 울타리를 만들었으며 나무를 심고 씨앗을 뿌렸다. 다음 해 여름이 되자 들판 전체가 황금빛 밀 이삭으로 출렁거렸다. 낯설고도 새로운 이 땅에서는 무슨 일이든지 잘 해결되었고 번창했다. 그 무엇보다도 도시 한가운데 세운 커다란 교회는 점점 더 커지고 높아졌다. 사람들은 위기에서 자신들을 구해내고 이곳까지 무사히 이끌어주신 신께 감사하는 마음으로 교회를 지었다. 교회 주변에서는 새벽부터 늦은 밤까지 망치질 소리와 톱질 소리가 끊이질 않았다.

존 페리어와 그의 양녀가 된 아이, 루시 페리어는 모르몬 교도들과 동행해 이곳까지 이르게 되었다. 루시는 스탠거슨의 마차에서 그의 세 아내, 열두 살 난 고집쟁이 아들과 함께 생활했다. 엄마의 죽음이라는 충격에서 금방 벗어난 루시는 여자들의 귀여움을 독차지했고, 움직이는 포장마차에서의 생활에 금세 적응했다. 한편 몸이 회복된 페리어는 유능한 안내인이자 끈기 있는 사냥꾼으로 유명해졌다. 시간이 지나면서 그는 새로운 동료들과 친해졌고 그들의 존경까지 받게 되었다. 그리고 마침내 방랑이 끝나 유타에 뿌리를 내리게 된 그는 다른 이주민들과 똑같은 크기의 땅을 분배받았다. 이것은 지도자인 브리검 영과 네 장로인 스탠거슨, 켐볼, 존스톤, 드레버를 제외한 나머지 정착민과 동등한 대우였다.

존 페리어는 이렇게 얻은 땅에 직접 튼튼한 통나무집을 지었다.

그리고 해마다 조금씩 증축을 한 끝에 커다란 저택으로 완성했다. 그는 현실적이고 실용적인 사람으로, 매사에 민첩하고 손재주가 많았다. 또 몸이 무쇠처럼 건강해서 새벽부터 밤까지 땅에 매달려 일을 했다. 덕분에 그의 농장을 비롯한 그의 소유물들은 빠른 속도로 번창했다. 3년이 지나자 그는 이웃들보다 형편이 좋았고, 6년이 지나자 제법 부유층에 속했으며, 9년이 지나자 알아주는 부자가 되었다. 그리고 12년이 지나자 솔트레이크시티를 통틀어 대여섯 손가락 안에 꼽히는 거부로 자리매김했다.

그런데 동료 신자들이 페리어에 대해 못마땅하게 여기는 점이 하나 있었다. 그것은 바로 그가 아내를 얻지 않는다는 점이었다. 다른 교인들이 아무리 설득하고 꼬드겨봐도 그는 좀처럼 마음을 돌리지 않았다. 게다가 자신이 결혼하지 않는 이유에 대해서 구구절절 설명한 적도 없었다. 그는 자신의 고집을 꺾을 생각이 조금도 없었다. 어떤 이들은 그가 새로 받아들인 종교에 열성적이지 못하기 때문이라고 불평했고, 어떤 이들은 그가 돈 욕심이 많아 돈 드는 일을 하지 않으려 하기 때문이라고 험담을 늘어놓기도 했다. 또 다른 이는 대서양 연안 어딘가에 그가 오래전에 사랑했던 금발의 여인이 있는데, 페리어가 그녀를 잊지 못하기 때문이라고 수군거리기도 했다. 이유가 무엇이든지 간에 페리어는 철저히 독신을 고수했다. 하지만 다른 모든 면에서는 모르몬교가 원하는 종교적 규칙을 굳게 지켜나갔다. 그래서 사람들은 그를 보수적인 정통파 교도라고 부르기도 했다.

루시 페리어는 양아버지가 만든 통나무집에서 자라면서 열심히 일을 도왔다. 신선하고 서늘한 산의 공기와 향긋한 소나무 향기가 가득한 그곳은 루시에게 편안함과 안락함을 선물했다. 그곳은 어린 소녀에게 유모가 되어주기도 하고 엄마가 되어주기도 했다. 시간이 지나면서 루시는 점점 성장했고 튼튼해졌다. 아이의 두 뺨은 붉게 물들어갔고 걸음걸이는 더욱 활달해졌다. 페리어의 농장 옆으로 난 길을 지나다니는 사람들은 날씬한 소녀로 성장한 루시가 밀밭을 뛰어다니는 모습을 자주 볼 수 있었다. 또 그녀가 진짜 서부의 아가씨처럼 날렵하고 우아한 자세로 말을 타는 것을 보며 오랫동안 잊고 있던 감정들이 되살아나는 것을 느꼈다. 작은 꽃봉오리였던 아이는 아름답게 피어난 꽃이 되어 사람들의 마음을 움직이고 있었다.

세월이 지나 루시의 아버지가 손꼽히는 부자가 되었을 무렵, 루시는 서부 전체에서 가장 아름다운 여인으로 성장해 있었다. 그런데 어리디어린 소녀가 성숙한 여인으로 성장했다는 것을 가장 먼저 눈치챈 사람은 그녀의 아버지가 아니었다. 사실 그 신비로운 변화는 너무나 미묘하고 천천히 일어나는 것이어서 정확한 날짜로 계산한다는 것 자체가 불가능했다. 루시 자신도 누군가의 목소리와 작은 신체적 접촉에 가슴이 뛰고 전율이 느껴진다는 것을 알아채고 나서야 비로소 자기 내면의 변화를 조금씩 깨달을 수 있었다. 그녀는 자신의 성장이 자랑스럽기도 했지만, 한편으로 두렵기도 했다. 위대한 자연의 법칙이 자신에게 내린 선물로 인해 어떤 미래를 맞이하게 될지 알지 못했으므로.

사람들은 누구든지 새로운 인생이 열리는 순간을 기억할 것이다. 루시 페리어 역시 그러했다. 그런데 그녀에게 그날은 조금 더 특별히 기억할 만한 것이었다. 그날 그녀에게 일어난 사건은 자신과 다른 사람들에게 미친 영향은 차치하고 그 자체만으로도 매우 심각한 일이었기 때문이다.

무더운 6월의 아침이었다. 그날도 모르몬 교도들은 자신들의 상징으로 삼고 있는 꿀벌처럼 열심히 일하고 있었다. 들판과 거리마다 사람들이 바쁘게 일하는 소리가 가득 차올랐다. 먼지 날리는 거리에는 무거운 짐을 실은 당나귀의 대열이 끝없이 이어지고 있었다. 그 행렬은 서부를 향해 가는 중이었다. 당시 캘리포니아에 금광 바람이 불면서 그곳에 이르는 길목에 있는 솔트레이크시티로 사람들이 몰려든 것이었다. 거기에는 외진 방목지에서 온 양 떼와 황소 떼, 끝없는 여행에 지칠 대로 지친 이주민들도 뒤섞여 있었다.

이 잡다한 무리 사이로 기다란 밤색 머리카락을 흩날리며 말을 타고 오는 여인이 있었다. 격렬한 운동을 한 탓인지 얼굴이 붉게 물든 여인은 바로 루시 페리어였다. 아버지의 심부름 때문에 시내로 향하던 그녀는 언제나처럼 거침없이 말을 달리고 있었다. 여행에 지친 나그네들은 휘둥그레진 눈으로 그녀를 바라보았다. 제 감정을 잘 드러내지 않는, 가죽옷을 입은 인디언들조차 그녀의 아름다움에 감탄하며 시선을 떼지 못하고 있었다.

시의 변두리에 도착한 루시는 대초원에서 온 엄청난 소 떼가 도로를 막고 있는 것을 보았다. 소 떼를 몰고 있는 것은 평원에서 온, 다소 거칠어 보이는 목동 대여섯 명이었다. 마음이 급해진 루시는 소 떼 사이로 난 틈새로 빠져나가려고 말을 몰아넣었다. 하지만 황소들은 길을 내주기는커녕 그녀 주변을 완전히 둘러싸버렸다. 부리부리한 눈에 길고 큰 뿔을 가진 황소들 틈에서 두려움을 느낄 법도 했지만, 이미 가축 다루는 일에 익숙한 루시는 그다지 놀라지 않았다. 그녀는 끝없는 소 떼의 행렬을 뚫고 나가기 위해 조금의 틈이 보일 때마다 말을 재촉했다.

그런데 우연인지 필연인지 소 한 마리가 말의 늘씬한

옆구리를 긴 뿔로 들이받고 말았다. 그러자 놀란 말이 미친 듯이 날뛰기 시작했다. 화가 난 말은 콧김을 세게 내뿜으며 뒷발로 일어서더니 몸을 마구 흔들어댔다. 제아무리 노련한 기수라도 자칫 잘못하면 고삐를 놓쳐 땅에 떨어질 수도 있는 위기 상황이었다. 흥분한 말이 뛰어오를 때마다 놀란 황소들은 뿔로 말을 들이받았다. 이 때문에 말은 더욱 거칠게 날뛰었다. 루시는 말안장에 겨우 매달린 상태였다. 만약 말에서 떨어지는 날에는 사나운 말발굽에 밟혀 죽을 것이 분명했다. 갑작스러운 위기 상황에 놀란 루시는 머리가 빙글빙글 도는 것 같았고, 말고삐를 잡은 손에서는 점점 힘이 빠져나가기 시작했다. 그녀 주위로는 앞을 구분하기 힘들 정도로 먼지가 자욱하게 일어났고 사방으로 날뛰는 소 떼가 내뿜는 입김 때문에 숨쉬기조차 힘들 지경이었다.

공포에 질린 루시가 자포자기하는 심정으로 말고삐를 놓으려는 순간이었다. 그녀 바로 옆에서 믿음직한 남자의 목소리가 들려왔다. 그리고 햇볕에 검게 그을린 손이 불쑥 튀어나와 루시가 탄 말의 고삐를 붙잡았다. 그는 소 떼 사이를 뚫고 빠른 속도로 말을 끌고 밖으로 나왔다.

"아가씨, 다친 데는 없습니까?"

루시를 구해준 남자가 친절하게 물었다.

새까맣게 탄 남자의 얼굴을 바라보던 루시는 일부러 유쾌한 웃음을 터뜨리며 대답했다.

"정말 깜짝 놀랐어요. 폰초가 소 떼를 보고 겁낼 줄 누가 알았겠어요?"

"말에서 떨어지지 않은 게 천만다행입니다."

남자가 미소를 지으며 말했다. 키가 훌쩍 크고 매서운 눈매를 한 그는 힘센 갈색 말을 타고 있었다. 그리고 허름한 사냥꾼 복장에 긴 소총을 어깨에 메고 있었다.

"혹시 존 페리어 씨의 따님 아니십니까?"

남자의 질문에 루시는 대답은 하지 않고 슬쩍 고개만 끄덕였다.

"아까 페리어 씨의 집에서 말을 타고 나오시는 걸 봤습니다. 아버님을 뵙거든 세인트루이스의 제퍼슨 호프 씨를 기억하고 계시는지 여쭤봐 주십시오. 아버님께서 제가 알고 있는 페리어 씨가 맞는다면 저의 아버님과 아가씨의 아버님은 매우 친한 사이셨습니다."

"집에 오셔서 직접 여쭤보지 그러세요?"

루시는 일부러 새침하게 대답했다. 그 말이 내심 반가웠던지 남자의 검은 눈이 밝게 빛났다.

"그렇게 하지요. 그런데 두 달 동안이나 산에서 지냈기 때문에 지금은 누굴 방문할 몰골이 아닙니다. 아버님께서 그 점을 이해해주셨으면 좋겠군요."

"그보다 아버지는 당신을 고마워하실 거예요. 아버진 저를 무척 사랑하시거든요. 만약 당신이 아니었다면 난 소 떼에 밟혀 죽었겠죠. 그런 일이 벌어진다면 아버지는 평생 충격에서 헤어나지 못하실 거예요."

"그건 저도 마찬가집니다."

남자가 힘주어 말했다.

"당신이 왜요? 당신한텐 아무 상관도 없는 일 아닌가요? 게다가 당신은 아직 내 친구가 아니잖아요?"

그 말을 들은 젊은 사냥꾼의 검게 탄 얼굴은 금세 어두워졌다. 루시는 그 모습을 보고 깔깔대며 큰 소리로 웃었다.

"이봐요! 농담이에요! 당신은 이제 내 친구가 됐는걸요! 그러니 우리 집에 꼭 오세요."

루시의 시원스러운 웃음소리에 남자의 얼굴에도 안도의 미소가 떠올랐다.

"난 지금 가봐야 해요. 너무 늦으면 앞으로 아버지가 내게 일을 맡기지 않을지도 모르거든요. 그럼 안녕히!"

"안녕!"

남자는 챙이 넓은 모자를 벗고 고개를 숙여 루시의 작은 손에 가볍게 키스했다. 루시는 곧장 말머리를 돌린 다음 말을 채찍질해 넓은 길을 쏜살같이 달려갔다. 그녀가 지나간 길로 뿌연 먼지구름이 피어올랐다.

남자의 이름은 제퍼슨 호프였다. 루시의 뒷모습을 바라보던 그는 다시 동료들과 합류했다. 제퍼슨 일행은 네바다 산맥에 은광을 찾으러 갔다가 채굴에 필요한 자금을 모으기 위해 솔트레이크시티로 돌아오는 길이었다. 조금 전까지만 해도 제퍼슨은 그의 동료들처럼 광산업에만 온 신경을 쏟아붓고 있었다. 하지만 시에라의 산들바람처럼 신선하고 아름다운 아가씨를 본 순간, 젊은이다운 정열이 활화산처럼 터져 나오려 하는 것이었다. 루시의 뒷모습을 하염없이 바라보던 그는 지금이 바로 자기 삶의 최대 전환기임을 깨달았다. 그리고 은광 개발이나 다른 문제 따위는 방금 나타난 매혹적인 여인에 비하면 아무것도 아니라는 것도 알아차렸다. 지금 그의 가슴을 충동질하는 감정은 소년기의 변덕스러운 환상 따위가 아니었다. 그것은 강인한 의지와 전제적인 기질을 가진 한 남자의 거칠고 강렬한 열정이었다. 그는 지금껏 실패를 모르고 살아왔다. 무슨 수를 써서라도 자신이 목표로 한 일은 성공으로 이끌어왔다. 그는 이 사랑 또한 인간의 끈기와 노력으로 성공시킬 수 있는 것이라면 반드시 그것을 얻겠노라고 마음속으로 굳게 다짐했다.

바로 그날 밤, 제퍼슨은 존 페리어의 집을 방문했다. 그리고 이후로도 여러 차례 페리어의 집을 찾아갔다. 어느덧 그는 페리어 농가에서 친숙한 얼굴이 되어갔다. 유타주의 계곡에 파묻혀 일에만 몰두했던 존 페리어는 지난 12년 동안 바깥세상에 관한 이야기를 들을 기회가 거의 없었다. 이를 알아차린 제퍼슨은 시간 날 때마다 페리어에게 세상 돌아가는 이야기를 들려주곤 했다. 그의 이야기는 참으로 흥미로운 것이어서, 페리어뿐만 아니라 루시도 이야기 속으로 빠져들었다. 제퍼슨은 캘리포니아에서 벼락부자가 된 사람들에 관한 재미있는 이야기를 전해주었다. 그 자신이 캘리포니아에서 개척민 생활을 했기 때문에 일확천금을 손에 쥔 사람, 혹은 재산을 몽땅 잃은 사람들의 이야기를 많이 알고 있었다. 또 자신이 해왔던 탐사 활동, 덫 사냥꾼, 은광 개발업, 목동 일에 관한 이야기도 늘어놓았다. 그는 흥미로운 모험이 있으면 언제든지 그곳으로 달려갔다.

존 페리어는 재미난 이야기꾼인 제퍼슨에게 금세 호감을 느꼈다. 그리고 누구에게나 그의 장점을 침이 마르게 칭찬했다. 그럴 때면 루시는 별다른 말 없이 조용히 눈을 내리깔곤 했다. 하지만 그녀의 붉게 달아오른 두 볼과 기쁨과 행복으로 반짝이는 눈동자를 보면 그녀의 마음이 어디로 향해 있는지 금방 알아차릴 수 있었다. 그녀의 아버지는 이런 모습을 눈치채지 못했을지 모르지만, 루시의 사랑을 차지한 그 남자만은 그녀의 마음을 정확히 읽어내고 있었다.

그러던 어느 여름 저녁이었다. 제퍼슨은 페리어의 집 앞에 말을 멈춰 세웠다. 집 안에 있던 루시가 제퍼슨이 온 것을 알고는 날 듯이 달려 나왔다. 제퍼슨은 울타리 위에 말고삐를 던져놓고는 그녀에게 다가갔다. 그는 루시의 손을 꼭 쥐고 그윽하게 그녀의 눈을 바라보며 말했다.

"루시, 지금 떠날 거요. 당장 나와 함께 가자고는 하지 않겠소. 하지만 내가 이곳에 다시 돌아오면 그때는 나와 함께 떠나주겠소?"

"그게 언제지요?"

루시는 얼굴을 붉히며 슬며시 미소 지었다.

"기껏해야 두 달 정도면 충분하오. 사랑하는 루시, 그때는 떳떳하게 당신을 데리고 갈 거요. 그 무엇도 우리 사이를 갈라놓을 수는 없소."

"우리 아버지는 뭐라고 하시던가요?"

"은광 일만 잘된다면 허락한다고 하셨소. 광산 일은 잘될 테니 걱정할 필요 없소. 자신 있는 일이니까."

제퍼슨의 표정에는 자신감이 흘러넘쳤다.

"물론 그렇겠죠. 당신과 아버지가 그렇게 이야기를 끝냈다면 전 됐어요."

루시는 붉게 달아오른 뺨을 제퍼슨의 넓은 가슴에 대고 속삭였다.

"고맙소!"

제퍼슨은 감격에 겨워 목이 멘 듯 쉰 목소리로 말하고는 몸을 굽혀 루시에게 키스했다.

"그럼 그 일은 결정된 거로 합시다. 여기 오래 있을수록 떠나기가 더 힘들어질 것 같소. 동료들이 계곡에서 기다리고 있소. 안녕, 내 사랑. 두 달 후에 봅시다."

제퍼슨은 차마 떨어지지 않는 발길을 억지로 돌려 말에 올라탔다. 그는 혹시라도 뒤를 돌아보면 마음이 바뀔까 봐 그저 앞만 보고 달렸다. 루시는 사랑하는 이의 뒷모습이 보이지 않을 때까지 문 앞에 서 있었다. 루시 페리어, 누가 뭐래도 그녀는 유타에서 가장 행복한 여자였다.

03
보이지 않는 손

제퍼슨 호프 일행이 솔트레이크시티를 떠난 지 3주일이 지났다. 존 페리어는 제퍼슨이 돌아오면 사랑하는 루시를 떠나보내야 한다는 생각에 마음이 아팠다. 하지만 사랑하는 이를 찾은 딸의 밝고 행복한 얼굴을 보고 있자면 제퍼슨과의 결혼을 반대할 이유가 전혀 없었다. 게다가 페리어는 무슨 일이 있어도 루시를 모르몬 교도와 결혼시키지 않겠다고 결심하고 있던 참이었다. 그는 모르몬교의 교리가 어떻든지 간에 이 생각만큼은 절대 굽히지 않겠다고 다짐했다. 하지만 이 생각을 바깥으로 표현해본 적은 한 번도 없었다. 만약 성도들의 땅에서 교리에 어긋나는 의견을 피력했다가 무슨 일을 당할지 모르기 때문이었다.

 이단설! 그것은 목숨을 위협받을 만큼 매우 위험한 일이었다. 제아무리 신앙심이 두터운 사람이라 할지라도 자신의 종교적 의견을 이야기할 때는 숨을 죽이고 주위를 둘러본 뒤 가장 작은 목소리로 속삭여야 할 정도였다. 혹시라도 자신의 입에서 흘러나온 말이 작은 오해를 일으켜 엄청난 크기의 박해로 돌아올까 두려웠기 때문이었다. 그런데 희한하게도 어떤 이유에서인지 한번 박해를 받았던 사람들은 그 누구보다도 잔인한 박해자로 돌변했다. 박해의 수준은 입에 담기조차 끔찍할 정도였다. 잔혹하기로 유명한 스페인 세비야의 종교 재판이나 독일의 야간 비밀 재판, 이탈리아의 비밀 결사도 유타 주에 먹구름을 드리운 모르몬교의 비밀 조직과는 비교할 수 없는 수준이었다.

이 조직이 더 무섭게 느껴지는 것은 그들이 눈에 띄지 않도록 비밀리에 활동하기 때문이었다. 실제로 그들의 활동을 보거나 들은 사람은 전혀 없었다. 하지만 그들은 신도들의 일거수일투족을 속속들이 알고 있었고 조직 차원에서 못 하는 일이 전혀 없었다. 한 번이라도 교회에 반기를 들었던 사람은 어느 순간에 사라져버렸다. 하지만 그가 어디로 갔는지, 그에게 무슨 일이 벌어졌는지는 아무도 몰랐다. 부인과 아이들은 영문도 모른 채 집으로 돌아올 가장을 목이 빠져라 기다렸다. 하지만 집으로 돌아와 비밀 재판관이 자신에게 어떤 벌을 내렸는지 말해줄 가장은 한 명도 없었다. 경솔한 말 한마디와 성급한 행동을 한 대가로 행방불명 신세가 되었기 때문이었다. 이처럼 말할 수 없는 공포는 도처에 깔려 있었다. 그러나 그 누구도 자신들을 억누르는 이 무시무시한 권력의 본질이 무엇인지 알지 못했다. 상황이 이렇다 보니 사람들이 공포와 두려움에 떠는 것은 당연한 결과였다. 심지어 넓고 넓은 들판 한가운데서조차도 사람들은 자신의 마음속에 피어오르는 의문에 대해 입 밖에 낼 엄두조차 내지 못하고 있었다.

처음에 이 무서운 비밀 조직이 주목한 사람들은 모르몬교를 받아들였다가 나중에 신앙을 버리거나 개종하려는 이들이었다. 그러다 시간이 갈수록 응징의 범위는 점차 넓어졌다. 그 무렵, 성인 여성들의 숫자가 점차로 부족해지자 일부다처제라는 모르몬교 교리의 의미가 점차 퇴색하기 시작했다. 그런데 희한한 일이 발생했다. 어느 날부터인가 새로운 여인들이 장로의 부인이라며 나타나기 시작한 것이다. 초췌한 얼굴을 한 그녀들은 하나같이 눈물을 흘리며 공포에 떨고 있었다. 한편 한 번도 인디언이 출몰한 적이 없는 곳에서 이민자들이 살해당했다거나 야영지가 약탈당했다는 이상한 소문이 떠돌기 시작했다. 또 산속에서 복면을 하고 무장한 사람들이 어둠 속에서 소리 없이 움직이는 것을 보았다는 나그네들의 경험담이 사방으로 퍼져나갔다. 시간이 갈수록 소문은 꼬리에 꼬리를 물고 이어졌다. 그러면서 이 조직의 실체가 조금씩 드러나기 시작했고, 마침내는 조직의 이름까지 알려졌다. 이제 서부의 외딴 농장에서 '복수의 천사'라는 이름은 두려움과 불길함, 바로 그 자체였다.

그런데 이토록 끔찍한 짓을 저지르는 조직에 대한 정보가 알려지자 사람들의 공포는 눈덩이처럼 커져만 갔다. 조직의 이름은 알았지만 무자비한 조직에 가담하고 있는 사람이 누군지에 대한 정보는 전혀 없었기 때문이었다. 누구 하나 종교의 이름을 내세워 피비린내 나는 폭행에 가담한 자의 이름을 말하는 이가 없었다. 사람들은 친한 친구에게조차 선지자와 사명에 대한 의혹을 말하지 못했다. 어쩌면 그 친구가 한밤중에 총과 칼을 들고 찾아와 무서운 보복을 감행하는 집단의 일원일 수도 있기 때문이었다. 상황이 이렇다 보니 사람들은 마음속 이야기를 감히 꺼내놓을 엄두를 내지 못했다. 이제 그들에게 이웃은 정겨움이 아닌 공포와 두려움의 대상이었다.

그러던 어느 날 아침이었다. 존 페리어가 밀밭으로 나가려고 준비하고 있는데 대문이 삐걱거리는 소리가 들려왔다. 페리어는 왠지 모를 불길한 감정에 휩싸여 창밖을 내다보았다. 아니나 다를까 연한 갈색 머리의 뚱뚱한 중년 사내가 오솔길을 통해 마당으로 들어오고 있었다. 그를 본 순간 페리어는 심장이 쿵 내려앉는 것 같았다. 그 사람은 바로 위대한 지도자, 브리검 영이었다. 이렇게 갑작스러운 방문은 결코 좋은 징조가 아니라는 것을 잘 알고 있던 페리어는 애써 당황한 기색을 감추며 현관으로 달려나갔다. 하지만 모르몬교의 지도자 브리검 영은 냉랭한 얼굴로 페리어의 인사를 대충 받고는 곧장 거실로 들어섰다.

"페리어 형제!"

브리검 영이 사람의 속을 꿰뚫어 보는 듯한 시선으로 페리어를 쏘아보며 말했다.

"우리 모르몬교의 진실한 신자들은 그동안 당신의 좋은 친구가 되어 왔소. 우리는 사막에서 굶어 죽을 뻔한 당신을 구해주었고, 먹을 것을 나눠주었으며, 선택된 땅으로 무사히 이끌어 왔소. 게다가 윤택한 삶을 살 수 있도록 땅까지 나누어주었소. 당신이 이렇게 큰 재산을 일굴 수 있었던 것도 다 우리가 보호해주었기 때문이오. 그렇지 않소?"

"네, 그렇습니다."

페리어가 공손히 대답했다.

"그동안 우리는 당신에게 다른 보상을 요구한 적이 없소. 오직 한 가지! 우리의 신앙을 진심으로 받아들이고, 모든 일을 신앙의 규율에 맞게 처리하며 살라는 것만 요구했을 뿐이오. 내 말이 틀리오?"

"맞습니다."

"당신이 뭐라고 대답했는지 기억하시오?"

"규율을 지키며 살겠노라 약속했습니다."

페리어가 답하자 브리검 영이 눈초리를 올리며 말했다.

"그런데 내가 들은 바에 따르면, 당신은 줄곧 그 약속을 무시해왔다고 하던데."

"그게 무슨 말씀입니까? 약속을 지키지 않았다니요?"

페리어는 두 손을 허공에 휘저으며 억울하다는 표정으로 말했다.

"제가 공동 기금에 돈을 내지 않았습니까? 아니면 교회에 출석하지 않았나요? 그것도 아니라면 제가 무슨……."

"당신의 부인들은 어디에 있소?"

브리검 영이 페리어의 말을 딱 자르며 물었다.

"내가 인사할 수 있도록 어서 부인들을 불러보시오."

그는 주위를 두리번거리며 말했다.

"제가 결혼하지 않은 것은 사실입니다."

페리어가 고개를 숙이며 정중히 답했다.

"하지만 지금은 여자들의 수가 한참 모자라지 않습니까. 게다가 저보다 자격이 훌륭한 형제가 더 많으니 그분들에게 먼저 차례가 돌아가는 게 맞는다고 생각합니다. 또 저는 그동안 혼자 살지 않았습니다. 필요한 일을 잘 처리해주는 딸아이가 제 곁에 있습니다."

"내가 여기 찾아온 것도 바로 그 딸 때문이오."

브리검 영이 눈빛을 반짝이며 말했다.

"당신 딸은 이제 다 자라 유타의 꽃으로 활짝 피었소. 이곳의 지위 높은 사람들은 모두 당신 딸을 어여삐 보고 있지."

순간 페리어는 천만 근짜리 납덩이가 가슴을 짓누르는 것 같은 고통을 느꼈다.

"그런데 얼마 전 해괴한 소문을 들었소. 당신 딸이 이방인과 결혼하기로 약속했다고 하더군. 하지만 난 그따위 소문은 믿지 않소. 그건 분명 별 볼 일 없는 자들이 만들어낸 뜬소문일 테니까."

브리검 영은 페리어의 얼굴을 흘깃 쳐다보고는 말을 이었다.

"성인 조지프 스미스의 열세 번째 계율을 말해보시오."

페리어는 기어들어 가는 목소리로 말했다.

"참된 신앙을 가진 딸들은 하느님이 선택한 자와 결혼해야 한다. 만약 이방인과 결혼한다면 그것은 무거운 죄를 짓는 것이다."

"이렇게 계율이 분명한데, 성스러운 신앙을 가졌다는 당신과 당신의 딸이 이를 어기는 불경을 저질러서는 안 된다는 것쯤은 잘 알고 있겠지?"

신념에 가득 찬 표정의 브리검 영은 말 한마디, 한마디를 힘주어 말했다. 얼굴 가득 불안한 기색이 역력한 페리어는 아무 말 없이 말채찍만 만지작거리고 있었다.

"이제 당신의 신앙은 바로 이 한 가지로서 시험받게 될 것이오. 이것은 성스러운 장로회의 결정이오. 그게 무엇을 뜻하는 것인지는 잘 알 거라 믿소. 일단 딸아이가 아직 어리니 늙은이와 결혼하라고 하지는 않을 것이오. 또 딸의 선택권을 빼앗지도 않겠소. 다만 우리 장로들에게는 여자가 많으나 자식들에게는 부족하다는 사실을 기억하시오. 스탠거슨에게도 아들이 있고, 드레버에게도 아들이 있소. 당신이 어느 쪽을 선택하든 두 가정 모두 당신 딸을 기쁘게 받아들일 것이오. 그러니 딸에게 둘 중 누굴 선택할지 정하라고 이르시오. 두 청년 모두 젊고 부유하며 신앙심도 깊소."

할 말을 다 쏟아놓은 브리검 영은 한결 여유로운 표정으로 페리어의 얼굴을 뚫어져라 쳐다보았다. 페리어는 차마 속마음을 내비치지는 못하고 미간을 찌푸린 채 한동안 말을 잇지 못했다.

"시간을 좀 주십시오. 제 딸은 아직 어립니다. 혼인할 나이가 되려면 아직 멀었습니다."

겨우 입을 연 페리어가 최대한 정중히 말했다.

"한 달의 여유를 주겠소."

의자에서 일어선 브리검 영은 이렇게 말한 뒤 현관 쪽으로 걸어갔다.

"하지만 한 달이 지나면 어느 쪽을 선택할 건지 분명히 말해야 할 것이오."

현관 앞에 선 브리검 영이 갑자기 뒤돌아서며 소리쳤다. 그의 얼굴은 붉게 물들어 있었고 두 눈에서는 불꽃이 이글거리고 있었다.

"존 페리어! 만약 당신이 장로회의 명령을 거스른다면 각오를 단단히 해야 할 거요! 그렇게 되면 당신은 차라리 시에라 블랑코에서 해골로 뒹구는 편이 더 나았다고 생각하게 될 테니까."

브리검 영은 오른 주먹을 불끈 쥐고 페리어를 향해 위협적으로 흔들어대더니 문밖으로 나갔다. 잠시 후, 자갈이 깔린 길 위로 모르몬교 지도자의 육중한 발소리가 울려 퍼졌다. 페리어는 그 소리가 마치 자신의 심장을 내리치는 망치 소리인 것만 같았다. 결국 다리에 힘이 풀린 페리어는 온몸을 덜덜 떨며 의자에 털썩 주저앉고 말았다. 그는 무릎에 팔꿈치를 괴고 앉아 도대체 이 이야기를 루시에게 어떻게 전해야 할지 고민하고 있었다.

바로 그때였다. 그의 어깨에 부드러운 손길이 느껴졌다. 페리어가 힘겹게 고개를 들고 보니 창백한 얼굴의 루시가 옆에 서 있었다. 그녀는 잔뜩 겁에 질린 표정이었다. 페리어는 혹시나 루시가 이야기를 다 들은 걸까 반신반의하는 표정으로 딸을 올려다보았다.

"다 들었어요."

루시가 힘없이 대답했다.

"그분의 목소리가 온 집 안에 울렸거든요. 아버지! 이제 어떡하면 좋아요!"

루시는 금방이라도 울음이 터질 것 같은 얼굴을 하고 페리어의 팔에 매달렸다.

"너무 걱정하지 말아라."

딸을 꼭 끌어안은 페리어는 크고 투박한 손으로 그녀

의 갈색 머리를 부드럽게 쓰다듬어주었다.

"어떻게든 좋은 쪽으로 해결될 거야. 너 혹시 그 청년에 대한 마음이 변한 건 아니지?"

눈물을 흘리던 루시는 대답 대신 아버지의 두 손을 꼭 쥐었다.

"그래, 당연히 그럴 리 없겠지. 나 역시 그런 대답은 듣고 싶지 않았단다."

페리어는 애정이 듬뿍 담긴 시선으로 루시를 바라보며 말을 이었다.

"그는 장래성이 있는 청년이고 기독교인이야. 여기 사람들이 기도니 설교니 하며 제아무리 설쳐대도 그 녀석 뒤꿈치도 못 쫓아갈 거야. 내일 네바다로 떠나는 사람들이 있다. 일단 우리 사정을 상세히 적은 편지를 써서 인편에 보내도록 해야겠다. 내가 사람을 제대로 본 게 맞는다면, 그는 바람처럼 말을 달려서 우리에게 올 거다."

루시는 아버지의 표현이 우스웠는지 눈물 젖은 얼굴로 웃음을 터뜨렸다.

"맞아요. 그이는 곧장 우리에게 달려와 어떻게 하는 게 좋을지 말해줄 거예요."

그런데 갑자기 루시의 얼굴에 그늘이 졌다.

"하지만 아버지가 걱정이에요. 만약 선지자의 뜻을 거스르면 끔찍한 일을 당하게 된대요. 틀림없이 무서운 일이 생긴대요."

"우린 아직 그를 거역한 게 아니야."

페리어가 미소를 띠며 말했다.

"그런 걱정은 진짜 거역한 후에나 하자꾸나. 앞으로 한 달 정도 여유가 있어. 그때는 반드시 유타를 벗어나야 한다."

"유타를 떠난다고요?"

"아무래도 그래야 할 것 같다."

"하지만 농장은 어떻게 하고요?"

"일단 팔아서 최대한 현금으로 만들어야지. 나머지 부분은 포기할 수밖에."

페리어는 불안한 기색이 역력한 루시의 두 눈을 들여다보며 확신에 찬 어조로 말했다.

"루시, 내가 이런 생각을 한 건 이번이 처음이 아니야. 나는 이곳 사람들이 그 망할 선지자에게 하는 것처럼 무조건 복종하는 일 따윈 하고 싶지 않단다. 난 자유롭게 태어난 미국인이야. 이렇게 종속적으로 살아가기는 처음이야."

고개를 저으며 말하던 페리어는 슬그머니 미소를 지었다.

"새로운 것을 배우기에는 내가 너무 늙었나 보다. 하지만 아무 걱정하지 마라. 만약 그자가 이 농장에 나타나 나를 위협한다면 총알 세례를 퍼부어줄 테니!"

"하지만 그 사람은 우리가 떠나게 가만두진 않을 거예요."

"우선 제퍼슨이 올 때까지 기다려보자. 반드시 무슨 수가 생길 거야. 그러니 루시, 너무 속 태우지 말아라. 매일 밤 네가 눈이 퉁퉁 붓도록 울고 있다는 걸 알면 제퍼슨이 날 원망할지도 모르잖니? 네가 겁낼 건 하나도 없단다."

존 페리어는 일부러 자신만만하게 말하며 딸을 안심시키려 애썼다. 하지만 그날 밤, 루시는 아버지가 집 안의 모든 문을 단단히 잠그는 것을 지켜보았다. 그리고 침실 벽에 걸어둔 녹슨 엽총을 꺼내 조심스럽게 닦고 총알을 장전해두는 것도 보았다.

04
자유를 찾아서

브리검 영과 이야기를 나눈 다음 날 아침, 존 페리어는 눈을 뜨자마자 솔트레이크시티로 향했다. 그는 그곳에서 네바다 산맥으로 가는 지인을 찾아내 제퍼슨 호프에게 보내는 편지를 맡겼다. 편지에는 그들이 얼마나 위험한 상황에 부닥쳐 있는지, 그리고 그가 하루라도 빨리 돌아와 자신들에게 힘이 되어주기를 바라는지에 대한 내용이 상세히 적혀 있었다. 편지를 보낸 페리어는 한결 가벼운 마음으로 집으로 돌아왔다.

그런데 그가 농장에 가까이 왔을 때였다. 대문 기둥에 말 두 필이 묶여 있는 것이었다. 왠지 모를 불안감에 휩싸인 페리어는 심호흡을 한 뒤 현관문을 열었다. 거실로 들어서자 두 청년이 페리어를 보고 고개를 까딱했다. 얼굴이 길고 창백한 사람은 흔들의자에 앉은 채 탁자 위에 발을 턱 걸쳐놓고 있었다. 또 다른 사람은 창가에 서 있었는데, 황소처럼 목이 굵고 얼굴이 부어 보이는 데다 어딘지 모르게 천박하고 오만한 인상이었다. 그는 주머니에 손을 쑤셔 넣은 채 유행하는 찬송가를 휘파람으로 불고 있었다. 페리어가 뛰는 가슴을 진정시키며 다가서자 흔들의자에 앉아 있던 청년이 말했다.

"우리가 누군지 모르실 겁니다. 저쪽은 드레버 장로의 아들이고, 나는 조지프 스탠거슨입니다. 하느님이 손을 뻗어 사막에서 당신을 구해주실 때 우리도 그곳에 있었답니다. 바로 같은 마차를 타고 갔던 그 사람이란 말입니다."

"때가 되면 하느님께서 모든 나라를 건져내시리라. 그분의 맷돌은 천천히 돌아도 매우 고운 가루로 빻는도다."

창가에 선 청년이 콧소리로 말했다. 존 페리어는 차가운 표정을 한 채 고개를 끄덕였다. 그는 이미 그들이 누군지 짐작하고 있었다. 스탠거슨이 다시 말을 이었다.

"오늘 우리가 여기 온 것은 우리 둘 중 한 사람이 당신 딸과 결혼하는 것이 좋겠다는 양쪽 아버님 말씀이 있었기 때문입니다. 그런데 내게는 아내가 넷뿐이지만, 여기 있는 드레버 형제에게는 이미 일곱이나 있습니다. 그러니 내게 오는 것이 합리적이라 생각되는데요."

"스탠거슨 형제! 그건 아니지!"

스탠거슨의 말이 끝나기가 무섭게 드레버가 소리쳤다.

"중요한 건 지금 아내가 몇 명인지가 아니잖아! 과연 몇 명까지 부양할 수 있는 능력이 있는가, 그게 중요하지. 우리 아버지는 내게 방앗간을 물려주셨어. 그러니 내가 자네보다 더 재산이 많다네."

"하지만 장래성은 내가 훨씬 좋아."

스탠거슨이 못마땅한 얼굴로 대꾸했다.

"하느님께서 우리 아버지를 부르시면 아버지의 가죽 공장은 내 것이 돼. 게다가 나는 자네보다 나이도 많고 교회에서 지위도 더 높아."

"하지만 선택권은 아가씨에게 있어."

젊은 드레버는 유리창에 비친 자신의 모습을 보며 능글맞게 웃었다.

"좋아. 최종 결정은 루시에게 맡기기로 하자고."

두 청년이 이런 대화를 주고받는 동안 존 페리어는 말채찍으로 두 놈의 등짝을 후려갈기고 싶은 충동을 간신히 누르고 있었다. 그는 두 주먹을 꽉 움켜쥔 채 문 앞에 서 있었다.

"나 좀 보세."

페리어가 그들에게 다가서며 낮은 목소리로 힘주어 말했다.

"우리 딸이 자네들을 부를 때는 언제든지 여기 와도 좋아. 하지만 그러기 전까지는 네놈들 얼굴을 다시는 보고 싶지 않다!"

두 청년은 깜짝 놀란 표정으로 페리어의 얼굴을 멍하게 쳐다보았다. 그들은 자기 같은 사람들이 한 여자를 놓고 경쟁을 벌이는 것은 여자나 그녀의 아버지 모두에게 더없는 영광이라고 생각했기 때문이었다.

"이 방에서 나가는 방법은 두 가지가 있다."

페리어는 무섭게 눈빛을 번득이며 소리쳤다.

"하나는 방문을 통과해서 걸어나가는 것이고, 다른 하나는 창문을 통해서 내던져지는 것이지. 자, 어느 쪽을 택할 테냐?"

페리어의 검게 그을린 얼굴은 사납기 짝이 없어 보였다. 또 뼈마디가 툭 튀어나온 손은 잘못 맞았다가는 큰 상처를 입을 것처럼 위협적이었다. 두 청년은 누가 먼저랄 것도 없이 자리에서 벌떡 일어나서 재빨리 방을 빠져나갔다. 늙은 농부는 그들을 문까지 쫓아나가서 꽁무니를 빼는 뒤통수에 대고 소리쳤다.

"어느 쪽으로 나가는 게 좋을지 결정되면 나한테 연락하게!"

"당신! 그러고도 무사할 줄 알아?"

스탠거슨이 화를 참지 못한 나머지 하얗게 질린 얼굴로 소리쳤다.

"당신은 선지자와 장로회의에 반항한 거야. 죽을 때까지 후회하게 될 줄 아시오!"

"하느님께서 손을 들어 당신을 무겁게 내리치시리라!"

젊은 드레버가 소리쳤다.

"하느님께서 일어서서 당신을 없애버리시리라!"

"그래? 그렇다면 내가 먼저 내리쳐주지!"

페리어는 불같이 화를 내며 고함을 질렀다. 그는 그 즉시 2층으로 달려가 총을 꺼내올 기세였다. 하지만 루시가 팔을 잡고 늘어지며 아버지를 만류했다. 두 사람이 실랑이하는 사이 급하게 달려나가는 말발굽 소리가 들렸다. 두 청년은 이미 페리어의 손이 닿지 않는 곳까지 도망치고 없었다.

"위선적인 쓰레기 같은 놈들!"

페리어는 이마에 흥건히 고인 땀을 닦아내며 분통을 터뜨렸다.

"네가 저런 놈 중 하나와 결혼하는 걸 보느니 내가 죽는 편이 낫겠다."

"저도 그래요, 아버지."

루시가 다짐하듯 말했다.

"아버지 그이가 곧 올 거예요."

"그래, 금방 올 거다. 빨리 오면 좋으련만. 저런 쥐새끼 같은 놈들이 다음에 무슨 짓을 벌일지 모르니."

사실 지금이야말로 이 고집 센 농부와 그의 딸에게 도움이 절실히 필요한 때였다. 이제껏 개척지의 이주 역사를 들여다봐도 이처럼 극단적으로 장로의 권위에 대항한 예는 없었다. 사소한 잘못을 저지른 사람들도 무자비한 벌을 받는 마당에, 이처럼 큰 죄를 저지른 자의 운명은 과연 어떻게 될 것인가?

페리어는 이 상황에서 자신의 재산과 지위는 아무런 소용이 없다는 것을 잘 알고 있었다. 자신만큼 평판이 높고 부유했던 사람들도 어느 날 갑자기 행방불명이 되고, 그들의 재산은 교회로 넘어가버리는 상황을 여러 번 보았기 때문이었다. 페리어는 보기 드물게 용감한 사람임은 분명했다. 하지만 보이지 않는 곳에서 자신의 목을 조이는 막연한 공포에는 대항할 방도가 없었다. 게다가 시간이 갈수록 자신감은 사라져갔다. 그는 딸 앞에서는 두려움을 감추고 별일 아닌 것처럼 행동하려고 애썼다. 하지만 루시 페리어는 사랑하는 아버지가 불안해하고 있다는 것을 확실히 눈치채고 있었다.

페리어는 자기가 한 행동에 대해 브리검 영이 어떤 메시지나 충고를 전해올 것이라고 예견하고 있었다. 그리고 그의 생각은 틀리지 않았다. 그런데 그 전달 방식만큼은 전혀 상상하지 못했던 것이었다. 두 청년이 다녀간 다음 날 아침, 침대에서 일어난 페리어는 자신이 덮고 잤던 이불의 가슴께에 쪽지 한 장이 핀으로 꽂혀 있는 것을 보고 소스라치게 놀랐다. 쪽지에는 굵은 글씨로 다음과 같은 글이 휘갈겨 쓰여 있었다.

반성할 시간을 29일 주겠다. 그다음에는…… .

'그다음에는'이라는 말과 말줄임표, 그것은 그 어떤 협박보다도 두려웠다. 페리어는 도대체 어떻게 이 쪽지가 자신의 방에 남겨지게 되었는지 생각해보았지만, 도무지 알 수가 없었다. 그는 지난밤에 집 안의 모든 창문과 방문을 죄다 잠갔다. 게다가 하인들은 모두 집 밖에서 자기 때문에 외부인이 침입할 방법이 없었다. 페리어는 쪽지를 구겨버리고 딸에게는 아무런 내색도 하지 않았다. 하지만 마음 한구석에는 서늘한 냉기가 흐르고 있었다. 29일은 브리검 영이 약속했던 한 달에서 남은 날짜를 말하는 것이 분명했다. 도대체 이런 신비스러운 힘으로 무장한 적에게 대항할 힘과 용기는 무엇이란 말인가? 쪽지에 핀을 꽂았던 그 손으로 페리어의 심장에 비수를 꽂을 수도 있었다. 만약 그랬다면 그는 누가 자신을 죽였는지도 모른 채 세상을 떠났을 게 분명했다.

그런데 다음 날 아침 더욱 무서운 일이 발생했다. 페리어 부녀가 아침 식사를 하려고 식탁 앞에 앉았을 때였다. 루시가 외마디 비명을 지르며 위쪽을 가리켰다. 천장 한가운데에 28이라는 숫자가 쓰여 있었다. 그것은 불에 탄 막대로 쓴 것이 틀림없었다. 루시는 숫자의 의미가 무엇인지 모르는 눈치였지만 페리어는 그것에 대해 아무런 설명도 하지 않았다. 그날 밤 페리어는 총을 든 채 밤새 집을 지키고 앉아 있었다. 하지만 그 어떤 것도 보거나 듣지 못했다. 그런데 날이 밝고 보니 현관문 바깥에 27이라는 숫자가 커다랗게 쓰여 있는 것이 아닌가.

주홍색 연구

이렇게 하루하루 시간이 흘러갔다. 밤이 새면 아침이 오듯 페리어에게 남은 날들도 빠짐없이 기록을 계속했다. 브리검 영이 약속한 한 달에서 며칠이 남았는지를 눈에 잘 띄는 곳에 적어두는 것이었다. 이 무서운 숫자는 어떤 때는 벽에 쓰여 있었고, 어떤 때는 마룻바닥에 쓰여 있었다. 어느 날에는 숫자를 쓴 작은 나무판자가 대문이나 울타리에 걸려 있기도 했다. 존 페리어는 밤새 총을 움켜쥐고 경계를 늦추지 않았지만, 도대체 누가 이런 경고를 남기는지 좀처럼 알아내지 못했다. 급기야 그는 미신적인 공포에까지 사로잡히게 되었다. 그의 얼굴은 초췌하게 변했고 극심한 불안감에 시달렸다. 한자리에 조금도 앉아 있지 못하는 것은 물론이요, 두 눈은 쫓기는 짐승의 눈처럼 고통과 공포에 사로잡혀 있었다. 이제 그에게 남은 것은 한 가지 희망뿐이었다. 그것은 바로 네바다에서 젊은 사냥꾼이 돌아와 주는 것이었다.

그런데 20일이 15일이 되고, 15일이 10일로 변해갔지만 떠나간 사람에게서는 아무런 소식이 없었다. 길에서 말발굽 소리가 들릴 때마다, 마부가 마차에 탄 사람들에게 말 거는 소리를 들을 때마다 늙은 농부는 제퍼슨이 온 게 아닌가 생각하고 문밖으로 달려나갔다. 하지만 그의 모습은 어디에도 없었다.

드디어 5일이 4일이 되고, 마침내 3일로 바뀌자 페리어는 실낱같던 희망의 끈마저 버리기로 했다. 그는 자기 혼자서, 그것도 거주지를 둘러싸고 있는 산맥에 대해 아무것도 모르는 자신이 루시를 데리고 이곳에서 도망친다는 것은 불가능하다는 것을 잘 알고 있었다. 게다가 사람의 왕래가 잦은 길에서는 엄격한 감시와 검문이 이루어지기 때문에 장로회의의 허가 없이는 통과할 수 없었다. 어느 쪽을 보더라도 자신들에게 닥칠 운명의 그림자를 피할 길은 없어 보였다.

하지만 단 한 가지, 딸에게 치욕스러운 일을 겪게 하느니 차라리 죽고 말겠다는 결심만큼은 변함없었다.

어느 날 저녁, 페리어는 혼자 앉아서 자기가 처한 현실과 거기에서 빠져나갈 방법을 곰곰이 생각하고 있었다. 하지만 아무리 생각해 봐도 뾰족한 수가 떠오르지 않았다. 바로 그 날 아침, 그의 집에는 2라는 숫자가 적혀 있었다. 이제 날이 새면 자신에게 허락된 마지막 날이 되는 것이다. 과연 그때가 되면 무슨 일이 벌어질 것인가. 페리어의 머릿속에는 온갖 무서운 상상이 끊임없이 떠올랐다. 무엇보다도 가장 큰 걱정은 자신이 사라지고 나면 루시에게 무슨 일이 벌어질 것인가 하는 점이었다. 자기를 옥죄어 오는, 하지만 결코 실체를 볼 수 없는 적으로부터 도망칠 방법은 없었다. 그는 탁자에 이마를 대고 자신의 무능력함을 탓하며 하염없이 눈물을 흘렸다.

그때였다. 무슨 소리일까? 사방이 고요한 가운데 무언가를 살살 긁어대는 소리가 들려왔다. 아주 작은 소리였지만 조용한 밤이라 페리어는 그 소리를 똑똑히 들을 수 있었다. 그 소리는 현관문 쪽에서 나는 것 같았다. 조심스럽게 현관 쪽으로 간 페리어는 가만히 귀를 기울였다. 나지막하게 긁는 듯한 소리는 잠시 멎는가 싶더니 다시 들려오기 시작했다. 누군가가 현관문을 조심스럽게 두드리고 있는 것이 분명했다. 누구일까? 비밀 재판소의 살인 명령을 수행하러 온 자객일까? 아니면 주어진 마지막 날이 왔다는 걸 알리러 온 행동 대원일까? 페리어의 심장은 금방이라도 튀어나올 것처럼 거세게 뛰고 있었다. 그는 온 신경이 마비되는 것 같은 공포에 벌벌 떨었다. 그러다 문득 이렇게 사느니 차라리 죽는 게 낫겠다고 생각한 페리어는 자리에서 벌떡 일어섰다. 그리고 현관문의 빗장을 열고 문을 활짝 열어젖혔다.

문밖은 쥐 죽은 듯 고요했다. 밤하늘 가득 별이 반짝이는 상쾌한 밤이었다. 그의 눈에 보이는 것이라고는 집 앞의 작은 정원과 울타리, 그리고 대문뿐이었다. 바깥쪽 길을 살펴봐도 사람은 없었다. 페리어는 자신도 모르게 안도의 한숨을 내쉬며 좌우를 둘러보았다. 그러다 문득 자기 발아래 쪽을 내려다보던 그는 깜짝 놀라 비명을 지를 뻔했다. 한 남자가 팔다리를 쭉 뻗고 얼굴을 땅에 댄 채 엎드려 있는 것이었다. 페리어는 터져 나오는 비명을 막으려고 손으로 제 입을 틀어막았다. 처음에 그는 바닥에 엎드려 있는 사람이 크게 다쳤거나 죽은 것이 아닐까 생각했다. 하지만 그것도 잠시, 그가 보고 있는 앞에서 그 남자는 뱀처럼 소리 없이 땅바닥을 기더니 집 안으로 후다닥 들어가는 것이었다. 그런데 집으로 들어오자마자 사내는 벌떡 일어서서 현관문을 닫았다. 어안이 벙벙해진 페리어 앞에 선 사람은 바로 제퍼슨 호프였다. 그는 매서운 얼굴에 결의에 찬 표정을 하고 있었다.

"이럴 수가!"

존 페리어는 숨을 헐떡이며 놀라움을 금치 못했다.

"깜짝 놀랐네! 도대체 왜 이런 식으로 나타난 건가?"

"먹을 것 좀 주십시오."

몹시 지친 기색이 역력한 제퍼슨이 쉰 목소리로 말했다.

"지난 이틀 동안 물 한 모금도 못 먹었습니다."

힘없이 고개를 돌리던 제퍼슨의 시선이 탁자 위에 꽂혔다. 그곳에는 페리어가 저녁 식사를 하고 남긴 차가운 고기와 빵이 놓여 있었다. 제퍼슨은 눈빛을 번득이며 음식을 게걸스럽게 먹어치우기 시작했다. 그는 접시를 다 비운 후에야 만족한 듯 긴 한숨을 내쉬며 말했다.

"루시는 잘 견디고 있습니까?"

"그래. 하지만 그 아이는 상황이 얼마나 위험한지 모른다네."

"다행입니다."

제퍼슨의 얼굴에 연민과 그리움의 빛이 어렸다.

"그런데 지금 이 집은 감시당하고 있습니다. 그래서 제가 여기까지 기어온 겁니다. 놈들이 빈틈없는 건 사실이지만, 이 와쇼(시에라네바다 산맥 동쪽의 타호호수 주변에 살던 북아메리카 인디언) 사냥꾼을 잡기에는 역부족이지요."

페리어는 헌신적인 동맹군이 생겼다고 생각하자 어깨를 짓누르던 짐을 벗어 던진 것 같은 기분이었다. 그는 활짝 웃으며 믿음직한 청년의 두 손을 꼭 쥐었다.

"자네가 정말 자랑스럽네. 우리가 처한 위험과 고난을 나누러 이곳까지 와줄 사람이 얼마나 되겠나."

"그렇습니다."

젊은 사냥꾼이 대답했다.

"저는 진심으로 어르신을 존경합니다. 하지만 이 일과 관련된 사람이 어르신뿐이었다면 솔직히 이 불구덩이 속으로 뛰어들 엄두를 못 냈을 겁니다. 사실 제가 여기에 온 것은 루시 때문입니다. 그녀의 털끝 하나도 못 건드리도록 제가 지켜내겠습니다."

페리어는 만족스러운 미소를 지으며 고개를 끄덕였다.

"이제 어떻게 해야 할까?"

"내일이 마지막 날이니 오늘 밤 조치를 해야지요. 일단 독수리 골짜기에 말 두 마리와 당나귀 한 마리를 숨겨놓았습니다. 혹시 현금은 얼마나 갖고 계십니까?"

"금 2천 달러어치와 지폐 5천 달러가 있네."

"그 정도면 충분합니다. 저에게도 그 정도의 돈이 있습니다. 이제 우리는 산을 넘어 카슨시티로 가야 합니다. 지금 루시를 깨우는 게 좋겠습니다. 하인들이 집 안에서 자지 않아 다행이군요."

페리어는 제퍼슨의 말에 따라 루시를 깨우고 여행 준비를 시켰다. 그동안 제퍼슨은 먹을 수 있는 것을 모두 찾아내 작은 꾸러미를 만들고 작은 항아리에 물을 가득 담았다. 그는 산속에 샘이 별로 없다는 것을 경험으로 잘 알고 있었다. 제퍼슨이 준비를 끝내자마자 페리어는 여행 준비를 끝마친 루시를 데리고 나왔다. 사랑하는 두 연인은 짧지만 뜨거운 인사를 나눴다. 그들은 둘만의 시간을 갖고 사랑을 속삭이고 싶었지만 단 몇 분의 시간도 허락되지 않았다.

"곧바로 출발해야겠습니다."

제퍼슨은 낮지만 단호한 목소리로 말했다. 그는 앞으로 닥칠 위험이 얼마나 큰지 누구보다 잘 알고 있었다. 하지만 어떠한 위협에도 절대 굴하지 않고 사랑하는 여인을 지켜내겠다는 의지를 마음속으로 되뇌는 중이었다.

"앞문과 뒷문은 놈들이 감시하고 있습니다. 옆쪽 창문을 통해 빠져나가면 들판을 가로질러 갈 수 있을 겁니다. 일단 길로 들어서면 말을 대기시켜 놓은 골짜기까지 3.2킬로미터 정도만 가면 됩니다. 새벽이 되기 전까지 적어도 저 산의 절반은 넘을 수 있을 겁니다."

"만약 잡히면 어떻게 하지?"

페리어가 걱정스러운 목소리로 물었다. 제퍼슨은 상의 앞으로 삐죽 튀어나온 권총 손잡이를 찰싹 때리며 미소를 지었다.

"죽을 때 죽더라도 두세 놈 정도는 죽이고 죽어야죠."

이렇게 말하는 제퍼슨의 눈에는 살기가 등등했다.

이제 집 안의 불을 다 끈 페리어는 컴컴한 창문 앞에 섰다. 그는 눈을 가늘게 뜨고 지금까지는 자신의 것이었지만 이제 영원히 포기해야 하는 들판을 바라보았다. 솔직히 아쉬운 마음이 없는 것은 아니었다. 하지만 그는 진작부터 기꺼이 희생을 치를 각오를 해온 터였다. 그에게는 딸의 명예와 행복을 지키는 일이 재산을 지키는 일보다 훨씬 중요했다. 바람에 한들거리는 나무와 드넓은 들판의 곡식을 바라보고 있자니 모든 것이 너무나 평화롭고 아늑하게만 느껴졌다. 도저히 그곳에 살인자들이 숨어 있을 거라는 생각을 할 수가 없을 정도였다. 하지만 젊은 사냥꾼의 창백하고 긴장된 얼굴은 그가 이곳으로 오는 동안 그런 존재들을 충분히 보았다고 말하고 있는 것 같았다.

페리어는 서둘러 황금과 지폐가 든 가방을 들었고, 제퍼슨은 소량의 식료품과 물이 든 자루를 둘러멨다. 루시는 자신의 소중한 소지품을 담은 작은 꾸러미를 들고 있었다. 그들은 창문을 아주 천천히, 그리고 조심스럽게 열었다. 그리고 구름이 달을 가려 사방이 더 어두워질 때까지 기다렸다가 한 사람씩 창문을 통해 작은 정원으로 나왔다. 그들은 숨을 죽이고 몸을 낮춘 채 정원을 지나 작은 관목 숲으로 들어갔다. 숲을 지난 그들은 옥수수밭으로 이어진 작은 공터에 도착했다.

공터 앞을 통과할 때였다. 제퍼슨이 갑자기 두 사람의 팔을 확 움켜쥐고 나무 그늘 속으로 잡아당기는 것이었다. 그들은 손으로 입을 막은 채 공포에 떨며 최대한 몸을 웅크리고 있었다. 그동안 들판을 지나며 훈련받은 덕에 제퍼슨의 귀가 밝은 것이 천만다행이었다. 세 사람이 그늘 속에 엎드리자 바로 몇 미터 앞에서 올빼미가 구슬프게 우는 소리가 들려왔다. 그러자 얼마 떨어지지 않은 곳에서 그 소리에 응답하는 다른 올빼미 소리가 들렸다. 그와 동시에 이들이 지나가려 했던 공터에 희미한 그림자가 나타나더니 구슬픈 올빼미 소리를 내는 것이었다. 그러자 어둠 속에서 또 다른 사내가 나타났다.

"내일 자정에!"

첫 번째 사내가 명령조로 말했다.

"알겠습니다."

두 번째 사내가 정중하게 대답했다.

"드레버 형제에게 전할까요?"

"그에게 전하고 다른 사람들에게도 전하라고 해라. 9에서 7!"

"7에서 5!"

두 사내는 알 수 없는 암호 같은 말을 주고받고는 각자 다른 방향으로 사라졌다. 두 사람의 발소리가 멀어지자 일행은 자리에서 벌떡 일어섰다. 그들은 있는 힘껏 공터를 가로질러 달려갔다. 공터를 달리는 동안 루시가 힘겨워하는 기색이 보이자 제퍼슨은 그녀를 반쯤 들다시피 하고 뛰었다.

"빨리요! 빨리!"

제퍼슨은 가쁜 숨을 몰아쉬며 작은 목소리로 속삭였다.

"사방에 경비대가 깔려 있습니다. 빨리 움직여야만 살 수 있어요."

신작로로 들어서자 속도는 더 빨라졌다. 그 사이 일행은 어떤 사람과 한번 마주치는 아찔한 상황에 놓이기도 했다. 하지만 미리 들판에 몸을 숨긴 덕분에 들키지 않을 수 있었다. 마을에 도착하기 전, 제퍼슨은 산으로 향하는 비좁고 울퉁불퉁한 길로 두 사람을 안내했다. 고개를 들어 바라보니 어둠 속에서도 시커먼 봉우리 두 개가 우뚝 솟아 있는 것이 똑똑히 보였다. 두 봉우리 사이에 있는 골짜기를 따라가면 말들을 숨겨놓은 독수리 골짜기에 이를 수 있었다. 제퍼슨은 본능적으로 몸을 움직여 커다랗고 둥근 바위 사이를 조심스럽게 빠져나갔다. 그리고 물이 말라붙은 계곡 바닥을 따라 올라가자 바위가 병풍처럼 둘러싸인 구석진 장소가 눈에 들어왔다.

바로 그곳에서 충실한 말들이 주인을 기다리고 있었다. 루시는 당나귀에, 페리어와 제퍼슨은 말에 각자 올라탔다. 그들은 제퍼슨의 안내에 따라 험하고 가파른 산길을 오르기 시작했다. 그 길은 거친 자연환경에 익숙하지 않은 사람이 지나가기에는 매우 힘들었다. 한쪽에는 무서우리만치 험하고 높은 바위산이 시커멓게 솟아 있었다. 긴 현무암 기둥의 울퉁불퉁한 표면은 마치 굳어버린 괴물의 갈비뼈처럼 기괴해 보였다. 그리고 다른 쪽에는 커다란 바윗덩이와 깨진 돌 부스러기들이 어지럽게 널려 있어서 앞으로 나아가기가 힘들었다. 그 틈으로 불규칙하게 난 길은 심하게 구불거렸고, 그 길의 어떤 곳은 너무 좁아 한 줄로 서서 지나갈 수밖에 없었다. 길이 어찌나 험한지 숙련된 사람이나 말을 타고 겨우 지나갈 정도였다.

하지만 이 모든 위험과 어려움에도 불구하고 세 도망자의 마음은 조금씩 가벼워졌다. 한 발자국 내디딜 때마다 끔찍한 독재자에게서 조금씩 멀어지고 있었기 때문이었다. 그럼에도 불구하고 그들은 아직도 모르몬교의 관할 구역에서 벗어나지 못했다는 사실을 이내 깨달았다.

산길에서 가장 험하고 황량한 지역에 도착했을 때였다. 깜짝 놀란 루시가 소리를 지르며 위쪽을 가리키는 것이었다. 두 사람은 고개를 들어 손가락이 가리키는 곳을 쳐다보았다. 놀랍게도 길을 내려다보는 바위 위에 경비 대원 한 명이 서 있는 것이 아닌가. 어두운 밤이었지만 시커먼 하늘을 배경으로 서 있는 사내의 모습은 똑똑히 볼 수 있었다. 바로 그때 경비 대원이 몸을 움찔하며 세 사람 쪽으로 몸을 내밀었다. 그쪽에서도 일행을 발견한 것이었다.

"거기 누구냐?"

경비대원의 딱딱하고 엄한 목소리가 고요한 골짜기에 쩌렁쩌렁 울렸다.

"네바다로 가는 여행자들입니다."

제퍼슨이 말안장에 걸어놓은 소총에 손을 가져다 대며 대답했다. 그 대답이 만족스럽지 못했는지 경비 대원이 자신의 총을 바로 쥐며 다시 물었다.

"누구의 허가를 받았는가?"

"장로회의 허가를 받았소."

페리어가 대답했다. 그동안의 경험으로 비춰볼 때 최고의 권위를 가진 집단은 단연 장로회의였기 때문이었다.

"9에서 7!"

경비 대원이 소리쳤다.

"7에서 5!"

제퍼슨은 아까 정원에서 들었던 암호를 기억해내고는 즉시 대답했다.

"통과하시오! 하느님의 가호가 함께하기를!"

바위 위에 선 경비 대원이 말했다.

경계 초소를 지나자 길이 눈에 띄게 넓어졌다. 세 사람은 힘껏 말을 달려 최대한 빠른 속도로 마을과 멀어졌다. 그들이 뒤를 돌아보니 보초가 총에 몸을 기대고 서 있는 것이 보였다. 이제 이들은 모르몬 교도들의 외곽 보초 선을 안전하게 통과한 것이었다. 이로써 세 사람은 자유를 맞이하게 되었다.

05
악연의 사슬

일행은 밤새도록 구불구불 복잡한 길과 돌덩이가 깔린 울퉁불퉁한 길을 달렸다. 몇 차례 길을 잃고 헤매기도 했지만, 산길에 대해 속속들이 잘 알고 있는 제퍼슨 덕분에 금세 다시 길을 찾을 수 있었다.

날이 밝아오자 아름답지만 황량한 경치가 눈앞에 펼쳐졌다. 사방에는 머리에 눈을 인 거대한 산봉우리들이 그들을 둘러싼 채 서로의 어깨너머에 있는 지평선을 바라보고 있었다. 그리고 길 양옆에는 깎아지른 듯한 절벽이 우뚝 솟아 있었는데, 그 위로 전나무와 소나무가 아슬아슬하게 매달려 있었다. 혹시라도 바람이 불면 나무들이 머리 위로 쏟아질 것 같은 위기감이 느껴질 정도였다. 이런 두려움은 완전히 터무니없는 것이 아니었다. 실제로 계곡 주변에는 떨어진 나무들과 바윗덩이들이 여기저기 널려 있었다. 그들이 계곡을 막 통과한 다음에도 거대한 바위가 요란한 소리를 내며 굴러떨어졌다. 그 소리가 어찌나 컸던지 지친 말들이 놀라 앞으로 마구 내달릴 정도였다.

해가 동쪽 지평선 위로 서서히 솟아오르자 거대한 봉우리 위에 쌓인 하얀 눈들이 붉게 물들기 시작했다. 그것은 마치 축제 때 등불이 하나씩 켜지는 것과도 같은 장관이었다. 장엄한 풍경을 바라보던 세 도망자의 마음속에는 조금씩 기쁨이 차오르기 시작했고 새로운 길을 향해 앞으로 내디딜 힘이 솟아올랐다. 그들은 좁은 골짜기를 휘감아 흐르는 급류 앞에서 잠시 휴식을 취했다. 일단 말들에게 시원한 물을 먹이고 자신들은 급하게 아침 식사를 했다. 페리어와 루시는 좀 더 쉬고 싶었지만, 제퍼슨은 일부러 냉정하게 말했다.

"지금쯤이면 놈들이 추적에 나섰을 겁니다. 모든 것이 얼마나 빨리 움직이느냐에 달렸습니다. 일단 카슨시티에 무사히 도착하기만 하면 그때는 편하게 쉴 수 있으니 조금만 참으십시오."

세 사람은 온종일 앞만 보고 달렸다. 저녁이 되자 제퍼슨은 솔트레이크시티에서 50킬로미터 정도는 왔으리라 어림짐작했다. 밤이 되자 일행은 지붕처럼 튀어나온 바위 아래 모여 잠을 청했다. 그래봤자 겨우 두어 시간 정도 눈을 붙였을 뿐이었다. 이들은 해가 뜨기 전에 다시 일어나 길을 재촉했다. 그동안 일행은 자신들을 추적해오는 낌새를 전혀 발견하지 못했다. 제퍼슨은 이제 무시무시한 적들로부터 완전히 벗어난 것으로 생각하고 내심 기뻐했다. 하지만 그는 그 강력한 적이 얼마나 먼 곳까지 힘을 뻗칠 수 있는지, 자신들을 없애기 위해 얼마나 빠르게 쫓아오고 있는지 알지 못했.

길을 떠나고 이틀 반나절이 지나자 일행이 가지고 있던 빈약한 식량은 바닥을 드러내고 말았다. 물론 그들이 가야 할 길은 아직도 한참이나 남아 있었다. 하지만 제퍼슨은 예전에도 산에서 사냥을 하며 목숨을 연명한 적이 있었기 때문에 크게 걱정하지는 않았다. 그는 일단 살을 에는 듯한 바람을 피하고 남의 눈에 띄지 않을 만한 곳을 찾아냈다. 그리고 페리어와 루시가 언 몸을 녹일 수 있도록 마른 나뭇가지들을 모아 불을 피웠다. 그들이 있는 곳은 해발 1천5백 미터가 넘는 곳이었기 때문에 공기가 매우 차고 추웠다. 제퍼슨은 말들을 안전하게 메어놓은 뒤 루시에게 말했다.

"루시, 잠깐 다녀올 테니 여기서 쉬고 있어요."

"어디를 가시는데요?"

루시가 걱정스러운 눈빛으로 제퍼슨을 올려다보자 그는 부드러운 미소를 지으며 그녀의 어깨를 토닥여주었다. 제퍼슨은 총을 어깨에 둘러메고는 사냥감을 찾아 나섰다. 그가 잠시 뒤를 돌아보자 페리어와 루시는 활활 타오르는 모닥불 옆에서 몸을 웅크리고 있었다. 잠시 후 그들의 모습은 바위에 가려 보이지 않았다. 제퍼슨은 사냥감을 찾기 위해 3킬로미터 남짓한 거리를 걸었다. 연달아 두 개의 골짜기를 지났지만, 짐승의 흔적은 없었다. 하지만 나무껍질에 남아 있는 흔적과 다른 표시들로 보아 근처에 곰이 많이 있을 것 같았다.

'이렇게 헤매고 돌아다닌 지 두세 시간은 족히 지났다. 온몸이 물먹은 솜처럼 무겁기만 하구나. 차라리 그냥 돌아갈까.'

제퍼슨은 긴 한숨을 내쉬었다. 그러다 고개를 들어 절벽 위를 쳐다보던 그는 깜짝 놀랄 정도로 반가운 것을 발견했다. 1백 미터 정도 되는 절벽 위에 양처럼 생겼지만 커다란 뿔이 달린 짐승이 서 있는 것이었다. '큰뿔양'이라고 불리는 그 동물은 제퍼슨이 선 위치에서는 보이지 않지만 분명 자신의 무리를 지키는 중인 듯했다. 다행스럽게도 양은 반대편을 보고 있어서

주홍색 연구 189

제퍼슨의 존재를 눈치채지 못하고 있었다. 제퍼슨은 바닥에 배를 깔고 납작 엎드렸다. 그는 일단 소총을 바위 위에 올려놓은 뒤 오랫동안 신중하게 조준했다. 그리고 이제 됐다 싶은 순간에 방아쇠를 당겼다. 양은 공중 위로 껑충 뛰어오르는가 싶더니 절벽 위에서 비틀거리다가 골짜기 아래로 떨어졌다. 그런데 양이 어찌나 무거운지 제퍼슨 혼자 힘으로 들기에 벅찼다. 할 수 없이 그는 옆구리 살과 다리 살 일부분만을 잘라냈다.

이 모든 일을 해결하고 나니 땅거미가 어둑하게 내리기 시작했다. 그는 전리품을 어깨에 둘러메고 서둘러 돌아가는 길을 재촉했다. 하지만 그는 이내 자신이 크나큰 어려움에 빠졌다는 것을 깨달았다. 사냥감을 찾는 일에만 정신을 팔린 까닭에 방향감각을 잃어버린 것이었다. 그는 자신이 어떤 골짜기에 들어온 것인지 모르고 있었다. 그가 서 있는 골짜기는 다시 여러 골짜기로 이어져 있었다. 게다가 골짜기의 모양이 비슷비슷했기 때문에 구분하기가 매우 힘들었다.

그는 그중 한 골짜기를 선택해 약 1.5킬로미터가량을 걸어 내려가다가 전에는 본 적이 없는 급류를 만났다. 그제야 자신이 잘못된 길로 들어섰음을 알아차린 제퍼슨은 다시 다른 골짜기로 향했다. 하지만 결과는 마찬가지였다. 산속은 날이 금세 어두워졌다. 영영 길을 찾지 못할까 싶은 두려움이 일기도 했지만, 그는 마음을 굳게 먹고 신중하게 생각했다. 몇 차례 실패 끝에 제퍼슨은 드디어 낯익은 길을 찾아냈다. 그럼에도 불구하고 제대로 된 길을 찾아가기는 힘들었다. 달이 아직 뜨지 않은 데다 길 양쪽에 늘어선 절벽 때문에 사방이 깜깜했기 때문이었다. 제퍼슨은 어깨에 멘 사냥감의 무게에 짓눌린 상태로 계속 걸어 다니느라 몸이 천근만근이었다. 하지만 한 걸음 걸을 때마다 루시와 가까워진다는 생각을 하며 마지막 힘을 쥐어 짜냈다. 게다가 지금 가지고 가는 것으로 남은 여행 기간 식량 걱정은 할 필요가 없으므로 그는 이를 악물고 앞으로 나아갔다.

드디어 제퍼슨은 사냥을 떠날 때 출발했던 골짜기 입구에 도착했다. 시커먼 어둠 속에서도 그는 길 양쪽에 늘어선 절벽의 모양을 알아볼 수 있었다.

'벌써 다섯 시간 정도가 지났군. 페리어 씨와 루시가 걱정이 많았겠다.'

제퍼슨은 목적을 달성하고 안전하게 돌아왔다는 기쁨에 손나팔을 만들어 큰소리로 '야호' 하고 외쳤다. 그리고 돌아오는 답을 듣기 위해 걸음을 멈추고 귀를 기울였다. 하지만 자기의 목소리만 조용한 골짜기에 메아리쳐 돌아올 뿐이었다. 그는 아까보다 더 크게 소리쳐 보았다. 하지만 두 사람에게서는 어떠한 응답도 없었다. 순간 제퍼슨의 등줄기에 식은땀이 흘러내렸다. 왠지 모를 불안함이 그를 덮쳐왔고 심장은 빠른 속도로 충동질하기 시작했다. 그는 어깨에 메고 있던 고기를 내팽개치고는 미친 듯이 달려갔다.

모퉁이를 돌자 모닥불을 피웠던 곳이 나타났다. 아직도 벌건 불씨가 남아 있었지만, 그가 떠난 뒤로 불을 더 땐 흔적이 없었다. 그곳에는 사람의 기척이 없었다. 그가 매어두었던 말의 자취도 없었다. 그저 죽음 같은 정적만이 떠돌아다닐 뿐이었다. 막연한 두려움이 확신으로 바뀌는 순간이었다. 그가 자리를 비운 사이 무서운 재앙이 그들을 덮친 것이 분명했다. 하지만 그 재앙이 무엇이었는지는 알 수 없었다. 추측을 할 수 있을 만한 어떠한 단서도 없었기 때문에.

제퍼슨은 머리를 크게 얻어맞은 듯 정신이 혼미해짐을 느꼈다. 겨우 총에 기대고 선 그는 최대한 빨리 이성을 되찾으려 애썼다. 온몸과 정신이 마비되는 것 같은 고통을 느꼈지만 본래 행동하는 인간형인 제퍼슨은 고개를 가로저으며 냉정함을 되찾았다. 일단 그는 잿더미 속에서 반쯤 타다 남은 나무 조각을 집어 들고 입김을 후후 불어 불꽃을 되살렸다. 나뭇가지에 다시 불이 붙자 그것을 들고 주위를 살피기 시작했다. 바닥을 비춰보니 사방에 말 발자국이 어지럽게 찍혀 있었다. 수많은 사람이 말을 타고 이곳을 덮친 것이 분명했다. 발자국의 방향으로 봐서 그들은 다시 솔트레이크시티로 돌아간 것이 확실해 보였다.

"두 사람 모두 다 데리고 간 걸까?"

제퍼슨이 작은 목소리로 중얼거렸다.

그런데 그가 자기 생각이 거의 맞는다고 확신할 무렵이었다. 그는 자신의 시선이 머문 곳에서 어떤 형체를 발견하고 소스라치게 놀랐다. 모닥불을 피웠던 곳에서 약간 떨어진 곳에 붉은 흙더미가 두툼하게 쌓여 있었기 때문이었다. 그가 자리를 비우기 전에는 분명 없었던 것이었다. 그것은 새로 만든 무덤이 틀림없었다. 제퍼슨이 떨리는 마음을 진정시키며 무덤 근처로 가보니 무덤 위에 막대가 한 개 꽂혀 있었다. 그리고 갈라진 막대 끝에 종이 한 장이 끼워져 있었다. 종이에는 다음과 같은 글이 간단하게 적혀 있었다.

존 페리어

솔트레이크시티 출신

1860년 8월 4일 사망

제퍼슨이 불과 몇 시간 전에 두고 갔던 고집 세고 튼튼한 노인은

이미 이 세상 사람이 아니었다. 그리고 이것이 그의 묘비명인 셈이었다. 제퍼슨은 혹시나 하는 생각에 미친 듯이 주변을 둘러보았다. 두 번째 무덤이 있을지도 모른다는 생각이 들었기 때문이었다. 하지만 다른 무덤은 없었다. 분명 루시는 장로의 아들 중 한 사람의 첩이 되어야 한다는 운명을 따르기 위해 무서운 추적자들에게 끌려갔을 터였다. 제퍼슨은 자신이 땅으로 꺼져 내리는 것 같은 절망감을 느꼈다. 자신의 무기력함으로 인해 사랑하는 여인을 빼앗긴 것도 모자라 그녀를 되찾아올 힘도 없다는 것을 깨달았기 때문이었다. 그 순간 그는 차라리 죽어서 페리어의 옆에 누워버리는 게 낫겠다는 생각을 했다.

하지만 그는 절망 속에만 머물러 있지 않았다. 원래부터 활발한 그의 정신이 절망감에서 생겨난 무력감을 떨쳐버린 것이었다. 그는 자신에게 아무것도 남아 있지 않는다 해도, 두 사람을 되돌아오게 할 수 없다 해도, 자신의 일생을 복수하는 데 바치겠노라고 다짐했다. 그에게는 불굴의 인내와 끈기뿐만 아니라 인디언들에게서 배운 끈질긴 복수심도 있었다. 그는 꺼져가는 모닥불 옆에 서서 자신의 슬픔과 분노를 달랠 길은 자신이 직접 적들에게 복수하는 것뿐이라고 생각했다. 그리고 자신의 강한 의지와 지칠 줄 모르는 힘은 이제부터 복수를 위해서만 쓰겠다고 다짐했다. 창백한 얼굴의 제퍼슨은 아까 내던졌던 고기를 주워왔다. 그리고 꺼져가는 모닥불을 살려 며칠 동안 버틸 수 있을 만큼의 고기를 구운 뒤 작은 꾸러미로 만들었다. 비록 몸은 많이 지쳐 당장에라도 쓰러질 것 같았지만 두 눈을 부릅뜨며 소총을 어깨에 둘러멨다. 그는 복수의 천사들이 남긴 흔적을 따라 다시 산속으로 향했다. 그는 통증이 심한 발과 지친 몸을 이끌고 말을 타고 왔던 길을 되돌아갔다. 무려 5일이라는 시간 동안 그는 걷고 또 걸었다. 밤이 되면 바위틈에 몸을 웅크린 채 짧은 잠을 청했다. 하지만 항상 날이 새기 전에 일어나 서둘러 길을 재촉했다.

복수를 다짐하며 되돌아간 지 6일째 되는 날이었다. 제퍼슨은 페리어, 루시와 함께 비운의 도주를 시작했던 독수리 골짜기에 도착했다. 그곳에 서니 솔트레이크시티가 한눈에 내려다보였다. 숨 쉴 힘조차 없을 만큼 지쳐버린 그는 소총에 몸을 기대고 앉아 발아래 드넓게 펼쳐진 조용한 시가지를 내려다보았다. 그는 뼈와 가죽만 앙상하게 남은 두 주먹을 불끈 쥐었다.

눈을 가늘게 뜨고 자세히 살펴보니 도시의 큰 도로마다 화려한 깃발이 나부끼고 있었다. 마을에서 축제를 열기라도 하는 것일까, 생각하고 있는데 갑자기 말발굽 소리가 들려왔다. 제퍼슨이 휙 돌아보니 말을 탄 사내가 자기 쪽으로 다가오는 것이었다. 사내가 가까이 다가오자 제퍼슨은 그가 모르몬 교도인 카우퍼임을 알아차렸다. 카우퍼는 전에 자신을 몇 번 도와준 적이 있는 사람이었다. 제퍼슨은 루시가 어떻게 되었는지 알아보고 싶어서 카우퍼 앞으로 몸을 내밀었다.

"난 제퍼슨 호프요. 날 기억하겠소?"

모르몬 교도는 깜짝 놀라 그를 쳐다보았다. 다 떨어진 누더기를 걸치고 유령처럼 창백한 얼굴을 한 이자가 정말 단정하고 말끔했던 젊은 사냥꾼이란 말인가? 잠시 후 제퍼슨을 알아본 카우퍼는 아연실색하며 소리쳤다.

"당신 미쳤소? 여기가 어디라고 왔단 말이오?"

카우퍼는 겁에 질린 표정으로 주위를 둘러보았다.

"당신과 이야기하는 걸 남에게 들키는 날에는 나까지 위험해요. 장로회의에서 페리어 부녀의 탈출을 도운 죄로 당신에게 체포령을 내렸소."

"그따위 체포령쯤은 겁나지 않소."

제퍼슨이 당당한 목소리로 말했다.

"카우퍼 씨, 제발 부탁이니 알고 있는 대로 말해주시오. 적어도 우리는 친구 사이가 아니었소? 부디 너그러운 마음으로 답해주시오."

"알고 싶은 게 뭐요?"

카우퍼가 불안한 기색을 감추지 못하며 물었다.

"빨리 말해봐요. 바위에도 귀가 있고 나무에도 눈이 있단 말이오."

"루시, 루시 페리어는 어떻게 됐소?"

"그 여자는 어제 드레버 가문의 아들과 결혼했소."

이 말을 들은 제퍼슨의 얼굴은 금세 하얗게 질려버렸다. 그는 너무 충격을 받은 나머지 몸을 제대로 가누고 서 있기도 힘들어 보였다.

"이보시오! 정신 차려요! 이러다 쓰러지겠소."

"괜찮소."

제퍼슨이 기어들어 가는 목소리로 대답했다. 하지만 대답과는 다르게 입술까지 하얗게 변해버린 그는 몸을 기대고 있던 바위에 털썩 주저앉았다.

"결혼을…… 했단 말이오?"

"그렇소."

"그럼 길가에 깃발이 꽂혀 있는 것도?"

"맞소. 사실 드레버와 스탠거슨 사이에 신경전이 대단했소. 누가 그 여자를 차지할지를 놓고 다툼까지 일었지. 두 사람 모두 페리어 부녀를 쫓아간 추격대에 끼었다고 하더군."

"페리어 씨를 죽인 사람은 대체 누구요?"

"스탠거슨이 총으로 쏘아 죽였다고 들었소. 그래서 사람들은 그가 여자를 차지할 거라 예상했소. 하지만 장로회에서 그 문제를 토론한 결과, 그 여자는 드레버에게 주기로 결정되었소. 아무래도 드레버 가문이 스탠거슨 가문보다 우세했기 때문이겠지."

"오! 하느님!"

"하지만 드레버는 그녀를 오래 차지할 수 없을 거요."

"그건 왜 그렇소?"

"난 어제 그 여자의 얼굴에서 죽음을 보았소. 그녀는 사람이 아니라 마치 유령처럼 보였다오."

씁쓸한 표정으로 말을 잇던 카우퍼는 갑자기 고개를 저으며 말했다.

"아, 이제 그만 물어보시오. 더는 할 말이 없소. 그나저나 당신은 어쩔 작정이오?"

"떠나겠소."

제퍼슨이 힘겹게 몸을 일으키며 말했다. 그의 얼굴에서는 사람의 온기가 느껴지지 않았다. 그는 마치 차가운 대리석을 깎아놓은 듯 딱딱하게 굳어 있었다. 하지만 두 눈만큼은 왠지 모를 불길함을 강력하게 내뿜고 있었다.

"어디로 가시오?"

"알 것 없소."

제퍼슨은 총을 어깨에 메고 골짜기 아래로 성큼성큼 걸어 내려갔다. 그리고 사나운 짐승들이 들끓는 산속으로 이내 모습을 감추었다. 하지만 그 산에서 제퍼슨만큼 사납고 위험한 짐승은 없었다.

그로부터 얼마 지나지 않아 참으로 끔찍한 일이 발생했다. 카우퍼의 예상이 너무도 정확하게 적중한 것이었다. 아버지의 비참한 죽음 때문이었을까, 아니면 증오하는 남자와 강제로 결혼하게 된 충격 때문이었을까. 가엾은 루시는 시름시름 앓기 시작했고 하루가 다르게 수척해졌다. 결국 그녀는 한 달도 채 안 돼 이 세상을 떠나고 말았다. 하지만 그녀의 술주정뱅이 남편은 아내의 죽음을 전혀 슬퍼하지 않았다. 처음부터 그는 존 페리어의 재산을 노리고 결혼했기 때문이었다. 그러나 드레버의 다른 아내들은 루시의 죽음을 진심으로 애도하며 눈물을 흘렸다. 그들은 모르몬교의 관습대로 장례식 전날 밤 루시의 관 앞에 모여 앉아 밤을 새웠다.

그런데 루시의 장례식 날 새벽에 희한한 일이 벌어졌다. 여자들이 관을 둘러싸고 앉아 있는데 갑자기 문이 벌컥 열리더니 누더기를 걸친 시커먼 얼굴의 남자가 불쑥 안으로 들어오는 것이었다. 여자들은 매서운 인상의 사내를 보고 잔뜩 겁에 질려 부들부들 떨었다. 하지만 남자는 여자들에게는 신경도 쓰지 않은 채 한때 순결한 영혼이 깃들어 있던 루시 페리어의 시신 옆으로 다가갔다. 그리고 몸을 굽혀 싸늘하게 식은 여인의 이마에 경건하게 입을 맞추고는 그녀의 가녀린 손가락에서 결혼반지를 뺐다.

"반지를 낀 채 땅에 묻히게 할 수는 없다."

그는 무서운 목소리로 말하고는 여자들이 비명을 지르기 전에 문 밖으로 사라져버렸다. 정말이지, 너무나 순간적으로 일어난 일이었다. 만약 신부의 표시인 결혼반지가 사라지지 않았다면 그 자리에 있었던 사람들조차 꿈을 꾸었다 생각했을 정도였다. 그리고 당연히 다른 사람들에게 그 일을 이해시키지 못했을 것이다.

제퍼슨 호프. 그는 과연 어떻게 살아갔을까. 제퍼슨은 몇 달 동안 산속을 떠돌아다니며 들짐승처럼 생활했다. 그는 한시도 마음속에서 복수의 불길을 꺼뜨려 본 적이 없었다. 아니, 그 불길은 시간이 갈수록 더욱 거세게 타올랐다. 한편, 도시에서는 이상한 사람이 교외를 배회하고 인적이 드문 산골짜기에 자주 나타난다는 소문이 떠돌기 시작했다. 언젠가는 총알이 스탠거슨의 집 창문을 뚫고 날아와 스탠거슨에게서 30센티미터도 떨어지지 않은 곳에 박힌 일도 있었다. 또 한 번은 드레버가 절벽 아래를 지나는데 커다란 바위가 굴러떨어지기도 했다. 만약 그가 재빨리 땅에 납작 엎드리지 않았다면 깔려 죽었을 게 분명했다. 두 젊은 모르몬 교도는 누군가가 자신들을 죽이려 하고 있으며, 어떤 이유에서 죽이려 하는지에 대해 알게 되었다.

그들은 먼저 적을 찾아 없애기 위해 사람들을 이끌고 산속으로 들어갔다. 하지만 적을 잡기는커녕 번번이 실패만 거듭했다. 결국 고민 끝에 이들은 어두워진 후에는 혼자서 절대 밖으로 나가지 않았고 집에는 경비원을 세워두었다. 이렇게 조심한 까닭일까. 희한하게도 이후로는 이상한 사내에 대한 소문이 더 이상 들려오지 않았다. 누구 하나 그를 보았다는 사람도 나타나지 않았다. 그제야 두 모르몬 교도는 경계를 느슨하게 풀기 시작했다. 그리고 마음속으로 세월이 그의 원한을 달래주기만 바랐다.

하지만 제퍼슨의 상태는 이들의 바람과는 정반대였다. 그의 원한은 잊히기는커녕 오히려 더 넓고 깊어져 갔다. 그는 원래 강직하고 완고한 사람이었지만 마음에 복수심만 가득해 다른 생각이 들어갈 자리가 없었다. 하지만 그는 무엇보다도 현실적인 사람이었다. 제아무리 무쇠 같은 몸을 지녔다 하더라도 이렇게 끊임없는 긴장감 속에서는 살아가기가 어렵다는 사실을 깨닫고 있었다. 음식을 제대로 먹지 못하고, 잠도 충분히 자지 못하며, 온갖 위험에 몸을 노출하는 일이 반복되자 그의 몸은 점점 쇠약해졌다. 만약 자신이 산속에서 짐승처럼 죽어간다면 과연 누가 그를 대신해 복수해줄 것인가? 이런 생활을 계속했다가는 얼마 지나지 않아 죽음을 맞게 될 것이 분명했다. 제퍼슨은 그것이야말로 적들이 바라는 일이라고 생각하고 네바다의 광산으로 돌아갔다. 일단 그곳에서 건강을 회복한 뒤 자신의 목표를 이루는 데 필요한 돈을 모을 작정이었다.

처음에 제퍼슨은 탄광에서 1년 정도만 일하면 충분할 것으로 생각했다. 하지만 예상치 못한 사건들 때문에 무려 5년이나 그곳에 머물러야만 했다. 그렇다고 그의 마음이 변한 것은 아니었다. 시간이 지날수록 불행한 과거에 대한 복수심은 더욱더 거세게 불타올랐다. 존 페리어의 무덤가에서 울분을 삼켰던 때의 기억을 결코 잊을 수 없었다. 그는 자기가 바라는 정의가 이루어진다면 제 목숨 따위는 버려도 좋다고 생각했다.

마침내 제퍼슨은 변장하고 이름을 바꾼 다음 솔트레이크시티로 돌아갔다. 하지만 그는 그곳에서 절망스러운 이야기를 들었다. 불과 두어 달 전에 모르몬 교도 사이에 분열이 생겼고 젊은 신도 몇 명이 장로의 권위에 반기를 들었다는 것이었다. 그 결과, 불만을 품은 사람들은 유타를 떠나 기독교로 개종해버렸는데, 그들 중에 드레버와 스탠거슨이 끼어 있었다. 이후로 이들의 행방을 아는 이는 아무도 없었다. 소문에 따르면 드레버는 그곳을 떠날 때 재산 대부분을 현금으로 바꿔갔지만, 그의 친구 스탠거슨은 거의 빈털터리의 몸으로 떠났다고 했다. 이것이 제퍼슨이 전해 들은 그들에 대한 정보의 전부였다.

보통 사람들은 이런 난관에 봉착하면 대부분 복수의 의지를 꺾는다. 복수심과 원한이 머리끝까지 차올랐던 사람이라고 할지라도 말이다. 하지만 제퍼슨은 단 일 초도 머뭇거리지 않았다. 그는 자신이 갖고 있던 전 재산을 털털 털어가며 미국 방방곡곡을 돌아다녔다. 돈이 떨어지면 닥치는 대로 일을 하며 돈을 벌었다.

시간은 하염없이 흘러갔다. 검었던 머리에는 어느덧 새하얀 서리가 내려앉았지만, 제퍼슨은 평생을 바친 목표를 절대 포기하지 않았다. 사냥감을 절대 놓치지 않는 사나운 사냥개처럼.

그리고 마침내 그의 인내심은 결실을 보았다. 제퍼슨은 꿈에도 잊을 수 없는 원수들의 흔적을 오하이오주 클리블랜드에서 찾아냈다. 창밖으로 지나친 얼굴을 언뜻 보았을 뿐인데도 그는 자신이 찾고 있는 적들이 이곳에 있다는 사실을 단박에 알아차렸다. 제퍼슨은 아주 신중하게, 무엇보다 완벽하게 복수 계획을 세운 뒤 허름한 숙소로 돌아왔다. 그런데 살벌한 적의 기운을 느낀 것은 제퍼슨만이 아니었다. 제퍼슨의 눈에 띄었던 드레버 역시 우연히 거리를 지나치다가 집요한 추적자의 얼굴을 알아본 것이었다. 드레버는 제퍼슨의 얼굴에서 강렬한 살기를 느꼈다. 순간 두려움에 휩싸인 드레버는 스탠거슨을 데리고 보안관에게 급히 달려갔다. 이곳에서 스탠거슨은 드레버의 개인 비서 노릇을 하는 중이었다. 이들은 보안관에게 질투심에 눈먼 옛 연적이 자신들의 생명을 위협하고 있다고 고발했다.

결국 그날 저녁, 제퍼슨은 보안관에게 체포되었고, 신원 보증인을 세우지 못한 탓에 몇 주일 동안이나 구금당하고 말았다. 마침내 구치소에서 나온 제퍼슨이 두 사람의 흔적을 찾았을 때 이들의 집은 이미 비어 있었다. 드레버와 스탠거슨은 벌써 유럽으로 떠나고 없었다.

이로써 제퍼슨은 눈앞에서 두 원수를 놓치고 말았다. 이제 더 큰 분노로 똘똘 뭉친 제퍼슨은 다시금 추적에 나섰다. 하지만 돈이 모자랐기 때문에 그는 한동안 일을 하면서 돈을 모을 수밖에 없었다. 유럽으로 향할 경비를 겨우 모은 제퍼슨은 드디어 유럽으로 떠나는 배에 올라탔다. 그는 온갖 허드렛일을 하며 이 도시에서 저 도시로 원수들의 발자취를 찾아다녔다. 그러나 끝끝내 그들을 따라잡지는 못했다. 러시아의 세인트 페테르부르크에 도착하니 두 사람은 이미 파리로 떠난 뒤였고, 그들의 뒤를 따라 파리에 도착하니 그들은 방금 코펜하겐으로 떠나고 없었다. 힘겹게 덴마크의 수도에 도착하자 그들은 또다시 런던으로 떠난 뒤였다.

기나긴 추격전은 마침내 영국에서 종지부를 찍게 되었다. 드디어 그곳에서 두 원수를 찾아내는 데 성공한 것이다. 과연 런던에서 무슨 일이 있었는지는 늙은 사냥꾼의 이야기를 직접 듣는 것이 가장 좋을 것이다. 그의 이야기는 왓슨 박사의 일기에 자세히 기록되어 있다. 우리는 이미 그의 일기 덕을 톡톡히 본 적이 있다.

06
기나긴 복수의 끝

처음에 마부는 맹렬한 기세로 저항을 계속했다. 하지만 우리에게 난폭한 행동을 하려는 의도는 아닌 듯했다. 그는 일단 포박되고 나자 저항을 포기하고는 사람 좋은 너털웃음을 웃기 시작했다.

"몸싸움 중에 다친 사람은 없지요?"

그는 걱정스러운 표정으로 우리를 둘러보며 물었다.

"이제 나를 경찰서로 데리고 가겠군요."

마부가 홈스를 보며 말했다.

"문밖에 내 마차가 있습니다. 다리를 풀어준다면 내가 직접 걸어서 가겠습니다. 내 몸이 예전처럼 가볍지 않으니 들고 가기 힘들 겁니다."

마부가 너무도 태연하게 말하자 그렉슨과 레스트레이드는 어처구니없다는 표정으로 서로의 얼굴을 바라보았다. 마부의 제안이 너무나 뻔뻔스럽다고 생각하는 모양이었다. 하지만 홈스는 마부의 말에 따라 그의 발목을 묶은 수건을 풀어주었다. 마부는 자리에서 일어서서 자유스러움을 확인하려는 듯 다리를 쭉 펴며 이쪽저쪽을 살펴보았다. 그런 그의 모습을 유심히 살펴보던 나는 이처럼 튼실하고 늠름한 체구를 가진 사람은 처음이라고 생각했다. 또 햇볕에 검게 그을린 얼굴에서 그의 체력 못지않은 강한 결의와 힘이 풍겨 나오는 것을 느꼈다.

"만약 경찰서장 자리가 비어 있다면 당신이야말로 그 자리의 적임자겠군요."

마부가 존경의 눈빛으로 홈스를 바라보며 말했다.

"나를 추적한 방식은 참으로 놀라웠습니다."

"두 분도 함께 가시지요."

홈스가 두 형사에게 말했다.

"내가 마차를 몰겠습니다."

레스트레이드가 말했다.

"좋습니다. 그렉슨은 나와 함께 마차에 타면 되겠군요. 왓슨, 자네도 이 사건에 관심이 많았으니 함께 가세."

나는 기쁜 마음으로 고개를 끄덕였다. 우리는 모두 아래층으로 내려갔다. 제퍼슨은 도망치려는 기색 없이 조용히 마차에 올라탔다. 마부석에 앉은 레스트레이드는 말을 채찍질해 우리를 경찰서로 데리고 갔다.

목적지에 도착한 우리는 작은 방으로 안내되었다. 경사 한 사람이 제퍼슨의 이름과 피살자들의 이름을 적었다. 얼굴이 유난히 창백한 경사는 아무런 감정도 드러내지 않은 채 자기 일만 묵묵히 하고 있었다.

"피의자는 이번 주 안으로 재판에 넘겨질 겁니다."

경사가 제퍼슨의 얼굴을 쳐다보며 말했다.

"제퍼슨 호프 씨, 할 말이 있습니까? 지금부터 당신이 하는 말은 모두 기록될 것이며, 그것은 당신에게 불리한 증거로 사용될 수도 있습니다."

"난 할 말이 아주 많은 사람입니다."

제퍼슨이 느릿하게 말했다.

"여기 계신 신사분들께 모든 것을 말하고 싶습니다."

"차라리 법정에서 말하는 편이 나을 수도 있소."

경사가 말했다.

"난 법정에 서지 않을 겁니다."

제퍼슨이 단호한 어조로 말하자 사람들은 혹시나 하는 표정으로

그를 쳐다보았다. 그러자 제퍼슨이 엷은 미소를 띠며 말했다.

"놀랄 것 없습니다. 자살할 생각은 아니니까."

사람들을 둘러보던 제퍼슨이 내 눈을 바라보며 물었다.

"당신은 의사입니까?"

"그렇습니다."

"그럼 여기 좀 만져보십시오."

그는 수갑 찬 손으로 자기 가슴을 가리키면서 씩 웃었다. 나는 조심스럽게 그의 가슴에 손을 올려놓았다. 그러자 그의 심장이 매우 강렬하고 불규칙하게 뛰는 것이 느껴졌다. 금세라도 쓰러질 듯한 건물 안에서 강력한 엔진이 요동치는 것처럼 그의 가슴팍이 거칠게 진동하고 있었다. 방 안에 있던 사람들이 숨을 죽이고 있어서인지 심장에서 고동치는 소리는 더 크게 들려오는 것 같았다.

"오! 당신은 대동맥류 환자군요!"

"의사들이 그렇게 말하더군요."

제퍼슨은 침착하게 말했다.

"지난주에 이것 때문에 병원에 갔더니 오래지 않아 동맥류가 터질 거라고 하더군요. 지난 몇 년 동안 내 몸을 돌보지 못한 탓에 병이 악화한 겁니다. 오랜 시간 솔트레이크 산속에서 음식도 제대로 못 먹고 노숙하느라 생긴 병이지요. 하지만 지금 내가 해야 할 일을 다 했으니 이제 죽어도 여한은 없습니다. 다만 내가 한 일에 대해서는 기록으로 남겨두고 싶습니다. 그렇고 그런 보통의 살인자로 남겨지고 싶지는 않습니다."

경사와 두 형사는 제퍼슨의 뜻을 받아줄지를 두고 잠시 의논했다. 한참 동안 의견을 주고받던 경사가 내게 물었다.

"박사님, 위험이 금방 닥친다는 말이 맞습니까?"

"그럴 가능성이 매우 큽니다."

"그렇다면 사법적 입장에서도 그의 진술을 듣는 것이 맞다고 판단되는군요."

경사와 두 형사는 서로를 쳐다본 뒤 고개를 끄덕였다.

"제퍼슨 씨, 이제 마음대로 이야기해도 좋습니다. 하지만 당신의 진술이 기록된다는 사실은 잊지 마십시오."

"괜찮다면 앉아서 이야기하겠습니다."

제퍼슨은 진지한 표정으로 의자에 앉았다.

"동맥류 때문인지 나는 매우 쉽게 지친답니다. 사실 30분 전에 했던 몸싸움 때문에 지금 몸이 좋지 않습니다."

그는 길게 한숨을 내쉬더니 결연한 표정으로 사람들을 둘러보았다.

"이제 곧 죽을 몸이니 거짓말은 하지 않겠습니다. 지금부터 내가 하는 말은 모두 완벽한 진실입니다. 당신들이 내 말을 어떻게 이용하든지 그건 중요하지 않아요."

제퍼슨은 의자 뒤로 몸을 기대고 세상에서 가장 놀라운 이야기를 시작했다. 하지만 그는 마치 세상에서 흔하게 벌어지는 이야기인 것처럼 담담하게 말을 이어갔다. 나는 다음의 이야기가 매우 정확하다는 것을 확실히 보증할 수 있다. 그것은 제퍼슨이 한 말을 한 글자도 틀리지 않고 정확히 기록한 레스트레이드의 노트를 참고했기 때문이다.

"내가 그 사람들을 얼마나 증오했는지는 별로 중요하지 않습니다. 당신들도 그것에 대해서는 별로 흥미가 없겠지요. 하지만 그들이 두 사람의 목숨을 빼앗아버렸다는 사실만큼은 분명합니다. 물론 시간이 너무 흘러버렸기 때문에 그들의 유죄를 입증할 수는 없게 되었습니다. 그러나 나는 사악한 두 인간의 죄를 잘 알고 있으므로 나 스스로가 판사이자 배심원이며 집행자가 되기로 했습니다. 당신들도 나와 같은 처지에 있었다면, 그리고 진정한 사내라면 나와 똑같은 행동을 했을 겁니다."

제퍼슨은 떨리는 입술을 꽉 깨물며 말을 이었다.

"내가 말했던 그 여인은 20년 전에 나와 결혼하기로 되어 있었습니다. 하지만 드레버라는 인간의 강압에 못 이겨 결혼했고 그 때문에 상심해서 목숨까지 잃었습니다. 나는 차갑게 식은 그녀의 손가락에서 결혼반지를 빼냈습니다. 그리고 드레버가 최후의 순간을 맞을 때 그 반지를 보여주겠노라고, 자신이 저지른 죄 때문에 죽는다는 것을 똑똑히 알려주겠노라고 맹세했습니다. 나는 그 반지를 몸에 꼭 지니고 미국과 유럽 대륙을 누비고 다녔습니다. 드레버와 그 비서 놈을 잡기 위해서 말입니다. 그들은 내가 지쳐 떨어지기를 바라며 이리저리 잘도 피해 다녔지만 난 절대 포기하지 않았습니다. 결국 내가 승리했지요. 그놈들을 잡았으니까요. 이제 나는 내일 당장 죽는다고 해도 하나도 아쉽지 않습니다. 내가 이 세상에서 해야 할 일을 다 했기 때문입니다. 바로 내가 그들을 죽였습니다. 길고 긴 시간 동안 멀리 돌아오긴 했지만, 복수를 마쳤기 때문에 난 더 이상 바라는 게 없습니다."

그의 말처럼 제퍼슨의 얼굴은 무척이나 편안해 보였다. 다음은 그가 드레버와 스탠거슨을 추적하는 동안 벌어졌던 이야기다.

드레버와 스탠거슨은 부자였지만 제퍼슨은 무척 가난했다. 때문에 그가 두 사람을 추적하기란 결코 쉬운 일이 아니었다. 갖은 고난을 겪으며 런던에 도착한 제퍼슨의 주머니 속에는 동전 한 닢조차 없었다. 그는 일단 숙식을 해결하기 위해 어떤 일이라도 해야 하는 상황이었다. 다행스럽게도 마차 모는 일과 말 타는 일은 눈감고도 할 수 있을 정도로 능숙했기 때문에 마차 회사에서 일자리를 구할 수 있었다. 그는 일주일 간격으로 정해진 돈을 회사에 납입하고 남은 돈만 가질 수 있었다. 그가 손에 쥘 수 있는 액수는 적었지만, 그럭저럭 생활을 꾸려갈 정도는 되었다. 마부 일을 하면서 가장 힘들었던 것은 길을 익히는 일이었다. 생전 처음 와본 런던은 세상에서 가장 복잡한 미로를 가진 도시였다. 그러나 제퍼슨은 항상 지도를 갖고 다니면서 중요한 호텔이나 역을 외웠기 때문에 금세 일을 쉽게 할 수 있었다. 한동안 그는 두 사람이 사는 곳을 알아내지 못했다. 하지만 그는 그들을 찾아낼 때까지 사람들에게 묻고 또 물으며 추적의 끈을 놓지 않았다.

마침내 제퍼슨은 두 사람이 강 건너 캠버웰에 있는 어느 하숙집에 살고 있다는 사실을 알아냈다. 일단 그들을 찾아내자 제퍼슨은 최대한 서두르지 않고 일을 진행하겠노라 다짐했다. 그 사이 턱수염을 길렀기 때문에 두 사람이 그를 알아볼 가능성은 적었다.

그는 적절한 기회를 잡을 때까지 두 사람을 미행하기로 했다. 그러다 그들을 놓칠 뻔하기도 했지만, 그들이 어디를 가든 항상 뒤를 따라다녔다. 어떤 때는 마차로, 어떤 때는 걸어서 뒤를 쫓았다. 두 가지 방법 중에서는 마차가 훨씬 편했다. 마차를 타고 있으면 두 사람을 놓칠 가능성이 훨씬 줄어들었기 때문이다. 그러다 보니 마차 일은 이른 아침이나 밤늦은 시각에 할 수밖에 없었다. 결국 회사에 입금해야 할 돈이 점점 밀리기 시작했다. 하지만 그런 것쯤은 중요하지 않았다. 그들을 붙잡아 복수할 수만 있다면 다른 일은 아무 상관 없었다.

하지만 드레버와 스탠거슨은 만만한 상대가 아니었다. 그들은 생각보다 훨씬 교활했다. 두 사람은 항상 같이 움직였고, 절대 혼자 외출하는 일이 없었으며, 밤에는 집 밖을 나서지 않았다. 그것으로 보아 그들은 자신들이 미행당할 가능성이 있다고 생각했던 것이 분명했다. 제퍼슨은 2주일 동안 매일같이 두 사람의 뒤를 쫓았지만, 그들이 따로 있는 것을 한 번도 보지 못했다. 또 드레버는 하루 중 절반 이상을 술에 취해 지냈지만, 스탠거슨은 조그마한 허점도 보이지 않았다. 그 때문에 제퍼슨은 아침부터 밤까지 그들을 지켜보았지만 공격할 만한 적절한 기회를 찾지 못하고 있었다. 하지만 그는 절대 실망하지 않았다. 분명 때가 가까워졌다는 느낌을 확실히 받았기 때문이었다. 다만 한 가지, 그가 걱정하는 것은 해야 할 일을 마치기도 전에 가슴속 심장이 터져버리면 어떡하나 하는 점이었다.

그러던 어느 저녁이었다. 제퍼슨은 마차를 타고 드레버의 하숙집이 있는 토퀘이 테라스 거리 주변을 오가고 있었다. 잠시 후 마차 한 대가 하숙집 문 앞에 서더니 집 안에서 짐들을 갖고 나와 마차에 실었다. 그리고 드레버와 스탠거슨이 집 밖으로 나와 마차를 타고 떠났다. 제퍼슨은 말에 채찍질하며 그들의 마차를 몰래 뒤따랐다. 혹시라도 그들이 하숙집을 옮기는 게 아닐까 하는 걱정이 그를 엄습해왔다. 그런데 유스턴역에 도착하자 두 사람이 내리는 것이었다.

제퍼슨은 소년 하나를 불러 말을 붙잡고 있으라고 말한 뒤 그들을 따라 대기실로 들어갔다. 그들이 역무원에게 리버풀행 기차에 관해 묻자 역무원은 방금 기차가 떠났으며 몇 시간 뒤에 다음 기차가 있다고 말했다. 그 말을 들은 스탠거슨은 매우 실망한 표정을 지었지만 드레버는 오히려 좋아하는 기색이었다. 제퍼슨은 혼잡한 틈 속에서도 그들에게 바짝 접근해 두 사람의 대화를 빠짐없이 엿들었다.

"스탠거슨, 난 할 일이 좀 있으니 잠시만 기다려주면 금방 돌아오겠네."

"무슨 일이 있어도 함께 다니기로 한 약속을 잊었습니까?"

스탠거슨이 잔뜩 화가 난 목소리로 소리쳤다. 하지만 드레버는 고개를 저으며 스탠거슨에게 말했다.

"이건 매우 미묘한 일이기 때문에 혼자 가봐야 해. 같이 갈 수 없다고!"

제퍼슨은 드레버의 말을 들은 스탠거슨이 무엇이라고 말했는지 정확히 듣지 못했다. 다만 드레버가 불같이 화를 내며 욕설을 퍼붓는 소리는 똑똑히 들을 수 있었다.

"돈을 받고 일하는 고용인인 주제에 감히 내게 명령을 하려는 거냐? 건방진 놈!"

그 말을 들은 스탠거슨은 어쩔 수 없다는 듯 두 손을 내저으며 말했다.

"혹시라도 막차를 놓치면 할리데이스 프라이빗 호텔에서 나를 찾으십시오."

"11시 전까지는 기차역으로 돌아올걸세."

드레버는 한결 누그러진 목소리로 말하고는 역 밖으로 나갔다.

바로 지금이야말로 제퍼슨이 그토록 간절히 바라던 순간이었다. 평생을 두고 쫓아온 원수가 이제야 제 손에 들어온 것이었다. 두 사람이 같이 있을 때는 서로를 보호해줄 수 있었지만, 지금처럼 혼자라면 제퍼슨의 마음대로 할 수 있었다. 그러나 그는 경솔하게 행동하지 않으려 애썼다. 어차피 계획은 이미 다 세워놓은 상태였다. 다만 놈들이 자신을 공격한 사람이 누구고, 무슨 이유로 죽게 되는지를 알게 하는 것이 중요했다. 만약 이들이 이 내용을 모르고 죽는다면 복수의 만족감은 느낄 수 없는 것과 마찬가지였다. 그러므로 제퍼슨은 그에게 괴로움을 준 원수들이 과거에 저지른 죄악 때문에 죽는다는 사실을 알 만큼 충분한 시간을 줘야 한다는 내용으로 계획을 미리 짜놓았다.

이 일이 있기 며칠 전, 제퍼슨은 브릭스턴가에 있는 빈집을 보러 가는 신사 한 명을 마차에 태운 적이 있었다. 그런데 신사는 실수로 빈집의 열쇠를 마차 속에 놓고 내렸다. 그는 그날 저녁에 열쇠를 바로 찾아갔지만, 제퍼슨은 열쇠를 복사해두었다. 덕분에 제퍼슨은 이 거대한 도시에서 누구의 방해도 받지 않는 공간 하나를 갖게 되었다. 문제는 드레버를 그 집으로 어떻게 데리고 가느냐 하는 것이었다.

스탠거슨과 헤어진 드레버는 길을 걷다가 술집 두어 곳에 들렀다. 마지막으로 들렀던 술집에서는 거의 30분 정도 머물렀다. 그런데 그곳을 나왔을 때는 잔뜩 만취해 비틀거리고 있었다. 드레버는 제퍼슨의 마차 앞에 서 있던 이륜마차에 올라탔다. 제퍼슨은 처음부터 끝까지 자신의 말 주둥이가 드레버가 탄 마차에서 1미터도 떨어지지 않을 정도로 바짝 따라붙어서 미행했다. 그들은 워털루 다리를 건넌 뒤 몇 개의 거리를 지나갔다. 그런데 놀랍게도 드레버가 도착한 곳은 토퀘이 테라스의 하숙집 앞이었다. 도대체 무슨 생각으로 다시 하숙집에 되돌아온 건지 알 수 없었다. 제퍼슨은 일단 집에서 약 1백 미터 정도 떨어진 곳에 마차를 세웠다. 드레버는 곧바로 집 안으로 들어갔고, 이륜마차는 그곳을 떠났다.

제퍼슨은 하숙집 앞에서 대략 15분 이상을 기다렸다. 그런데 갑자기 집안에서 싸우는 소리가 들려왔다. 그리고 잠시 후 현관문이 활짝 열리더니 두 남자가 밖으로 뛰쳐나왔다. 한 사람은 드레버였고, 다른 사람은 제퍼슨이 처음 보는 청년이었다. 청년은 드레버의 멱살을 움켜쥐고는 계단 위에서 그를 힘껏 발로 차버렸다. 그 바람에 드레버는 큰길 한복판까지 날아갔다.

"이 더러운 놈! 한 번만 더 순진한 여자를 모욕했다가는 진짜 죽을 줄 알아!"

머리끝까지 화가 난 청년이 손에 든 몽둥이를 흔들며 고래고래 소리를 질렀다. 만약 짐승만도 못한 드레버가 허둥지둥 도망치지 않았다면 청년이 휘두른 몽둥이에 마구 얻어맞았을 게 분명했다. 허겁지겁 도망치던 드레버는 제퍼슨의 마차를 보고 재빨리 올라탔다.

"할리데이스 프라이빗 호텔로 갑시다."

드레버가 외치는 소리를 들은 제퍼슨의 심장은 기쁨으로 충동질하기 시작했다. 어찌나 흥분했던지, 혹시라도 이 최후의 순간에 자신의 동맥이 파열되는 건 아닐까 두려울 정도였다. 그는 어떻게 하는 것이 가장 좋을까 생각하며 천천히 마차를 몰았다. 우선 한적한 교외로 나가 원수와 마지막 대화를 나눌까 하는 생각이 떠올랐다.

그런데 그때 드레버가 말했다.

"가까운 술집에 좀 세워보시오!"

드레버는 또다시 술이 마시고 싶었던 모양이었다. 제퍼슨은 술집 앞에 마차를 세웠다. 그리고 술집에 들어간 드레버가 다시 나올 때까지 그 앞에서 기다렸다. 한참 동안 술집 안에 있던 드레버는 술집 문을 닫는 시간이 되어서야 겨우 밖으로 나왔다. 말할 것도 없이 그는 머리 꼭대기까지 술에 취한 상태였다.

그것을 본 제퍼슨은 이제 모든 상황이 끝나는구나 생각했다. 그렇다고 제퍼슨이 드레버를 무자비하게 죽이려 한 것은 아니었다. 만약 그랬다면 그것은 융통성 없는 정의에 불과한 것이었다. 제퍼슨은 오래전부터 드레버가 원한다면 그의 생명에 대한 도박을 할 기회를 주기로 마음먹고 있었다.

미국에서 방랑 생활을 하는 동안 제퍼슨은 무수히 많은 직업을 전전했다. 한번은 요크 대학 연구실에서 수위 겸 청소부 일을 한 적이 있는데, 하루는 교수가 독약에 관한 강의를 하고 있었다. 그는 남아메리카 원주민의 독화살에서 추출한 알칼로이드라는 독약을 학생들에게 보여주었다. 그 독은 독성이 매우 강해 극소량으로도 사람을 죽일 수 있다는 것이었다.

제퍼슨은 그 독이 든 병을 눈여겨본 뒤 다른 사람들이 없는 틈을 타 소량을 훔쳐냈다. 그는 약을 제조하는 기술을 알고 있었기 때문에 그 독극물을 물에 용해되는 알약으로 만들 수 있었다. 그리고 똑같은 모양으로 독약을 넣지 않은 알약도 만든 뒤 두 종류 모두 작은 상자에 함께 넣어두었다. 그리고 마음속으로 다짐했다.

'그놈들을 만난다면 이 상자를 하나씩 안겨줄 것이다. 그리고 알약 두 개 중 하나를 고르게 하고 나머지 알약은 내가 먹겠다.'

이렇게 결심한 제퍼슨의 얼굴에는 비장함이 감돌았다. 그는 이 방법이 손수건으로 총구를 감싸고 총을 쏘는 것보다 훨씬 덜 시끄러운 데다 효과 면에서는 그에 못지않게 치명적이라고 생각했다. 그때 이후로 제퍼슨은 약 상자 두 개를 항상 몸에 지니고 다녔다. 그런데 이제 그것을 사용할 시간이 된 것이었다.

시간은 자정을 넘어 새벽 1시로 향하고 있었다. 비바람이 거세게 몰아치는 음산한 밤이었다. 바깥은 몸이 떨릴 정도로 추웠지만, 제퍼슨은 날아갈 듯 기분이 좋았다. 어찌나 기뻤던지 소리를 지르며 춤이라도 추고 싶은 심정이었다. 누구라도 그 상황에서는 그러했을 것이다. 무려 20년 동안이나 바라던 일이 아닌가. 제퍼슨은 최대한 마음을 안정시키기 위해 시거를 피워 물었다. 하지만 손이 바들바들 떨려왔고 너무 흥분한 나머지 관자놀이가 지끈거리기까지 했다.

마차를 몰고 가는 동안 제퍼슨은 어둠 속에서 웃고 있는 존 페리어와 사랑스러운 루시의 모습을 똑똑히 볼 수 있었다. 브릭스턴가에 있는 집 앞에 마차를 세울 때까지 그 두 사람은 제퍼슨의 말 양쪽에서 나란히 걷고 있었다. 인적이 끊긴 거리는 쥐 죽은 듯이 고요했다. 오로지 쏟아지는 빗소리만 들릴 뿐이었다. 창문을 통해 마차 안을 들여다보니 드레버는 술에 취해서 곯아떨어져 있었다.

"손님, 다 왔습니다."

제퍼슨은 드레버의 팔을 잡고 흔들었다.

"알았네, 마부."

자기가 말한 호텔에 왔다고 생각한 드레버는 군소리 없이 마차에서 내렸다. 그가 심하게 비틀거렸기 때문에 제퍼슨은 드레버를 부축하며 정원으로 걸어 들어갔다. 현관문을 통과한 두 사람은 거실로 걸어 들어갔다. 그때까지도 존 페리어와 루시는 두 사람 앞을 걸어가고 있었다.

"젠장! 더럽게 깜깜하군!"

드레버가 발을 구르며 불평했다.

"곧 불을 켜드리지."

성냥불을 켠 제퍼슨은 자신이 가져온 양초에 불을 붙였다.

"자, 이녹 드레버!"

드레버를 향해 몸을 돌려세운 제퍼슨은 양초로

자신의 얼굴을 비추며 말했다.

"내가 누구인 것 같으냐?"

드레버는 술에 취해 흐릿한 눈으로 제퍼슨의 얼굴을 쳐다보았다. 처음에 그는 제퍼슨을 알아보지 못하는 듯했다. 하지만 잠시 후 그의 두 눈이 공포의 빛을 띠더니 온몸이 부들부들 떨리기 시작했다. 그는 얼굴이 시퍼렇게 질린 채 뒷걸음질했다. 사색이 된 얼굴에서는 땀이 비 오듯 쏟아졌고 이가 딱딱 부딪쳤다. 그 모습을 본 제퍼슨은 문 앞에 서서 오랫동안 큰 소리로 웃었다. 그는 복수가 달콤할 것으로 생각은 했지만 이렇게까지 만족스러울 줄을 몰랐던 것이었다.

"이 개 같은 자식아! 솔트레이크시티에서 세인트 페테르부르크까지 너를 쫓아다녔지만, 그동안 너는 나를 잘도 피해 다니더구나! 하지만 이제 다 끝났다! 우리 둘 중 하나는 내일 아침 해가 뜨는 걸 보지 못하게 될 것이다!"

제퍼슨이 이렇게 소리치는 동안에도 드레버는 조금씩 뒷걸음질하고 있었다. 드레버는 제퍼슨이 미쳤다고 생각하는 듯했다. 어찌 보면 그 당시 제퍼슨이 제정신이 아닌 것은 사실이었다. 그의 관자놀이의 맥박은 숱하게 망치질을 해대는 것처럼 거세게 뛰고 있었다. 만약 그때 코피가 터지지 않았다면 제퍼슨은 발작을 일으켜 죽었을지도 모를 일이었다.

"말해봐라! 루시 페리어에 대해 어떻게 생각하느냐?"

재빨리 문을 잠근 제퍼슨은 드레버의 얼굴 앞에 열쇠를 흔들며 소리쳤다.

"생각보다 늦긴 했지만 네가 죗값을 치를 때가 드디어 온 것이다."

제퍼슨의 말을 들은 드레버는 잔뜩 겁에 질린 나머지 입술을 부들부들 떨기 시작했다. 그는 목숨을 구걸하고 싶었겠지만 그래 봤자

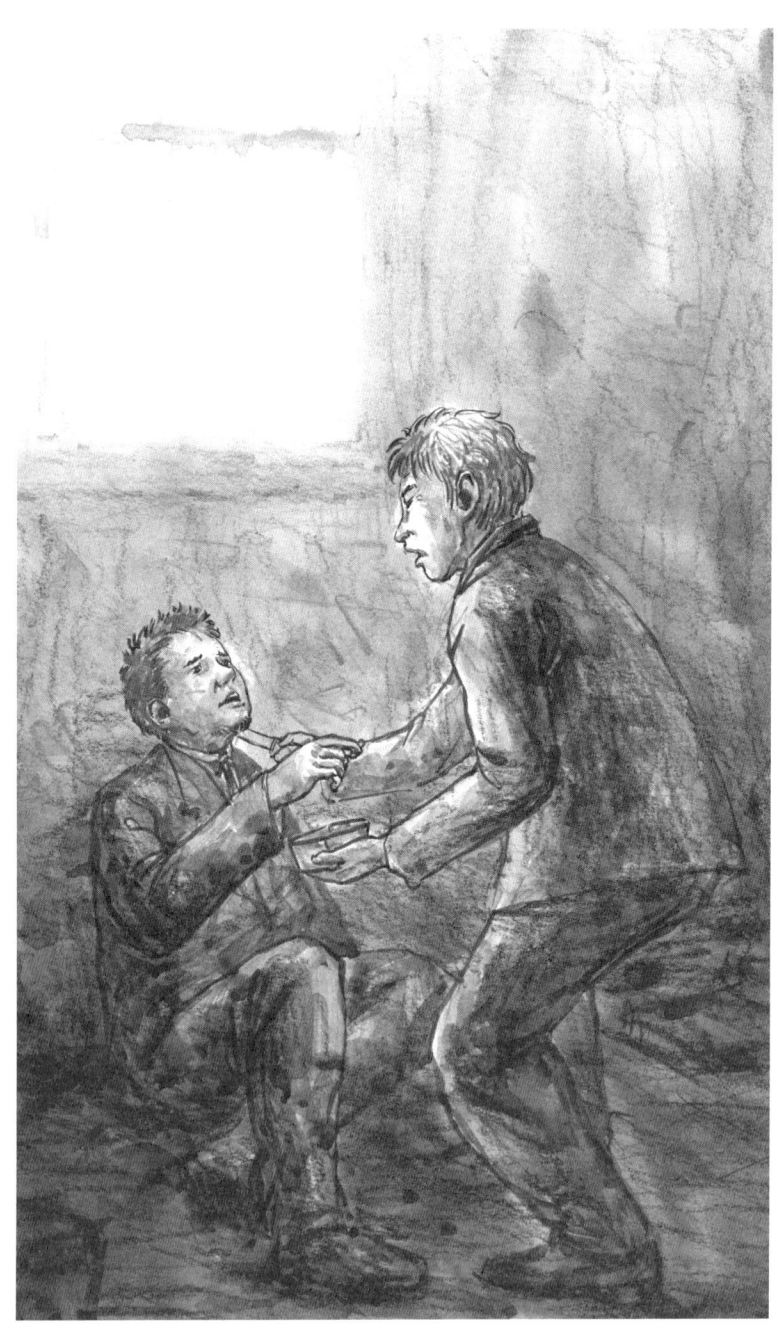

소용없다는 것을 잘 알고 있었다.

"사, 살인할 셈이오?"

공포에 질린 드레버가 더듬거리며 말했다.

"살인? 너같이 더러운 미친개를 죽이는 것도 살인이라고 하더냐? 내가 사랑하는 여인의 아버지를 무참하게 살해한 너를 죽이는 것을? 게다가 파렴치하게도 그 가엾은 여인을 첩으로 삼아버린 네놈을 죽이는 것을 말이냐?"

"자, 자비를!"

"그러는 넌 루시에게 어떤 자비를 베풀었느냐?"

"하지만 루시의 아버지를 죽인 건 내가 아니오."

드레버가 억울하다는 듯 소리쳤다.

"순진하고 깨끗한 그 여자를 무참하게 짓밟은 건 바로 너였다!"

제퍼슨이 악에 받친 목소리로 외쳤다. 그리고는 드레버의 앞에 작은 약 상자를 내밀었다.

"어디, 하느님께서 어떤 심판을 내리시는지 두고 보자."

드레버는 영문을 모르겠다는 표정으로 약 상자와 제퍼슨의 얼굴을 번갈아 보았다.

"하나를 골라서 삼켜라. 한 알에는 죽음이 담겨 있고, 다른 한 알에는 삶이 담겨 있다. 나는 남은 것을 먹겠다. 나는 두 눈을 똑똑히 뜨고 이 땅에 정의가 남아 있는지, 아니면 운이 우리를 지배하는지 지켜보겠다."

드레버는 몸을 잔뜩 웅크린 채 비명을 지르며 자비를 구했다. 하지만 제퍼슨은 날이 시퍼렇게 선 칼을 드레버의 목에 갖다 대며 약을 고르라고 명령했다. 잠시 망설이던 드레버는 떨리는 손으로 알약 하나를 집어 들었다. 그리고 두 눈을 질끈 감고서 그것을 삼켰다. 제퍼슨은 곧바로 나머지 알약 하나를 입안에 넣었다. 두 사람은 마주 보고 서서 누가 죽을지 서로를 지켜보고 있었다. 한 1분쯤 지났을까. 제퍼슨의 얼굴에 엷은 미소가 감돌기 시작했다. 몸속에 독이 퍼지기 시작한 드레버의 얼굴이 일그러지기 시작했기 때문이었다.

"지금의 네 표정을 평생 잊지 않겠다."

제퍼슨은 소리 내어 껄껄 웃으며 루시의 결혼반지를 드레버의 눈앞에 들이댔다. 하지만 그 순간은 매우 짧았다. 알칼로이드는 그의 생각보다 훨씬 빠르게 작용하고 있었다. 고통으로 얼굴이 일그러진 드레버는 두 팔을 앞으로 휘저으며 비틀거리는가 싶더니 비명을 꽥 지르며 바닥에 쿵 하고 쓰러져버렸다. 제퍼슨은 발로 그의 몸을 뒤집고 그의 심장에 손을 대보았다. 하지만 아무런 움직임도 없었다. 드디어 원수가 숨을 거둔 것이었다.

제퍼슨의 코에서는 계속해서 많은 양의 코피가 쏟아지고 있었다. 하지만 그는 그 사실을 알아채지 못했다. 또 자신이 왜 코피를 찍어 벽에 글씨를 썼는지도 몰랐다. 아마도 경찰의 수사 초점을 흐려놓고 싶은 장난기 때문이었을 것이다. 당시 제퍼슨은 말로는 표현하기 힘들 정도로 속이 시원하고 기분이 좋았다. 또 그때 그의 머릿속에는 뉴욕에서 일어난 독일인 살해 사건이 떠올랐다. 당시 피살자의 머리 위에는 'RACHE'라는 글자가 씌어 있었는데, 신문에서는 그것을 두고 어느 비밀 단체의 소행이라고 주장했다. 제퍼슨은 뉴욕 사람들이 혼란을 일으켰다면 런던 사람들도 마찬가지일 거로 생각하고 손가락으로 자신의 피를 찍어 벽에다 글씨를 쓴 것이었다.

이제 모든 일을 마친 제퍼슨이 바깥으로 나갔을 때 여전히 비는 쏟아져 내리고 있었고 거리에는 인적이 없었다. 자신의 마차를 몰고 한참을 가던 제퍼슨은 항상 루시의 반지를 보관하던 주머니에 손을 넣어보았다. 그런데 어찌 된 일인지 주머니에는 반지가 없었다. 당황한 제퍼슨은 방금 집 안에서 있었던 일을 곰곰이 되짚어보았다. 그때 드레버의 시체 위로 몸을 굽혔던 일이 떠올랐다. 그는 분명히 그때 반지를 떨어뜨린 것으로 생각하고 당장 마차를 돌렸다. 사실 그것은 매우 위험한 판단이었다. 그럼에도 불구하고 제퍼슨이 마차를 돌린 것은 그 반지가 루시의 유일한 유품이기 때문이었다.

그는 마차를 골목에 세워두고 대담하게도 그 집으로 다시 걸어 들어갔다. 반지를 찾을 수만 있다면 어떠한 위험이라도 감수할 각오가 되어 있었다. 하지만 그곳에 도착하자마자 그는 경관과 마주치고 말았다. 제퍼슨은 순간 당황했지만 침착하게도 만취한 술꾼 연기를 해서 경관의 의심을 피할 수 있었다. 이렇게 해서 이녹 드레버는 최후를 맞이했다.

이제 남은 일은 스탠거슨을 찾아 존 페리어의 원수를 갚는 것뿐이었다. 그가 할리데이스 프라이빗 호텔에 투숙한다는 사실을 알고 있던 제퍼슨은 온종일 호텔 앞을 지켰다. 하지만 스탠거슨은 호텔 밖으로 모습을 드러내지 않았다. 드레버가 나타나지 않자 이상하다는 의심을 둔 게 분명해 보였다. 스탠거슨은 원래부터 교활한 데다 항상 빈틈이 없고 경계심을 늦추지 않는 사람이었다.

'방 안에만 틀어박혀 있으면 안전할 거로 생각한다면 그건 큰 오산이다.'

이렇게 생각한 제퍼슨은 그가 몇 호실에 투숙하고 있는지를 알아냈다. 그리고 다음 날 새벽, 호텔 뒷길에 있는 사다리를 타고 창문을 통해 그의 방으로 침입했다. 방으로 들어간 제퍼슨은 스탠거슨을 흔들어 깨웠다. 갑작스러운 상황에 놀란 스탠거슨은 어찌할 바를 모르고 허둥댔다.

"대체 당신은 누구요?"

"오래전에 무고한 생명을 앗아간 일을 기억하느냐? 이제 그 죄의 대가를 치러야 할 때가 되었다."

제퍼슨은 원수의 두 눈을 노려보며 소리쳤다. 그는 드레버가 어떻게 죽었는지에 대해 설명한 다음, 스탠거슨 앞에도 약 상자를 내밀었다.

"자, 네게 선택의 기회를 주겠다."

하지만 스탠거슨은 약을 고르지 않고 침대에서 뛰어내려 제퍼슨에게 덤벼들었다. 그리고 두 팔을 뻗어 제퍼슨의 목을 조르려 했다. 하지만 제퍼슨의 움직임이 더 빨랐다. 제퍼슨은 자기방어를 위해 칼로 스탠거슨의 심장을 찔렀고 스탠거슨은 비명조차 지르지 못한 채 그대로 쓰러져버렸다. 제퍼슨은 가슴에서 시뻘건 피를 흘리며 쓰러진 스탠거슨을 내려다보며 중얼거렸다.

"어떻게 했어도 결과는 똑같았을 것이다. 정의로우신 하나님이 죄인인 네 손에 독이 든 약을 쥐여주셨을 테니까."

이로써 제퍼슨은 꿈에도 바라던 복수의 종지부를 찍을 수 있었다.

긴 이야기를 마친 제퍼슨은 탁자 위에 놓인 물을 시원하게 들이켰다.

"이제 더는 할 말이 없습니다. 할 일을 다 마치니 마음이 날아갈 듯 가볍기만 하군요."

"두 사람을 죽인 후에는 어떻게 살아갈 작정이었소?"

레스트레이드가 물었다.

"미국으로 돌아갈 경비를 마련할 때까지 마부 일을 계속했습니다. 그런데 오늘 아침 역마차를 두는 곳에 나가니 누더기를 입은 꼬마 녀석 하나가 나를 찾더군요. 제퍼슨 호프라는 이름까지 정확히 알고 있었어요. 그 아이는 베이커가 221B번지에 사는 신사분이 내 마차를 찾고 있다고 했습니다. 나는 털끝만큼도 의심하지 않고 이곳으로 왔다가 손목에 수갑을 차고 말았습니다."

제퍼슨은 놀랍다는 표정으로 홈스를 쳐다보며 말을 이었다.

"그런데 이 사람이 수갑 채우는 솜씨는 정말 대단하더군요. 생전 처음 보는 날렵한 기술이었어요."

제퍼슨의 말에 홈스는 어깨를 으쓱하며 미소를 지었다.

"자, 이제 내 이야기는 다 끝났습니다. 여러분은 나를 살인자로 생각하겠지요. 하지만 난 여러분처럼 정의를 위해 일하는 집행자일 뿐입니다."

제퍼슨의 이야기는 놀라우리만큼 흥미진진했고 감동적이었다. 우리는 한동안 말없이 앉아서 그의 이야기를 듣고만 있었다. 그동안 범죄에 얽힌 사연을 신물 나게 들어왔던 형사들마저도 그의 이야기에 빠져드는 것 같았다. 그가 말을 마친 후에도 우리는 한동안 말없이 앉아 있었다. 방 안에 들리는 것이라고는 레스트레이드가 연필로 속기록을 정리하는 소리뿐이었다.

"그런데 알고 싶은 게 하나 있습니다."

기나긴 침묵을 가장 먼저 깬 것은 홈스였다.

"광고를 보고 이곳으로 반지를 찾으러 온 사람은 누구였습니까?"

제퍼슨은 홈스에게 눈을 찡긋하며 웃었다.

"내 비밀을 말해줄 수는 있습니다. 하지만 그 사람을 난처하게 하고 싶지는 않군요. 사실 당신의 광고가 함정일지도 모른다는 생각을 잠깐 하긴 했습니다. 하지만 그렇다고 하더라도 그 반지가 내가 찾는 것인지 확인하고 싶었습니다. 그러자 내 사정을 잘 아는 친구가 직접 가보겠다고 하더군요. 그 친구가 일을 잘 해냈다는 건 당신도 인정하리라 믿습니다."

"아주 훌륭했습니다."

홈스가 진심으로 말했다.

"여러분!"

그렉슨이 심각한 표정으로 입을 열었다.

"어떤 상황에서도 법 집행은 이루어져야 합니다. 피의자는 목요일에 판사 앞으로 소환될 겁니다. 여러분도 법정에 출두해주시기 바랍니다. 그때까지 이 사람은 경찰에서 책임지겠습니다."

그렉슨이 벨을 울리자 간수 두 명이 와서 제퍼슨을 데리고 나갔다. 잠시 후 경찰서를 나온 홈스와 나는 마차를 타고 베이커가로 돌아왔다.

07
주홍색 실 골라내기

우리는 목요일에 법정에 출두하라는 통지를 받았다. 하지만 목요일이 되자 우리가 증언할 기회는 사라지고 없었다. 더 높은 심판관이 이 사건을 담당한 것이었다. 제퍼슨은 가장 준엄한 심판이 내려질 하늘 법정으로 올라가버렸다. 그는 체포되었던 바로 그 날 밤에 동맥류가 파열되어 다음 날 아침, 감방에서 싸늘히 식은 몸으로 발견되었다. 죽어가는 그 순간에도 자신이 마친 일이 흡족해서였을까. 제퍼슨의 입가에는 평온한 미소가 감돌고 있었다.

"제퍼슨이 죽었다는 걸 알고 그렉슨과 레스트레이드가 펄펄 뛰었겠군."

다음 날 저녁, 그 이야기를 하던 홈스가 내게 말했다.

"그가 죽어버렸으니 어디 가서 자기의 공을 늘어놓겠는가?"

"사건을 해결하는 데 그들이 한 일이 뭐라고?"

"물론 그들이 한 일은 아무것도 없어. 하지만 대체 이 세상에서 중요한 일은 뭐고, 중요하지 않은 일은 뭐란 말인가?"

홈스가 씁쓸한 표정으로 말했다.

"문제는 사람들에게 자신이 무슨 일을 했는가를 믿게 하는 거라네. 하지만 신경 쓸 것 없어."

잠시 말을 멈춘 홈스는 한층 밝은 얼굴로 말을 이었다.

"이번 사건 자체가 나한테는 흥미로운 일이라 다른 일보다 최우선으로 해결해보고 싶었다네. 이제까지의 수사 파일 중에서 가장 재미있는 사건이었어. 단순하긴 했지만 몇 가지 교훈적인 점이 있었지."

"단순했다고?"

나는 깜짝 놀라 소리쳤다.

"그 말 외에 어떻게 표현한단 말인가?"

내가 놀라는 모습을 본 홈스가 빙그레 웃으며 말했다.

"아주 간단하고 상식적인 추리로 사흘 만에 범인을 찾아내지 않았나? 이것만 보더라도 사건이 본질적으로 단순하다는 걸 알 수 있지."

"그건 그렇지."

홈스의 말에 나는 절로 고개가 끄덕여졌다.

"전에도 말한 적이 있지만, 사건의 특이한 요소는 사건 해결을 어렵게 만드는 것이 아니라 오히려 사건 해결의 길잡이 역할을 해준다네. 이런 사건을 풀어내는 데 가장 중요한 점은 과거로 거슬러 올라가서 거꾸로 추리해가는 능력이야. 이것은 가장 중요하고 유용한 능력이지만 대부분의 사람들이 갖고 있지 못한 것이기도 하지."

"정말 그렇네."

"일상생활에서는 여러 가지 단서를 바탕으로 해서 시간 순서대로 결론을 이끌어내는 게 대부분이지. 그래서 거꾸로 추리하는 방식에 소홀하거나 자주 접하지 못했다는 이유로 무시하기도 해. 종합적인 추리를 할 수 있는 사람이 쉰 명 정도 있다면 분석적 추리 능력이 있는 사람은 한 명 정도에 불과하니까."

"글쎄, 자네 말이 잘 이해되지 않는군."

내가 미간을 찌푸리며 말하자 홈스가 그럴 줄 알았다는 듯 미소를 지었다.

"그럴 테지. 자, 이제 잘 알아들을 수 있도록 자세히 설명해주겠네. 일반적으로 사람들에게 어떤 일이 발생한 순서대로 설명해주면 대부분의 사람들은 결과가 어떻게 될 것인지 예측할 수 있어. 즉, 그들은 마음속으로 수많은 사실을 연결해보고 어떤 일이 생길 것인지 결론을 도출해내지."

"거기까진 잘 알겠네."

"하지만 어떤 결과를 먼저 말해주고 그러한 결과가 나오기까지 전 단계들에 대해 추리해보라고 하면 그걸 해낼 수 있는 사람은 매우 드물어. 이런 능력이 바로 내가 말하는 역추리, 또는 분석적 사고라는 것일세."

"무슨 말인지 알겠네."

"자네도 알다시피 이번 사건은 결과가 먼저 주어졌고, 나머지 사항들은 알아서 찾아야 하는 경우였네."

"그렇다면 자네가 어떤 추리 단계를 거쳤는지 말해주게."

"우선 맨 첫 단계로 돌아가 보세. 자네도 알다시피, 나는 사건에 대한 사전 지식이 전혀 없는 상태로 그 집에 도착했네. 그래서 자연스럽게 큰길부터 조사해보았지. 그리고 이미 설명한 대로 그곳에서 마차 바퀴 자국을 발견했고 밤사이에 그곳에 합승 마차가 왔었다는 걸 알아냈지."

"합승 마차라는 건 어떻게 알았나?"

"바퀴 사이의 간격이 좁은 거로 봐서 마차는 개인용이 아니라 합승용이 분명했네. 런던의 사륜 합승 마차는 신사들이 타는 개인용 마차보다 바퀴 사이의 폭이 훨씬 좁거든. 이것이 첫 번째로 얻은 단서였네."

"훌륭하군."

"다음에 나는 현관 쪽으로 걸어가며 길을 살펴보았네. 마침 정원의 길은 발자국이 잘 남는 진흙 길이더군. 자네 눈에는 그 길은 발자국이 어지럽게 찍힌 진흙 길에 지나지 않았겠지. 하지만 나의 숙련된 눈으로 볼 때 그것들은 아주 중요한 의미를 담고 있었어."

"하지만 한갓 발자국인데?"

내 질문에 홈스는 정색하고 답했다.

"발자국은 매우 중요한 단서라네. 하지만 수사과학에서 발자국이 제대로 인정받지 못하고 있으니 안타까울 뿐이야. 물론 나는 숱한 훈련을 통해 발자국의 중요성을 잘 파악하고 있다네."

"그렇군. 그렇다면 정원에서 발견한 발자국은 어떻던가?"

"순찰 경관의 무거운 발자국이 찍혀 있었네. 하지만 그보다 먼저 정원을 지나간 두 사람의 발자국도 발견했지."

"아니, 그게 먼저 찍힌 거라고 어떻게 알 수 있나?"

"그건 아주 쉬워. 두 사람의 발자국이 경관의 발자국에 밟혀 지워진 곳이 있었기 때문이야. 이렇게 해서 나는 두 번째 단서를 잡아냈지. 종합해보자면 한밤중의 침입자는 두 사람이고, 그중 한 사람은 키가 매우 크다. 물론

키는 보폭을 계산하면 알 수 있지. 다른 한 사람은 작고, 우아한 구두 자국으로 보아 멋지게 차려입은 신사일 것이다."

나는 홈스의 이야기에 완전히 빠져들었다. 그런 내 모습에 신이 난 듯 홈스는 거칠 것 없이 이야기를 이어나갔다.

"집에 들어가자마자 내 추리가 옳다는 게 증명되었지. 멋들어진 구두를 신은 신사가 바닥에 누워 있었거든. 그렇다면 살인자는 당연히 키 큰 사내가 되겠지. 시체에는 아무런 상처도 없었지만, 두려움에 가득 찬 표정으로 봐서 죽기 전에 자기가 죽을 걸 알고 있었던 것 같았네. 심장마비 같은 자연적 원인으로 급사한 사람들은 절대 그런 표정을 짓지 않거든."

"그럼 자네가 시체의 입 냄새를 맡았던 이유는?"

"사인을 밝히기 위해서지. 그자의 입에서는 상당히 시큼하고 불쾌한 냄새가 났네. 독약을 먹고 죽었다는 증거지. 또 그의 얼굴에 드러난 증오와 무서운 표정을 통해서 그가 약을 강제로 먹었다는 것도 알아냈네. 이런 사실을 설명해줄 다른 가설은 없었네. 그저 배제법을 통해 이런 결론을 도출해냈을 뿐이야."

"정말 대단하군! 그것만으로도 독살이라는 걸 알아내다니 말이네."

"놀랄 만한 일은 아니야. 독을 강제로 먹인 사건은 범죄의 역사에 종종 등장하곤 하니까. 웬만한 독물학자라면 우크라이나 오데사의 돌스키 사건이나, 프랑스 몽펠리에의 레투리에 사건 정도는 다 알고 있지."

홈스는 대수롭지 않다는 듯 어깨를 으쓱하며 미소를 지었다.

"참, 자네 혹시 범행 동기까지 알고 있었나?"

"사실 현장에서 사라진 물건이 없었기 때문에 강도가 살인 목적이 아니라는 건 쉽게 알 수 있었네. 그렇다면 정치적 동기나 여자 문제가 있었을까? 이 두 가지 모두 가능성이 있었지만 나는 후자 쪽에 더 큰 무게를 두었다네."

"그럴만한 이유가 있었나?"

"대부분의 정치적 암살범들은 임무를 끝내고 나면 곧바로 현장에서 도망친다네. 하지만 이 사건의 범인은 매우 느긋하게 행동했어. 방 안에 온통 자신의 발자국을 남긴 것을 보면 그가 오랫동안 현장에 머물렀다는 걸 알 수 있지. 그렇다면 범행 동기는 정치적인 것이 아니라 사적인 원한일 가능성이 크다는 말이지."

"그럼 벽에 쓰인 글씨는?"

"그 글씨를 발견했을 때 나는 내 생각이 옳다는 확신을 굳히게 되었지. 그건 누가 뭐래도 속임수가 분명했거든. 그러던 중에 반지가 발견되자 모든 의문이 속 시원히 풀리더군. 범인은 피살자에게 이미 죽었거나 혹은 자기 곁에 없는 여자를 상기시키는 데 그 반지를 이용한 게 분명했다네."

"정말 대단하군."

"난 그렉슨이 클리블랜드 경찰에 전보를 칠 때 드레버의 경력 중에 특이사항이 있는지를 질문했느냐고 물었었네."

"기억나네. 그렉슨은 묻지 않았다고 했어."

"맞았네. 일단 나는 방 안을 자세히 조사했네. 그리고 범인의 키에 대한 내 판단이 옳다는 걸 알았지. 그리고 트리치노폴리 시가와 범인의 손톱 길이에 대한 사항도 추가로 알아냈네."

"바닥에 떨어진 핏자국은 어떻게 생각했나?"

"방 안에는 피가 떨어질 만큼 싸움을 한 흔적이 없었네. 그 말은 곧 범인이 코피를 흘렸다는 것을 뜻하지. 게다가 핏자국은 범인의 발자국과 일치했네. 만약 범인이 몸에 피가 많은 사람이 아니라면 이런 식으로 흥분해서 코피를 터뜨리는 경우가 거의 없지. 그래서 범인의 얼굴이 불그스레하고 건장할 것이라는 의견을 내놓았던 걸세."

"결과적으로 자네의 의견이 맞지 않았나!"

내가 흥분해서 소리치자 홈스는 자신의 턱을 쓸며 빙그레 웃었다.

"현장조사를 마친 뒤 나는 그렉슨이 빠뜨렸던 일을 했다네. 클리블랜드의 경찰서장에게 전보를 쳐서 이녹 드레버의 결혼 관계에 대한 정보를 요구했지. 답신은 아주 결정적이었네. 드레버는 오래된 연적인 제퍼슨 호프를 피하려고 신변 보호 요청을 이미 한 적이 있고, 제퍼슨은 현재 유럽에 체류하고 있다는 내용이었지."

"아주 결정적인 단서였군."

"이제 남은 일은 범인을 체포하는 것뿐이었어. 나는 드레버와 함께 그 집에 들어간 사람이 바로 마차를 몰던 마부라는 사실을 이미 눈치채고 있었네. 도로에 난 바퀴 자국과 말굽 자국으로 미루어볼 때 말이 마부 없이 오랫동안 서성거렸다는 걸 알 수 있었지. 그렇다면 그 시간 마부는 도대체 어디에서 무엇을 하고 있었을까?"

"당연히 집 안에 들어가 있었겠지."

"게다가 제정신을 가진 사람이라면 제3자가 보는 앞에서 죄를 저지르지는 않았겠지. 자신의 죄를 밝힐 증인을 만드는 셈이니까. 또 런던에서 누군가를 미행할 때 가장 좋은 직업이 무언지 알겠나?"

"그건 바로!"

"마부지!"

내가 대답하기도 전에 장난스러운 표정의 홈스가

재빨리 말을 이었다.

"이 모든 사실을 종합해본 나는 제퍼슨 호프가 런던에서 마부 일을 하고 있다는 결론을 내리게 되었네. 또 그가 범행 후에도 마부 일을 그만두지 않았을 거라고 확신했지."

"그건 왜지? 빨리 도망치면 좋은 게 아닌가?"

"아니야. 범인 처지에서 생각해보게. 만약 갑작스럽게 행동에 변화가 생긴다면 주의를 끌 게 당연하지 않은가. 그래서 나는 범인이 적어도 한동안은 하던 일을 계속할 거로 생각했네."

"그렇겠군. 하지만 제퍼슨이 이름을 바꿨을 가능성도 있지 않았나?"

"그럴듯한 생각이지만 제퍼슨이 굳이 그럴 필요는 없었네. 자기를 아는 사람이 한 명도 없는 나라에서 굳이 가명을 쓸 필요가 있었을까? 그래서 나는 베이커가 소년 탐정단을 런던 시내의 모든 마차 회사에 보냈다네. 그 아이들은 정말 열심히 일했고 난 그들이 찾아낸 성과물을 아주 잘 활용했지."

"그거야말로 내가 가장 가까이서 보지 않았나."

"하지만 스탠거슨의 살인은 예상 밖의 일이었어. 만약 미리 알았다고 하더라도 그것을 막아내는 건 불가능했겠지만 말이네. 나는 이 사건에 독약이 쓰였다는 걸 알고 있었지만, 스탠거슨이 죽은 후에야 그 약을 손에 넣을 수 있었지."

"정말이지, 한 군데도 빠짐없이 모든 추리가 논리적으로 연결되는군! 훌륭하네!"

나는 진심으로 감탄하고 있었다.

"자네의 활약상이야말로 사람들에게 널리 알려져야 마땅하네. 이 사건의 전말을 꼭 발표해야만 해. 만약 자네가 하지 않겠다면 내가 나서겠네."

"자네 마음대로 하게나."

만족스러운 표정으로 홈스가 말했다.

"그나저나 이걸 좀 보게."

홈스는 내게 신문을 건네주며 기사 하나를 가리켰다. 그것은 그날 〈에코〉로, 그가 가리킨 기사는 이번 사건에 관한 것이었다. 기사 내용은 다음과 같다.

이녹 J. 드레버와 조지프 스탠거슨의 살인 용의자로 지목된 제퍼슨 호프가 급작스럽게 사망하자 이번 사건에 대한 대중의 관심도 급격히 사라지고 있다. 이로써 사건의 전모를 영원히 알 수 없게 될지 모르지만, 본사가 입수한 정보에 따르면, 이 사건은 모르몬교와 치정에 얽힌 오래된 원한 때문에 발생한 사건이라고 한다. 두 피살자 모두 청년 시절에 모르몬 교도였고 사망한 제퍼슨 호프 역시 모르몬교의 본산인 솔트레이크시티 출신이다. 사건 자체는 다소 허무하게 종결되었지만 적어도 런던 경찰의 우수한 실력을 인상적인 방식으로 확인한 점에서 의의가 있다고 하겠다. 또한 이후로 영국에 거주하는 외국인들은 사적인 감정과 묵은 원한을 자국에서 해결해야지, 영국 본토 안으로 끌어들이지 않는 것이 현명하다는 교훈을 얻게 되었다. 이번 사건의 범인을 신속하게 체포한 것은 런던 경찰국의 그렉슨과 레스트레이드 형사의 공임은 분명하다. 그런데 범인은 셜록 홈스라는 아마추어 탐정의 자택에서 체포되었다고 한다. 셜록 홈스는 아마추어 탐정으로 약간의 재능을 지닌 인물이라고 하니, 앞으로 앞서 언급한 두 형사의 가르침을 받는다면 어느 정도는 성장할 수 있을 것으로 기대된다. 그리고 두 형사는 사건 해결의 공로를 인정받아 표창을 받을 것이라고 한다.

"내가 이럴 거라고 말하지 않았나!"

홈스가 껄껄 소리 내 웃으며 말했다.

"우리의 주홍색 연구 결과는 바로 이것이로구먼. 형사들에게 표창장을 타게 해주는 것 말일세."

"너무 상심하지 말게. 이 모든 사실을 기록해두었으니 조만간 세상 사람들도 사건의 전말에 관해 알게 될걸세. 그때까지는 로마의 구두쇠처럼 일이 성공했다는 성취감을 느끼는 정도에서 만족해야겠군. '사람들은 나를 비웃을지라도, 집에 숨겨놓은 금은보화를 바라보는 내 마음은 뿌듯하구나!'라는 말처럼 말일세."

메리 모스턴
세실 포레스터 부인의 집에서 가정교사로 일하는 아름답고 지혜로운 여성이다. 10년 전 아버지의 실종 사건과 6년 전부터 배달되어 오는 진주에 대해 의문을 품어왔다. 급기야 정체불명의 사람으로부터 만나자는 연락을 받고 홈스에게 사건을 의뢰한다. 왓슨과 특별한 관계로 발전한다.

새디어스 숄토
겨우 서른 살이지만 심한 대머리에 건강도 좋지 않다. 항상 얼굴에 경련이 일어나는 데다 성격도 소심하다. 아버지 숄토 소령 대신 메리 모스턴에게 정당한 보상을 해주려고 하지만, 형 바솔로뮤 숄토 살인 사건의 유력한 용의자로 체포된다.

바솔로뮤 숄토
새디어스 숄토의 쌍둥이 형으로 매우 탐욕스럽다. 폰티체리 저택에 살면서 우여곡절 끝에 보물이 숨겨진 곳을 찾아내지만, 결국엔 방문이 잠긴 방 안에서 살해당한 채 발견된다.

애설리 존스
런던 경찰청의 형사로 붉은 얼굴에 뚱뚱한 체격이다. 평소에 홈스의 추리 이론을 상당히 못마땅하게 생각하고 있다. 새디어스 숄토를 강력한 살해 용의자로 지목하지만, 결국엔 사건 해결을 위해 홈스에게 도움을 요청한다.

존 숄토 소령
안다만 교도소 경비 장교로 숄토 형제의 아버지이자 모스턴 대위와는 절친한 친구 사이다. 카드 노름으로 큰 빚을 지고 위기에 몰려 있던 차에 조너선 스몰에게 보물에 관한 이야기를 듣는다. 이후로 대저택에서 부유하게 살지만, 인도에서 온 편지 한 통을 받고 시름시름 앓다 죽고 만다.

모스턴 대위
안다만 교도소 경비 장교로 메리 모스턴의 아버지다. 1878년, 런던의 한 호텔에서 약간의 소지품만 남겨둔 채 실종된다.

세실 포레스터 부인
메리 모스턴이 사는 집주인. 따뜻하고 부드러운 성품으로 메리 모스턴을 딸처럼 돌본다. 홈스 덕에 복잡한 집안일을 해결한 인연이 있다.

조너선 스몰
대략 쉰 살이 넘은 나이에 얼굴은 매우 검고 덥수룩하게 구레나룻을 길렀다. 한 번 목표로 세운 일은 꼭 해내고 마는 집념과 고집을 지녔다. 군 복무 중 강에서 헤엄치다 악어에게 물린 오른쪽 다리에 의족을 하고 있다. 세포이 반란 때 아그라의 옛 성 경비 책임자로 일하던 중 보물의 존재를 알게 되었고, 그 때문에 살인 사건에 휘말린다. 교도소에서 빠져나가기 위해 보물의 존재를 알리지만 결국 배신당하고 이후로는 복수하겠다는 일념으로 살아왔다.

통가
안다만의 원주민으로 성실하고 충직하며 배를 잘 다룬다. 죽을병에 걸리자 혼자 죽으려던 그를 조너선 스몰이 살려준 것이 인연이 되어 그에게 충성을 다한다. 그러나 과도한 행동 탓에 비극적 결말을 맞게 된다.

압둘라 칸
키가 크고 사납게 생긴 시크교도. 조너선 스몰을 위협해 보물 강탈 사건에 개입시킨다.

마호메트 싱
체격이 크고 우락부락한 외모의 시크교도. 압둘라 칸의 동료다.

도스트 아크바르
여행 중에 아흐메트와 동행하다 보물의 존재에 대해 알게 된다. 압둘라 칸, 마호메트 싱과 함께 보물을 강탈할 계획을 세운다.

아흐메트
군주의 명령에 따라 상인으로 변장하고 보물을 비밀리에 운반한다. 하지만 그 비밀을 알린 탓에 결국 죽임을 당하고 만다.

랄 쵸우다
존 숄토 소령의 충직한 하인으로 지금은 죽고 없다. 주인을 도와 모스턴 대위의 시신을 몰래 감춘다.

맥머도
바솔로뮤 숄토의 하인으로 전직 권투 선수다. 4년 전, 홈스와 권투 시합을 한 적이 있다.

번스턴 부인
폰티체리 저택의 가정부로 10년 동안 일해 왔다. 늙고 마음이 약한 탓에 바솔로뮤 숄토의 기괴한 모습을 보고 매우 놀란다.

모드케이 스미스
인근에서 가장 빠르다고 소문난 중기선 오로라호의 선주로 선착장에서 배를 빌려주는 일을 업으로 삼고 있다.

위긴스
부랑아들로 이루어진 베이커가 소년 탐정단의 대장이다. 홈스에게 돈을 받고 열심히 그의 심부름을 해준다.

　《네 개의 서명(The Sign of Four)》은 셜록 홈스를 주인공으로 하는 아서 코난 도일의 두 번째 작품으로, 《주홍색 연구》 출간 3년 후인 1890년에 출간되었다.
　전작 《주홍색 연구》가 영국에서 별 호응을 받지 못한 것에 비하면, 《네 개의 서명》은 미국뿐 아니라 영국 본토에서도 큰 주목을 받았고, 이로 인해 다음 해인 1891년부터 '보헤미아의 스캔들'을 시작으로 셜록 홈스 단편 시리즈를 <스트랜드 매거진>에 연재하게 된다.
　《네 개의 서명》은 《주홍색 연구》와 마찬가지로 전기적 요소가 강하다. 그러나 보다 추리적 요소가 부가되었을 뿐만 아니라 셜록 홈스가 주인공으로서 전면에 내세워져 있다는 점, 그리고 긴장감 넘치는 마지막 부분의 추격 장면은 이 작품을 일반적인 추리소설의 면모를 갖추고 있다는 평을 받게 했다. 한편 이 작품에서 왓슨은 평생의 반려자를 만나게 된다.

01
홈스의 추리 기법

셜록 홈스는 벽난로 선반 구석에 놓여 있던 약병을 집어 들고는 깔끔한 모로코 가죽 상자에서 피하 주사기 하나를 꺼냈다. 살짝 미간을 찌푸린 그는 하얗고 기다란 손가락을 신경질적으로 움직여 주사기에 약을 가득 채웠다. 그리고 날카로운 바늘 끝을 만지는가 싶더니 곧바로 왼쪽 셔츠 소매를 걷어 올렸다. 그는 잠시 생각에 잠긴 듯, 힘줄이 툭 튀어나온 팔뚝과 손목을 내려다보았다. 그의 시선이 머문 곳에는 주삿바늘 자국이 무수히 남아 있었다. 몇 초의 시간이 흘렀을까. 마치 무슨 결심이라도 한 사람처럼 홈스는 주삿바늘을 피부에 푹 찌르고는 작은 피스톤을 꾹 눌렀다. 그런 뒤 만족스러운 한숨을 길게 내쉬며 벨벳 쿠션을 씌운 기다란 의자에 몸을 파묻었다.

지난 몇 달 동안 나는 하루도 빠짐없이 홈스가 주사 맞는 모습을 지켜보았다. 그것도 하루에 세 번씩이나 꼬박꼬박. 하지만 습관이 된 일이라고 해서 내 마음이 편한 것은 절대 아니었다. 오히려 시간이 갈수록 그 모습을 지켜보기가 괴롭기만 했다.

'친구로서 그를 말릴 용기나 양심이 부족한 것은 아닐까?'

나는 이런 생각들 때문에 밤잠을 이룰 수 없을 정도로 양심의 가책에 시달리고 있었다. 차라리 이 문제에 대해 내 생각을 솔직히 털어놓는 것이 낫지 않을까 하는 생각도 여러 번 했다. 하지만 홈스의 냉정하고 무관심한 성격을 생각하면 쉽사리 입이 떨어지지 않았다. 게다가 그의 냉철한 판단력과 내가 직접 경험한 탁월한 능력들을 생각하면 그의 뜻에 어긋나는 일을 하기가 절대 쉽지 않았다.

하지만 그날 오후가 되자 내 인내심은 한계에 다다르고 말았다. 점심때 와인을 마신 탓이었을까, 아니면 너무나 여유로운 그의 태도 때문이었을까. 나는 순간 마음속에 치밀어 오르는 화를 참지 못하고 소리쳤다.

"도대체 오늘은 뭔가? 모르핀? 코카인?"

나는 다소 격앙된 목소리로 홈스에게 물었다. 낡고 오래된 책을 들여다보던 홈스는 나른한 듯 눈을 들고 말했다.

"코카인이야. 7퍼센트 수용액이지. 자네도 한번 해보겠나?"

"필요 없네!"

나는 일부러 더 쌀쌀맞게 대답했다.

"난 아직도 아프가니스탄 전쟁의 후유증에 시달리고 있어. 더 이상 쓸데없는 부담을 주긴 싫네."

내가 정색을 하고 말하자 그는 피식 웃었다.

"자네 말이 맞네. 이런 약물들은 분명히 몸에 나쁜 영향을 끼칠 거야. 하지만 정신적인 각성 효과는 대단해. 그래서 부작용쯤은 별문제가 아니라네."

"하지만 생각해보게!"

나는 진지하게 말했다.

"어떤 결과를 맞게 될지 생각해보란 말이야. 자네 말처럼 두뇌는 자극을 받아서 각성하겠지. 하지만 그건 부자연스럽고 병적인 과정일 뿐이야. 결국에는 뇌 조직이 변화돼서 몸이 약해지고 말걸세. 마약이 두뇌를 영구적으로 훼손할 수 있다는 걸 모르지는 않겠지? 과연 그 정도의 위험을 감수하면서까지 찰나의 쾌락을 찾고 싶은가? 자네의 뛰어난 능력을 잃어버릴 위험까지 감수하고 싶냐는 말일세. 제발 내 말을 명심하게. 이건 친구로서가 아니라 의사로서 하는 말이야. 자네 건강에 어느 정도의 책임을 느끼기 때문에!"

뜻밖에 홈스는 내 말을 듣고도 별로 화가 난 것 같지는 않았다. 의자 팔걸이에 팔꿈치를 올려놓고 두 손을 마주 댄 그의 모습은 오히려 대화를 즐기자는 쪽에 가까워 보였다.

"내 머리는 정체되는 걸 아주 싫어해. 어떤 것이든 문젯거리가 필요하지. 일거리가 필요하단 말이네. 그러니 세상에서 가장 어려운 암호문, 가장 복잡한 화학 분석 재료라도 가져다 달란 말이야. 그럼 저런 약 따위는 아무 필요 없지. 이렇게 단조롭고 무미건조한 일상은 정말 딱 질색이야. 뭔가 정신적으로 기분이 좋아지는 자극이 필요해. 내가 이렇게 특수한 일을 선택한 이유도 바로 그 때문이야. 아니, 이 일을 만들어낸 게 바로 나였지. 아무튼 이 세상에서 나는 유일한 존재라네"

"자네가 유일한 사립탐정이란 말인가?"

나는 눈썹을 추켜세우며 물었다.

"단 한 사람의 자문 사립탐정! 내가 바로 범죄 수사계의 대법관이자 대법원이지. 그렉슨이나 레스트레이드, 애셜리 존스 같은 형사들이 사건을 수사하다가 문제를 해결하지 못하면 결국 나를 찾아오게 되니까 말이네. 뭐, 그 사람들 수준이 그 정도인 건 어쩔 수 없는 일이지."

홈스는 어깨를 으쓱하며 말했다.

"아무튼 나는 노련한 솜씨로 여러 가지 증거를 살펴본 다음, 전문가적 견해를 제시한다네. 그렇다고 남들에게 인정받기를 바라는 건 아니야. 아무리 사건을 멋들어지게 해결해도 내 이름이 신문에 오르는 일은 없으니까. 나만이 가진 탁월한 능력으로 내가 좋아하는 일을 해내는 기쁨! 그게 바로 내가 받는 가장 큰 보상일세. 자네도 제퍼슨 호프 사건을 겪어봐서 잘 알고 있겠지?"

"그래. 잘 알고 있다네."

나는 진심으로 그의 말에 수긍했다.

"《주홍색 연구》라는 제목으로 책까지 냈으니 말 다 했지. 내 평생 그렇게 충격적인 사건은 처음이었네."

그런데 웬일인지 홈스는 슬픈 표정으로 고개를 저었다.

"그 책은 나도 잠깐 읽어보았네. 하지만 솔직히 말하면 그 책을 진심으로 칭찬할 수는 없더군. 수사란 정밀한 과학이기 때문에 자연과학처럼 냉정하고 객관적인 자세를 유지해야만 해. 하지만 자네는 그 사건에 낭만적인 감성을 곁들여놓았더군. 그건 마치 유클리드의 제5정리에 러브 스토리를 뒤섞어놓은 것처럼 보였어."

"하지만 그 사건에도 사랑 이야기는 있지 않았나? 사건을 왜곡해서 쓰는 게 더 나쁘지."

나는 홈스를 쳐다보며 볼멘소리를 했다.

"때때로 어떤 사실들은 그냥 덮어두는 게 더 좋아. 여러 사실을 다룰 때는 공정한 균형 감각을 따라야 한다네. 그 사건에서 언급할 만한 가치가 있는 건 단 하나뿐이야."

"그게 도대체 뭐란 말인가?"

"결과에서 원인을 추적해 거슬러 가는 분석적 추리 방식! 그것 덕분에 내가 사건을 해결할 수 있었지."

홈스를 기쁘게 해주려고 정성껏 썼던 작품인데, 다른 사람도 아닌 홈스가 이런 식으로 혹평하는 것을 듣자 나는 기분이 몹시 나빠졌다. 또 내 글의 문장 하나하나가 홈스의 활약상을 돋보이도록 써야 한다는 식의 자기중심적 사고는 짜증스럽기까지 했다. 아니, 솔직히 화가 치밀어 올랐다. 사실 베이커가에서 사는 동안 홈스의 허영심을 눈치챈 것이 한두 번이 아니었다. 그러나 나는 아무런 말도 하지 않은 채 그저 상처 입은 다리를 주무르고 있었다. 오래전에 나는 다리에 관통상을 입었다. 걷는 데는 큰 지장이 없었지만, 날이 조금만 궂어도 견딜 수 없는 통증이 밀려오곤 했다.

"요즘 내 활동 범위는 대륙까지로 넓어졌다네."

홈스는 낡은 브라이어 파이프에 담배를 꾹꾹 눌러 담으며 말을 이었다.

"지난주에 프랑수아 르 빌라르가 내게 자문했네. 자네도 알겠지만 빌라르는 최근에 활동하는 프랑스 탐정 중에서 가장 두각을 나타내는 인물이지. 그 친구는 켈트인답게 날카로운 직관력이 뛰어나. 하지만 고도의 탐정 일을 하기에는 폭넓고 정밀한 지식이 부족하다네."

"무슨 사건에 대한 자문을 구하던가?"

"어떤 유언장에 관한 것이었는데, 몇 가지 흥미로운 특징이 있더군. 나는 그 친구에게 비슷한 사건 두 가지를 알려주었지. 하나는 1857년에 리가에서 일어난 사건이고, 다른 하나는 1871년에 세인트루이스에서 일어난 사건이야. 그랬더니 여기서 힌트를 얻어 사건을 해결했다면서 감사 편지를 보냈더군. 바로 이걸세."

홈스는 주머니에서 꾸깃꾸깃해진 편지 한 장을 꺼내 내게 내밀었다. 언뜻 읽어봐도 '대단한 재주', '현란한 솜씨', '거장의 실력' 등 온갖 찬사들이 편지에 도배되어 있었다. 이것만 보더라도 그 프랑스인이 홈스를 얼마나 존경하고 감사하고 있는지 알 수 있을 정도였다.

"학생이 존경하는 스승에게 보내는 편지 같군."

"맞아. 내 도움을 지나치게 높이 평가한 면이 있긴 하지."

홈스는 덤덤한 목소리로 말했지만, 얼굴은 한껏 들떠 있었다.

"빌라르도 탐정 소질은 다분해. 이상적인 탐정에게 필요한 세 가지 자질 중에서 두 가지를 가지고 있으니 말이야."

"도대체 그 자질이 뭔가?"

나는 몸을 앞으로 쑥 내밀고 귀를 기울였다.

"관찰력과 추리력! 그건 빌라르도 가지고 있는 재능이야. 하지만 하나 부족한 게 있더군. 바로 지식일세. 하지만 그것도 시간이 지나면 나아지겠지. 지금 그 친구는 내 책을 프랑스어로 번역하고 있다네."

"자네 책을?"

"저런, 모르고 있었군."

홈스는 껄껄 웃으며 큰 소리로 말했다.

"논문 몇 편을 써놓은 게 있다네. 모두 전문적인 주제를 다룬 책들이지. 예를 들면 〈다양한 담뱃재의 구별〉에 관한 글이 있어. 총 140종의 시가, 궐련, 파이프 담배를 죽 열거한 다음, 담뱃재의 차이를 구별할 수 있도록 컬러 도판으로 실어놓았지."

"그렇게 할 정도로 담뱃재가 중요한 것인가?"

"물론일세. 담뱃재는 형사 재판에서 끊임없이 문제가 되는 증거야. 때로는 가장 중요한 단서가 되는 사례도 있어. 생각해보게. 만약 살인범이 인도산 '룬카'를 피우는 자라고 하면 수사 대상이 얼마나 좁혀지겠나?"

"상당히 압축되겠지. 하지만 담뱃재를 구별하는 게 쉬운 일은 아닐 텐데."

"일반인에게는 그렇겠지. 하지만 전문가에게는 누워서 떡 먹기야. 예를 들어 트리치노폴리 담배의 검은 재와 버즈아이 담배의 하얀 솜털 같은 재가 있다고 하세. 나 같은 사람에게 그 둘을 구별하는 일은 양배추와 감자를 구별하는 일과도 같아."

"자네는 역시 사소한 것에 대해서도 천재적인 통찰력을 갖고 있군."

내 말에 홈스는 만족스러운 미소를 지었다.

"나는 다만 사소한 일의 중요성을 알고 있을 뿐이야. 내 글 중에는 발자국 추적에 관한 것도 있어. 그 책에는 발자국을 보존하기 위해 석고를 이용하는 방법까지 자세히 설명해놓았네. 그뿐만 아니라 직업이 손 모양에 미치는 영향에 관해 쓴 소논문도 있다네. 아주 재미있지."

"좀 더 자세히 설명해보게."

"나는 사람들의 손을 보고 그 사람의 직업을 알아맞힐 수 있어. 그래서 그 책에 슬레이트공, 선원, 코르크 절단공, 조판공, 방직공, 다이아몬드 연마공의 손 모양을 그린 도판을 실어놓았지. 그건 과학적 수사에서 매우 흥미로운 분야야. 특히 시체의 신원을 확인할 때나 범죄자의 전과를 파악할 때 아주 유용하게 사용할 수 있어."

쉴 새 없이 이야기를 늘어놓던 홈스가 미소를 지으며 말했다.

"그나저나 이런 이야기만 늘어놓아서 자네가 지루하겠군."

"아니야, 아주 재미있네."

나는 두 손을 내저으며 말했다.

"자네가 실제 사건에 발자국 추적을 응용하는 걸 내 눈으로 직접 보지 않았나. 나 역시 그 분야가 매우 흥미로웠네. 그런데 말이야, 방금 자네가 말한 관찰과 추리는 어느 정도까지는 겹치는 것이 아닌가?"

"아니, 전혀 그렇지 않아."

홈스는 안락의자에 몸을 파묻으며 파이프를 빨았다. 그리고 짙고 푸른색 담배 연기를 입안 가득 모아 계속해서 동그라미를 만들었다.

"예를 들어보겠네. 난 자네가 오늘 아침에 위모어가의 우체국에 다녀온 사실을 알고 있어. 이건 관찰을 통해서 알아낸 정보지. 그리고 자네가 전보를 치고 왔다는 사실도 안다네. 그건 추리를 통해 알아낸 거고."

"두 가지 모두 맞네! 하지만 계획한 일이 아니라서 아무에게도 말하지 않았는데, 대체 어떻게 알았나?"

"아주 간단해."

내가 두 눈을 크게 뜨며 놀라자 홈스는 재미있다는 듯 웃으며 말했다.

"너무 간단해서 설명할 필요조차 없어. 하지만 관찰과 추리의 경계를 분명히 하는 데 도움이 되는 이야기니 알려주겠네. 자네 구두를 한번 보게."

그 말이 끝나기가 무섭게 나는 내 구두를 내려다보았다. 구두에는 붉은색 흙이 지저분하게 묻어 있었다.

"흙이 묻어 있군."

"맞아. 나는 관찰을 통해 자네 구두에 묻은 붉은 흙을 발견했네. 그런데 지금 위모아가 우체국 맞은편 도로는 공사 때문에 파헤쳐져 있어. 그리고 누구든지 우체국에 가려면 그 흙을 밟고 지나가야 하지."

"하지만 다른 곳의 흙을 밟았을 수도 있지 않나?"

"이 부근에서 그렇게 독특한 붉은색 흙이 있는 곳은 거기 밖에 없다네. 여기까지가 관찰이지."

"그렇다면 내가 전보를 쳤다는 사실은 어떻게 추리한 건가? 우체국에서 편지를 부쳤을 수도 있지 않나?"

"아니, 난 자네가 편지를 쓰지 않았다는 걸 알고 있어. 오늘 오전 내내 자네 앞에 앉아 있었으니까 말이야. 또 자네 책상 서랍 속에 우표와 엽서 뭉치가 그대로 놓여 있는 걸 봤었지. 그렇다면 우체국에서 할 수 있는 일이 뭐가 남겠나?"

"전보를 치는 일이지."

"이렇게 불가능한 요소들을 하나씩 지워가다 보면 마지막에 남는 게 바로 진실이 된다네."

홈스는 느긋한 표정으로 담배를 깊숙이 빨아들였다.

"이 경우에는 확실히 그렇군."

나는 손으로 턱을 비비며 잠시 생각에 잠겼다. 그리고 곧바로 홈스에게 질문을 던졌다.

"이번 경우는 너무나 간단한 일이었어. 만약 내가 좀 더 어려운 과제를 내서 자네의 이론을 시험해보는 건 어떤가? 불쾌한 제안인가?"

그러자 홈스가 눈빛을 반짝이며 반갑게 답했다.

"천만에! 코카인을 한 대 더 맞는 것보다 1백 배는 더 좋네. 어떤 문제라도 내보게. 기쁜 마음으로 풀어볼 테니."

나는 허리를 곧추세우고 자세를 바로잡은 뒤 다소 심각한 표정으로 말했다.

"자네는 사람들이 일상적으로 사용하는 물건을 보고 그 사용자의 개인적 특징을 알아낼 수 있다고 했지?"

"물론이야."

"자, 여기 최근에 내 손에 들어온 시계가 있네. 전에 이 시계를 소유했던 사람의 성격이나 습관에 대해서 말해줄 수 있겠나?"

나는 홈스에게 시계 하나를 건네주며 속으로 쾌재를 불렀다. 이 문제만큼은 홈스가 절대 풀어내지 못할 거로 생각했기 때문이었다. 사실 이 기회에 홈스의 독단적이고 잘난 척하는 태도에 찬물을 끼얹어주고 싶다는 마음이 컸다.

홈스는 시계를 손바닥에 얹어놓고 무게를 가늠해보더니 문자판을 뚫어지게 쳐다보았다. 그런 다음 뒷면의 뚜껑을 열어 내부를 살펴보았다. 그리고 성능 좋은 확대 렌즈로 내부 장치를 꼼꼼히 조사했다.

잠시 후 홈스가 내게 시계를 돌려주었다. 그런데 풀이 팍 죽은 그의 얼굴을 보자 나는 절로 미소가 지어졌다. 내 예상대로 되어가는 것 같아 기분이 좋아진 것이었다.

"쓸 만한 정보가 거의 없군."

홈스가 미간을 찌푸리며 말했다.

"최근에 시계를 분해해서 청소한 모양이야. 단서가 될 만한 것들이 다 사라져버렸어."

"자네 말이 맞네. 내부 청소를 마친 후에 내 손에 들어왔거든."

나는 홈스가 자신의 실패를 덮기 위해 궁색한 변명을 늘어놓는다고 생각했다. 하지만 만약 시계를 청소하지 않았다고 하더라도 대체 그가 무엇을 알아낼 수 있단 말인가.

"만족스럽지는 않지만 건진 게 전혀 없지는 않아."

홈스는 멍한 눈으로 천장을 올려다보며 말했다.

"내가 말해볼 테니 틀린 부분이 있으면 고쳐주게. 우선 그 시계는 자네 맏형이 갖고 있던 거지. 형은 그걸 아버님에게서 상속받았고."

"맞네. 뒷면에 새겨진 H.W라는 머리글자를 보고 알아낸 거로군."

"그렇네. 자네 성이 왓슨이니까 W와 일치하지. 시계가 만들어진 건 대략 50년 전이네. 머리글자도 그만큼 오래전에 새겨진 것일 테고. 그러니 그건 형이 아니라 아버님이 구매하셨을 게 분명하네."

"형이 상속받았다는 건 어떻게 생각해낸 건가?"

"일반적으로 집안에서 고가의 물건을 상속받는 건 장남이지. 또 장남은 아버지의 이름을 따르는 경우가 흔하고. 내 기억이 정확하다면 자네 부친은 오래전에 돌아가셨으니, 이 시계는 자네 맏형의 소유였을 게 분명하네."

"거기까진 맞네. 또 다른 건?"

내가 물었다.

"자네 형님은 좀 털털한 성격이셨네. 뭐랄까, 덜렁거리고 부주의한 성격이랄까?"

홈스는 이렇게 말하며 내 얼굴을 흘낏 보았다.

"원래는 상당한 재산을 물려받았기 때문에 걱정 없이 살 수 있었지만 다 날려버리고 가난하게 살았어. 때때로 경제 형편이 나아지기도 했지만, 그 기간은 별로 길지 않았네. 그래서 말년에는 습관적으로 술을 마셨고, 결국 돌아가시게 됐지. 내가 알아낸 건 이 정도뿐이네."

그 말을 듣는 순간 나는 자리에서 벌떡 일어났다. 그리고 다리를 절룩거리며 방 안을 서성거렸다. 하지만 마음속에서 터져 나오는 불쾌한 기분을 억누를 길이 없었다.

"홈스! 정말 실망이네. 자네가 이렇게까지 비열한 짓을 저지르리라고는 생각지도 못했어. 자네는 불행한 내 형의 이력을 미리 조사했던 거야. 그래놓고 지금은 무슨 기발한 방법으로 추리해낸 것처럼 꾸며대고 있어. 자네가 이 낡은 시계에서 그 사실을 읽어냈다는 걸 내가 정말 믿을 것 같나? 속이 훤히 들여다보이는 수작이군!"

나는 분을 이기지 못하고 씩씩거리며 울분을 토해냈다.

"왓슨, 미안하네."

홈스가 부드러운 목소리로 말했다.

"이 문제에 대해 추상적으로만 생각하다 보니, 그게 자네에게 얼마나 고통스러운 일이었는지를 잠깐 잊고 있었네. 하지만 이것만은 믿어주게. 자네가 이 시계를 보여주기 전까지는 자네에게 형이 있다는 사실조차 몰랐다네."

"그게 말이 되는 소린가? 그렇다면 도대체 우리 형에 관한 이야기는 어떻게 알아냈단 말인가? 방금 자네가 했던 말은 모두 사실이네."

"그건 순전히 운이 좋았기 때문이야. 난 여러 가지 가능성 있는 이야기 중 가장 그럴듯한 걸 말했을 뿐이네. 나 또한 그렇게까지 정확할 거라는 생각은 못 했어."

"그럼 단순히 추측한 게 아니란 말인가?"

내 질문에 홈스는 단호하게 고개를 가로저었다.

"전혀! 난 추측 따위는 절대 하지 않네. 그게 습관이 되면 논리적인 사고를 불가능하게 할 수도 있어. 자네가 날 이상하게 생각하는 건 내 추리가 나오기까지 내가 어떤 생각을 했는지, 어떤 사실을 관찰했는지에 대한 이해가 없었기 때문이야. 처음에 난 자네 형이 털털한 사람일 거라 말했네. 여기를 잘 보게."

홈스는 시계의 아래쪽을 가리키며 말했다.

"여기를 보면 움푹 들어간 곳이 두 군데 있네. 또 시계 여기저기에 긁힌 자국투성이야. 그건 동전이나 열쇠 같은 단단한 물건과 함께 주머니에 넣어두는 습관 때문에 생긴걸세. 50기니나 하는 시계를 아무렇게나 다루는 습관이 있는 사람이니 털털하다고 추리하는 게 무리는 아니겠지? 또 이렇게 비싼 물건을 상속받은 사람이라면 다른 유산도 상당히 받았으리라 생각해도 지나치지 않다고 생각하네."

나는 그의 추리가 맞았다는 의미로 고개를 끄덕였다.

"영국의 전당포에서는 시계가 들어오면 뚜껑 안쪽에 가는 핀으로 전당포의 번호를 새겨놓는다네. 번호를 잊어버리거나 뒤바뀔 염려가 없어 꼬리표를 다는 것보다 훨씬 편리하지. 그런데 이 시계의 뚜껑 안쪽을 확대 렌즈로 살펴보니 그런 번호가 무려 네 개나 보이더군. 난 그걸 보고 자네 형님이 경제적 어려움을 자주 겪었다고 추리한 걸세."

"그럼 다시 경제 형편이 나아졌다고 추리한 건?"

"만약 사정이 좋아지지 않았다면 저당 잡힌 시계를 다시 찾지 못했겠지."

나는 말 없이 고개를 끄덕였다.

"자, 이제 케이스 안쪽에 있는 태엽 감는 구멍을 살펴보게. 뭐가 보이나?"

나는 홈스의 말에 따라 시계를 자세히 들여다보았다.

"구멍 주변에 긁힌 자국이 많군."

"그건 바로 열쇠에 부딪혀서 생긴 자국이야. 정신이 멀쩡한 사람이라면 이 지경이 될 때까지 열쇠로 긁어서 그런 자국을 만들었을 리가 없지. 하지만 술꾼들의 시계에는 대부분 이런 상처가 많다네. 밤에 술에 취해서 떨리는 손으로 시계태엽을 감으면 이런 자국이 남게 되는 걸세."

나는 말 없이 턱을 괸 채 앉아 있었다.

"어떤가, 여기서 알아내지 못할 건 없겠지?"

"자네 설명을 들으니 모든 게 분명해지는군. 오해해서 미안하네. 자네의 놀라운 능력에 대해서 믿음을 가져야 했는데."

"괜찮네. 자네 기분을 배려하지 못한 내 탓도 있었으니."

홈스는 정말 미안한 표정을 지으며 말했다.

"그나저나 오늘은 현장조사 나갈 일이 없나?"

"없네. 그러니 여기서 코카인을 맞고 있는 게 아닌가. 난 정말이지 머리를 쓰지 않으면 살아 있는 것 같지가 않아. 그게 없다면 살아가는 보람이 없어."

홈스는 짧은 한숨을 내쉬며 창가로 다가갔다.

"여기서 밖을 좀 내다보게. 이토록 어둡고 우울하고 시시한 세상이 또 어디 있겠나? 저기 누런 안개가 큰길을 휘감고 흘러 어두컴컴한 집들을 넘어 다니는 걸 좀 보란 말이네. 이보다 더 지루하고 무미건조한 세상이 어딨단 말인가. 제아무리 훌륭한 재능을 가졌으면 뭘 하나? 그걸 발휘해볼 기회가 없는걸. 범죄도 평범하고 인생도 평범해! 이런 세상에서는 평범한 능력만 필요할 뿐이야."

홈스가 넋두리처럼 토해내는 말에 뭐라 대꾸하려던 순간, 갑자기 문 두드리는 소리가 들렸다. 이 집의 주인인 허드슨 부인이었다. 그녀는 놋쇠 쟁반에 명함 한 장을 받쳐 들고 방 안으로 들어왔다.

"홈스 씨, 젊은 숙녀분이 찾아오셨습니다."

부인이 홈스에게 말했다.

"메리 모스턴 양이라……."

홈스가 명함을 들고 중얼거렸다.

"처음 듣는 이름이군요. 허드슨 부인, 숙녀분께 들어오시라고 전해주십시오."

나는 손님을 맞이할 홈스를 위해 자리를 피해주려고 했다. 그러자 홈스가 내게 손짓하며 말했다.

"왓슨, 가지 말고 여기 있게. 그냥 함께 있는 편이 좋겠네."

02
기묘한 실종 사건

방 안으로 들어서는 메리 모스턴은 상당히 우아한 여성이었다. 꼿꼿이 편 허리며 기품있는 걸음걸이까지 어느 것 하나 흠잡을 데가 없었다. 겉으로 보기에 매우 침착한 얼굴을 한 그녀는 키가 작고 날씬한 금발 아가씨였다. 단정하게 장갑을 끼고 있었는데 옷차림도 아주 깔끔했다. 다만 장식이 없는 소박한 옷을 입고 있는 것으로 보아 경제적으로 풍족한 생활을 하는 것은 아닌 듯했다. 회색빛이 도는 베이지색 모직 드레스는 끝단 장식도, 술 장식도 없었다. 머리에는 드레스와 같은 색깔의 작고 앙증맞은 모자를 쓰고 있었는데, 모자 옆에는 하얀 깃털 몇 개가 꽂혀 있었다. 솔직히 빼어난 미모의 소유자도 아니었고, 피부가 눈처럼 희고 매끄러운 것도 아니었다. 그러나 그녀는 사랑스럽고 상냥한 인상이었다.

또 커다랗고 푸른 눈동자에는 풍부한 감정과 고상함이 배어 있었다. 그동안 나는 세 대륙을 돌아다니며 여러 나라의 여자를 보아왔다. 하지만 그녀처럼 우아하고 섬세하며 민감한 영혼이 뚜렷하게 드러나는 얼굴을 본 적이 없었다.

"어서 오십시오. 여기 앉으시지요."

홈스가 정중하게 의자에 앉기를 권했다. 나는 의자에 앉은 모스턴의 손과 입술이 파르르 떨리는 것을 보았다. 그녀의 마음속 깊은 곳에 극심한 불안감이 자리하고 있는 게 분명해 보였다. 그녀는 오른손을 가슴에 대고 심호흡을 한 뒤 이야기를 시작했다.

"홈스 씨, 저는 세실 포레스터 부인 댁에서 가정교사로 일하는 메리 모스턴입니다. 부인에게서 선생님에 관한 이야기를 들었습니다. 선생님 덕분에 집안의 복잡한 문제를 해결했다더군요. 부인께서는 선생님의 친절함과 탁월한 능력에 깊은 인상을 받았다고 하셨습니다."

"세실 포레스터 부인이라고요?"

홈스는 손가락으로 탁자를 톡톡 두드리며 잠시 생각을 더듬는 듯했다.

"언젠가 제가 작은 도움을 드렸을 뿐인데요. 제가 기억하기론 아주 단순한 사건이었습니다."

"부인께서는 그렇게 생각하지 않으세요. 하지만 선생님, 지금 제가 말씀드리려는 문제는 절대 간단하지 않습니다. 제가 처해 있는 상황처럼 이상한 일은 세상 어디에도 없을 겁니다."

그녀의 말이 끝나기가 무섭게 홈스는 눈을 반짝이며 두 손을 비벼댔다. 독수리처럼 날카로운 그의 얼굴에 심상치 않은 기운이 감돌기 시작했다.

"무슨 일인지 말씀해보십시오."

홈스가 사무적인 말투로 분명하게 말했다. 순간 나는 내가 여기 있으면 방해가 될 것 같은 느낌이 들었다.

"실례하겠습니다. 아무래도 제가 일어서는 게 낫겠군요."

나는 자리에서 일어서며 말했다. 그러자 뜻밖에도 모스턴이 장갑 낀 손을 들어 올리더니 나를 말렸다.

"친구분께서도 함께 계셔주시면 감사하겠습니다."

나는 의아한 기분이 들었지만, 숙녀의 부탁대로 자리에 앉았다.

"간단히 말씀드리죠."

그녀는 침착하게 말을 이었다.

"저희 아버지는 인도 주군 연대의 장교로 근무하셨습니다. 아버지는 제가 아주 어렸을 때 저를 영국으로 보내셨어요. 안타깝게도 어머니는 일찍 돌아가셨고, 영국에는 친척이 한 명도 없었습니다. 하지만 저는 에든버러에 있는 훌륭한 기숙학교에 입학했고, 열일곱 살까지 그곳에서 살았답니다."

"어린 나이에 힘들었겠군요."

홈스의 말에 모스턴은 수줍은 미소를 지었다.

"1878년, 연대의 대위였던 아버지는 1년의 휴가를 얻어 영국으로 돌아오셨습니다. 그리고 런던에 무사히 도착했으니 랭엄 호텔로 빨리 오라는 내용의 전보를 제게 보내셨지요. 그 전보에는 사랑이 가득했어요. 저는 런던에 도착하자마자 호텔로 달려갔습니다. 그런데 호텔에서는 아버지가 투숙하고 있는 건 사실이지만, 어젯밤에 외출해서 아직 돌아오지 않았다는 말만 전했습니다. 저는 온종일 아버지를 기다렸지만 아무런 연락도 없었습니다."

"경찰에는 연락하지 않았습니까?"

"그날 밤, 호텔 지배인이 경찰에 연락하라고 권유하더군요. 그래서 경찰에 신고하고 다음 날 아침에는 모든 신문에 일제히 광고까지 냈답니다. 하지만 아무런 소용도 없었어요. 그리고 지금까지 불쌍한 우리 아버지에 대한 소식은 전혀 듣지 못했습니다. 오랜만에 평화로운 삶을 누리려고 귀국하신 건데, 도대체 무슨 일이 생긴 건지……."

그녀는 터져 나오는 울음을 참기 위해 손으로 입을 꼭 막았다.

"그게 언제였습니까?"

홈스가 수첩을 펼치며 물었다.

"아버지는 1878년 12월 3일에 실종되셨습니다. 벌써 10년이나 흘렀군요."

"아버지의 소지품은요?"

"호텔 방에 그대로 남아 있었습니다. 제 생각에 단서가 될 만한 건 없었어요. 그저 옷 몇 벌과 책 몇 권, 그리고 안다만섬에서 가지고 온 골동품이 전부였습니다. 아버지는 그곳 교도소 경비를 담당하는 경비 장교셨어요."

"런던에 아버님 친구는 없었습니까?"

"제가 알기로는 한 분뿐입니다. 숄토 소령이라고 뭄바이 34보병 연대에서 함께 복무하셨어요. 그분은 그 일이 있기 얼마 전에 제대해서 어퍼 노우드에 살고 계셨습니다."

"그 사람에게 연락은 해보셨습니까?"

"네, 하지만 아버지가 귀국한 사실조차 모르고 계시더군요."

"흠, 이상한 일이로군요."

홈스가 오른손으로 턱을 쓸며 말했다.

"그보다 더 이상한 일도 있는데요. 약 6년쯤 전 일이에요. 정확히 말하자면 1882년 5월 4일, 〈타임스〉에 제 주소를 찾는 광고가 실렸습니다."

"오호, 내용은?"

"'절대로 나쁜 일이 아니니 메리 모스턴 양은 연락처를 알려주기 바란다'라는 내용이었습니다."

"광고주는요?"

"희한하게도 광고를 낸 사람의 이름이나 주소가 없었어요. 그때 저는 막 세실 포레스터 부인 댁의 가정교사로 들어간 상태였습니다. 포레스터 부인은 제 이야기를 듣더니 광고를 실어보라고 조언하시더군요."

"그래서 광고를 냈습니까?"

"네. 그러자 그날 우편으로 작은 소포 하나가 배달되어 왔습니다. 열어 보니 아주 크고 빛이 고운 진주가 한 알 들어 있더군요."

"주소가 적혀 있던가요? 아니면 편지라도?"

"전혀 없었습니다. 그리고 그날 이후로 매년 같은 날, 비슷한 상자에 담긴 비슷한 진주가 배달되었습니다. 전문가에게 감정을 받아보니 그 진주는 아주 희귀하고 값비싼 거라고 하더군요."

"그걸 좀 볼 수 있을까요?"

"그럼요. 보여드리려고 가져왔는걸요."

모스턴은 작은 상자의 뚜껑을 열어 홈스에게 내밀었다. 그 안에는 지금껏 보지 못했던 크고 아름다운 진주 여섯 개가 들어 있었다.

"정말 흥미롭군요."

홈스가 진주를 살펴보며 말했다.

"그 외에 또 다른 일이 생겼습니까?"

"네! 그것도 바로 오늘요! 제가 여기 온 것도 바로 그 때문이랍니다. 오늘 아침에 편지 한 통을 받았습니다. 한번 보세요."

모스턴은 주머니에서 편지를 꺼내 홈스에게 건넸다.

"고맙습니다."

홈스는 편지를 받아 들더니 모스턴이 들고 있던 봉투를 가리키며 말했다.

"그 봉투도 보여주십시오."

그는 단서를 찾으려는 듯 봉투를 이리저리 살펴보았다.

"주소는 없고, 소인이 찍힌 곳은 런던 남서부로군요. 날짜는 7월 7일. 음, 남자의 엄지손가락 지문이 구석에 찍혀 있긴 하지만, 이건 아마도 우체부의 지문일 겁니다."

그는 엄지와 검지로 봉투를 비벼보기도 하고 안을 들여다보기도 했다.

"편지지는 최고급이고, 이 봉투는 한 묶음에 6펜스짜리군요. 취향이 매우 까다로운 사람이 분명해요."

홈스는 내게 편지를 건네주며 읽어보라고 했다. 편지의 내용은 다음과 같았다.

> 오늘 밤 7시, 라이세움 극장 입구 왼쪽에서 세 번째 기둥에 서 계십시오. 만약 의심스럽다거나 불안하다면 친구 두 명을 데리고 와도 좋습니다. 당신은 피해자이니 공정한 보상을 받아야만 합니다. 단, 경찰에 연락해서는 안 됩니다. 그렇게 하면 모든 일이 수포가 될 겁니다.
>
> 익명의 친구로부터

"정말 흥미로운 미스터리군요. 모스턴 양, 어떻게 할 생각입니까?"

홈스의 물음에 그녀는 한숨을 푹 내쉬며 답했다.

"바로 그걸 여쭤보려고 온 겁니다."

그러자 홈스가 미소를 지으며 말했다.

"우리가 함께 가면 될 것 같은데요? 모스턴 양과 저 말입니다. 그리고 여기 있는 왓슨 박사도 같이 가면 좋겠군요. 어차피 편지에 친구 두 명을 데리고 와도 좋다고 했으니까요."

모스턴이 걱정스러운 표정으로 나를 보자 홈스가 부드러운 목소리로 말했다.

"이 친구와 저는 전에도 함께 일을 한 적이 있습니다."

"하지만 친구분께서 함께 가주실지……."

모스턴은 간절한 눈빛으로 나를 바라보았다. 나 아닌 그 누구라도 그렇게 애절한 표정과 호소하는 목소리를 그냥 무시할 수는 없었을 것이다.

"도움이 된다면 기꺼이 가겠습니다."

나는 힘 있는 목소리로 대답했다.

"조금이라도 도움이 된다면 제가 더 기쁘지요."

"두 분 모두 정말 친절하시군요. 전 사람들과 별로 교류가 없이 살다 보니 도움을 청할 친구들이 거의 없답니다. 그러면 6시까지 제가 여기로 오면 될까요?"

모스턴은 안심이 되는지 한결 편안해진 얼굴로 말했다.

"늦지 않도록 주의하십시오. 그런데 한 가지 알고 싶은 게 있습니다. 오늘 받은 편지와 진주가 든 소포에 쓰인 필체가 같습니까?"

"혹시 몰라서 그것도 가져왔습니다."

모스턴은 주머니에서 종이 여섯 장을 꺼내더니 탁자 위에 늘어놓았다. 그것을 본 홈스는 만족한 미소를 지으며 고개를 끄덕였다.

"모스턴 양은 정말 모범적인 의뢰인이군요. 아주 올바른 직관을 갖고 계십니다. 자, 어디 좀 볼까요?"

홈스는 날카로운 시선으로 탁자 위에 놓인 종이를 꼼꼼히 살펴보았다.

"흠, 편지만 빼고 다른 것은 일부러 필적을 바꾸었군요. 하지만 같은 사람이 쓴 글씨라는 점은 분명합니다."

"오호, 그걸 어떻게 알 수 있나?"

내가 홈스 옆에 서서 편지를 살펴보며 물었다.

"여기 'e'를 보면 그리스 문자처럼 돌출되게 쓰여 있어. 그리고 맨 끝의 's'가 꼬부라진 모양을 보게. 위장하려고 했지만, 분명히 한 사람이 쓴 글씨라네."

나와 모스턴은 홈스의 설명을 듣고 고개를 끄덕였다. 모스턴의 얼굴에는 아주 잠깐이었지만 만족한 빛이 스쳐 지나갔다.

"그런데 모스턴 양, 헛된 희망을 심어주려는 건 아니지만 혹시 이 필체가 아버지의 필체와 조금이라도 비슷한 점이 있습니까?"

"아니요. 전혀 다릅니다."

모스턴이 고개를 저으며 말하자 홈스는 그럴 줄 알았다는 듯 입술을 살짝 내밀었다.

"그럼 이따 6시에 뵙도록 하지요. 그때까지 이 편지는 제가 보관하겠습니다. 아직 3시 반밖에 안 됐으니 좀 더 조사해보고 싶군요."

"알겠습니다."

"그럼 안녕히."

모스턴은 상냥하고 밝은 눈길로 우리를 번갈아 보더니 다소곳하게 고개를 숙였다. 그런 뒤 진주 상자를 가슴에 안은 채 서둘러 방을 나섰다.

나는 창가에 서서 활기찬 걸음으로 거리를 걸어 내려가는 모스턴의 모습을 지켜보았다. 그녀의 회색 모자와 하얀 깃털 장식은 점점 작아지더니 수많은 사람 틈에서 하나의 점처럼 변해갔다.

"정말 매력이 넘치는 여성이야."

내가 홈스를 돌아보며 감탄했다. 홈스는 파이프에 불을 붙여 물더니 눈을 게슴츠레하게 뜬 채로 의자에 몸을 푹 파묻었다.

"그런가? 눈여겨보지 않아서 잘 모르겠군."

홈스가 무심하게 대답했다.

"자넨 정말 기계 인간 같아. 어떨 때는 비인간적인 느낌까지 든단 말이야."

내 말에 홈스가 피식 웃으며 말했다.

"어떤 사람을 판단할 때 가장 중요한 건 편견을 갖지 않아야 한다는 점이야. 특히나 겉모습에 휘둘려서 그릇된 선입견을 품어서는 안 된다네."

홈스가 심각한 표정으로 나를 쳐다보며 말했다.

"내게 의뢰인은 그저 문제 속의 한 단위, 혹은 한 요소일 뿐이야. 상대방에 대해 어떠한 감정이라도 갖게 되면 그때부터는 냉철한 추리를 할 수가 없어. 그것이 좋은 감정이든, 나쁜 감정이든 말이야."

내가 설마 하는 표정을 짓자 홈스는 더 큰 목소리로 말을 이어갔다.

"이제껏 내가 본 여자 중에서 가장 매력적인 여자는 말이야, 보험금을 노리고 세 아이를 독살한 죄로 교수형을 받았지. 또 내가 아는 사람 중 가장 혐오스럽게 생긴 남자는 런던의 빈민들을 위해 25만 파운드를 기부한 자선 사업가라네."

"하지만 이 경우는……."

나는 홈스의 생각에 전적으로 찬성할 수가 없었다. 그러나 홈스의 태도는 단호했다.

"난 결코 예외를 용납하지 않네. 하나의 예외를 인정하다 보면 결국 그 규칙은 흔들리게 되어 있어."

홈스는 내 감정과는 상관없이 자기 생각을 쏟아놓은 다음 내 앞으로 편지를 내밀었다.

"자네, 필체로 그 사람의 성격을 판단해본 적이 있나? 이 글씨를 한번 보게."

"글쎄, 읽기 쉽도록 또박또박 쓴 거로 봐서 사무를 보는 사람일 것 같네. 성격도 확실할 것 같고."

그런데 내 말이 끝나기도 전에 홈스는 고개를 가로저었다.

"이 긴 글자들을 보게. 짧은 글자들과 높이가 거의 비슷하지 않나. 여기 'd'를 보게."

"정말 'a'처럼 보이는군."

"그렇네. 'l'은 마치 'e'처럼 보일 정도야. 자네 생각처럼 성격이 확실한 사람이라면 아무리 악필이라 하더라도 긴 글자는 반드시 길게 쓰게 마련이라네. 게다가 이 사람이 쓴 'k'는 안정감이 없어. 대문자에서는 자만심까지 느껴지는군."

설명을 마친 홈스는 자리에서 일어섰다.

"난 이제 나가봐야겠네. 좀 알아볼 게 있거든. 그동안 자네는 이 책 한번 읽어보게."

홈스는 내게 책 한 권을 내밀었다.

"윈우드 리드의 《인간의 수난사》라."

내가 저자와 제목을 소리 내 읽자 홈스가 사뭇 진지한 표정으로 말했다.

"이제껏 나온 책 중에서 이만큼 훌륭한 책도 드물걸세. 읽고 나면 절대 후회하지 않을 테니 내 말 한번 믿어보게. 그리고 난 한 시간 후쯤 돌아오겠네."

나는 그 책을 들고 창가에 걸터앉았다. 하지만 내 머릿속에는 작가의 대담한 생각들과는 전혀 상관없는 것들이 가득 차올랐다. 방금 이 방을 다녀간 모스턴에 대한 생각만이 내 마음을 사로잡고 있었다. 그녀의 다정한 미소와 깊고 풍부한 목소리, 그리고 그녀의 삶에 그늘을 드리운 이상한 사건을 어떻게 잊을 수 있겠는가. 모스턴이 열일곱 살 때 아버지가 실종되었다면 현재 그녀의 나이는 스물일곱 살일 것이다. 한창 좋을 나이였다. 젊은 시절의 자의식은 조금씩 엷어지고 경험을 쌓아가면서 차츰 분별력을 갖추는 시기인 것이다. 한

동안 창가에 앉아서 이런 몽상에 빠져 있던 나는 갑자기 자리에서 벌떡 일어났다. 순간 내 머릿속에 위험한 생각이 떠올랐기 때문이다. 정신없이 책상 앞으로 달려간 나는 최신 병리학 논문을 열심히 읽기 시작했다.

'어서 정신을 차려라! 네 주제를 알아라!'

나는 일부러 이런 말을 되뇌었다. 다리를 저는 데다 돈도 없는 군의관 출신 주제에 그런 생각을 하다니! 홈스의 말처럼 그녀는 그저 문제의 한 단위, 하나의 요소일 뿐이다. 만약 어둡게 그늘진 내 미래가 나를 노려보고 있다면? 그래! 나 역시 남자답게 그것을 똑바로 마주해주리라! 망상 따위나 하면서 거짓으로 밝게 색칠하려는 노력 따위는 아예 하지도 않으리라!

03
발신인을 찾아서

5시 30분쯤 집으로 돌아온 홈스는 밝고 활기찼으며 의욕이 넘쳐 났다. 지독하리만큼 어두운 우울증을 겪은 뒤에는 대부분 이런 상태가 되곤 했다.

"이 사건을 해결하는 데 별다른 어려움은 없을 것 같군."

내가 따라준 따끈한 차를 홀짝이며 홈스가 대수롭지 않다는 듯 말했다.

"모든 사실을 종합해보면 해답은 하나뿐이야."

"아니, 벌써 문제를 해결한 건가?"

"글쎄, 그렇다고 하기엔 좀 이르군. 다만 아주 그럴듯한 사실을 하나 발견했다네. 하지만 시사하는 바가 대단히 큰 사실이지. 물론 자세한 내용은 더 보충해야겠지만."

"뜸 들이지 말고 어서 말해보게."

"지난 〈타임스〉 기사를 살펴보다 알아낸 사실이야. 어퍼노우드에 거주했던 뭄바이 34보병 연대 출신의 숄토 소령이 1882년 4월 28일에 사망했다는군."

홈스가 한껏 신이 난 목소리로 설명했지만, 나는 고개를 갸웃하며 물었다.

"홈스, 내가 둔해서 그런지 모르겠네만 대체 그게 뭘 의미한단 말인가?"

내 말에 홈스는 실망스럽다는 듯 고개를 가로저으며 말했다.

"정말 모르겠나? 진짜 놀랍군. 그렇다면 이렇게 생각해보게. 모스턴 대위가 실종됐네. 그런데 그가 런던에서 찾아갔을 법한 사람은 오직 숄토 소령뿐이었어. 하지만 숄토 소령은 모스턴 대위가 런던에 온 사실조차 몰랐다고 했지. 그리고 4년 후에 죽고 말았어. 그가 죽은 지 일주일이 지났을 때 모스턴 양은 귀중한 선물을 받았네. 그리고 해마다 같은 일이 반복됐지. 또 나중에는 '당신은 피해자'라는 내용이 담긴 편지를 받게 됐어. 피해자라는 말이 대체 뭘 뜻한다고 생각하나?"

"그건 아버지를 뺏긴 것과 상관있을 것 같네만."

"맞았네. 또 숄토가 죽은 후부터 선물이 배달되기 시작했다는 건, 숄토의 상속인이 모스턴의 실종에 대해 뭔가를 알고 있다는 걸 의미하네. 그건 분명 모스턴 양에게 그에 대한 보상을 해주기 위한 행동이야. 그것 말고 다른 이유를 말할 수 있겠나?"

"하지만 자네 말대로라면 너무도 희한한 보상이 아닌가? 그리고 그 방법은 또 얼마나 이상한가? 대체 이런 편지를 6년 전이 아니라 지금에 와서 보낸 이유가 뭐란 말인가? 그 편지에는 모스턴 양이 공정한 보상을 받아야 한다고 쓰여 있었는데, 도대체 어떤 보상을 해주겠다는 걸까?"

나는 답답한 마음에 계속해서 질문을 퍼부었다.

"자네는 모스턴 대위가 아직 살아 있다고 생각하나?"

"아니, 그건 지나친 생각인 것 같네. 또 내가 아는 한 아버지가 없다는 사실 외에 그녀가 부당한 대우를 받는 것 같지도 않아 보여."

"자네 말이 맞네. 어쨌거나 정말 어려운 문제로군."

홈스가 미간을 찌푸리며 말했다.

"하지만 오늘 밤 그곳에 가보면 모든 문제가 해결될걸세."

그때 창밖을 내다보던 홈스가 소리쳤다.

"저기 모스턴 양이 탄 사륜마차가 도착했군. 준비됐으면 어서 내려가세. 약속한 시각이 벌써 지났네."

나는 서둘러 모자와 가장 묵직한 지팡이를 들었다. 그런데 홈스는 책상 서랍에서 리볼버를 꺼내 주머니에 집어넣었다. 그는 오늘 밤의 외출이 매우 위험하다고 생각하고 있는 것이 분명했다.

마차에 올라타자 모스턴이 살짝 고개를 숙이며 인사했다. 그녀는 짙은 색깔의 망토를 몸에 두르고 있었다. 언뜻 보기에 그녀의 얼굴은 차분해 보였지만 백지장처럼 창백했다. 가녀린 여자의 몸으로 잠시 후 펼쳐질 기묘한 일을 앞두고 있었으니 불안하지 않을 수 없었을 것이다. 하지만 그녀는 절대로 당황한 기색을 드러내지 않았다. 오히려 당돌하다 싶을 정도로 홈스의 질문에 시원스레 대답하고 있었다.

"숄토 소령은 아버지의 친한 친구분이셨어요. 아버지가 보내신 편지에는 항상 숄토 소령에 관한 이야기가 적혀 있었죠. 두 분은 안다만 제도에서 같은 부대에 계셨기 때문에 함께 지내는 시간이 아주 많았다고 들었어요."

잠시 말을 멈춘 모스턴은 종이 한 장을 꺼내 들더니 홈스 앞에 내밀며 말했다.

"그런데 아버지 책상을 정리하던 중에 이해하기 힘든 이상한 그림을 발견했어요. 그다지 중요한 것 같지는 않지만, 혹시라도 보고 싶어 하실지 몰라서 가지고 왔습니다."

홈스는 모스턴에게 받아 든 종이를 조심스럽게 무릎 위에 펼쳐놓고는 확대 렌즈를 꺼내 찬찬히 살펴보았다.

"흠, 인도산 종이군요. 한동안 핀으로 벽에 고정해놓은 흔적이 있어요. 이건 수많은 방과 복도, 출입구가 있는 거대한 건물 일부를 그린 평면도 같습니다. 빨간 잉크로 작은 십자가가 표시되어 있고, 그 위에 연필로 '왼쪽에서 3.37'이라고 쓰여 있는 게 보이는군요. 왼쪽 구석에 십자가 네 개를 연결해 한 줄로 붙여놓은 것 같은 묘한 표시도 있고요."

종이를 들여다보며 말을 잇던 홈스의 두 눈이 어느 순간 더욱 반짝거렸다.

"그 옆에는 갈겨쓴 글씨로 '네 명의 서명 – 조너선 스몰, 마호메트 싱, 압둘라 칸, 도스트 아크바르'라고 적혀 있군요. 하지만 솔직히 말하자면 이게 사건과 무슨 상관이 있는지 모르겠습니다. 다만 이게 중요한 문서인 것만은 확실해 보입니다. 앞뒷면이 다 깨끗한 걸 보면 지갑 속에 소중히 보관했던 것 같군요."

"맞아요. 아버지 지갑 속에 들어 있었습니다."

"그렇다면 소중히 보관해두십시오. 앞으로 필요할 때가 있을지 모르니까요. 아무래도 이 사건은 처음에 생각했던 것보다 훨씬 복잡하고 미묘

할 것 같습니다. 생각을 다시 해봐야겠습니다."

홈스는 마차 좌석에 등을 기대더니 이맛살을 찌푸렸다. 그는 어떤 생각에 골몰할 때마다 눈썹을 모은 채로 시선을 엉뚱한 곳에 고정하는 버릇이 있었다. 모스턴과 나는 오늘 밤에 벌어질 일이 어떤 결과를 가져올지에 대해 작은 목소리로 이야기를 나누었다. 하지만 홈스는 목적지에 도착할 때까지 한마디도 내뱉지 않았다.

그때는 9월의 어느 저녁이었다. 아직 7시가 되기 전이었지만 몹시 쓸쓸한 날이었다. 금세라도 비를 뿌릴 듯이 짙은 안개가 런던 전체를 감싸고 있었다. 또 흙빛 구름은 질척한 거리를 서글프게 뒤덮고 있었다. 스트랜드가의 가로등은 흙투성이 포장도로 위를 어렴풋이 비추는 희미한 반점처럼 보일 뿐이었다. 상점 창문에서 흘러나온 노란 불빛은 안개 자욱한 거리를 비추며 사람 가득한 번잡한 도로에 침울한 빛을 던지고 있었다. 이렇게 흘러나오는 빛 속을 걷고 있는 사람들의 끝없는 행렬이 내 눈에는 마치 유령처럼 괴기스럽게 보였다. 사람들의 슬픈 얼굴, 기쁜 얼굴, 여윈 얼굴, 명랑한 얼굴……. 그들은 마치 운명처럼 어둠에서 빛으로, 그리고 다시 빛에서 어둠으로 사라져갔다. 나는 원래 민감하거나 감성적인 인간은 아니었다. 다만 우리가 말려든 이상한 사건과 서글픈 초저녁 분위기 때문에 마음이 불안하고 우울해진 것이다. 고개를 돌려 모스턴을 바라보니 그녀 역시 나와 비슷한 감정을 느끼고 있는 듯했다. 오로지 홈스만이 사소한 감정들을 훌훌 털어버린, 초연한 표정으로 앉아 있었다. 그는 무릎 위에 수첩을 펼쳐놓고 휴대용 램프 불빛에 의지해 이따금 글자나 숫자 따위를 메모하고 있었다.

라이세움 극장에 도착하자, 양쪽 출입구에는 이미 수많은 사람이 빽빽이 모여 있었다. 극장 입구에는 이륜마차와 사륜마차가 끊임없이 밀려왔다. 마차에서는 새하얀 셔츠에 정장을 갖춰 입은 남자들과 숄을 두르고 다이아몬드로 한껏 멋을 부린 여자들이 내렸다.

우리가 약속 장소인 세 번째 기둥 옆으로 다가갔을 때였다. 키가 작고 까만 피부에 마부 복장을 한 사내가 슬쩍 다가와 말을 걸었다.

"모스턴 양과 함께 오신 분들입니까?"

사내가 묻자 모스턴이 답했다.

"제가 모스턴이고, 여기 두 분은 제 친구입니다."

사내는 의심스러운 눈초리로 우리를 쏘아보았다.

"실례합니다만, 두 분이 경찰이 아니라고 맹세하실 수 있겠습니까?"

그가 고집스러운 태도로 물었다.

"물론입니다."

모스턴이 당당하게 대답했다.

고개를 끄덕인 사내는 날카롭게 휘파람을 불었다. 그러자 어디선가 부랑아 한 명이 나타나더니 사륜마차를 끌고 와 문을 열어주었다. 사내는 마부 자리에 앉았고, 우리는 마차 안 의자에 앉았다. 우리가 자리에 앉자마자 마부는 말을 향해 채찍을 휘둘렀다. 마차는 안개 낀 거리를 무서운 속도로 달려가기 시작했다.

사실 생각해보면, 우리는 아주 미묘한 상황에 놓여 있었다. 대체 무엇 때문에, 어디로 가는지도 모른 채 마차에 타고 있었던 것이다. 그렇다고 이 초대가 그저 장난일 가능성은 적었고, 우리가 가는 곳에서 어떤 중요한 일이 기다리고 있으리라는 것은 틀림없어 보였다. 이런 상황에서도 모스턴은 여느 때처럼 의연하고 침착했다. 하지만 나는 그녀가 속으로는 긴장하고 있을지도 모른다고 생각했다. 그래서 아프가니스탄 전쟁에서 겪었던 모험담을 최대한 재미있게 들려주려 애썼다. 하지만 그런 내 노력은 헛된 것이었다. 나는 내가 직접 겪었던 이야기들마저도 헷갈리고 있었다. 솔직히 고백하자면 나는 당시에 내가 어디로 가서 어떻게 될지 정말 궁금하고 불안했다. 나 자신이 흥분한 상태였기 때문에 이야기에 집중할 수 없었던 게 당연했다. 하지만 모스턴은 편안한 미소를 지으며 나를 안심시켰다.

"한밤중에 텐트 속으로 소총이 들어온 걸 보고 2연발 총을 주저 없이 쏘셨다니, 정말 대단하시네요."

후에 모스턴은 내 이야기가 매우 인상적이었다고 말해주었다.

소리 나지 않게 짧은 한숨을 내쉰 나는 거리를 내다보았다. 처음에는 나도 마차가 어디로 가는지 그 방향을 짐작할 수 있었다. 하지만 얼마 가지 않아 마차의 속도와 안개, 그리고 런던의 지리에 대한 지식 부족 때문에 방향감각을 잃고 말았다. 결국 나는 우리가 어딘가 먼 곳으로 가고 있다는 것 외에는 아무것도 알 수 없게 되었다. 하지만 홈스는 조금도 당황하지 않았다. 그는 마차가 광장을 가로지르거나 좁은 골목길로 접어들 때마다 그곳의 이름을 나지막이 중얼거렸다.

"로체스터가, 여기는 빈센트 광장. 오, 복스홀 다리로 접어드는군. 지금은 서리 방향으로 가고 있어요. 그래, 그럴 줄 알았어. 우리는 지금 다리를 건너고 있네. 창밖으로 반짝이는 강물이 보이는군."

정말 아주 짧은 순간이었지만 템스강의 넓고 잔잔한 수면 위로 가로등 불빛이 반짝이는 것이 보였다. 하지만 마차는 쉬지 않고 달려 강 건너편의 미로처럼 복잡한 거리로 접어들었다.

"위즈워드가, 프라이어리가, 라크홀 길, 스톡웰 광장, 로버트가, 콜드 하버 길. 흠, 아무래도 우리가 가는 곳은 부유하거나 고상한 동네는 아닌 것 같군."

정말 마차가 지나가는 곳은 음침하고 수상쩍으며 기분 나쁜 동네였다. 어둠침침한 벽돌길이 길게 늘어선 거리에서 눈에 띄는 것이라고는 띄엄띄엄 자리한 선술집의 조잡한 불빛뿐이었다. 그곳을 지나자 집 앞에 작은 화단을 꾸며놓은 2층 저택들이 늘어선 거리가 나타났다. 그것은 마치 대도시가 자연을 향해 뻗은 촉수처럼 보였다. 마차는 새로 조성한 주택 단지의 세 번째 집 앞에서 멈춰 섰다. 그곳 주변의 집들은 대부분 비어 있는 듯했다. 우리가 도착한 집 역시 부엌 창에서 한 줄기 빛이 흘러나오는 것을 빼면 이웃집들과 마찬가지로 어두웠다. 하지만 우리가 문을 두드리자 기다렸다는 듯이 문이 활짝 열렸다. 문 앞에는 헐렁한 흰옷에 노란띠를 두르고 머리에 노란 터번을 한, 인도인 하인이 서 있었다. 교외에 있는 평범한 주택의 현관에 나타난 이 동양인은 어쩐지 수상쩍은 데다 이 집과 어울리지 않는 느낌마저 들었다.

"사힙(식민지 시대에 인도에서 유럽 백인 남자에게 쓴 존칭)께서 기다리고 계십니다."

그가 말을 마치기도 전에 집 안쪽에서 높고 날카로운 목소리가 들려왔다.

"키트무트가! 어서 들어오시라고 해라! 곧장 안으로 모셔라!"

04
감춰진 보물의 행방

우리는 인도인을 따라 지저분하고 어둠침침한 복도를 걸어갔다. 그는 복도 끝 오른쪽에 있는 문 앞에 멈춰 서더니 곧바로 문을 열었다. 방 안에서 노란 불빛이 흘러나왔고, 불빛 한가운데 키가 작은 대머리 남자가 서 있었다. 그의 뾰족한 머리 주위에는 붉은 머리카락이 빙 둘러 자라 있었다. 그것은 마치 전나무 숲 위로 솟아오른 산봉우리처럼 보였다. 무슨 이유에선지 그는 두 손을 끊임없이 비틀었고, 얼굴은 경련이 일어나는 사람처럼 보였다. 금방 웃다가도 금방 찡그리기를 반복하며 한순간도 가만히 있지 않았다. 또 아랫입술이 축 늘어진 탓에 누렇고 울퉁불퉁한 덧니가 훤히 드러났다. 그 자신도 그것이 신경 쓰였는지 계속해서 손으로 입을 가리며 감춰보려 애쓰고 있었다. 그런데 희한한 점은 눈에 띌 정도로 심한 대머리였음에도 그가 매우 젊어 보인다는 것이었다. 하지만 나중에 알고 보니 그는 겨우 서른 살에 불과했다.

"모스턴 양, 어서 오십시오."

남자가 가늘고 날카로운 목소리로 말했다.

"잘 오셨습니다. 여러분. 어서 저의 작은 궁전으로 들어오십시오. 규모는 작지만 제 취향에 맞게 꾸며놓았답니다. 남부 런던이라는 황량한 사막 속에 피어난 예술의 오아시스라고나 할까요."

그의 안내에 따라 방 안으로 들어간 우리는 눈이 휘둥그레졌다. 마치 허접스러운 구리반지에 최고급 다이아몬드를 박아놓은 듯, 그 방은 초라한 집과는 전혀 어울리지 않는 모양이었다. 더할 나위 없이 호화스러운 커튼에 태피스트리가 벽을 뒤덮고 있었고, 군데군데 끈으로 묶어놓은 천 사이에는 호화로운 액자에 끼운 그림과 동양의 도자기가 놓여 있었다. 호박색과 검정빛이 조화를 이룬 카펫은 너무나 두껍고 푹신해서 마치 이끼를 밟는 것처럼 상쾌한 기분이 들 정도였다. 서로 엇갈린 채 바닥에 깔린 호랑이 가죽 두 장과 구석에 세워진 커다란 물담배 파이프는 호사스러운 동양풍 분위기를 한층 돋보이게 해주었다. 방 한가운데에는 비둘기 모양의 은제 램프가 거의 눈에 보이지 않는 황금 철사에 매달린 채 길게 늘어져 있었다. 램프에서 불이 타오를 때마다 뭐라 표현할 수 없을 만큼 미묘한 향이 방 안 가득 퍼졌다.

"저는 새디어스 숄토입니다."

자신의 이름을 소개할 때도 사내의 얼굴은 끊임없이 꿈틀거렸다.

"당신은 모스턴 양이겠죠? 그럼 이분들은?"

"이분은 셜록 홈스 씨, 그리고 이분은 왓슨 박사십니다."

모스턴이 우리를 소개하자 숄토가 흥분해서 소리쳤다.

"오! 당신은 의사시군요! 혹시 청진기를 갖고 오셨습니까? 부탁 하나만 들어주십시오."

"무슨 문제라도 있습니까?"

내가 묻자 그는 내 앞으로 가슴을 쭉 내밀며 말했다.

"아무래도 제 심장의 승모판에 중대한 문제가 있는 것 같습니다. 대동맥은 별 이상이 없는 것 같습니다만, 승모판에 대해서만큼은 의사의 진단을 받아보고 싶습니다."

나는 그가 원하는 대로 심장을 진찰해보았지만 별다른 이상은 발견하지 못했다. 다만 흥분 상태였기 때문인지 머리부터 발끝까지 부들부들 떨고 있는 것만 감지했을 뿐이었다.

"정상인 것 같습니다. 걱정할 필요 없습니다."

숄토는 내 말을 듣고 다행이라는 듯 한숨을 쉬더니 모스턴을 보며 살짝 고개를 숙였다.

"모스턴 양, 이렇게 소심한 면을 보여드려서 죄송합니다. 사실 저는 건강이 매우 안 좋답니다. 게다가 오래전부터 심장 판막에 이상이 있을 거로 의심해오던 참이었습니다. 하지만 걱정할 필요 없다는 말을 들으니 안심이 되는군요."

그는 한결 여유로운 표정으로 말을 이어갔다.

"모스턴 양의 부친께서도 심장에 부담을 주지만 않았다면 아직 살아 계셨을 겁니다."

순간 나는 그의 뺨이라도 한 대 올려붙이고 싶은 심정이었다. 이렇게 민감한 문제를 대수롭지 않다는 듯 꺼내는 그의 태도에 화가 치밀어 오른 것이었다. 아니나 다를까, 모스턴은 하얗게 질린 얼굴을 하고 그 자리에 털썩 주저앉아 버렸다.

"아버지가 이미 돌아가셨을 거로 생각하고는 있었습니다만."

모스턴이 떨리는 목소리로 말했다.

"제가 모든 사실을 다 알고 있습니다. 전 당신이 정당한 보상을 받을 수 있도록 도와드리겠습니다. 바솔로뮤 형이 뭐라고 하더라도 저는 그렇게 할 생각입니다."

숄토는 스스로 다짐하듯 이를 악물더니 우리를 보고 말했다.

"친구분들이 함께 오셔서 정말 기쁩니다. 두 분께서는 모스턴 양을 보호하는 역할 이외에 지금부터는 제가 하는 말과 행동의 증인이 되어주십시오. 이렇게 세 명이 힘을 합하면 바솔로뮤 형에게 맞설 수 있을 겁니다. 하지만 외부인이 개입해선 안 됩니다. 특히 경찰이나 관리는 절대 안 됩니다. 우리 힘만으로도 모든 문제를 잘 처리할 수 있을 테니까요. 무엇보다도 사건을 공개하게 되면 바솔로뮤 형을 더 자극하는 결과만 가져올 겁니다."

숄토는 낮고 긴 의자에 앉아 눈물이 맺힌 푸른 눈을 깜빡이며 우리를 쳐다보았다. 마치 우리의 생각을 물어보는 것 같았다.

"지금 이 자리에서 무슨 이야기를 듣더라도 다른 사람에게는 절대 이야기하지 않겠습니다."

홈스가 단호한 목소리로 말했다. 나 또한 동의의 의미로 고개를 끄덕였다.

"아주 좋습니다!"

숄토가 만족스러운 얼굴로 두 손을 비볐다.

"모스턴 양, 키안티(이탈리아 적포도주의 일종) 한잔 드시겠습니까? 아니면 토케아(헝가리 포도주)는 어떻습니까? 포도주는 그 두 가지뿐입니다. 한 병 딸까요?"

숄토가 모스턴을 보고 묻자 모스턴은 조용히 손을 가로저었다.

"싫으시다면 할 수 없지요. 그럼 담배 한 대만 피워도 될까요? 이것은 아주 향기가 좋은 동양 담배랍니다. 사실 저는 지금 불안을 느낄 정도로 신경이 곤두서 있습니다. 이 물담배는 마음을 진정시키는 데 매우 도움이 되지요."

그가 가느다란 양초 끝을 커다란 담배통에 대자 장미 향료를 넣은 물속에서 부글부글 거품이 일더니 곧 연기가 솟아올랐다. 우리 세 사람은 손을 턱에 괴고 상체를 내민 채 그의 주위에 둘러앉아 있었다. 계속해서 얼굴에 경련을 일으키는 이 대머리 사내는 뾰족한 머리를 반짝이며 불안하게 담배를 빨아들였다.

"사실 제가 모스턴 양에게 편지를 보내기로 했을 때, 이 집 주소를 밝힐까 고민도 했습니다. 하지만 모스턴 양이 제 부탁을 무시하고 달갑지 않은 사람들을 데리고 오면 어떡하나 하는 걱정이 들었습니다. 그래서 저는 제 밑에서 일하는 윌리엄스가 여러분을 먼저 뵙도록 했습니다. 전 그 친구의 판단력을 굳게 믿고 있습니다. 그래서 혹시라도 낌새가 이상하면 그 선에서 일을 마무리 짓고 돌아오라고 지시해두었습니다."

숄토는 잠시 말을 멈추고 담배 한 모금을 빨았다.

"조심성이 참 많으시군요."

모스턴이 말하자 숄토가 멋쩍은 미소를 지으며 말을 이어나갔다.

"그렇게 생각되실 겁니다. 사실 저는 원래 조용한 걸 좋아하고 취향도 상당히 세련되었답니다. 솔직히 그런 면에서 보자면 경찰처럼 삭막한 사람들도 없지요. 저는 천성적으로 천박한 물질주의에 물든 사람들을 매우 싫어합니다. 아니, 혐오합니다. 그래서 거친 군중들과 접촉하는 일도 거의 없습니다. 보시다시피 이렇게 우아한 분위기 속에서 사는 걸 좋아하기 때문이지요."

숄토는 자아도취에 빠진 사람처럼 몽롱한 표정을 지으며 말을 이어갔다.

"그리고 저는 예술의 후원자라고도 할 수 있습니다. 이게 제 약점이지요."

그는 벽에 붙은 그림들을 일일이 가리키며 설명했다.

"이 풍경화는 코로의 진품입니다. 또 감정가들이 의심할지 모르지만 저건 살바토르 로자의 작품이고, 저쪽에 있는 건 부그로의 작품입니다. 저는 근대 프랑스 화가를 아주 좋아한답니다."

"말씀 중에 죄송합니다만, 숄토 씨."

모스턴이 가볍게 손을 들더니 숄토의 말을 잘랐다.

"저는 숄토 씨께서 제게 하고 싶은 말씀이 있는 줄 알고 여기 왔습니다. 시간이 많이 흘렀으니 되도록 빨리 말씀을 해주셨으면 좋겠군요."

"여유를 가지세요. 제 얘기는 금방 끝날 테니까요."

마음이 급한 모스턴과는 달리 숄토는 한껏 여유를 부리며 말했다.

"그보다 우리는 바솔로뮤 형을 만나러 노우드로 가야 합니다. 함께 가서 우리가 형을 이길 수 있는지 알아봐야겠습니다. 형은 제가 마음대로 일을 처리했다고 굉장히 화를 내고 있습니다. 사실 어젯밤에도 그 일로 심하게 다투었습니다. 형이 화를 내면 얼마나 무서운지 정말 상상도 못 하실 겁니다."

숄토는 그때의 일이 새삼 떠오르는지 몸을 부르르 떨었다.

"노우드에 가야 한다면 빨리 떠나는 게 좋지 않을까요?"

이번에는 내가 끼어들며 숄토를 재촉했다. 그러자 숄토는 귀까지 빨개질 정도로 웃어대더니 큰 소리로 말했다.

"미안하지만 그건 좀 곤란합니다. 갑자기 여러분들을 모시고 들이닥치면 형이 뭐라고 할지 솔직히 모르겠습니다. 일단 그곳에 가기 전에 자초지종을 설명해드리겠습니다. 우선 이번 일의 내막 중에 저도 잘 모르는 부분이 있다는 걸 알아주십시오. 하지만 제가 아는 사실은 모두 다 말씀드리겠습니다."

숄토가 우리에게 전한 이야기는 다음과 같다.

숄토의 아버지는 전에 인도 육군에서 복무했던 존 숄토 소령이었다. 숄토 소령은 11년 전에 전역한 뒤 어퍼 노우드의 폰티체리 저택에서 살고 있었다. 그는 인도에서 크게 성공을 거둔 덕분에 상당한 액수의 현금과 진귀한 골동품, 그리고 인도인 하인들을 데리고 귀국했다. 그는 거대한 저택을 구입해 매우 풍족한 생활을 하며 살았다. 그에게 자식은 쌍둥이 형제뿐이었는데, 그들이 바로 바솔로뮤와 새디어스 숄토였다.

새디어스 숄토는 모스턴 대위가 행방불명되었을 때의 상황을 자세히 기억하고 있었다. 당시 바솔로뮤와 숄토는 신문에서 그 사건에 관한 기사를 읽었는데, 그들은 이미 모스턴 대위가 아버지의 친구라는 사실을 알고 있었다. 그래서 그들은 숄토 소령 앞에서 사건에 대해 서슴없이 이야기했다. 숄토 소령 역시 그들의 이야기에 끼어들어 자신의 의견을 말하곤 했다. 바로 그 때문에 숄토는 아버지가 모스턴 대위에 관한 엄청난 비밀을 가슴속에 간직하고 있으리라고는 상상조차 하지 못했다. 그가 바로 모스턴 대위의 운명을 아는 유일한 사람이라는 것을 전혀 눈치채지 못했던 것이었다.

하지만 그들 형제는 무엇인가 정체 모를 위험이 숄토 소령을 향해 다가오고 있음을 직감하고 있었다. 숄토 소령은 혼자서는 외출하기를 극도로 꺼렸고, 프로 권투 선수 두 명을 경호원으로 고용하기까지 했다. 홈스 일행을 데리고 왔던 마부 차림의 사내가 그중 한 사람이었다. 그 사내는 영국의 라이트급 챔피언을 지냈던 자로 이름은 윌리엄스였다. 숄토 소령은 자신이 무엇을 두려워하는지 구체적으로 언급하려 하지 않았다. 하지만 의족을 한 남자를 몹시 경계하고 있었던 것만은 확실했다. 한번은 의족을 한 사내에게 총을 쏘는 일까지 벌어졌다. 숄토는 그 사내가 아버지를 위협하는 자일지 모른다고 의심했다. 하지만 그는 그저 평범한 장사꾼일 뿐이었다. 결국 그들 부자는 장사꾼에게 입을 다무는 조건으로 거액의 돈을 쥐여줘야만 했다. 바솔로뮤와 숄토는 그 일이 아버지의 변덕스러운 기분 때문에 벌어진 것으로 생각했다. 하지만 얼마 후 벌어진 사건들을 겪으며 그 생각이 잘못되었음을 깊이 깨달았다.

1882년 초, 숄토 소령은 인도에서 온 편지 한 통을 받고 큰 충격에 빠졌다. 아침 식사 중에 편지를 받은 소령은 너무나 놀라 혼절하다시피 했다. 그리고 그날 이후, 자리에 누워 시름시름 앓다 결국은 죽고 말았다. 두 형제는 아버지를 죽음으로 이끈 편지에 무슨 내용이 적혀 있었는지 궁금했다. 하지만 그들은 끝내 편지를 찾을 수 없었다. 그저 숄토 소령이 편지를 들고 있는 동안 슬쩍 봤던 대로 매우 급하게 갈겨 쓴 짧은 편지라는 것 정도만 알 수 있었다. 그 일이 있기 전에도 숄토 소령은 비장이 거대해지는 병을 앓고 있었다. 그 때문에 몇 년 동안 고생하고 있었는데, 큰 충격까지 받게 되자 병세가

급속히 악화한 것이다. 급기야 4월 말이 되자 의사는 더 이상 가망이 없다는 판정을 내리고 말았다. 그러자 숄토 소령은 두 형제에게 유언을 남기기로 작정했다.

바솔로뮤와 숄토가 방 안으로 들어가자 숄토 소령은 높이 쌓아 올린 베개에 겨우 몸을 의지한 채 가쁜 숨을 몰아쉬고 있었다.

"문을 꼭 닫고 이리 가까이 오너라."

비통한 표정을 한 두 형제는 아버지 곁으로 다가갔다. 소령은 두 형제의 손을 꼭 잡더니 힘겹게 입을 열었다. 북받쳐 오르는 감정 때문이었을까, 아니면 육체적인 고통 때문이었을까. 숄토 소령의 목소리는 띄엄띄엄 끊기고 있었다.

"이렇게 세상 떠날 날을 눈앞에 두고 보니 한 가지 마음에 걸리는 일이 있구나."

"그게 뭡니까? 모두 훌훌 털어버리십시오."

"모스턴 대위의 딸, 그 가엾은 아이에게 내가 무슨 짓을 했단 말인가!"

숄토 소령은 괴로운 듯 두 눈을 질끈 감았다.

"저주받을 욕심이여! 내 재산의 절반은 그 아이의 것이거늘!"

뜻밖의 이야기를 들은 두 형제는 깜짝 놀란 얼굴로 서로의 얼굴을 쳐다보았다.

"물론 나는 그 재산을 다 쓰지 않았다. 그 아이의 몫은 그대로 남았단 말이다. 오! 세상에서 가장 어리석고 맹목적인 것이 탐욕이다! 그것보다 더 저주받은 죄가 있을까. 그저 내가 소유하고 있다는 것만으로도 기분이 좋아서 그걸 다른 사람에게 나누어준다는 걸 견딜 수가 없었다."

숄토 소령은 길게 한숨을 내쉬고는 떨리는 손으로 방 한구석을 가리켰다.

"저기 키니네 병 옆에 있는 진주 금관이 보이느냐? 나는 저걸 그 아이에게 보내줄 생각으로 내놓았었다. 하지만 저렇게 귀하고 아름다운 물건을 다른 사람에게 준다는 걸 견딜 수가 없더구나. 정말 창피한 일이다. 그러나 애들아! 너희는 아그라(북인도에 있는 주 혹은 도시)의 보물을 그 아이에게 공평하게 나누어주거라."

그런데 말을 마친 숄토 소령의 얼굴이 묘하게 일그러지는가 싶더니 이내 고통에 찬 신음을 토해냈다.

"하지만! 내가 살아 있는 동안에 보내서는 안 된다. 저 금관도 마찬가지다. 나보다 더 심한 병을 앓다가 씻은 듯이 나은 사람도 있으니 말이다. 오! 사람이란 이렇게 욕심이 많은 존재란다."

두 형제는 아버지를 안심시키려는 듯 크게 고개를 끄덕였다.

"이제 모스턴에 관한 이야기를 해주마. 그 친구는 아주 오래전부터 심장이 나빠 고생하고 있었다. 하지만 사람들한테는 그 사실을 감추고 있었어. 오직 나만이 그 사실을 알았지. 인도에 있을 때 그 친구와 나는 온갖 역경을 이겨낸 끝에 막대한 보물을 손에 넣을 수 있었다. 나는 그것들을 가지고 먼저 영국으로 돌아왔지. 얼마 후 귀국한 모스턴은 그 길로 나를 찾아왔다. 제 몫을 달라는 거였지. 그는 기차역에서 여기까지 걸어왔다고 했다. 그 친구를 집으로 맞아들인 사람은 지금은 죽고 없지만 아주 충직했던 하인 랄 초우다였어. 그는 당당하게 제 몫을 요구했지만 난 그럴 마음이 없었다. 그가 원하는 만큼의 보물을 내놓기가 싫었단다."

소령은 그때의 일이 떠오르는지 두 눈을 질끈 감았다.

"그래서 우리는 큰 소리를 내며 심하게 싸웠다. 결국 모스턴은 무섭게 화를 내며 의자에서 벌떡 일어섰다. 그런데 살기를 띤 그의 얼굴이 고통으로 일그러지기 시작했어. 벌벌 떠는 손으로 옆구리를 꽉 움켜쥐는가 싶더니 갑자기 얼굴이 검게 변해버리더구나. 그리고 뒤로 쓰러지고 말았어. 그런데 가혹한 운명의 장난이었을까. 그는 보물 상자의 모서리에 머리를 심하게 부딪쳤어. 놀란 내가 몸을 굽히고 들여다보았을 땐 이미 숨이 끊겨 있었다."

생각지도 못했던 고백을 들은 두 아들은 당황한 표정으로 아버지의 얼굴을 쳐다보았다. 하지만 무시무시한 이야기를 쏟아내고 있는 숄토 소령의 얼굴은 이상하리만치 편안해 보였다.

"난 어찌할 바를 몰랐다. 그저 반쯤 넋이 나간 상태로 한동안 멍하게 서 있었어. 그때 가장 먼저 머리에 떠오른 생각은 도움을 청해야겠다는 거였다. 하지만 잘못했다가는 내가 살인죄를 뒤집어쓸 게 뻔했지. 말다툼을 하다가 죽은 것 하며, 머리에 난 상처까지 모든 상황이 내게 불리했으니까. 게다가 경찰 조사를 받게 되면 꼭 비밀로 지키고 싶은 보물에 대해서도 털어놓아야만 했어. 그때 문득 모스턴이 한 말이 생각나더구나. 그는 자기가 이곳에 온 것을 아는 사람이 하나도 없다고 했어. 그렇다면 내가 사람들에게 이 상황을 굳이 알릴 필요가 없다는 생각이 들었지."

숄터 소령은 이렇게 말하며 허탈한 미소를 지었다.

"그런 고민을 하다 문득 고개를 들어보니 랄 초우다가 문 앞에 서 있더구나. 그는 방 안으로 얼른 들어와 방문을 잠그고는 이렇게 말했다.

'사힙, 걱정하지 마십시오. 사힙께서 죽였다는 걸 굳이 남에게 알릴 필요는 없습니다. 시체를 숨겨버리면 누가 알겠습니까?'

'지금 무슨 소린가? 난 저 사람을 죽이지 않았어!'

하지만 랄 초우다는 피식 웃으며 고개를 가로저었어.

'사힙, 저는 이 방에서 난 소리를 모두 다 들었습니다. 두 분께서 다투는 소리, 뭔가로 내리치는 소리까지 다 들었단 말입니다. 하지만 제가 보고 들은 것은 그 누구에게도 발설하지 않겠습니다. 무덤까지라도 가져가겠습니다. 지금 집안사람들은 모두 자고 있습니다. 그러니 아무도 모르게, 서둘러 일을 처리하는 게 좋겠습니다.'

그의 말을 들은 나는 곧바로 결심했단다. 내 집의 하인조차 내 결백을 믿지 않는데, 배심원석에 버티고 앉아 있는 12명의 어리석은 장사꾼들을 무슨 수로 설득할 수 있단 말이냐?"

"그렇다면……."

숄토는 침을 꿀꺽 삼키며 아버지의 다음 말을 기다렸다.

"그래, 나는 그와 함께 모스턴의 시체를 처리했단다. 그리고 며칠 뒤 런던의 신문에 모스턴의 실종 기사가 일제히 실렸다. 얘들아, 이제 너희는 내가 그 사건에서 무죄라는 걸 알 거라 믿는다. 내 잘못은 모스턴의 시체를 감추고 그의 보물까지 내 몫으로 만들려 했던 것뿐이야. 그러니 너희가 나를 대신해 그의 몫을 돌려주거라."

숄토 소령은 힘겹게 손을 들어 두 형제에게 손짓했다.

"이리 가까이 오너라. 보물을 숨겨놓은 장소는……."

바로 그때였다. 숄토 소령의 표정이 무섭게 일그러지더니 두 눈이 미친 사람처럼 흔들리기 시작했다. 그는 입을 딱 벌리더니 공포에 찬 목소리로 고래고래 소리쳤다.

"저놈을 끌어내! 어서 저놈을 끌어내!"

바솔로뮤와 숄토는 소령의 눈이 향해 있는 쪽으로 고개를 돌렸다. 그러자 어두운 창밖에서 방 안을 들여다보는 얼굴 하나가 보였다. 코가 유리창에 눌려 있었기 때문인지 코끝이 하얗게 변해 있었다. 지저분하게 수염을 기른 털북숭이 얼굴에 잔인한 눈, 적의에 가득 찬 섬뜩한 표정까지! 사내의 모습은 그야말로 악의 화신처럼 보였다. 두 형제는 재빨리 창가로 달려갔다. 하지만 사내는 이미 사라지고 없었다. 창 주위를 살피던 두 사람이 혹시 잘못 본 것은 아니었을까 생각하며 숄토 소령의 곁으로 돌아왔을 때, 이미 소령은 머리를 축 늘어뜨린 채 숨을 거둔 뒤였다.

그날 밤, 두 형제는 저택의 정원을 샅샅이 뒤져보았다. 하지만 창문 바로 밑 화단에 난 발자국 하나를 제외하고는 침입자의 흔적을 찾아볼 수가 없었다. 만약 그 발자국마저 찾을 수 없었다면 그 끔찍한 얼굴은 상상 속의 인물이라고 생각했을 정도였다. 그러나 얼마 지나지 않아 두 사람은 그들 주위에 보이지 않는 어떤 힘이 있다는 충격적인 증거를 잡게 되었다.

다음 날 아침, 바솔로뮤와 숄토는 아버지 방의 창문이 활짝 열려 있고 옷장과 상자들이 온통 뒤집힌 채 난장판이 된 것을 발견했다. 그리고 숄토 소령의 가슴 위에 찢어진 종이 한 장이 놓여 있는 것도 보았다. 거기에는 〈네 사람의 서명〉이라는 글귀가 휘갈겨 쓰여 있었다. 하지만 도대체 그 말이 무엇을 뜻하는지, 정체를 알 수 없는 방문자가 누군지에 대해서는 끝내 알 수 없었다. 그들이 알 수 있는 것이라고는 방 안이 온통 뒤집혀 있을 뿐, 아버지의 재산 중 도둑맞은 것은 하나도 없었다는 사실이었다. 이후로 이 사건은 숄토의 인생에서 가장 풀기 힘든 수수께끼 같은 것이 되어버렸다.

말을 마친 숄토는 물 담뱃대에 다시 불을 붙였다. 그리고 깊은 생각에 잠긴 얼굴로 담배를 빨아들이고 연기를 내뿜기를 반복했다. 우리 중 누구도 입을 여는 사람이 없었다. 모두 그가 전해준 기이한 이야기에 취해 있었던 것이다. 다만 모스턴은 아버지의 죽음에 관한

이야기가 나오자 얼굴빛이 백지장처럼 창백해졌다. 나는 그녀가 혹시라도 정신을 잃지 않을까 걱정스러웠다. 그래서 탁자 위에 놓인 베니스제 유리병에서 물 한 잔을 따라 그녀에게 조용히 건넸다. 그녀는 긴장한 표정으로 물을 받아 마시더니 기분이 조금 나아진 듯 엷은 미소를 띠었다. 우리와는 달리 홈스는 맥 빠진 얼굴로 눈을 반쯤 감은 채 의자에 몸을 파묻고 있었다. 그 모습을 흘낏 쳐다보던 나는 오늘 오전에 그가 평범한 일상을 몹시 한탄했던 일을 떠올렸다. 이제 바로 여기에, 그가 그토록 바라던 문젯거리가 놓여 있었다. 홈스는 자신의 재능을 마음껏 발휘할 수 있는 문제를 받아든 것이었다. 우리의 표정을 번갈아 살펴보던 새디어스 숄토는 자신의 이야기가 만들어낸 효과가 만족스러웠는지 터무니없이 커다란 파이프를 뻐끔거리면서 다시 입을 열었다.

"솔직히 우리 형제는 아버지가 말씀하신 보물 이야기에 완전히 흥분했습니다. 누구라도 그러지 않았을까요?"

그는 동의를 구하는 듯 우리의 얼굴을 슬쩍 보더니 헛기침을 하며 말을 이었다.

"우리는 보물을 찾기 위해 몇 달 동안 정원 구석구석을 다 파헤쳐 보았습니다. 하지만 보물은 나오지 않았어요. 아버지께서 보물을 숨겨놓은 장소를 말하려던 순간에 돌아가신 걸 생각하면 정말 미칠 지경이었지요. 아버지가 꺼내놓은 금관만 봐도 숨겨놓은 보물이 얼마나 굉장할지 짐작하고도 남았으니까요. 사실 그 금관 때문에 바솔로뮤 형과 나는 말다툼까지 했습니다. 언뜻 보기에도 꽤 비쌀 것 같았기 때문에 형은 남에게 주기를 꺼렸지요."

숄토는 미간을 찌푸리며 담배를 깊이 빨아들였다.

"여러분께만 말씀드리지만, 형은 아버지의 단점을 고스란히 물려

받았답니다. 또 형은 금관을 내놓으면 사람들의 입에 오르내려 결국 큰 말썽을 빚을 거로 생각했습니다. 그래서 제가 형 몰래 모스턴 양의 주소를 알아냈습니다. 그리고 형을 간신히 설득해서 최소한 생활에 곤란을 겪지 않을 정도만이라도 도와주자고 타협을 했지요. 일정한 간격을 두고 진주를 한 알씩 보내자는 선에서 말입니다."

"정말 친절한 분이시군요. 제게 큰 도움이 되었답니다."

모스턴이 진심이 담긴 목소리로 말했다. 그러자 숄토는 두 손을 휘저으며 손사래를 쳤다.

"저는 당신의 재산을 잠시 보관하고 있을 뿐이라고 생각하고 있습니다. 물론 바솔로뮤 형의 생각은 다르지만 말입니다. 사실 우리에게 돈은 아주 많습니다. 저는 더 이상은 바라지도 않습니다. 게다가 젊은 숙녀에게 그렇게 비열한 행동을 하는 건 예의가 아니라고 생각했습니다. '부도덕한 성향은 범죄로 이어지게 된다'는 프랑스 속담도 있지 않습니까? 정말 멋진 말이지요."

모스턴이 고개를 끄덕이자 숄토의 얼굴에 만족스러운 표정이 떠올랐다.

"어쨌든 이 일 때문에 형과 저는 서로 다른 곳에서 지내기로 했습니다. 저는 거처를 따로 마련하기 위해 늙은 인도인 하인과 윌리엄스를 데리고 폰티체리 저택에서 나왔지요. 그런데 바로 어제 아주 중요한 소식을 들었습니다. 보물이 발견된 겁니다!"

보물이 발견되었다는 소리에 우리 모두 순간 긴장했다.

"그래서 모스턴 양에게 황급히 연락을 드린 겁니다. 이제 남은 일은 노우드로 달려가서 우리 몫을 요구하는 것뿐입니다. 엊저녁에 미리 형에게 이야기를 전했으니 우리가 간다는 걸 알고 있을 겁니다. 물론 두 팔 벌려 환영하진 않겠지만 말입니다."

이야기를 마친 새디어스 숄토는 호화로운 의자에 앉아 몸을 뒤틀어댔다. 우리 세 사람은 사건이 예상외의 방향으로 진행되자 말없이 자리에 앉아만 있었다. 무거운 침묵을 먼저 깬 것은 홈스였다. 홈스가 자리를 박차고 일어서며 말했다.

"숄토 씨, 처음부터 끝까지 당신의 행동은 아주 훌륭했습니다. 그에 대한 작은 보답으로 당신이 모르고 있는 사실을 알려드릴 수도 있지만, 지금은 그럴 때가 아닌 것 같군요. 방금 모스턴 양이 말씀하셨듯 시간이 너무 늦었으니 곧바로 출발하는 편이 낫겠습니다."

숄토는 고개를 끄덕이며 아주 조심스럽게 물담배를 제자리에 놓았다. 그리고 커튼 뒤에서 깃과 소매 끝에 아스트라한 모피가 달리고 가슴에 장식 끈이 있는, 아주 긴 외투를 꺼내 입었다. 시간이 없는 상황에서도 그는 수많은 코트 단추를 일일이 다 채운 다음, 귀 덮개가 달린 토끼털 모자까지 머리에 뒤집어썼다. 모든 준비를 마치고 나자, 그의 몸 밖으로 드러난 부분이라고는 끊임없이 실룩거리는 야윈 얼굴뿐이었다.

"제 건강이 매우 좋지 않습니다."

너무나 꼼꼼히 옷을 차려입은 것에 관해 변명이라도 하려는 듯 앞장서서 걸으며 숄토가 말했다. 우리가 집 밖으로 나가자 마차가 이미 대기하고 있었다. 마부는 우리의 목적지를 알고 있는 듯 아무런 말도 묻지 않고 재빨리 마차를 출발시켰다. 새디어스 숄토는 마차 바퀴 소리보다 더 큰 목소리로 끊임없이 말을 쏟아냈다.

"형은 아주 머리가 좋아요. 형이 어떻게 보물을 찾아냈는지 아십니까? 그는 보물이 분명 집 안 어딘가에 있을 거라는 결론을 내렸습니다. 그래서 집 안 전체를 돌아다니며 일일이 치수를 쟀답니다. 1인치라도 숨겨진 부분이 있나 찾아보려고요. 집의 총 높이는 22미터였습니다. 그런데 각 층의 방 높이를 모두 더하고 그사이의 공간을 다 합쳐도 높이가 21미터도 채 되지 않는다는 걸 알아냈습니다."

"1미터의 오차를 발견한 거군요."

"맞습니다. 즉, 지붕 밑 어딘가에 숨은 공간이 있단 뜻이었지요. 그래서 맨 위층 방의 천장에 구멍을 뚫어보았답니다. 그랬더니 정말 그 위에 작은 공간이 있더랍니다."

"오호! 대단하군요."

"그리고 두 개의 대들보 위에서 뭘 발견했는지 아십니까? 바로 보물 상자였습니다. 형은 천장에 뚫은 구멍으로 보물 상자를 끌어 내렸습니다. 대충 계산해봐도 보석의 가치는 30만 파운드 이상이 될 거라더군요."

상상도 못 했던 어마어마한 액수에 우리 세 사람은 눈을 동그랗게 뜨고 서로의 얼굴을 쳐다보았다. 만약 모스턴이 자신의 권리를 찾을 수만 있다면 그녀는 가난한 가정교사 신분에서 영국의 가장 부유한 상속녀로 변신하게 될 것이었다. 만약 내가 그녀의 진정한 친구라면 이런 소식을 듣고 뛸 듯이 기뻐해야 옳았다. 하지만 부끄럽게도 나는 마냥 좋아할 수만은 없었다. 이기적인 생각들이 가득 차오르는 바람에 내 마음은 천근만근 무거워졌다.

"축하할 일이로군요."

나는 들릴 듯 말 듯한 목소리로 겨우 축하 인사를 건네고는 힘없이 고개를 숙이고 말았다. 이후로 숄토가 지껄이는 말은 하나도 귀에 들어오지 않았다. 그는 고질적인 건강 염려증 환자였다. 내가 의사라는 이유로 그는 쉴 새 없이 자신의 증상을 늘어놓았고 헤아리기 힘들 정도로 많은 엉터리 특효약의 성분과 작용에 관해 질문을 퍼부었다. 그는 그런 약들을 일부러 구해 가죽 상자에 소중히 보관하고 있다는 말까지 했다. 솔직히 나는 그날 밤 내가 했던 대답들을 그가 절대 기억하지 못하기를 바랐다. 이 생각은 지금도 마찬가지다. 나중에 홈스가 전한 말에 따르면, 나는 피마자기름을 두 방울 이상 마시는 것은 매우 위험하다고 충고했다고 한다. 또 다량의 스트리크닌(중추신경 흥분제로 다량을 복용하면 사망한다)을 진정제로 사용하라고 권하기까지 했다고 한다. 아무튼 마차가 덜컹하고 흔들리며 멈춘 다음 마부가 뛰어내려 문을 열어주자, 나는 가까스로 살아난 것 같은 기분이었다.

"모스턴 양, 여기가 폰티체리 저택입니다."

마차에서 먼저 내린 새디어스 숄토가 모스턴에게 손을 내밀며 말했다.

05
폰티체리 저택의 비극

우리가 모험의 마지막 무대에 도착한 것은 밤 11시가 다 된 시각이었다. 대도시를 짓누르던 축축한 안개는 어느새 사라지고 밤하늘은 아주 맑게 개어 있었다. 서쪽에서 불어오는 따뜻한 바람이 무거운 구름을 밀어내자 반달이 이따금 얼굴을 내밀었다. 별로 어둡지 않은 밤이었지만 새디어스 숄토는 마차의 옆 램프를 하나 내려 들고는 우리가 가는 길을 비춰주었다.

폰티체리 저택은 높은 돌담으로 둘러싸인 채 위용을 자랑하고 있었다. 돌담 꼭대기에는 날카로운 유리 조각이 박혀 있었고, 출입문이라고는 무쇠 빗장이 달린 문 하나가 전부였다. 숄토는 마치 우체부처럼 희한한 방식으로 문을 두드렸다.

"누구요?"

문 안에서 매우 퉁명스럽고 굵직한 목소리가 들려왔다.

"나야, 맥머도. 이제 내 노크 소리를 구분할 때가 되지 않았나?"

안에서 뭐라고 중얼거리는 소리와 함께 열쇠 뭉치가 철커덕거리는 소리가 들려왔다. 그리고 이내 묵직한 문이 안으로 서서히 열리더니 키가 작고 가슴이 유난히 발달한 맥머도가 얼굴을 내밀었다. 그가 들고 있는 노란 램프 불빛에 그의 우락부락한 얼굴이 확 드러났다. 맥머도는 우리를 수상쩍게 여기는 듯 눈알을 이리저리 굴리며 경계를 늦추지 않았다.

"새디어스 도련님? 그런데 이분들은 누구십니까? 주인님께 다른 분들도 함께 오실 거란 이야기는 못 들었습니다만."

"못 들었다고? 거 참 이상하군. 어젯밤에 친구를 데리고 올 거라고 분명히 말했는데."

"오늘 주인님께서는 방에서 한 발짝도 나오지 않으셨습니다. 어떤 지시도 내리지 않으셨고요. 도련님도 잘 아시겠지만 전 규칙을 지켜야만 합니다. 그러니 도련님은 들어오셔도 좋지만 다른 분들은 밖에서 기다리셔야 합니다."

맥머도는 의심스러운 눈초리를 계속 보내며 단호하게 말했다. 우리로서는 뜻밖의 어려움에 부딪힌 꼴이었다.

"맥머도! 자네가 어떻게 나한테 이럴 수 있나? 내가 모시고 온 손님이니 내가 보증하면 될 일을! 게다가 숙녀분도 계시는데, 이 시간에 길거리에 세워둔다는 게 말이나 되는 소린가?"

숄토는 인상을 무섭게 찌푸리며 큰 목소리로 말했다. 하지만 맥머도는 표정 하나 변하지 않았다.

"죄송합니다, 도련님. 이분들은 도련님의 친구지, 주인님의 친구는 아니지 않습니까? 주인님께서 저를 후하게 대접해주시니 저 또한 주인님께 충성을 다해야지요. 게다가 도련님 친구분 중에는 제가 아는 얼굴이 전혀 없군요."

"저런, 맥머도. 그렇지 않네."

그때 홈스가 앞으로 나서더니 부드러운 목소리로 말했다.

"설마 나를 잊은 건 아니겠지? 4년 전, 앨리슨 권투 경기장에서 자네와 3라운드를 겨뤘던 아마추어 권투 선수를 기억하는가?"

맥머도는 미심쩍은 표정을 지으며 홈스의 얼굴에 램프를 비춰보았다.

"오! 셜록 홈스 씨가 아닙니까?"

맥머도가 걸걸한 목소리로 외쳤다.

"정말 놀라운 일이로군요! 내가 어떻게 당신을 잊을 수 있겠습니까? 그렇게 조용히 물러서 있는 대신 내 턱에 어퍼컷이라도 한 방 날렸다면 금방 알아봤을 텐데요. 그런데 보아하니 당신도 재능을 살려내질 못했군요. 그렇고말고요! 만약 제대로 했더라면 지금쯤 꽤 유명해졌을 텐데 말이죠."

"왓슨, 잘 들었나? 이도 저도 안 될 때 그래도 내가 선택할 수 있는 길은 아직 열려 있다네."

홈스가 장난스럽게 껄껄 웃으며 말했다.

"이제 우리를 이 추위 속에서 떨고 서 있게 하진 않겠지?"

"어서 들어오십시오. 도련님도, 친구분들도, 어서요."

맥머도가 약간 미안한 표정을 지으며 말했다.

"죄송합니다, 도련님. 하지만 주인님이 얼마나 엄격하신지 잘 아시지 않습니까. 친구분들이라는 걸 확실히 확인하기 전에는 들어오시게 할 수 없었습니다."

대문 안으로 들어서자 황량한 정원을 가로질러 단조로운 사각 모양의 건물까지 자갈길 하나가 나 있었다. 희미한 달빛이 저택의 구석진 다락방 창문에 빛을 비추고 있을 뿐, 사방은 온통 어둠 속에 잠겨 있었다. 짙은 어둠 속에서 죽음처럼 고요한 저택을 바라보고 있자니 온몸에 싸늘한 기운이 흘러내렸다. 숄토 역시 불안한 기색이 역력했다. 그는 램프를 든 손을 벌벌 떨고 있었다.

"이럴 리가 없는데, 아무래도 이상합니다. 무슨 착오가 생긴 것 같아요. 오늘 우리가 온다고 분명히 말했는데 형의 방에 불이 꺼져 있군요. 도대체 어떻게 된 건지 모르겠습니다."

"형님은 항상 이런 식으로 저택을 경비하십니까?"

홈스가 물었다.

"네, 아버지가 해오시던 방식을 그대로 따르고 있습니다. 형은 아버지의 사랑을 독차지하며 자랐습니다. 저는 아버지가 형에게만 특별한 사실들을 이야기해준 것이 아닐까 생각하기도 한답니다."

그는 손가락으로 2층을 가리키며 말했다.

"저기 달빛이 반사된 창문이 바로 형의 방입니다. 꽤 밝게 보이지만 방 안에 불이 켜져 있는 것 같진 않군요."

"맞습니다. 하지만 현관 옆 작은 창에서 희미한 불빛이 새어 나오는군요."

홈스가 말했다.

"그곳은 가정부의 방입니다. 번스톤 부인이 사는 곳이지요. 부인한테 무슨 일인지 물어봐야겠습니다. 여러분은 여기서 잠깐만 기다려주십시오. 우리가 한꺼번에 들어가면 아무것도 모르는 부인이 놀랄지도 모르니까요."

그때였다. 갑자기 숄토가 얼어붙은 듯 멈춰 서더니 램프를 높이 쳐들었다.

"저게 무슨 소리죠?"

그의 손이 덜덜 떨리는 바람에 둥근 불빛이 우리 주위에서 어른거리며 이리저리 춤을 추었다. 모스턴은 내 팔을 꽉 잡으며 내 옆에 붙어 섰다. 우리는 모두 놀란 가슴을 애써 진정시키며 이상한 소리의 정체를 알아내려고 귀를 쫑긋 세우고 서 있었다. 그러자 고요한 밤, 어둠 속에 웅크리고 있는 거대한 저택에서 가슴을 찢는 듯이 애처로운 울음소리가 들려왔다. 그것은 바로 겁에 질린 여인의 날카로운 흐느낌 소리였다.

"오! 번스턴 부인이로군요. 이 집에 있는 여자라고는 부인뿐입니다. 잠깐 기다리세요. 곧 돌아오겠습니다."

숄토는 이렇게 말하고는 서둘러 현관으로 달려갔다. 그리고 아까와 같은 방식으로 문을 두드렸다. 그러자 키가 크고 늙수그레한 여인이 천천히 문을 열었다. 그녀는 숄토를 보자 뛸 듯이 기뻐하며 반가움을 금치 못했다.

"어머나! 새디어스 도련님! 이렇게 와주시다니 얼마나 기쁜지 모르겠습니다. 정말 잘 오셨어요! 이렇게 도련님의 얼굴을 보니 마음이 놓이는군요."

부인은 계속해서 기쁨의 탄성을 질러댔다. 잠시 후 문이 닫히는 바람에 그녀의 목소리는 정확히 들리지 않았다.

홈스는 숄토가 놓고 간 램프를 들고 천천히 주위를 살펴보기 시작했다. 어둠 속에서도 그의 두 눈은 날카롭게 빛나고 있었다. 정원 여기저기에는 흙무더기가 높이 쌓여 있었다. 모스턴과 나는 손을 꼭 쥔 채 나란히 서 있었다. 사랑! 그것은 참으로 놀랍고도 묘한 감정이다. 지금 우리는 이렇게 함께 있지만, 오늘 처음 만난 사이였고, 그때까지도 사랑의 감정을 담은 말 한마디 주고받지 않았다. 아니, 따뜻한 눈길조차 건네지 못했다. 하지만 힘겨운 시간을 함께 보내면서 우리는 본능적으로 서로의 손을 꼭 잡고 있었다. 누가 먼저랄 것도 없이 아주 자연스럽게 말이다. 지금 생각해보면 놀랍고도 신기한 일이지만, 그 당시 내가 그녀의 손을 잡는 것은 너무나 자연스러운 일이었다. 훗날 모스턴도 내게 똑같은 고백을 했다. 그녀 또한 그 순간에는 본능적으로 내게서 위안과 보호를 구하고 싶었다고. 그래서 우리는 아이들처럼 손을 꼭 붙잡은 채 나란히 서 있었다. 아무것도 보이지 않는 어둠 속이었지만 마음은 너무나 평화로웠다.

"정말 이상한 곳이군요."

모스턴이 주위를 둘러보며 말했다.

"영국에 사는 두더지를 여기에 다 풀어놓은 것 같아요. 전에 오스트레일리아 발라렛 근처 산기슭에서 이와 비슷한 광경을 본 적이 있어요. 그땐 금맥을 탐사하는 사람들이 온통 파헤쳐놓은 흔적이었죠."

"여기도 마찬가지입니다."

홈스가 말했다.

"이것 역시 보물을 찾는 사람들이 남겨둔 흔적이니까요. 두 형제가 무려 6년 동안 보물을 찾아 헤맸다는 걸 생각해보십시오. 땅이 자갈 채취장처럼 보인다고 해도 전혀 이상할 게 없지요."

그때였다. 현관문이 벌컥 열리더니 새디어스 숄토가 두 팔을 벌린 채 뛰어나왔다. 공포에 질린 그의 두 눈동자는 불안하게 흔들리고 있었다.

"형에게 무슨 일이 생긴 것 같습니다! 오! 너무나 무섭습니다! 내 여린 신경으로는 더 이상 견뎌낼 수 없습니다!"

끔찍한 공포 때문인지, 그는 금세라도 울음을 터뜨릴 것 같은 표정이었다. 아스트라한 칼라 사이에 푹 파묻은 그의 얼굴은 잔뜩 겁에 질린 어린아이처럼 경련을 일으키고 있었다.

"안으로 들어가 봅시다."

늘 그렇듯 홈스가 단호하고 강한 어조로 말했다.

"그렇게 해주십시오. 저는 어떻게 해야 할지 판단하기조차 힘듭니다."

숄토가 힘없는 목소리로 애원하듯 말했다.

우리는 그의 뒤를 따라 복도 왼쪽에 있는 가정부의 방으로 들어갔다. 잔뜩 겁에 질린 표정의 가정부는 계속해서 두 손을 쥐어짜며 방 안을 서성대고 있었다. 그러다 모스턴이 방 안으로 들어서자 안심이 되는지 걸음을 멈췄다.

"어쩌면 이렇게 예쁘고 평화로운 얼굴이 있을까! 아가씨를 보고 나니 마음이 좀 편해지는군요."

그녀가 모스턴을 향해 엷은 미소를 지으며 말했다. 하지만 그것도 잠시, 그녀의 목소리는 아주 신경질적으로 변해버렸다.

"오! 오늘 하루는 정말 끔찍했어요!"

모스턴은 가정부의 거칠고 여윈 손을 잡고 부드럽게 쓰다듬으며 말했다.

"마음을 편하게 가지세요. 괜찮아질 거예요."

모스턴의 말이 위로가 되었는지 가정부의 거친 숨소리가 잦아들면서 얼굴에 생기가 돌기 시작했다.

"오늘 온종일 주인님은 문을 잠그고 방에 틀어박혀 계셨어요. 아무리 불러도 대답도 안 하시더라고요. 저는 무슨 말씀이라도 있을까 싶어 온종일 기다리고 있었답니다."

"전에도 그런 적이 있습니까?"

홈스가 묻자 가정부가 고개를 끄덕였다.

"예전부터 주인님은 혼자 있고 싶어 하시는 때가 많답니다. 그런데 오늘은 왠지 무슨 일이 생긴 건 아닐까 하는 걱정이 들더라고요. 그래서 한 시간 전에 위층으로 올라가 열쇠 구멍으로 방 안을 들여다보았습니다."

가정부는 그때의 일이 다시 떠오르는 듯 몸을 부르르 떨며 소리쳤다.

"새디어스 도련님! 어서 올라가 보세요! 직접 확인해보세요! 10년 동안 하루도 빠짐없이 주인님을 모셔왔지만 그런 얼굴을 하고 계신 건 처음 봤습니다."

하지만 새디어스 숄토는 멍한 표정으로 자리에 서 있을 뿐이었다. 사실 그는 딱딱 소리 나게 이를 맞부딪칠 정도로 벌벌 떨고 있었다.

결국 홈스가 램프를 들고 앞장서 걸어갔다. 우리 모두 홈스의 뒤를 따라 2층으로 올라갔다. 계단을 올라가는 동안에도 숄토가 너무 심하게 떠는 바람에 내가 그의 팔을 잡아주어야 할 정도였다. 계단을 올라가는 동안 나는 홈스가 무언가를 관찰하는 모습을 두 번이나 보았다. 그는 주머니에서 확대 렌즈를 날렵하게 꺼내더니 카펫 대신 계단 위에 깔린 야자열매 매트의 먼지 얼룩을 주의 깊게 살펴보았다. 그게 무슨 의미가 있을지 알 수 없는 일이었지만 솔직히 내 눈에는 그저 먼지 얼룩 정도로밖에 보이지 않았다. 홈스는 램프를 낮춰서 들고는 한 계단, 한 계단을 천천히 올라갔다. 모스턴은 겁에 질린 가정부와 함께 아래층에 남아 있었다.

2층에 올라가자 직선으로 쭉 뻗은 복도가 나왔다. 복도 오른쪽에는 커다란 인도산 태피스트리가 걸려 있었고, 왼쪽에는 세 개의 문이 나란히 늘어서 있었다. 이번에도 홈스는 좌우를 살피며 차분하게 걸어나갔다. 숄토와 나는 조용히 그의 뒤를 따라 걸었다. 우리가 복도에 남긴 길고 어두운 그림자도 조용히 뒤를 따랐다.

우리는 두 개의 문을 지나 세 번째 문 앞에 섰다. 홈스가 문을 두드려보았지만 아무런 반응이 없었다. 그러자 홈스가 문손잡이를 비틀어 억지로라도 열어보려고 했다. 하지만 방문은 안에서 잠겨 있어서 꿈쩍도 하지 않았다. 램프를 가까이 비추자 안쪽에 넓고 든든한 빗장이 걸려 있는 것이 보였다. 하지만 열쇠 구멍은 막혀 있지 않았다. 홈스는 허리를 굽히고 그 구멍으로 안을 들여다보았다. 그러더니 이내 '헉' 하는 짧은 숨을 토해내며 몸을 곧추세웠다.

"왓슨, 정말로 이 안에 뭔가 사악한 것이 있군!"

평상시와 다르게 홈스가 상당히 흥분한 목소리로 소리쳤다.

"자네도 한번 보게."

홈스가 이끄는 대로 열쇠 구멍을 통해 안을 들여다본 나는 공포로 온몸이 오그라드는 것만 같았다. 창문으로 흘러들어온 달빛 때문에 방 안은 무척 밝았다. 그런데 방 한가운데, 그것도 공중에 얼굴 하나가 떠 있는 것이 아닌가. 게다가 그것은 두 눈을 부릅뜬 채 나를 똑바로 바라보고 있었다. 나는 너무 놀란 나머지 비명을 지를 뻔했다. 하지만 이내 어둠에 둘러싸인 몸이 보이지 않은 탓에 얼굴만 허공에 떠 있는 것으로 보인다는 사실을 깨달았다. 그런데 희한하게도 그 얼굴은 바로 새디어스 숄토의 얼굴과 똑같았다. 번쩍이는 대머리도, 그 주위에 빙 둘러 난 붉은 머리카락도, 핏기가 없이 창백한 얼굴까지 똑같았다. 그러나 그 얼굴에 스민 무시무시한 미소만큼은 분명히 달랐다. 달빛을 잔뜩 품은 고요한 방에서 웃음을 머금은 채 영원히 굳어버린 부자연스러운 얼굴은 찡그리거나 인상을 쓴 표정보다 더 끔찍해보였다. 게다가 그 얼굴이 우리의 작은 친구와 너무나 닮았기 때문에 나는 새디어스 숄토가 옆에 있는지 확인하기 위해 옆을 돌아보기까지 했다. 그러나 문득 숄토가 쌍둥이라고 말했던 것이 떠올랐다. 나는 걱정스러운 표정으로 홈스에게 말했다.

"정말 끔찍하군! 이제 어떻게 해야 하나?"

"우선 문부터 부숴야겠네."

홈스는 대답하기가 무섭게 체중을 실어 힘껏 문을 밀었다. 하지만 문은 우지끈 소리만 낼 뿐 열릴 기미가 보이지 않았다.

"힘을 합해야겠군. 나와 함께하세."

이번에는 나도 문을 향해 몸을 날렸다. 그러자 문은 쾅 소리를 내며 열렸고, 우리는 바솔로뮤 숄토의 방 안으로 우르르 뛰어들어 갔다.

그 방은 마치 화학 실험실처럼 보였다. 문 맞은편 벽에는 유리 뚜껑을 씌운 병들이 두 줄로 늘어서 있었고, 탁자 위에는 분젠 버너와 시험관, 그리고 증류기가 어지럽게 흩어져 있었다. 구석에는 여러 개의 고리버들 바구니가 있었는데, 그 안에는 산성 물질을 담은 커다란 병들이 담겨 있었다. 그중 하나가 새거나 깨졌는지 검은 액체 한 줄기가 흘러나와 있었다. 그 때문에 타르처럼 코를 찌르는 자극적인 냄새가 공기 중에 가득했다. 방 한쪽에는 벽토 부스러기가 지저분하게 쌓여 있었고, 그 가운데 사다리 하나가 놓여 있었다. 사다리 위 천장에는 사람 하나가 드나들 정도의 구멍이 뚫린 상태였다. 사다리 옆에는 긴 밧줄 한 묶음이 아무렇게나 버려져 있었다.

저택의 주인은 탁자 옆 안락의자에 앉아 있었다. 유령처럼 불가사의한 미소를 머금은 그는 왼쪽 어깨로 고개를 떨어뜨린 채 축 늘어져 있었다. 언뜻 보아도 사망한 지 꽤 오래된 것으로 보였다. 아니나 다를까 정확한 진단을 위해 맥을 짚어보자, 그의 몸은 차갑고 딱딱하게 굳은 상태였다. 그의 얼굴뿐만 아니라 팔다리도 표현하기 힘들 정도로 기묘하게 뒤틀린 모양이었다. 그는 탁자 위에 한 손을 올려놓고 있었는데, 그 옆에는 이상하게 생긴 갈색 지팡이 하나가 놓여 있었다. 지팡이는 결이 고운 나무로 만든 것이었는데, 돌멩이를 굵은 끈으로 꽁꽁 묶어 망치처럼 만든 것이었다. 그 옆에는 수첩에서 거칠게 뜯어낸 듯한 종이에 마구 휘갈겨 쓴 종이쪽지가 놓여 있었다. 홈스는 그것을 슬쩍 보더니 내게 건네주었다.

"이걸 보게."

홈스는 의미심장한 표정으로 눈썹을 치켜세우며 말했다. 나는 전등 불빛 아래에서 그 쪽지를 읽고는 온몸을 부르르 떨었다. 온몸의 털이 쭈뼛 서는 것과도 같은 느낌이었다.

〈네 사람의 서명〉

"맙소사! 도대체 이게 무슨 뜻이지?"

내가 떨리는 목소리로 물었다.

"그건 살인을 뜻한다네."

죽은 사람을 이리저리 살펴보며 홈스가 말했다.

"오호라! 생각했던 대로군. 이걸 좀 보게."

홈스가 가리키는 곳을 보자 놀랍게도 귀 바로 위쪽에 길고 검은 가시 같은 것이 꽂혀 있었다.

"무슨 가시처럼 생겼군."

"그건 침이야. 뽑아도 되네. 하지만 독이 묻어 있을 가능성이 크니 조심하게."

내가 엄지와 집게손가락으로 침을 조심스럽게 잡아당기자 그것은 쉽게 피부에서 뽑혀 나왔다. 침이 꽂혀 있던 자리에는 아무런 자국도 남지 않았다. 다만 침이 빠져나온 부위에 아주 소량의 혈액이 보일 듯 말 듯 묻어 있을 뿐이었다.

"정말 모든 게 다 수수께끼 같군. 시간이 갈수록 더 헷갈리고 미궁 속으로 빠져드는 느낌이야."

내가 고개를 갸웃거리며 말했다.

"오히려 그 반대야."

홈스가 자신만만한 목소리로 대답했다.

"시간이 갈수록 더 분명해지고 있어. 이제 몇 가지 연결고리만 찾아내면 이 사건을 완전히 이해할 수 있을걸세."

그런데 우리는 방 안에 들어선 이후 새디어스 숄토의 존재에 대해 까맣게 잊고 있었다. 그는 거대한 바윗돌처럼 문 앞에 꼼짝 않고 서서 두 손을 비틀며 신음하고 있었다. 세상에 존재하는 공포란 공포는 혼자서 다 짊어지고 있는 것 같은 모습이었다.

그런데 갑자기 그가 분노에 가득 찬 목소리로 고래고래 소리를 질렀다.

"보물이 사라졌다!"

새디어스 숄토의 찢어지는 듯한 목소리가 방 안 가득 울려 퍼졌다.

"보물이 없어졌어요! 누군가가 보물을 훔쳐갔어요!"

"흥분하지 말고 차분히 얘기해보세요."

홈스가 침착하게 말했지만 숄토는 더욱더 흥분하며 소리쳤다.

"천장에 뚫린 저 구멍으로 보물을 꺼냈단 말이에요. 형이 보물을 꺼낼 때 저도 도왔거든요."

"형님을 마지막으로 본 사람은 누굽니까?"

"접니다. 제가 마지막으로 봤습니다."

"형님은 방에 있었습니까?"

"네! 어젯밤에 이 방을 나와 계단을 내려갈 때 형이 안에서 문을 잠그는 소리를 분명히 들었습니다."

"그게 몇 시쯤이었지요?"

"10시였습니다. 그런데 지금 형이 이렇게 죽어 있다니! 경찰은 분명히 나를 의심할 겁니다. 오! 그래요! 말할 필요도 없어요!"

숄토는 얼굴에 식은땀을 뻘뻘 흘리며 두 손을 벌벌 떨었다.

"하지만 두 분은 그렇게 생각하지 않으시겠죠? 설마 제가 범인이라고 생각하지는 않으시죠? 만약 제가 범인이라면 여러분을 여기로 모시고 왔겠습니까? 오! 하느님! 오! 정말 미쳐버릴 것 같습니다!"

그는 두 발을 동동 구르고 팔을 휘저으며 어찌할 바를 몰랐다.

"숄토 씨, 걱정할 것 없습니다."

홈스가 숄토의 어깨에 손을 올리고 다독이면서 부드러운 목소리로 말했다.

"제 말만 따르면 됩니다. 일단 마차를 타고 경찰서에 가서 신고부터 하십시오. 그리고 경찰 수사에 적극적으로 협조하세요. 우리는 당신이 놀아올 때까지 여기서 기다리고 있겠습니다."

숄토는 반신반의하는 눈치였지만 일단 홈스의 말을 따르기로 했다. 잠시 후 반쯤 넋을 잃은 숄토가 어둠 속에서 계단을 내려가는 소리가 들려왔다.

06
두 명의 범인

"자, 왓슨!"

매우 흥미롭다는 듯 홈스는 두 손을 비비며 입맛을 다셨다.

"이제 30분 정도 여유가 있네. 그 시간을 잘 이용해보도록 하세."

"뭔가 알아낸 게 있나?"

"아까도 말했듯이 사건의 전모를 대충 파악했네."

"오호! 내게도 알려주게."

"아직 과신할 단계는 아니야. 또 지금은 간단한 사건처럼 보이지만 혹시라도 어떤 흑막이 숨겨져 있을지도 모르니 주의해야 해."

"이 사건이 간단하다고?"

나는 말도 안 된다는 듯 소리쳤다.

"물론이지."

홈스는 학생들 앞에서 강의하는 임상 교수처럼 여유로운 얼굴로 대답했다.

"자네 발자국 때문에 사건 현장을 망치면 안 되니 조심해서 움직이게. 자, 이제 시작해볼까?"

이렇게 말하는 홈스의 두 눈에는 생기가 넘쳐흘렀다.

"우선 범인은 어디로 들어와서 어디로 나갔을까? 방문은 어젯밤부터 잠겨 있었으니, 창문은 어떨까?"

홈스는 혼잣말하듯 중얼거리면서 램프를 들고 창가로 다가갔다. 그는 창문 주변을 이리저리 비춰보기도 하고 창틀을 흔들어보기도 했다.

"창문은 안으로 잠겨 있군. 창틀도 단단하고."

그는 잠겨 있는 창을 열고 바깥을 내다보았다.

"근처에는 배수관도 없군. 지붕에서도 아주 멀고. 하지만 범인은 이 창문으로 들어왔어."

"문이 안으로 잠겨 있었다고 하지 않았나?"

"지난밤에는 비가 조금 내렸다네. 여기 창틀에 진흙 묻은 발자국이 남아 있군. 이쪽에 둥근 모양으로 진흙 자국이 남아 있어. 여기 바닥에도, 탁자 옆에도 있군. 이리 와서 보게, 왓슨. 아주 명백한 증거들이라네."

나는 홈스가 알려준 대로 진흙 자국들을 살펴보았다. 하지만 또렷하게 찍혀 있는 둥근 모양의 흙 자국을 보자 의문이 생겼다.

"하지만 이건 발자국이 아닌걸?"

"바로 그래서 발자국보다 훨씬 가치 있는 증거라네. 이건 의족 자국이야."

"의족이라고?"

"여기 창틀에 찍힌 발자국 모양을 보게. 이건 신발 뒤축에 두꺼운 금속을 댄 무거운 구두 발자국이야. 그 옆에 찍힌 건 의족 자국이고."

"이럴 수가! 의족을 한 사람이로군!"

"그렇다네. 하지만 한 사람이 더 있었어. 아주 날쌔고 힘이 좋은 공범이지. 왓슨, 자네 이 벽을 타고 여기까지 올라올 수 있겠나?"

홈스가 창밖을 가리키며 내게 물었다.

나는 열린 창밖을 내다보았다. 달빛은 여전히 저택의 이쪽 벽면을 밝게 비추고 있었다. 땅에서부터 높이가 18미터는 족히 될 듯했다. 하지만 어디를 둘러보아도 발을 디딜 만한 곳은 찾을 수가 없었다. 벽돌과 벽돌 사이에도 틈이나 발판 따위의 흔적은 없었다.

"도저히 불가능하네."

나는 고개를 저으며 답했다.

"혼자라면 그렇겠지. 하지만 공범이 있다고 생각해보게. 공범이 먼저 들어와서 저 구석에 있는 굵고 튼튼한 밧줄을 내려주었다고 가정해보세. 그는 밧줄의 한쪽 끝을 저 벽에 있는 커다란 못에 단단히 묶었을 거야. 그러면 아무리 의족을 한 사람이라도 몸이 웬만큼 날렵하다면 충분히 기어오를 수 있었을 거야."

"나갈 때도 같은 방법을 썼을까?"

"물론이야. 그런 다음 공범은 밧줄을 끌어 올리고 못에서 매듭을 풀어놓았겠지. 그리고 창문을 안에서 잠근 거야."

"그럼 공범은 어디로 나갔을까?"

"자기는 원래 들어왔던 곳을 통해 다시 나갔을걸세."

나는 홈스의 거침없는 추리를 들으며 연신 고개를 끄덕이고 있었다.

"또 한 가지, 사소한 문제이긴 하지만……."

홈스는 밧줄을 만지작거리며 말했다.

"의족을 한 사람은 벽을 타고 오르는 기술보다 내려가는 기술이 형편없었네."

그는 주머니에서 확대 렌즈를 꺼내 밧줄을 꼼꼼히 들여다보았다.

"그 친구 손은 굳은살 하나 없이 부드럽군."

"그걸 어찌 안단 말인가?"

"확대 렌즈로 살펴보니 밧줄에 묻은 핏자국이 보이는군. 특히 밧줄 끝부분에 많이 묻어 있어. 내 생각에는 밧줄을 타고 서둘러 내려가다가 손바닥이 벗겨진 것 같아."

"훌륭하군. 하지만 여전히 수수께끼는 남아 있네. 그 공범 말이야. 그자는 어떻게 이 방 안으로 들어왔단 말인가?"

"그래, 바로 그 공범!"

홈스는 생각에 잠긴 표정으로 말했다.

"그에게는 아주 흥미로운 점이 있어. 그자 때문에 이 사건은 절대 평범하지 않게 되었다고 할 수 있지. 난 그자가 우리의 범죄 역사에 새로운 지평을 열었다고 생각하네. 물론 인도에서, 그리고 내 기억이 정확하다면 세네감비아에서도 비슷한 사건이 있긴 했지만 말이야."

"그래서 대체 그자가 어디로 들어왔단 말인가?"

나는 조금이라도 빨리 해답을 듣고 싶어서 같은 질문을 되풀이했다.

"방문은 잠겨 있었고 창문으로도 들어올 수 없었어. 그러면 굴뚝을 타고 들어왔단 말인가?"

"그러기엔 벽난로가 너무 작아."

홈스가 심드렁하게 대답했다.

"그럴 가능성에 대해서는 벌써 생각해봤지."

"그럼 대체 어디로?"

나는 끈질기게 되물었다.

"자네는 정말 내가 가르쳐준 규칙들을 적용해볼 생각조차 하지 않는군."

홈스가 머리를 절레절레 흔들며 말했다.

"벌써 몇 번을 말했나? 불가능한 걸 하나씩 지워나가다 남는 것이 아무리 그럴듯하지 않게 보이더라도 진실이라고 말이야! 범인은 방문으로도, 창문으로도, 굴뚝으로도 들어오지 않았네. 또 방 안에 미리 숨어 있었던 것도 아니야. 왜냐? 숨어 있을 만한 곳이 없었거든. 그렇다면 어디로 들어왔겠나?"

그때 홈스가 퍼부어대던 말을 듣던 내 머리에 퍼뜩 생각이 떠올랐다.

"오호라! 천장 구멍으로 들어왔군!"

나는 나도 모르게 큰소리로 외쳤다.

"바로 그거야! 틀림없이 그 방법을 썼을 거야."

홈스는 그제야 나를 쳐다보며 피식 웃었다.

"자, 이 램프를 좀 들어주게. 천장 위를 조사해봐야겠어. 보물을 발견한 비밀의 방 말일세."

그는 사다리를 타고 올라가서 천장의 들보를 두 팔로 붙들었다. 그런 다음, 아주 날렵하게 반동을 이용해 다락방 위로 훌쩍 뛰어 올라갔다. 그리고 바닥에 배를 깔고 엎드린 채로 내게서 램프를 받아든 후 내가 올라갈 때까지 계속해서 주위를 비춰주었다.

다락방은 가로 3미터, 세로 2미터 정도의 크기였다. 바닥은 들보로 되어 있었는데, 들보와 들보 사이에는 가는 윗가지를 대서 회반죽을 발라놓은 상태였다. 그래서 걸어 다닐 때는 들보에서 들보로 건너다녀야만 했다. 가운데가 뾰족하게 솟은 천장은 삼각 모양으로 비스듬히 경사져 있었는데, 지붕의 안쪽 면을 이루고 있는 것이 분명했다. 다락방 안에는 가구가 하나도 없었다. 그저 몇 년 동안 쌓인 먼지만이 바닥 위에 수북이 덮여 있을 뿐이었다.

"어? 이게 뭐지?"

홈스가 비스듬히 경사진 벽에 손을 대며 말했다.

"이건 지붕으로 나가는 들창이로군."

그는 벽 위에 손을 대고 위쪽으로 밀어 올렸다.

"역시 열리는군. 바깥쪽은 경사가 완만한 지붕이야."

"그렇다면?"

"맨 처음에 집 안으로 침입한 자는 바로 이곳을 통해서 들어온 거야. 어디, 그자가 남긴 흔적이 있는지 찾아볼까?"

홈스는 바닥 가까이 램프를 비추었다.

바로 그때였다. 홈스의 얼굴에 놀란 표정이 스치고 지나갔다. 그런 표정은 그날 밤 내가 본 것만 해도 벌써 두 번째였다. 그의 시선이 머문 곳을 바라보던 나는 등골이 오싹해지는 것을 느꼈다. 바닥 곳곳에 맨발 자국이 아주 선명하게 찍혀 있었던 것이다. 뚜렷하게 남아 있는 발자국은 보통 성인 남자 발 크기의 절반 정도밖에 되지 않았다.

"세상에! 아이가 이렇게 끔찍한 짓을 저질렀단 말인가?"

나는 떨리는 가슴을 진정시키며 겨우 입을 열었다.

"나도 잠시 당황했네. 하지만 이건 아주 자연스러운 일이야."

어느새 냉정함을 되찾은 홈스가 침착하게 말했다.

"내가 제대로 기억을 되살리기만 했어도 충분히 예상할 수 있었던 일이야. 여기엔 더 이상 볼 것이 없으니 그만 내려가세."

"자네는 저 발자국에 대해서 어떻게 생각하고 있나?"

다시 아래로 내려왔을 때 나는 궁금함을 참지 못하고 질문을 퍼부어댔다.

"왓슨, 제발 부탁이니 자네 스스로 분석해보게."

홈스가 미간을 찌푸리며 다소 짜증스럽게 대답했다.

"내가 쓰는 방법을 잘 알고 있지 않나. 그걸 한번 적용해보란 말일세. 나중에 결과를 비교해보는 것도 재미있을걸세."

"하지만 이 상황을 설명할 만한 것들이 하나도 떠오르지 않아."

"조금 있으면 다 알게 될 거야."

홈스가 건성으로 대꾸했다.

"여기서 더 중요한 단서가 나올 것 같지는 않지만, 그래도 모르니 한 번만 더 살펴봐야겠어."

홈스는 확대 렌즈와 줄자를 꺼내 들더니 날쌘 동작으로 무릎을 꿇고 방 안을 기어 다니며 구석구석을 조사했다. 길고 여윈 그의 코를 마룻바닥에 바짝 들이대는가 하면, 새처럼 동그란 두 눈을 무섭게 번득이며 작은 것 하나도 놓치지 않으려 애썼다. 그 동작이 어찌나 빠르고 조용하게 이루어졌는지 잘 훈련된 사냥개가 냄새를 추적하는 모습이 떠오를 정도였다. 만약 그가 타고난 열정과 지혜를 가지고 법을 지키는 대신, 법에 맞서는 일을 했다고 한다면 얼마나 무시무시한 범죄자가 되었을까 하는 생각까지 들었다. 쉼 없이 중얼거리며 방 안을 돌아다니던 홈스는 마침내 기쁨의 환성을 내질렀다.

"우린 정말 운이 좋아! 이 사건은 거의 해결된 거나 마찬가질세."

"대체 뭘 발견한 건가?"

"지붕으로 들어온 녀석이 재수 없게도 크레오소트를 밟았다네."

"그게 도대체 뭔가?"

"크레오소트는 아주 냄새가 지독한 약물이야. 여기 약물에 찍힌 녀석의 조그마한 발자국이 보이지?"

"그 약물은 어디서 나왔지?"

"저 큰 유리병이 깨지면서 안에 담긴 액체가 흘러나왔다네."

"그럼 이제 어떻게 되는 건가?"

"정말 몰라서 묻는 건가?"

홈스가 한심하다는 듯 나를 쳐다보며 말했다.

"그 녀석은 꼼짝없이 잡힐 운명이란 얘기지. 이렇게 강한 냄새라면 세상 끝까지라도 쫓아가 범인을 잡아 올 개를 알고 있네. 특수 훈련을 받은 사냥개라면 그 정도는 식은 죽 먹기야. 결과는 불을 보듯 뻔하다고. 그렇다면 이제 우리는……."

홈스는 갑자기 말을 멈추더니 방문 바깥에서 나는 소리에 귀를 기울였다.

"저런! 법의 수호자들께서 행차하시는군."

그러고 보니 아래층에서 시끄럽게 떠드는 말소리와 함께 무거운 발소리가 들려왔다. 그리고 이어서 현관문 닫히는 소리가 났다.

"왓슨, 저 사람들이 들어오기 전에 시신의 팔과 다리 부분을 좀 만져보게. 어떤가?"

나는 홈스의 말에 따라 시체의 팔과 다리 부분을 손가락으로 눌러 보았다.

"근육이 나무처럼 딱딱하군."

"바로 그거야. 일반적인 사후 경직과는 다르게 이 시신의 근육은 극심하게 수축해 있네. 게다가 옛 작가들이 언급한 대로 '히포크라테스의 미소'나 '발작적인 웃음'이라고 할 만큼 괴기스러운 미소를 짓고 있는 얼굴을 좀 보게. 뭐 생각나는 거 없나?"

"뭔가 강력한 식물성 알칼로이드에 의한 중독사 같아. 스트리크닌 같은 물질은 근육 경련을 일으키는데 그와 비슷한 것 같네."

내가 대답하자 홈스가 고개를 끄덕였다.

"심하게 일그러진 얼굴 근육을 보자마자 가장 먼저 떠오른 생각이 바로 그것이었네. 그래서 방에 들어온 즉시 독이 몸속으로 들어간 경로를 찾아봤지."

"침?"

"맞아. 자네도 봤다시피 나는 머리에 꽂혀 있는 침을 찾아냈네."

"그런데 그 침이 어디서 날아왔을까?"

"피해자가 의자에 똑바로 앉아 있었다고 가정해보세. 그러면 침이 꽂힌 방향을 통해 침이 날아온 곳은 천장이라는 결론을 내릴 수가 있지. 자, 이걸 좀 살펴보게."

나는 조심스럽게 침을 들고 램프에 비춰보았다. 검은색 침은 길고 가늘었으며 매우 날카로웠다. 뾰족한 끝부분에는 뭔가 끈적이는 물질이 말라붙어 있는 것처럼 번들거렸다. 뭉툭한 쪽은 칼로 둥글게 다듬은 듯 보였다.

"이건 영국제인가?"

홈스가 물었다.

"그렇지 않아."

"이 정도의 증거만 있으면 자네도 그럴듯한 추리를 할 수 있을걸세."

바로 그때 방문 바로 앞에서 발소리가 들려왔다.

"이제 정규군이 도착했으니 예비군은 물러나도 되겠군."

홈스가 말하는 동안 발소리가 아주 크게 들리더니 방문이 활짝 열렸다. 그리고 회색 양복을 입은 풍채 좋은 사내가 위엄 있는 자세로

방으로 들어왔다. 붉은 얼굴에 과도하게 뚱뚱한 사내는 살에 푹 파묻힌 조그마한 두 눈을 연신 깜빡였는데, 날카로운 눈빛만은 살아 있었다. 그의 뒤로 정복 차림을 한 경위 한 명과 그때까지도 벌벌 떨고 있는 새디어스 숄토가 따라 들어왔다.

"여기가 바로 사건 현장이로군!"

사내는 방 안을 휘 둘러보더니 우리를 발견하고 말했다.

"이런! 이분들은 누구시더라? 방 안이 꼭 토끼 굴처럼 복작거리는군."

"애설리 존스 씨, 나를 기억하실 텐데요."

홈스가 조용하게 말했다.

"물론 기억하고말고요!"

존스 형사가 숨을 쌕쌕대며 말했다.

"이론가이신 셜록 홈스 선생 아닙니까. 당연히 기억하지요. 선생이 비숍게이트 보석 사건 때 원인과 결과, 그리고 추리에 대해 우리에게 일장 연설을 늘어놓던 일을 어떻게 잊겠습니까? 그때 선생 덕분에 수사 방향을 올바르게 잡은 건 사실입니다. 하지만 그게 선생의 훌륭한 이론 때문이 아니라 그저 운이 좋아서였다는 걸 인정할 때도 되지 않았습니까?"

존스 형사가 비꼬듯이 말하자 홈스가 피식 웃으며 답했다.

"그건 아주 단순한 추리 덕분이었습니다."

"어허! 이거 왜 이러실까. 솔직히 진실을 인정하는 걸 부끄럽게 생각하지 마십시오."

홈스에게 지지 않으려는 듯 능청스럽게 말을 뱉은 형사는 그제야 방 안의 상황을 둘러보며 혀를 내둘렀다.

"이게 다 뭐지? 정말 끔찍한 사건이로군! 아주 흉측해! 여긴 모든 게 다 분명한 사실들뿐이니 이론 따위는 필요 없겠군요."

존스 형사가 비꼬듯 말했다.

"그런데 여기까지 어떻게 오셨습니까?"

"다른 사건 때문에 노우드에 나와 있다가 연락을 받았습니다. 아주 다행스러운 일이지요."

존스 형사는 인상을 찌푸린 채 바솔로뮤의 시체를 살펴보더니 홈스에게 물었다.

"홈스 선생은 사인이 뭐라고 생각하십니까?"

"말씀하신 대로 내가 이론을 내세울 만한 사건은 아닌 것 같군요."

홈스가 냉랭한 목소리로 답했다.

"아닙니다. 그래도 선생이 때로 핵심을 찌를 때가 있다는 건 나도 인정하는 바입니다."

존스 형사가 홈스의 눈치를 슬쩍 보며 말했다.

"자! 들은 바로는 방문은 잠겨 있었고, 50만 파운드나 나가는 보석은 사라졌습니다. 그렇다면 창문은 어땠습니까?"

"잠겨 있었습니다. 하지만 창틀에 발자국이 남아 있지요."

홈스가 답하자 형사는 손을 가로저으며 말했다.

"아, 창문이 잠겨 있었다면 발자국은 이 사건과 아무런 상관도 없는 겁니다. 그런 거야 상식 아닙니까? 이 사건은 어렵게 생각할 필요가 없어요. 아주 흔하고 간단한 사건이지요. 이 사람은 혼자 있다가 발작을 일으켜서 죽었을 수도 있어요."

"하지만 보석이 없어지지 않았습니까?"

"아! 그렇지! 하지만……. 가끔 이런 식으로 영감이 떠오른단 말이야."

존스 형사는 갑자기 무슨 생각이 떠올랐는지 혼잣말을 중얼거리더니 피식 웃음을 터뜨렸다. 그리고는 자신의 뒤를 따라온 경위에게 말했다.

"경위, 숄토 씨와 함께 자리를 비켜주게."

경위와 숄토가 방 밖으로 나가자 존스 형사가 무언가 대단한 비밀을 알고 있는 사람처럼 미소를 지으며 말했다.

"홈스 선생, 이 사건에 대해 어떻게 생각하십니까? 새디어스 숄토는 어젯밤에 형과 함께 있었다고 자백했습니다. 그렇다면 형이 발작을 일으켜 죽자 숄토가 보물을 빼돌린 게 아닐까요? 아주 간단한 것 같은데, 어떻습니까?"

"그럼 죽은 사람이 다시 일어나 안에서 문을 잠갔다는 말이 되는군요."

"아차! 그런 문제가 있었군요. 그렇다면 문제를 상식적으로 생각해봅시다. 어제 새디어스 숄토는 형과 함께 있었습니다. 그러다 두 사람이 말다툼을 심하게 했지요. 여기까지는 우리 모두 알고 있는 내용입니다. 그런데 다음 날 돌아와 보니 형이 죽고 보석은 사라졌습니다. 이 또한 틀림없는 사실이지요. 그리고 새디어스 숄토가 돌아간 이후로 형을 만난 사람은 아무도 없습니다. 침대에는 사람이 누워 있었던 흔적도 없습니다. 게다가 새디어스 숄토는 지금 몹시 불안해하고 있습니다. 또 생김새만 보더라도…… 뭐, 별로 좋은 인상은 아니지요."

"형사님은 새디어스 숄토를 범인으로 확신하시는군요."

"맞습니다. 그래서 그의 주위에 감시망을 치고 있습니다. 조만간 그 그물로 숄토를 압박할 겁니다."

존스 형사가 확신에 찬 어조로 말하자 홈스가 차갑게 말했다.

"하지만 당신은 아직 사실관계를 제대로 파악하지 못했습니다."

홈스의 말에 존스 형사의 눈초리가 날카롭게 올라갔지만, 홈스는 아랑곳하지 않고 말을 이어갔다.

"이 나무 침이 죽은 사람의 머리에 꽂혀 있었습니다. 아직 그 자국이 남아 있으니 살펴보십시오."

존스 형사가 시체를 살펴보는 동안 홈스는 설명을 계속했다.

"이 침에는 틀림없이 독이 발라져 있습니다. 그리고 이 종이쪽지가 탁자 위에서 발견되었습니다. 뭐라고 쓰여 있는지 한번 읽어보십시오. 그 옆에는 돌멩이를 매달아놓은 이상한 막대가 놓여 있고요. 이 모든 사실을 어떻게 설명할 수 있을까요?"

홈스는 이렇게 질문을 던진 후 팔짱을 끼고 존스 형사의 대답을 기다렸다.

"다 뻔한 수작일 뿐입니다."

뚱뚱한 형사가 거드름을 피우며 말했다.

"이 집에는 인도에서 가져온 진귀한 골동품이 가득합니다. 새디어스가 그중 하나를 집어왔겠지요. 그리고 그게 진짜 독침이라면 새디어스가 살인 무기로 사용했을 수도 있지 않습니까? 꼭 다른 사람만 사용해야 한다는 법이 있습니까? 그리고 그 쪽지는 수사에 혼선을 주려고 일부러 가져다 놓은 속임수에 불과합니다."

"좋습니다. 그럼 어떻게 방을 빠져나갔을까요?"

"그거야 물론 천장의 구멍을 통해서겠지요."

존스 형사는 뚱뚱한 몸집에 비해 제법 날렵한 동작으로 사다리를 기어 올라갔다. 금세 지붕 밑의 다락방으로 올라간 그는 들창을 발견했는지 기쁨에 찬 환성을 질러댔다.

"저 사람이 뭔가를 찾아낼 때도 있군."

홈스가 어깨를 으쓱하며 말했다.

"가끔은 이성이 활동할 때도 있겠지. '재치 있는 바보만큼 처치 곤란한 사람도 없다!'"

홈스의 말에 나는 피식 웃음을 터뜨리고 말았다.

"자, 어떻습니까?"

존스 형사가 사다리를 타고 내려오며 말했다.

"결국 중요한 것은 이론이 아니라 사실이란 걸 아시겠습니까? 이 사건에 대한 내 견해는 확실히 정해졌습니다. 저 위에서 지붕으로 나가는 들창을 발견했는데 반쯤 열린 상태더군요."

"그 들창을 열어놓은 게 바로 접니다."

홈스가 대답하자 형사의 얼굴에 실망의 빛이 가득 차올랐다.

"그렇습니까? 그럼 선생도 그걸 보았단 말이군요."

풀이 죽은 목소리로 이렇게 말하던 형사는 애써 냉정함을 되찾으려 애쓰고 있었다.

"좋습니다. 누가 먼저 발견했든지 범인이 도망친 경로를 알았으니 됐습니다. 여보게! 경위!"

"네!"

복도에서 대답이 들려왔다.

"숄토 씨를 방으로 들여보내게."

이내 문이 열리고 숄토가 방 안으로 들어왔다. 그는 여전히 두 손을 비틀어대며 온몸을 벌벌 떨고 있었다.

"숄토 씨, 지금부터 당신이 하는 말은 당신에게 불리하게 적용될 수 있음을 알려드립니다. 여왕 폐하의 이름으로 당신을 바솔로뮤 숄토를 살해한 용의자로 체포합니다."

"내가 뭐라고 했습니까? 이럴 줄 알았다니까요!"

가엾은 숄토는 두 팔을 벌린 채 홈스와 나를 번갈아 보며 억울하다는 듯 소리쳤다.

"숄토 씨, 걱정하지 마십시오. 제가 책임지고 혐의를 벗겨드리겠습니다."

홈스가 자신 있는 목소리로 말했다.

"이론가 선생, 그런 약속은 안 하는 게 좋을 겁니다. 못 지킬 약속을 대체 왜 하는 겁니까?"

존스 형사가 못마땅하다는 듯 홈스를 흘겨보며 쏘아붙였다.

"존스 씨, 나는 이 사람의 혐의를 벗겨줄 뿐만 아니라 당신에게도 유익한 정보를 제공해드리겠습니다."

하지만 형사는 여전히 인상을 찌푸리며 입을 꽉 다물고 있었다.

"어젯밤 이 방에 들어온 두 사람 중 한 사람의 이름과 특징에 대해 말씀드리지요. 그 사람의 이름은 조너선 스몰입니다. 근거 없는 이야기는 아니니까 잘 들어두십시오. 그자는 교육 수준이 낮고 키가 작으며 몸집이 왜소하지만, 상당히 민첩합니다. 또 오른쪽 다리가 없는 대신 안쪽이 심하게 닳은 의족을 끼고 있습니다. 왼발에 신은 구두는 구두코가 각이 졌고 뒤축에는 징이 박혀 있습니다. 그리고 햇볕에 얼굴이 검게 그을린 중년 남자입니다. 또 손바닥의 살갗이 많이 벗겨졌다는 사실도 알아두면 도움이 될 겁니다. 그리고 공범은……."

"공범이라고요?"

존스 형사가 콧방귀를 뀌며 비꼬는 투로 물었다. 하지만 홈스가 말하는 범인의 특징이 너무나 자세해서 속으로는 놀라고 있는 게 분명해 보였다.

"상당히 흥미로운 사람입니다. 조만간 두 사람을 모두 소개해드릴 수 있을 겁니다."

말을 마친 홈스가 내게로 돌아섰다.

"왓슨, 잠깐 나 좀 보세."

그는 나를 층계참으로 데리고 갔다.

"뜻밖의 사건이 일어나는 바람에 여기 왔던 본래 목적을 잊고 있었네."

"나도 방금 그 생각을 했어. 이렇게 끔찍한 사건이 벌어진 곳에 모스턴 양을 계속 머무르게 할 수는 없네."

"맞아. 그러니 자네가 집까지 모셔다드리게. 로워 캠버웰의 세실 포레스터 부인 댁에서 살고 있다니 여기서 그리 멀진 않네. 자네가 돌아올 때까지 나는 여기서 기다리고 있겠네. 피곤할 텐데 괜찮겠나?"

홈스가 걱정스럽게 물었다.

"괜찮네. 이 기묘한 사건의 내막을 알기 전까지는 나도 편히 쉴 수 없을 것 같아. 나 역시 인생의 거친 면을 꽤 많이 봐온 사람이지만, 오늘 밤처럼 수수께끼 같은 일들을 연속해서 당한 적은 없었네. 정말 신경이 바짝 곤두서는 기분이야. 하지만 이왕 여기까지 왔으니 사건을 어떻게 해결하는지 꼭 보고 싶네."

"자네가 있어준다면 내게는 큰 힘이 될걸세."

홈스가 부드럽게 대답했다.

"아무래도 우리는 독자적으로 수사해야 할 것 같아. 존스라는 인간은 헛다리 짚고 좋아하든 말든 내버려두자고. 자네는 모스턴 양을 바래다주고 램베스 근처의 핀친 길 3번지로 가게. 오른쪽으로 세 번째 집, 박제한 새를 파는 집에 들어가서 셔먼이라는 영감을 찾게. 창가에 토끼 새끼를 입에 물고 있는 족제비 박제를 세워놓은 집일세. 일단 셔먼 영감을 깨워 내 안부를 전하고 지금 당장 토비를 내달라고 한 다음 그걸 마차에 싣고 돌아오면 되네."

"토비는 개인가?"

"맞아. 잡종이지만 정말 기가 막히게 냄새를 잘 맡는다네. 런던 시내의 경찰을 다 동원하는 것보다 토비의 힘을 빌리는 편이 더 나을걸세."

"그럼 가서 데리고 오겠네. 지금이 1시니까 새 말로 바꿀 수 있다면 3시 전에는 돌아올 수 있을 거야."

"그동안 나는 번스톤 부인에게서 뭔가 쓸 만한 정보가 있는지 알아보겠네. 그리고 옆방에서 잔다는 인도 하인도 만나봐야겠어. 그런 다음에는 저 대단한 존스 형사가 어떻게 수사하는지 살펴봐야지. 별로 날카롭지도 않은 독설도 경청해주고 말이야. '사람들은 자기가 이해하지 못하는 것을 경멸하는 버릇이 있다!' 정말이지, 괴테는 언제나 명쾌하다니까."

홈스는 이렇게 말하며 유쾌한 미소를 지었다.

07
크레오소트의 흔적

나는 경찰들이 타고 온 마차에 모스턴을 태우고 그녀의 집을 향해 출발했다. 그녀는 자기보다 약한 사람과 함께 있는 동안 천사 같은 마음과 고요한 얼굴로 힘겨운 상황을 모두 이겨냈다. 내가 아래층으로 내려갔을 때 그녀는 침착한 자세로 겁에 질린 가정부 곁을 지키고 있었다. 하지만 마차에 타자마자 긴장이 풀렸는지 그녀는 격렬하게 흐느끼기 시작했다. 하룻밤 사이에 일어난 여러 사건은 그녀에게 분명 견디기 힘든 시련이었을 것이다.

훗날 모스턴은 내가 차갑고 냉정한 사람인 줄 알았다고 말했다. 그녀는 몰랐을 것이다. 당시 내 마음속의 갈등이 얼마나 치열했는지, 그리고 내가 나를 자제하기 위해 죽을힘을 다해 애쓰고 있었다는 사실을 말이다. 아까 정원에서 손을 꼭 잡았을 때와 마찬가지로 내 사랑과 연민은 오로지 그녀에게만 쏠려 있었다. 그리고 평범한 삶 속에서 오랫동안 그녀와 교제를 해왔다고 하더라도 그 이상한 하룻밤만큼 그녀의 사랑스럽고 용감한 성격을 알지는 못했을 거라는 생각이 들었다.

하지만 달콤한 사랑의 언어를 내 입술에 가둬버린 것은 두 가지 이유 때문이었다. 첫째로 그녀는 약하고 무력했으며 정신적으로 불안한 상태였다. 이럴 때 여성에게 사랑을 강요하는 것은 그녀에게 전혀 도움이 되지 않을 뿐만 아니라 비겁한 행동일 수 있었다. 게다가 그녀는 대단한 부자였다. 홈스가 성공적으로 수사를 마치기만 한다면 그녀는 부유한 상속녀가 될 것이었다. 한낱 전역 군의관인 내가, 월급의 절반밖에 못 받는 요양 군인 따위가 우연히 찾아온 이 친밀한 기회를 그런 식으로 이용하는 것이 과연 공정하고 명예로운 일일까, 하는 의문이 계속해서 나를 괴롭혔다. 어쩌면 그녀가 그런 생각을 할지도 모른다는 생각만으로도 나는 견딜 수가 없었다. 아그라의 보물은 그렇게 우리 둘 사이에 떡 버티고 서서 도저히 뛰어넘을 수 없는 장벽이 되어 있었다.

우리는 거의 새벽 2시가 다 된 시각에 세실 포레스터 부인의 집에 도착했다. 하인들은 이미 몇 시간 전에 잠자리에 든 상태였다. 하지만 포레스터 부인은 모스턴이 받은 이상한 편지에 대해 흥미를 느끼고 있었기 때문에 자지 않고 그녀가 돌아오기만을 기다리고 있었다. 그녀는 우리가 타고 온 마차 소리를 듣고 재빨리 뛰어나와 문을 열어주었다. 나이가 지긋해 보이는 포레스터 부인은 상당히 우아하고 기품있어 보이는 인상이었다.

"오! 이제 왔군요. 힘들지는 않았나요?"

부인은 모스턴의 허리를 다정히 감싸 안으며 어머니처럼 따스하게 맞아주었다. 그 모습을 보자 나는 진심으로 기뻤다. 이 집에서 모스턴이 단순히 월급을 받는 가정교사가 아니라 존중받는 친구임이 틀림없다는 확신이 들자 마음이 놓였다.

"이분은 홈스 씨와 함께 계시는 왓슨 박사님이세요."

"늦은 시각에 죄송합니다."

내가 인사를 건네자 부인이 따스한 미소를 지으며 말했다.

"어서 들어오세요. 오늘 밤에 일어난 모험담이 듣고 싶어 기다리고 있었답니다."

부인이 눈빛을 반짝이며 말했지만 아쉽게도 나는 그 부탁을 들어줄 수가 없었다.

"죄송합니다만 지금은 중요한 용무가 남아서 돌아가야 합니다. 사건에 어떤 진전이라도 있으면 찾아와서 뵙고 말씀드리겠습니다."

내가 정중하게 말하자 부인은 어쩔 수 없다는 듯 고개를 끄덕였다.

다시 마차에 오른 나는 마차가 출발하자 뒤를 돌아보았다. 두 여인은 아직도 계단 위에 서 있었다. 서로의 손을 꼭 쥐고 있는 아름다운 두 여인, 반쯤 열린 문, 스테인드글라스를 통해 흘러나오는 홀의 불빛, 기압계, 밝은 색깔의 양탄자 고정쇠. 하룻밤 사이 우리 모두를 와락 집어삼킨 어둡고 무시무시한 사건 한가운데 서 있는 지금, 평화로운 영국 가정을 언뜻 본 것만으로도 내 마음은 한결 포근해지는 느낌이었다.

지금까지 있었던 일들을 생각할수록 이 사건은 점점 더 어둡고 음산하게만 느껴졌다. 마차가 가스등이 켜진 고요한 거리를 달리는 동안 나는 연달아 일어난, 그것도 기묘하기 짝이 없는 사건들을 차례대로 생각해보았다. 처음 발단이 되었던 문제들은 명백히 밝혀졌다. 모스턴 대위의 죽음, 해마다 배달된 진주, 신문 광고, 모스턴에게 날아온 편지, 이 모든 사건이 완벽히 해명된 것이다. 하지만 그것은 더욱 복잡하고 비극적인 사건으로 이어졌을 뿐이다. 인도에서 가져온 보물, 모스턴 대위의 소지품에서 발견된 이상한 지도, 숄토 소령이 사망할 때 일어난 이상한 사건, 다시 발견된 보물과 그것을 찾아낸 사람의 비극적인 죽음, 예사롭지 않은 범죄 현장, 남겨진 발자국, 기이한 무기, 모스턴 대위의 지도에 쓰여 있던 것과 같은 글귀가 적힌 종이까지. 이 모든 것을 종합해볼 때 사건은 수수께끼의 연속이라고밖에 표현할 수 없었다. 오직 홈스처럼 특별한 능력을 타고난 사람이 아니고서는 누구도 단서를 찾아내지 못했을 것이다.

핀친가는 램베스 아래쪽에 있는 곳으로, 허름한 이층집들이 줄지어 늘어선 거리였다. 나는 홈스가 가르쳐준 대로 세 번째 집을 찾아가 문을 두드렸다. 하지만 안에서는 별다른 기척이 없었다. 오랫동안 문을 두드린 후에야 2층 창문의 커튼 뒤에서 촛불이 켜지는 것이 보였다. 이윽고 2층 창문 밖으로 누군가가 얼굴을 쑥 내밀더니 소리쳤다.

"어서 꺼져! 이 주정뱅이 건달 놈아!"

그는 짜증 나 죽겠다는 듯이 신경질적으로 위협했다.

"한 번 더 소란을 피우면 개집 문을 열어버리겠다! 마흔세 마리를 풀어놓으면 어떻게 될 것 같으냐?"

"마흔세 마리는 필요 없습니다. 한 마리만 내주시지요."

내가 말하자 또다시 고함이 되돌아왔다.

"썩 꺼져! 당장 사라지지 않으면 이 자루 속에 든 걸레를 네 머리 위로 던져버릴 테다!"

"하지만 전 개가 필요합니다."

나는 소리쳤다.

"듣기 싫다니까! 입 닥쳐!"

사내가 다시 소리를 질렀다.

"당장 물러가! 셋 셀 동안 안 가면 곧바로 이 걸레가 날아갈 거다!"

"셜록 홈스 씨가……."

그런데 너무나 놀랍게도 홈스의 이름은 마술과도 같은 효과를 발휘했다. 내가 말을 끝내기도 전에 창문이 닫히더니 잠시 후 현관문이 활짝 열렸다. 셔먼은 등이 구부정하고 목에 힘줄이 돋은 비쩍 마른 노인으로 푸른빛이 도는 안경을 끼고 있었다.

"진작 말씀하시지. 홈스 씨의 친구라면 언제든지 대환영이오."

노인이 말했다.

"어서 들어오시오. 거기 있는 오소리 조심해요. 사람을 잘 물어뜯으니."

그 말을 들으니 왠지 발뒤꿈치 쪽이 서늘해지는 것만 같았다.

"이 못된 녀석! 그 신사분을 물어뜯고 싶은 거냐?"

노인이 철창 사이로 심술궂은 머리를 내밀고 빨간 눈을 번뜩이는 오소리에게 소리쳤다. 그때 내 발밑으로 무언가가 휙 지나가는 느낌이 들었다. 나는 나도 모르게 '앗' 하고 소리를 지르고 말았다. 그러자 노인이 아래를 내려다보더니 대수롭지 않다는 듯 말했다.

"염려 마쇼. 그건 도마뱀이니까. 그것도 독이 없는 놈이지. 방 안에 풀어놓으면 바퀴벌레를 잡아먹는다오. 그나저나 아까는 아무것도 모르고 성질을 부려서 미안하게 됐소. 너무 섭섭하게 생각하지는 마시오. 동네 꼬마들이 하도 장난을 쳐대니까 또 그런 줄 알았지. 게다가 이 골목에는 무작정 찾아와서 소란을 피우는 녀석들이 한둘이 아니라오."

"괜찮습니다."

"그런데 셜록 홈스 씨가 무슨 일로?"

"개 한 마리가 필요하다고 하더군요."

"분명 토비겠구먼."

"맞습니다, 토비."

"토비는 왼쪽 7번 우리에 산다오."

노인은 촛불을 들고 기묘한 동물 가족들 사이로 천천히 걸어갔다. 흔들리는 촛불 아래로 여기저기 온갖 구석진 곳에서 우리를 내다보는 수많은 눈이 반짝이는 것이 보였다. 머리 위쪽 들보에는 한 무리의 새들이 일렬로 앉아 있었다. 그것들은 우리의 말소리 때문에 잠에서 깼는지 몸의 무게를 한쪽 다리에서 다른 쪽 다리로 옮기고 있었다.

토비는 털이 북슬북슬하고 귀가 축 늘어진, 한마디로 못생긴 개였다. 스패니얼과 러처의 피를 반반씩 물려받은 잡종으로 흰색과 갈색이 반씩 섞인 얼룩 개였다. 걸을 때는 보기 흉할 정도로 몸을 뒤뚱거렸다. 노인은 내 손에 각설탕 하나를 건네주었다. 그걸로 친해지라는 의미인 모양이었다. 내가 토비 앞에 각설탕을 던져주자 녀석은 조금 망설이는 듯하더니 이내 맛있게 씹어 먹었다. 이로써 우리 사이엔 우호 관계가 성립된 것이었다. 결국 토비는 내 뒤를 따라 순순히 마차에 올라탔다.

내가 폰티체리 저택에 도착한 것은 3시 무렵이었다. 저택 앞에는 경관 두 명이 보초를 서고 있었다.

"누구요?"

경관이 의심스러운 눈초리로 나를 훑어보며 물었다.

"셜록 홈스의 동료입니다."

"들어가십시오."

그들은 홈스의 이름을 듣자 나와 토비를 순순히 들여보내주었다.

홈스는 두 손을 주머니에 찔러 넣은 채 파이프 담배를 피우고 있었다. 현관 계단에 서 있던 홈스는 토비를 발견하고는 반가운 표정으로 말했다.

"오! 데려왔군."

"왜 여기 혼자 있나?"

홈스는 토비의 머리를 쓰다듬으며 그간의 상황을 전해주었다.

"애설리 존스 형사는 돌아갔네. 자네가 떠나고 난 후에 꽤 웃기는 일이 벌어졌어. 새디어스를 체포했을 뿐만 아니라 수위부터 가정부, 인도인 하인까지 모두 다 데리고 갔다네. 2층에 있는 경관 하나를 빼면 이 집엔 우리뿐이야. 일단 개는 여기 놔두고 올라가 보세."

우리는 홀의 탁자에 토비를 묶어놓고 다시 2층으로 올라갔다. 시신을 하얀 천으로 덮어놓은 것만 빼면 아까의 상황과 모든 것이 똑같았다. 피곤한 기색이 역력한 경위만이 구석에서 쉬고 있었다.

"경위, 그 램프 좀 빌려주시오."

경위가 램프를 내밀자 홈스가 그에게 등을 돌리며 말했다.

"이 등이 내 가슴으로 늘어지도록 목 뒤에서 좀 묶어주시오."

경위는 영문을 모르겠다는 표정이었지만 홈스의 말에 순순히 따랐다.

"고맙소. 이제는 구두와 양말을 벗어야겠군. 왓슨, 이건 자네가 들어주게."

"대체 뭘 하려는 건가?"

"지붕 위로 올라가 봐야겠어. 자네는 내 손수건에 크레오소트를 적셔주게."

나는 홈스의 주문대로 손수건에 약품을 적셔 그에게 건네주었다.

"고맙네. 자, 그럼 나랑 같이 다락방으로 올라가 보세."

우리는 구멍을 통해 다시 천장으로 올라갔다. 홈스는 뿌연 먼지에 찍힌 발자국에 램프를 가까이 비췄다.

"왓슨, 이 발자국을 자세히 살펴보게. 뭔가 특이한 점이 보이나?"

"흠, 이건 아이나 작은 여자의 발자국 같군."

"크기 말고 다른 건?"

"보통 발자국과 별로 달라 보이지 않는 것 같은데?"

"그렇지 않네. 여기 찍혀 있는 오른쪽 발자국을 보게."

홈스는 딱 잘라 말하고는 바닥의 어느 한 지점에 램프를 가져다 댔다. 그리고 구두와 양말을 벗더니 발자국 옆에 자신의 발자국을 찍었다.

"자, 이 두 발자국의 차이가 뭔지 알겠나?"

"오호! 자네 발가락은 모두 붙어 있는데, 이쪽 발가락은 사이가 유난히 많이 벌어져 있구먼."

내 대답을 들은 홈스는 무릎을 '탁' 치며 말했다.

"바로 그거야. 그게 핵심이지. 그 점을 꼭 기억해두게. 그리고 미안하지만, 저 들창으로 나가서 나무틀의 냄새를 맡아봐 주게. 난 손수건을 들고 여기에 서 있겠네."

그가 시키는 대로 나무틀에 코를 가져다 대니 강한 타르 냄새가 코를 찔렀다. 내 표정이 변하는 것을 본 홈스가 말했다.

"놈이 달아나면서 그 자리를 밟은 게 확실하군. 자네가 냄새를 맡을 정도라면 토비한테는 식은 죽 먹기겠어. 자, 이제 아래층으로 내려가서 개를 풀어준 다음 어떤 곡예가 펼쳐지는지 구경이나 하세."

내가 정원으로 내려갔을 때 홈스는 지붕 위에 있었다. 홈스는 목에 램프를 매단 채 용마루 위를 천천히 기어가고 있었다. 그 모습은 마치 거대한 반딧불이 움직이는 것처럼 보였다. 그는 잠시 굴뚝 그림자 속으로 사라졌다가 다시 나타나더니 이내 지붕 반대편으로 사라졌다. 내가 집 뒤로 돌아가 보니 홈스는 건물 모퉁이의 추녀 끝에 앉아 있었다.

"왓슨, 자넨가?"

홈스가 외쳤다.

"날세."

"놈은 바로 여기로 내려왔네. 그 아래 시커먼 물체는 뭔가?"

"물통이야."

"물통?"

"뚜껑이 있나?"

"있네."

"사다리 같은 건 없나?"

"없네."

"빌어먹을 녀석! 정말 위험한 곳을 골랐군. 하지만 녀석이 올라왔는데 내가 내려가지 못하란 법도 없겠지. 보아하니 배수 파이프는 아주 단단한 것 같군. 어디 한번 해볼까?"

홈스의 말이 끝나기가 무섭게 위쪽에서 발 구르는 소리가 몇 차례 들려왔다. 그리고 램프가 천천히 벽을 타고 내려오기 시작했다. 잠시 후 물통을 가볍게 딛고 바닥으로 뛰어내리는 홈스의 모습이 보였다.

"그놈이 지나간 흔적을 추적하는 건 아주 쉬운 일이야."

홈스가 양말과 신발을 신으며 말했다.

"어떻게 찾았나?"

"녀석이 밟은 부분은 기왓장이 헐거워져 있었네. 그리고 너무 서

두른 나머지 이걸 떨어뜨렸더군. 자네들 의사의 말을 빌리자면 이건 내 진단을 확증해주는 물건일세."

홈스가 내 눈앞으로 내민 물건은 염색한 풀로 짠 작은 주머니 혹은 지갑이었다. 그것은 테두리가 싸구려 구슬로 장식되어 있었는데, 모양이나 크기로 보면 담뱃갑과 비슷했다. 그 안에는 대여섯 개의 검은 나무 침이 들어 있었다.

"이것은 바솔로뮤 숄토의 몸에서 나온 것과 같군. 한쪽 끝은 날카롭고 반대쪽 끝은 둥글게 깎여 있어."

내 말에 홈스가 고개를 끄덕이며 인상을 찌푸렸다.

"아주 섬뜩하고 흉악한 물건이야. 찔리지 않도록 조심하게. 이걸 손에 넣게 돼서 정말 다행이야. 녀석이 가진 무기가 이게 전부일 수도 있으니까. 적어도 자네나 내가 이 침에 찔릴 위험은 없지 않나."

"정말 그렇군."

"그런데 왓슨, 자네 지금부터 10킬로미터 정도를 행군해야 하는데 괜찮겠나?"

"걱정하지 말게."

나는 호기롭게 대답했지만 홈스는 걱정스러운 듯 내 다리를 쳐다보았다.

"자네 다리가 견딜 수 있을까?"

"괜찮네."

홈스는 미소를 짓고는 짧게 휘파람을 불었다.

"토비! 이리 오너라! 자, 착하지! 어서 이 냄새를 맡아라!"

홈스는 크레오소트를 묻힌 손수건을 개의 코 밑에 대주었다. 그러자 털이 북슬북슬한 다리를 벌리고 선 개는 유명한 포도주 향을 맡는 감식가처럼 우스꽝스럽게 고개를 갸웃했다. 홈스는 곧바로 손수건을 멀리 던져버리고는 개의 목에 튼튼한 목줄을 건 뒤 물통 옆으로 데리고 갔다. 개는 꼬리를 곧추세운 채 땅바닥에 고개를 박았다. 그리고 곧바로 사납게 짖어대며 냄새를 따라 쏜살같이 달려가기 시작했다. 우리는 달음박질하는 개를 따라 빠른 속도로 달리기 시작했다.

어느새 동쪽 하늘이 뿌옇게 밝아오고 있었다. 이제 우리는 차가운 회색빛 속에서 웬만한 거리 안에 있는 것은 다 알아볼 수 있게 되었다. 거대하고 육중한 저택은 우리의 등 뒤에 쓸쓸하고 적막하게 우뚝 솟아 있었다. 텅 빈 검은 창문과 높다란 벽도 똑똑히 보였다. 개는 여기저기 파헤쳐진 구덩이 사이를 잘도 피해 달리고 있었다. 어지럽게 쌓여 있는 흙더미와 제대로 자라지 못한 채 바닥에서 뒤틀려 있는 정원수, 그리고 집 안 전체를 짓누르는 어두운 비극 때문에 정원은 더욱 불길하고 참혹하게 보였다.

담 밑에 도착한 토비는 계속해서 코를 킁킁거리다가 어린 너도밤나무 그늘 한구석에서 우뚝 멈춰 섰다. 두 개의 담이 만나는 그곳에는 벽돌 몇 개가 빠져 있었고, 그 때문에 생긴 구멍 아래쪽 모서리는 반들반들하게 닳아 있었다. 그동안 이 부분이 사다리 구실을 해왔던 것이 분명해 보였다. 홈스는 망설임 없이 담을 타고 올라서더니 개를 달라고 손짓했다. 내가 개를 건네주자 그는 반대쪽으로 내려주었다.

"여기 의족을 한 남자의 손자국이 있군."

"손자국?"

"하얀 석회 위에 핏자국이 약간 묻어 있어. 어젯밤 이후로 비가 내리지 않은 게 우리에겐 천만다행일세. 사건이 발생한 지 28시간이 지났지만, 길에는 분명 냄새가 남아 있을걸세."

하지만 나는 홈스의 말을 믿을 수가 없었다. 솔직히 그사이에 얼마나 많은 사람과 마차가 런던의 도로를 지나다녔을까 하는 생각이 들었기 때문이다. 하지만 내 의심은 금세 사라지고 말았다. 토비가 한 번도 망설이지 않고 길을 찾아가고 있었던 것이다. 녀석은 특유의 뒤뚱거리는 걸음걸이로 바로 앞서 나갔다. 크레오소트의 강력한 냄새가 녀석의 코를 자극하는 게 분명했다.

"혹시라도 말일세, 범인 중 한 명이 크레오소트를 밟았기 때문에 사건이 쉽게 풀린다고 생각하지는 말게. 그것 외에도 범인을 추적할 수 있는 단서는 얼마든지 갖고 있으니까. 단지 이것이 가장 쉬운 방법일 뿐이야."

"이런 행운을 무시하는 건 어리석은 일이지."

"맞아. 하지만 그 때문에 사건이 단순해 보이는 것도 사실이야. 이렇게 명백한 단서만 아니었다면 이 사건을 해결하면서 상당한 명성을 얻었을 텐데."

"이 정도로도 충분하네."

나는 진심을 담아 홈스에게 내 마음을 전했다.

"홈스, 나는 이번 사건에서 하나하나 증거를 찾아내는 자네를 보고 제퍼슨 호프 살인 사건 때보다 훨씬 더 놀랐다네. 솔직히 내가 보기에 이 사건은 너무나 복잡하고 어렵기만 하거든. 예를 들면 말이야, 자네는 의족을 한 사내에 대해 어떻게 그렇게 자신 있게 설명할 수 있었나? 마치 그 사람을 본 것처럼 말하지 않았나?"

내 질문에 홈스는 대수롭지 않다는 표정으로 말했다.

"그쯤이야 아주 간단한 일이지. 이론도 전혀 필요 없을 정도로 말이야."

"그 정도로 쉽게 알아냈단 말인가?"

"물론이네. 교도소 경비 부대의 장교 두 사람이 숨겨진 보물에 관한 엄청난 비밀을 알게 되었지. 그들에게 지도를 그려준 건 조나단 스몰이라는 영국인이었어. 자네, 모스턴 대위가 가지고 있던 종이에 적혀 있던 이름 기억하나?"

"물론이네."

"조너선 스몰은 자신뿐만 아니라 함께 일을 벌인 사람들의 이름까지 그 종이에 적어두었네. 그리고 '네 사람의 서명'이라는 자극적인 제목까지 붙여놓았지. 그런데 그 지도를 본 두 장교 아니면 둘 중 한 사람이 보물을 찾은 뒤 영국으로 돌아왔네. 하지만 그는 지도를 받기 전에 했던 약속을 지키지 않았을 거야."

"그런데 홈스, 조너선 스몰은 왜 직접 보물을 찾지 않았을까?"

"그런 의문을 가질 법도 하지. 하지만 답은 아주 간단하네. 지도는 모스턴이 죄수들과 가깝게 지낼 때 만든 거고, 분명 조너선 스몰과 그의 동료들은 죄수 신분으로 감옥에 갇혀 있었을 거야. 그러니 행동에 제약이 따랐을 테고 직접 보물을 찾을 수 없었겠지."

"하지만 그건 자네의 추측일 뿐이지 않나?"

내가 말하자 홈스는 단호하게 손을 가로저었다.

"그것은 단순한 추측 이상의 것이네. 이 가설에 근거하지 않고서는 어떠한 사실도 설명할 수가 없네."

"그럼 다른 사실들과 어떻게 맞아떨어지는지도 알려주게."

"숄토 소령은 보물을 독차지한 채 몇 년을 지냈네. 혼자서 그 많은 보물을 차지했으니 풍족하고 행복하게 살았겠지. 하지만 인도에서 편지 한 통이 날아온 뒤로 끔찍한 공포 속에서 살아가는 신세가 되었네. 그 편지에 어떤 내용이 있었을 것 같나?"

"아마 그가 배신한 사람이 석방되었다는 내용이겠지?"

"아니면 탈출했거나. 탈출했다고 보는 편이 훨씬 가능성이 크네. 왜냐하면 숄토 소령은 그들의 복역 기간을 잘 알고 있었을 테니까 말이야."

"맞아. 그들이 석방되었다는 내용은 별로 놀라운 소식이 아니었겠군."

"그렇네. 그런데 소령의 다음 행동은 어땠지? 그는 의족을 한 사람을 극도로 경계하기 시작했네. 그리고 그 사내는 백인이었어."

"총격 사건?"

"소령은 어느 백인 장사꾼을 그 사람으로 착각하고 권총을 쏜 거야. 그런데 지도에 적힌 이름 중 백인은 단 한 명뿐이었네. 나머지 셋은 힌두교나 회교도였을 거야. 그렇다면 백인은 조너선 스몰이었을 테니 그가 의족을 한 사람이라고 할 수 있겠지. 지금까지 내가 한 추리 중에 부족한 부분이 있다고 생각하나?"

홈스가 자신만만한 표정으로 나를 보며 물었다.

"아니, 아주 명쾌한 추리로군."

나는 진심으로 고개를 끄덕이며 답했다.

"이제는 조너선 스몰의 입장에서 상황을 생각해 보도록 하세. 그가 영국에 돌아온 목적은 크게 두 가지로 볼 수 있어. 첫째는 자신의 당연한 권리를 찾는 것! 둘째는 자기를 배반한 사람에게 복수하는 것! 그는 곧바로 숄토의 집을 찾아냈고 그곳에 사는 누군가와 내통했을 가능성이 크네."

"그게 대체 누굴까?"

"우리가 아직 만나지 못한 사람이 있네. 랠 라오라는 집사인데, 번스톤 부인의 얘기로는 질이 좋지 않은 사람이라더군."

"그렇다면 그 집사를 통해서 보물이 있는 곳을 알아냈단 말인가?"

"아니. 보물이 숨겨진 곳을 알고 있는 사람은 소령과 지금은 죽고 없는 충직한 하인뿐이었지. 그러던 차에 스몰은 소령이 위독하다는 소식을 듣게 되었어. 그는 보물의 비밀이 소령과 함께 영원히 묻힐지도 모른다는 위기감을 느꼈을 거야. 보물 생각에 안달이 난 그는 삼엄한 경계를 뚫고 죽어가는 소령의 방 창가로 몰래 접근했지."

"소령의 임종 직전에 두 형제가 목격한 사람이 바로?"

"조너선 스몰이었지. 두 아들 때문에 방으로 침입하려는 시도는 물거품이 됐지만 그렇다고 포기할 스몰은 아니었네. 그는 그날 밤 침실로 몰래 숨어들었고 보물과 관련된 메모라도 찾겠다는 일념으로 소령의 소지품을 뒤지고 다녔어. 하지만 별다른 것을 찾지 못한 채 자기가 다녀갔다는 기념으로 짤막한 표시만 적어두고 떠났다네."

"그런데 그런 글귀를 남긴 이유가 뭘까?"

"그는 자기가 소령을 죽이게 되면 그것이 이유 없는 살인이 아니라는 것을 알리고 싶었을 거야. 그들 네 사람의 처지에서 보면 그것은 정의의 심판이었을 테니까. 그래서 그런 기록을 남기려고 미리 계획했을걸세. 그간의 범죄 역사를 살펴보면 이런 식으로 범인이 자신의 흔적을 남기는 일은 꽤 흔하다네. 결국 그것은 범인을 찾는 데 가장 유력한 단서가 되어주지만 말이야."

홈스는 자기의 말을 이해하겠냐는 듯 나를 향해 턱을 살짝 들어 올렸다.

"그렇군."

"그다음에 조너선 스몰이 할 수 있는 일은 무엇이었겠나? 보물을 포기했을까?"

"포기하지는 않았을 테지."

"그는 보물을 찾아낼 때까지 감시를 계속하기로 했네. 어쩌면 영국을 떠나 있다가 가끔 돌아와 확인했을 수도 있어. 그러던 차에 바솔로뮤 숄토가 다락방을 발견했고, 그 사실은 곧바로 스몰의 귀에 들어갔다네."

"그 집사!"

"그렇지. 집 안에 내통하는 자가 있었기 때문에 스몰이 범행을 시도할 수 있었네. 하지만 그는 의족에 의지하는 신세였기 때문에 혼자 힘으로는 2층에 있는 바솔로뮤 숄토의 방까지 들어갈 수가 없었어. 그래서 공범이 등장한 거야. 의외의 인물을 끌어들여 난관을 극복한 거지."

홈스는 거침없이 자신의 추리를 쏟아냈다.

"그런데 그 공범이 맨발로 크레오소트를 밟는 실수를 저지르고 말았어. 덕분에 토비가 이 사건에 투입됐지. 게다가 아킬레스건을 다친 군의관까지 10킬로나 걷게 되었고."

홈스는 나를 쳐다보며 장난스럽게 웃었다.

"그렇다면 살인을 저지른 것은 스몰이 아니라 그 공범이로군!"

"맞아. 방 안에 찍힌 발자국을 살펴보면 그는 바솔로뮤 숄토에게 개인적인 원한이 없었다는 걸 알 수 있어. 바솔로뮤를 꽁꽁 묶어놓고 입에 재갈을 물리는 정도로 마무리하려고 했거든. 스몰은 혹시라도 경찰에 잡혀서 교수대의 이슬로 사라지고 싶지는 않았을 테니까. 하지만 공범의 잔인함에는 어쩔 수 없었네. 독침이 제 위력을 과시하고 말았지. 일을 마친 조너선 스몰은 쪽지를 남겨둔 채 보물 상자를 들고 도망쳤네. 여기까지가 내가 추리한 내용일세."

"훌륭하군. 그런데 그의 인상착의에 대해서도 말해줄 수 있나?"

"나이는 중년쯤일 거야. 볕이 뜨거운 안다만 제도에서 오랜 시간을 보냈기 때문에 매우 검게 그을렸을걸세. 키는 보폭으로 쉽게 짐작할 수 있어. 그리고 그가 턱수염을 길렀다는 사실도 알고 있지. 새디어스 숄토가 창문 밖으로 털북숭이 사내를 봤다고 증언했으니까. 내가 아는 건 이 정도일세."

"공범은 어떤가?"

"그에 대해서는 별로 어려울 게 없어. 자네도 금방 알게 될 거야."

홈스는 두 팔을 쭉 펴더니 크게 숨을 들이마셨다.

"오! 아침 공기가 꽤 상쾌하군. 저기 작은 구름 좀 보게. 꼭 커다란 홍학의 몸에서 떨어져 나온 붉은색 깃털처럼 보이지 않나? 런던 하늘을 뒤덮은 구름 사이로 붉은 태양이 고개를 내밀 준비를 하고 있어. 저 태양은 수많은 사람에게 따스한 빛을 선물하고 있지만, 그들 중에 자네와 나처럼 희한한 일에 매달려 있는 사람은 아마 없을걸세. 자연의 위대한 힘 앞에서 인간의 야망과 노력은 얼마나 하찮은 것인가?"

붉게 변해가는 하늘을 바라보며 마음속 감정들을 쏟아내던 홈스가 나를 흘낏 쳐다보며 물었다.

"자네, 장 파울의 작품은 다 읽었나?"

"그럼. 칼라일을 읽다가 그를 알게 됐지."

내 말에 홈스는 미소를 지으며 고개를 끄덕였다.

"그건 마치 개울을 거슬러 올라가다 그 근원인 호수에 다다르는 것과도 같아. 장 파울은 아주 재치 있고 의미심장한 말을 남겼네. '인간이 진정 위대하다는 증거는 자신이 보잘것없음을 자각하는 데 있다!' 자신의 능력을 비교하고 결과를 인정할 수 있는 능력 자체가 위대하다는 말이지. 장 파울의 책을 읽고 나면 풍부한 사상적 양식을 얻을 수 있어."

무엇엔가 홀린 듯 감상적으로 말을 잇던 홈스가 다시 사무적인 말투로 내게 물었다.

"자네, 권총 가지고 왔나?"

"지팡이는 들고 왔네."

"놈들의 소굴에 도착하면 뭔가 무기가 될 만한 게 필요할 수도 있거든. 조너선은 자네에게 맡기겠네. 하지만 다른 녀석이 재미없게 굴면 총을 쏘아버릴 거야."

홈스는 권총을 꺼내 총알 두 발을 장전하고는 웃옷 오른쪽 주머니에 넣었다.

우리는 토비의 뒤를 따라 허름한 주택이 늘어선 대도시 외곽의 좁은 길을 지나쳤다. 그곳을 지나니 길게 뻗은 도로가 나왔는데, 일찍부터 일을 나선 인부들과 부두 노동자들이 벌써 서성거리고 있었다. 단정치 못한 차림새의 매춘부들도 덧문을 닫고 현관 계단을 쓸고 있었다. 길모퉁이에 있는 여인숙은 이제 막 하루를 시작하려는 참이었다. 거칠어 보이는 사내들이 세수를 마친 뒤 옷소매로 턱수염을 훔치며 여인숙을 나서고 있었다. 길에서 어슬렁거리던 더러운 개들이 우리 일행을 수상쩍다는 듯 돌아보기도 했다. 하지만 토비는 오로지 냄새를 쫓는 데만 집중할 뿐 주변을 전혀 의식하지 않고 있었다. 녀석은 때때로 냄새가 강해지는 곳에서 코를 킁킁거렸지만 앞으로 나아가는 것을 멈추지 않았다.

우리는 스트레덤, 브릭스턴, 캠버웰을 지나 오벌 동쪽으로 뻗은 케닝턴가로 들어섰다. 우리가 쫓은 사내들은 추적을 따돌리려는 생각을 미리 했던 것인지, 지그재그 모양으로 도망친 듯했다. 그들은 결코 큰길을 이용하지 않았고 골목이 나오면 반드시 그곳을 택했다.

케닝턴가 끝에서 이들은 다시 왼쪽으로 꺾어 본드가와 마일스가를 지나갔다. 마일스에서 기사의 집으로 이어지는 곳에 이르렀을 때였다.

갑자기 토비가 걸음을 멈추었다. 녀석은 한쪽 귀를 쫑긋 세우고 한쪽 귀는 늘어뜨린 채 같은 자리를 맴돌았다. 앞으로 갔다 뒤로 물러서기를 반복하던 녀석은 원을 그리며 빙글빙글 돌더니 도와달라는 듯 애절한 눈빛으로 우리를 올려다보았다.

"젠장! 대체 왜 이러는 거야?"

홈스가 짜증 섞인 목소리로 중얼거렸다.

"놈들이 마차를 탔을 리도 없고, 기구를 타고 하늘로 올라갔을 리도 없을 텐데."

"여기 한참 동안 서 있었던 모양이군."

내가 한마디 했다.

"아! 됐다! 다시 가는군."

홈스가 안도의 한숨을 내쉬며 말했다.

토비는 주위를 돌며 다시 코를 킁킁거렸다. 그러다 갑자기 마음을 정한 듯 맹렬한 기세로 달리기 시작했다. 냄새의 강도가 더 세졌는지 토비는 지금까지와 다르게 코를 땅에 대지도 않고 내달렸다. 토비의 목에 묶인 끈이 너무나 팽팽해져 끊기지 않을까 걱정될 정도였다. 홈스의 눈이 반짝 빛나는 것을 보니 목적지가 눈앞에 있는 것이 분명했다.

우리는 나인 엘름을 지나 화이트 이글 술집 바로 뒤에 있는 브로데릭 앤 넬슨 목재 야적장에 도착했다. 이곳에 가까워지자 개는 미친 듯이 흥분해서 목재 야적장으로 통하는 옆문으로 달려 들어갔다. 야적장 안에서는 인부들이 벌써 나와 일을 시작하고 있었다. 개는 톱

밥과 나무 조각을 헤치고 좁은 길을 달려가다 모퉁이를 돌았다. 그리고 마침내 의기양양한 자세로 소리 높여 짖어댔다. 녀석은 아직 손수레에서 내려놓지도 않은 커다란 통 위로 뛰어 올라갔다. 통 위에 올라선 토비는 혀를 쭉 내밀고 눈을 반짝이며 우리가 칭찬해주기만을 기다리고 있었다. 나무통의 널판과 손수레 바퀴에는 검은 액체가 잔뜩 묻어 있었고 주위에는 온통 크레오소트 냄새가 진동했다.

홈스와 나는 멍한 표정으로 서로를 바라보다가 동시에 큰소리로 웃음을 터뜨렸다. 어찌나 웃어댔는지 눈물이 날 지경이었다.

08
오로라호의 행방

"이제 어떡하지?"

나는 난감한 표정으로 홈스의 얼굴을 살폈다.

"한 번도 실수한 적이 없다더니 완벽하진 않나 보군."

하지만 홈스는 대수롭지 않다는 듯 말했다.

"토비는 냄새를 따라간 것뿐이야."

홈스는 개를 통 위에서 안아 내리고는 목재 야적장 밖으로 데리고 나왔다.

"하루 동안 런던에서 수레로 운반되는 크레오소트가 얼마나 많은지 생각해보면 길이 엇갈린 것도 이상한 일은 아니지. 특히 요즘은 목재를 건조하기 위해 크레오소트를 많이들 사용하고 있거든. 그러니 토비 잘못은 아니란 말이네."

"어쨌거나 처음부터 다시 시작해야 할 것 같군."

"그래. 하지만 다행스럽게도 별로 멀리 갈 필요는 없어. 개가 기사의 집 입구에서 헷갈렸던 건 아마 거기서 냄새가 두 방향으로 갈라졌기 때문일 거야. 거기서 방향을 잘못 잡은 거였으니 이번에는 반대 방향으로 가보면 될 거야."

그것은 별로 어려운 일이 아니었다. 토비를 아까 헷갈렸던 지점으로 다시 데리고 가자 녀석은 빙그르르 커다란 원을 그리더니 새로운 방향으로 달려가기 시작했다.

"설마 아까 그 크레오소트를 싣고 온 곳으로 우릴 데려가는 건 아니겠지?"

내가 걱정스럽게 물었다.

"나도 그 생각은 했네. 하지만 아까는 차도로 갔는데 지금은 인도로 가고 있어. 그러니 이번은 틀림없을걸세."

개는 벨몬트 플레이스와 프린스가를 지나 강변 방향으로 달려갔다. 그리고 브로드웨이 끝에서 강으로 내려가더니 작은 나무 선착장으로 향했다. 토비는 선착장 끝까지 달려가더니 그 너머의 어두운 강물을 내려다보며 코를 킁킁댔다.

"우리의 운은 여기까지군. 놈들은 여기서 배를 탄 게 분명해."

홈스는 아쉽다는 듯 입맛을 다셨다.

주위를 둘러보자 작은 나룻배 몇 척이 물 위에 떠 있거나 선착장에 묶여 있었다. 우리는 그곳에 있는 배마다 토비를 태워보았다. 하지만 녀석은 열심히 킁킁거릴 뿐 별다른 반응을 보이지 않았다.

허술하게 세워진 선착장 근처에는 작은 벽돌집 한 채가 서 있었는데, 창가에 나무 팻말 하나가 걸려 있었다. 위에는 '모드케이 스미스'라는 이름이, 그 아래에는 '배 빌려드립니다'라는 글귀가 쓰여 있었다. 선착장 한쪽에 석탄이 잔뜩 쌓여 있는 것으로 보아 빌려준다는 배는 증기선인 듯했다. 홈스는 주위를 천천히 둘러보았다. 그런데 웬일인지 그의 표정이 점점 어둡게 변해갔다.

"아무래도 조짐이 별로 안 좋군. 놈들은 생각했던 것보다 훨씬 치밀해. 그들은 자신들의 도주로를 은폐하려고 했어. 아무래도 사전에 계획을 다 짜두고 그에 따라 움직인 모양이야."

홈스는 벽돌집을 흘깃 쳐다보더니 그쪽을 향해 걸어갔다. 그때 갑자기 현관문이 벌컥 열리더니 여섯 살쯤 돼 보이는 곱슬머리 사내아이가 뛰어나왔고, 그 뒤를 따라 얼굴이 붉고 뚱뚱한 여자가 커다란 스펀지를 들고 달려 나왔다.

"잭! 얼른 이리 오지 못하겠니? 어서 씻어야지!"

여자는 고래고래 소리를 질렀다.

"어서 와! 이 말썽꾸러기야! 아빠가 집에 와서 네 꼴을 보고 욕을 퍼부을 게 뻔하단 말이야!"

하지만 아이는 여자의 손을 이리저리 빠져나가며 쉽사리 잡히지 않았다. 그때 홈스의 눈이 반짝 빛났다. 그는 아이에게 다가가 부드러운 목소리로 물었다.

"요 뺨 좀 보게나. 발그스레한 게 정말 귀엽게 생겼구나."

홈스가 미소를 지으며 말하자 아이는 약간 관심을 보이는 듯했다. 홈스는 그 기회를 놓치지 않았다.

"잭, 뭐 갖고 싶은 거 없니?"

아이는 손을 볼에 가져다 대더니 잠시 생각에 잠겼다.

"1실링 갖고 싶어."

"그거 말고 더 좋은 건?"

아이는 또 생각하더니 말했다.

"2실링이 더 좋아."

"정말 똑똑하구나."

홈스는 주머니에서 2실링을 꺼내 아이의 손에 쥐여주었다.

"정말 착한 아이로군요, 스미스 부인!"

"감사합니다, 선생님. 저 녀석이 원래 저렇답니다. 어찌나 개구쟁이인지 제힘으로는 감당하기가 어렵다니까요. 특히나 남편이 오랫동안 집을 비울 때면 더하지요."

여자가 한숨을 내쉬며 말했다.

"남편께서 집에 안 계십니까?"

홈스가 실망한 목소리로 말했다.

"이것 참 큰일이로군. 스미스 씨를 만나러 왔는데 말입니다."

"어제 새벽에 나가서 아직 안 들어왔답니다. 사실은 저도 걱정하던 참이었어요. 혹시 배를 빌리시려는 거면 제가 해드릴 수도 있는데요."

"증기선을 빌리고 싶습니다만."

홈스의 말에 여자의 얼굴에 실망과 걱정의 빛이 동시에 떠올랐다.

"어쩌죠? 증기선은 남편이 타고 나갔거든요. 실은 그래서 제가 걱정이 많습니다."

"왜죠?"

"그 배에는 기껏해야 울위치까지 왕복할 수 있을 정도의 석탄밖에 실려 있지 않았거든요. 만약에 나룻배를 타고 나갔다면 걱정할 일이 없을 텐데요."

"특별한 이유라도 있습니까?"

"남편은 종종 손님을 태우고 그레이브센드까지 나가곤 했답니다. 또 거기서 일이 많으면 며칠씩 머물다 오곤 했지요. 하지만 석탄이 떨어진 증기선으로 무슨 일을 하겠습니까?"

"석탄이야 다른 선착장에서도 살 수 있지 않습니까?"

홈스의 질문에 여자는 고개를 저으며 말했다.

"남편은 절대로 그러지 않는답니다. 석탄 몇 포대에 터무니없는 값을 받는다고 얼마나 투덜거렸는데요. 게다가 저는 그 의족을 한 남자가 정말 싫어요. 그 추한 얼굴 하며 말투도 너무나 이상하고, 걸핏하면 우리 집 문을 두드린다니까요."

여자는 아무런 의심 없이 자기 집 이야기를 줄줄 쏟아내고 있었다.

"의족을 한 남자요?"

홈스가 약간 놀란 척하며 물었다.

"네, 햇볕에 시커멓게 탄 얼굴이 꼭 원숭이 같더군요. 몇 번씩이나 우리 남편을 불러내곤 했는데 어젯밤도 마찬가지였습니다. 게다가 남편은 그 사람이 올 걸 미리 알고 있었어요."

"그걸 어떻게 아셨습니까?"

"증기선의 시동을 미리 걸어놓았더라고요. 솔직히 저는 그것부터 마음에 들지 않았어요."

"하지만 스미스 부인."

홈스가 어깨를 으쓱하며 말했다.

"제가 보기엔 그다지 걱정할 일이 아닌 것 같은데요. 그리고 한밤중에 여기를 찾아온 사람이 의족을 했다는 걸 어떻게 알 수 있단 말입니까? 그렇게 단정 짓는 이유라도 있습니까?"

여자는 손뼉을 탁, 치며 재빨리 대답했다.

"목소리요! 그 남자의 굵고 탁한 목소리를 잘 알거든요. 아마 3시쯤이었을 거예요. 세 번 정도 문을 두드리는 소리가 들리더니, 곧바로 '일어나게, 친구. 떠날 시간이야.' 하고 말하더군요."

"그래서 스미스 씨 혼자 나갔습니까?"

"아니요. 큰아들 짐을 깨워서 함께 나갔어요. 나한테는 한마디 상의도 없이 말이죠. 그들이 나갈 때 의족이 돌바닥에 딱딱 부딪치는 소리를 분명히 들었답니다."

"의족을 한 사람이 혼자 왔던가요?"

"그건 잘 모르겠네요. 다른 소리는 듣지 못했거든요."

"어쨌든 실례가 많았습니다. 하지만 제가 필요한 건 증기선이라서요. 댁의 증기선이 빠르다는 소문을 듣고 찾아왔는데 어쩔 수 없군요."

여자의 얼굴에 실망의 빛이 역력했다.

"참, 그런데 그 증기선 이름이 뭐지요?"

"오로라호예요."

"아! 혹시 낡은 초록색 배 아닙니까? 폭이 넓고 노란 줄이 들어간?"

"아니에요. 검은 바탕에 흰 띠를 둘렀어요."

"아! 그렇지요. 선체가 검은색이었지요."

홈스는 깜빡 잊고 있었다는 듯 고개를 끄덕이며 웃었다.

"스미스 부인, 그럼 안녕히 계십시오."

홈스는 고개를 숙여 인사한 뒤 나를 나룻배 쪽으로 이끌었다.

"왓슨, 저기 나룻배에 사람이 보이는군. 저걸 타고 직접 강을 건너가세."

우리는 서둘러 나룻배에 올라탔다. 여자의 모습이 보이지 않자 홈스가 낮은 목소리로 입을 열었다.

"저런 사람들과 이야기할 때는 그들이 하는 말이 별로 중요하지 않다는 인상을 심어줘야 해. 안 그러면 굴처럼 금방 입을 다물어버리거든. 계속 어깃장을 놓으면서 들어야 그들 입에서 원하는 정보를 뽑아낼 수 있단 말이지."

"그렇군. 어쨌든 이제 할 일은 하나뿐이군."
내가 말했다.
"자네 생각에 우리가 뭘 해야 할 것 같나?"
"증기선을 빌려 오로라호를 찾아다녀야 하지 않겠나?"
내 말에 홈스는 미간을 찌푸리며 답했다.
"그건 생각만큼 쉬운 일이 아니야. 그 배는 분명 그리니치 사이 어딘가에 정박해 있을 거야. 이 강에 세워진 다리 아래쪽에 늘어선 선착장이 몇 개나 되는 줄 아나? 셀 수 없이 많다네. 우리가 돌아다니면서 찾으려고 한다면 며칠이 걸릴지도 몰라."
"그럼 경찰에게 도움을 요청하면 어떨까?"
"아직은 아니야. 물론 마지막 순간에는 애셜리 존스에게 전화하게 되겠지. 그가 나쁜 사람은 아니니까. 또 나는 그의 자존심에 상처를 입히고 싶지도 않네. 하지만 이왕 일이 이렇게 된 이상 혼자 힘으로 해결해보고 싶군."
"혹시 선착장 관리인들에게 협조를 구하는 광고를 내면 도움이 되지 않을까?"

나는 홈스에게 조금이라도 도움이 되고 싶어서 갖가지 방법을 생각해냈다. 하지만 이번에도 홈스는 단호하게 소리쳤다.
"그건 절대로 안 되네! 아주 위험한 생각이야. 만약 자신들이 쫓기고 있다는 걸 알아채면 놈들은 해외로 도망칠 게 뻔해. 물론 지금이라도 이 나라를 떠날 가능성은 있지만, 아직은 안전하다고 생각하고 있으니 서두르지 않고 있을 거야. 바로 그 때문에 우리에게 존스 형사가 필요한 거야."

"그건 또 무슨 말인가?"

"일간지들은 그의 수사 방향에 관해 앞다퉈 보도하기 시작할 거야. 그러면 범인들은 그걸 읽고 경찰들이 완전히 헛다리를 짚었구나 생각하며 안심할 거란 말일세."

우리는 나룻배에서 내려 밀뱅크 교도소 근처를 걸었다.

"홈스, 이제 어떻게 할 생각인가?"

"저 이륜마차를 타고 집으로 가세. 일단 아침 식사를 한 뒤에 잠을 자두는 게 좋겠군. 아무래도 오늘 밤에 다시 움직여야 할 것 같으니까 말이야."

우리는 이륜마차에 올라타 집 쪽으로 향했다. 날은 이미 환하게 밝아진 지 오래였다.

"여보게, 마부! 우체국 앞에서 잠깐 세워주게!"

홈스는 마부에게 말을 건넨 뒤 발아래 얌전히 앉아 있던 토비를 내려다보았다.

"그리고 토비는 앞으로 쓸모가 있을 테니까 당분간은 데리고 있기로 하세."

마부는 그레이트 피터가 우체국 앞에 마차를 세웠다. 빠른 걸음으로 우체국 안으로 들어간 홈스는 잠시 후 마차에 다시 올라탔다. 마차가 다시 움직이기 시작하자 홈스가 내게 물었다.

"내가 누구에게 전보를 쳤을 것 같나?"

"잘 모르겠군."

"자네 베이커가 소년 탐정단을 기억하고 있나?"

"물론이지. 제퍼슨 호프 사건 때 동원했던 아이들이 아닌가."

내가 웃으며 말하자 홈스도 피식 미소를 지었다.

"이 사건에서도 그 아이들의 역할이 대단히 중요하네. 만약 그 아이들마저 실패한다면 다른 방법을 찾아야겠지만 우선은 시도해봐야겠어."

"소년 탐정단에게 전보를 친 모양이로군."

"땟국이 줄줄 흐르는 소년 대장 위긴스에게 전보를 보냈지. 아마 우리가 아침 식사를 마치기도 전에 부하들을 데리고 집으로 올걸세."

이제 시간은 9시를 향하고 있었다. 지난밤 연속적으로 터져 나온 사건들 때문에 내 몸은 지칠 대로 지친 상태였다. 손가락 하나 까딱하기 힘들 정도로 몸이 고단했고 정신 역시 흐릿해졌다. 솔직히 나는 홈스처럼 범죄자를 소탕하겠다는 열정을 갖고 있지도 않았고, 사건을 추상적이고 지적인 문제로 볼 수 있는 능력도 없었다. 바솔로뮤 숄토의 죽음에 관해서도 마찬가지였다. 그에 대한 좋은 이야기를 들은 게 없기 때문인지는 몰라도 그를 살해한 범인들에 대한 분노 같은 것은 거의 느끼지 못하고 있었다.

하지만 보물을 되찾는 문제는 완전히 다른 이야기였다. 적어도 보물의 일부는 당연히 모스턴 것이었다. 보물을 되찾을 가능성이 있는 한, 나는 그 목적을 위해 내 인생을 헌신할 각오까지 하고 있었다. 물론 보물을 찾으면, 그리하여 모스턴이 부유한 상속녀가 되고 나면 그녀는 내 손이 닿을 수 없는 저 먼 곳으로 사라져버릴 수도 있었다. 하지만 그따위 하찮고 이기적인 생각 때문에 내 사랑을 가치 없는 것으로 만들고 싶지는 않았다. 홈스에게 범인을 잡으려고 하는 이유가 하나 있다면 내게는 보물을 되찾기 위해 애써야 할 이유가 열 배는 더 있었다.

지친 몸으로 집으로 돌아오긴 했지만 따뜻한 물에 목욕하고 옷을 갈아입고 나니 다시 힘이 솟아나는 것 같았다. 거실로 들어가자 식탁에는 아침 식사가 이미 차려져 있었고 홈스는 잔에 커피를 따르고 있었다.

"이것 좀 보게."

홈스가 재미있어 죽겠다는 표정으로 탁자 위에 펼쳐놓은 신문을 가리켰다.

"위대한 존스 형사와 대단하신 기자 양반께서 이런 기사를 만들어 냈군. 하지만 우리 모두 예상하던 일이니 먼저 식사부터 하는 편이 낫겠어."

나는 신문을 들고 〈어퍼 노우드의 괴사건〉이라는 제목의 짧은 기사를 읽었다. 그것은 〈스탠다드〉지에 실린 기사였다.

어젯밤 2시경, 어퍼 노우드의 폰티체리 저택 자신의 방에서 바솔로뮤 숄토 씨가 시신으로 발견되었다. 현장 상황으로 볼 때 숄토 씨는 살해당한 것으로 추정된다. 시신에서 특별한 외상이 발견되지는 않았지만, 부친에게서 상속받았다는 고가의 인도산 보물이 사라졌다. 현장을 처음 발견한 사람은 고인의 동생인 새디어스 숄토 씨, 그리고 그와 함께 저택을 방문한 셜록 홈스 씨와 왓슨 박사였다. 런던 경찰청의 명성 높은 형사인 애셜리 존스 씨는 우연히 노우드 경찰서를 방문했다가 사건 접수 30분 만에 현장으로 출동했다. 이는 조속한 사건 해결을 바라는 이들에게 매우 다행스러운 일이라고 할 수 있겠다. 존스 씨는 풍부한 경험과 훈련을 통해 쌓은 출중한 실력을 바탕으로 즉시 범인 색출에 나섰다. 그리고 피살자의 동생인 새디어스 숄토 씨, 가정부 번스톤 부인, 인도인 집사 랠 라오, 경비원 맥도머를 체포하는 성과를 올렸다. 그는 탁월한 전문 지식과 관찰력을 발휘해 범인들의 이동 경로를 파악하는 데 주력했다. 결국 범인이 방문이나 창문이 아닌 지붕의 들창을 통해서 집 안으로 침입했다는 사실을 밝혀냈다. 이로써 범인들은 이미 집안 구조를 잘 알고 있는 사람들이라는 사실이 드러난 셈이다. 또한 사건이 우발적이고 단순하게 벌어진 범행이 아니라는 것도 알게 되었다. 이번 사건이 신속하고 정확하게 조처됨에 따라 열정과 능력을 겸비한 탁월한 인물이 현장 부근에 있다는 사실이 얼마나 중요한지를 새삼 깨닫게 되었다. 우리는 이 사건을 계기로 우리의 경찰 수사력을 좀 더 분화시켜 치밀하고 신속한 수사가 이루어질 수 있게 되기를 희망하는 바이다.

"어떤가? 아주 굉장한 기사 아닌가?"
홈스가 커피잔을 들고 빙긋 웃으며 말했다.
"하마터면 우리도 용의자로 체포될 뻔하지 않았나?"
"맞아. 존스가 다시 한번 기세를 올린다면 우리 안전도 장담하지 못할걸세."
그때였다. 요란스럽게 벨이 울리더니 아래층에서 허드슨 부인의 목소리가 들려왔다. 그녀는 약간 당황하기도 하고 싫기도 한 목소리로 누군가를 나무라고 있었다.
"맙소사! 홈스! 정말 우릴 잡으러 온 모양이야!"
"걱정하지 말게. 그렇게 나쁜 소식은 아니네. 베이커가 특공대가 온 것 같군."
홈스가 그렇게 말하는 사이 맨발로 계단을 우당탕탕 뛰어 올라오는 소리, 시끄럽게 떠드는 소리가 들려왔다. 이윽고 문이 열리더니 누더기 차림의 부랑아 열댓 명이 방 안으로 우르르 들이닥쳤다. 그냥 보기에 이들에게 규율이라는 게 있을까 싶었지만, 아이들은 곧바로 줄을 맞춰 서더니 기대에 찬 얼굴로 우리를 쳐다보았다. 그리고

그중에서 가장 키가 크고 나이가 들어 보이는 소년 하나가 가슴을 쭉 편 채 앞으로 나섰다. 초라하기 그지없는 무리 속에서 그렇게 빼기는 모습을 보니 우스꽝스럽기 짝이 없었다.

"전보를 받자마자 아이들을 데리고 왔습니다. 차비로 3실링 6펜스 들었습니다."

소년이 말하자 홈스가 주머니에서 돈을 꺼내 건네주었다.

"위긴스, 앞으로는 너를 통해 지시를 내릴 것이다. 너는 책임감을 갖고 내게 보고하도록 해라."

홈스가 다소 엄한 표정으로 아이들을 둘러보며 말했다.

"앞으로는 이런 식으로 집에 몰려들지 말아라. 이번에는 모두 왔으니 내가 직접 지시를 내리겠다. 이번 임무는 증기선 오로라호의 행방을 찾는 것이다. 증기선의 소유주는 모드케이 스미스다. 오로라호의 선체는 검은색 바탕에 빨간 줄이 두 개 있다. 또 굴뚝은 검은 바탕에 흰 띠가 하나 그려져 있다."

"그 배는 어디 있습니까?"

"아마도 템스강 어딘가에서 정박 중일 거다. 한 사람은 밀뱅크 건너편의 모드케이 스미스 선착장을 감시하고 있다가 오로라호가 돌아오면 즉시 보고하도록! 나머지는 두 팀으로 나눠서 강 양쪽을 샅샅이 뒤져야 한다. 새로운 소식이 있으면 바로 알려야 한다."

"예! 대장님!"

위긴스가 큰 목소리로 대답했다.

"수고비는 전과 똑같다. 대신 배를 찾아내는 사람에게는 1기니를 더 주마. 일단 하루 치는 선불로 주겠다. 자, 그럼 출발해라!"

홈스에게서 1실링씩을 받아 든 아이들은 시끌벅적 떠들어대며 계단을 내려갔다. 순식간에 집 밖으로 나간 아이들은 목적지를 향해 쏜살같이 달려가기 시작했다.

"배가 강에 있기만 하면 틀림없이 찾아낼 수 있을 거야."

홈스가 파이프에 불을 붙이며 말했다.

"저 아이들은 못 가는 데가 없지. 무엇이든 찾아내고 무엇이든 들을 수 있어. 적어도 저녁때까지는 배를 찾아낼 수 있을걸세. 그때까지 우리는 보고를 기다리고 있을 수밖에 없네. 오로라호나 모드케이 스미스를 찾아내기 전에는 중단된 추적을 계속할 수 없으니까."

"토비에게는 먹고 남은 음식을 좀 줘야겠군."

내가 발밑에 엎드린 토비를 쓰다듬으며 말했다.

"홈스, 이제부터 잘 텐가?"

"아니, 별로 피곤하지 않군. 내가 좀 특이체질이긴 하지."

홈스는 장난기 가득한 얼굴로 웃으며 담배 연기를 뿜어냈다.

"이상하게도 나는 아무 일도 하지 않고 있을 때 더 피곤하더군. 하지만 해결해야 할 일이 있을 때는 절대 피로를 느끼지 않아. 나는 담배나 피우면서 우리의 아름다운 의뢰인이 던져준 이 기묘한 사건에 대해 곰곰이 생각해볼 작정이야. 사실 세상에 이렇게 풀기 쉬운 문제도 없을걸세. 의족을 한 사람은 매우 드물고 공범도 아주 특이한 사람이니까 말이야."

"공범이 특이하다고?"

내가 공범 이야기에 관심을 보이자 홈스는 대수롭지 않다는 듯 이야기를 꺼냈다.

"공범에 대해 숨길 생각은 없어. 하지만 자네 혼자서 결론을 내려보는 것은 어떨까?"

"정보를 종합해보란 말이로군."

"맞았네. 우선 놈은 발이 아주 작아. 게다가 신발은 신어보지도 않은 것 같더군. 또 맨발로 돌을 매단 막대기를 들고 다니지. 몸은 아주 날렵하고 독침도 잘 날린다네. 자, 이런 단서를 종합해보게. 과연 범인은 어떤 사람일까?"

"원주민이 분명하군!"

내가 큰소리로 외쳤다.

"조너선 스몰의 동료였던 인도인 중 한 명이 아닐까?"

"그렇지 않아."

홈스가 씁쓸한 표정으로 고개를 저었다.

"처음에 그 이상한 무기를 봤을 때 나도 그런 생각을 했었지. 하지만 특이한 발자국을 보고 생각을 바꿨다네. 인도인 중에 유독 키가 작은 부족이 있긴 하지만 그런 발자국을 남기는 사람은 없어. 원래 인도인들은 발이 길고 볼이 좁은 편이지. 또 회교도들은 샌들을 신어 가죽끈이 엄지발가락 사이를 죄기 때문에 엄지발가락과 다른 발가락 사이가 많이 벌어져 있어. 그리고 그렇게 작은 독침을 쏘기 위해서는 오직 대롱으로 불어야만 한다네. 그렇다면 그 원주민은 어디에서 왔을까?"

"남아메리카?"

내가 자신 없는 목소리로 조심스럽게 대답하자 홈스가 책장에서 두꺼운 책 한 권을 들고 왔다.

"이건 최근에 나온 지명 사전의 첫 권이네. 요즘 나온 책 중에서 가장 권위 있는 것이지. 여기 뭐라고 쓰여 있는지 한번 볼까?"

홈스는 책장을 펼치더니 자신이 찾은 구절을 큰 소리로 읽기 시작했다.

"안다만 제도, 수마트라 북쪽 544킬로미터 지점의 벵골만에 위치하고 있다. 다습한 기후에 산호초, 상어 떼와 블레어 항구, 죄수들의 막사, 러트랜드섬, 고리버들 재배……."

책을 읽어 내려가는 홈스의 눈은 밝게 빛나고 있었다.

"옳지! 여기 있군. 안다만 제도의 원주민은 세상에서 가장 작은 부족으로 추정된다. 그러나 일부 인류학자들은 아프리카의 부시먼, 아메리카의 디거 인디언, 푸에고 제도의 토착민을 꼽기도 한다. 안다만 제도 원주민의 평균 신장은 120센티가 채 안 된다. 성장이 끝난 성인 중에는 이보다 훨씬 작은 사람도 많다. 이들은 사납고 음침하며 까다로운 성향을 갖고 있다. 그러나 일단 신뢰를 얻은 사람에게는 가장 헌신적인 우정을 발휘하기도 한다."

이 부분에서 홈스는 무릎을 '탁' 치며 나를 쳐다보았다.

"왓슨, 바로 이 점을 기억해두게. 나머지 부분을 계속 읽어보겠네."

홈스가 읽어준 내용은 다음과 같다.

이들은 선천적으로 보기 흉한 외모를 타고났다. 머리는 기형적으로 크고, 눈은 작고 날카로우며, 얼굴은 비뚤어져 있다. 그리고 손발이 매우 작다. 기질이 매우 고집스럽고 사나워 그들을 교화하려는 영국 관청의 시도는 매번 실패로 돌아갔다. 특히 난파선 승무원들에게 이들은 공포의 대상이었다. 돌을 매단 막대기로 살아 있는 사람의 머리를 때려죽이거나 독침으로 살해하기 일쑤였다. 또 잔인하게 학살한 뒤에는 사람의 고기로 축제를 벌이기도 했다.

"어때? 정말 대단한 사람들이지? 만약 그 녀석을 통제하지 않았다면 사건은 훨씬 더 끔찍했을 거야. 그랬다면 조너선 스몰은 사건

네 개의 서명 **369**

에 그를 끌어들인 걸 땅을 치고 후회했겠지. 어쩌면 지금까지 저지른 일만으로도 후회하고 있을지도 모를 일이야."

"그런데 안다만 제도의 원주민을 어떻게 알게 된 걸까?"

"아, 그건 내가 설명할 수 있는 부분이 아니야. 하지만 스몰이 안다만 제도에서 도망쳐 나온 것만은 확실하니, 그 섬의 원주민과 함께 왔다고 해도 그리 이상하지만은 않네. 아무튼 조만간 그 점도 밝혀지겠지."

홈스는 내 얼굴을 슬쩍 살펴보더니 걱정스러운 표정으로 말했다.

"왓슨, 아무래도 자네 좀 쉬어야겠네. 아주 피곤해 보이는군. 그 소파에 눕게. 내가 재워줄 테니."

홈스는 방 한구석에 놓여 있던 바이올린을 집어 들었다. 나는 홈스의 말대로 소파에 누워 눈을 감았다. 그는 소파 옆에 서서 꿈꾸는 듯 나지막한 선율을 연주하기 시작했다. 그것은 분명 즉흥적으로 만든 곡이 틀림없었다. 홈스는 즉흥곡을 만드는 데 탁월한 재주가 있었다. 무거운 눈꺼풀을 슬쩍 뜨자 홈스의 여윈 손과 진지한 얼굴, 오르내리는 활이 어렴풋이 눈앞에서 어른거렸다. 그것을 마지막으로 고요한 바다 위에 떠 있는 기분에 취해 있던 나는 어느새 깊은 잠속으로 빠져들었다. 꿈속에서 만난 아름다운 메리 모스턴은 나를 향해 빛나는 미소를 짓고 있었다.

09
잃어버린 퍼즐 조각

나는 오후가 다 지나서야 잠에서 깨어났다. 실컷 자고 나서인지 온몸에 기운이 넘치는 것 같았다. 홈스는 바이올린을 옆에 내려놓은 채 책을 보고 있을 뿐, 내가 잠들기 전과 똑같은 자세로 앉아 있었다. 내가 소파에서 일어나 앉자 홈스는 나를 쳐다보았다. 그런데 무슨 일인지 그의 표정은 걱정에 싸인 듯 어두워 보였다.

"곤히 자더군. 혹시라도 말소리 때문에 깰까 걱정했네."

홈스가 말했다.

"아무 소리도 못 들었는걸? 그사이 새로운 소식이라도 왔나?"

"불행히도 없네. 솔직히 말해서 놀랍기도 하고 실망스럽기도 해. 지금쯤이면 뭔가 윤곽이 잡혀 있어야 하는데 말이야."

"위긴스는?"

"방금 보고하러 왔었네. 하지만 아직 오로라호의 행방을 찾지 못했다고 하더군. 1분 1초가 급한데, 이렇게 시간이 오래 걸릴 줄은 전혀 몰랐어."

홈스는 답답하다는 듯 짧은 한숨을 내쉬었다.

"내가 도울 일은 없나? 자고 났더니 몸이 아주 개운하군. 오늘 밤에는 더 멀리까지도 나갈 수 있을 것 같은데."

"지금 우리가 할 수 있는 일은 없네. 그저 기다리는 수밖에. 만약 자리를 비운 사이에 연락이라도 오면 시간만 더 뺏기는 꼴이 될 거야. 자네는 볼 일이 있으면 다녀오게. 난 여기서 기다리고 있겠네."

"그렇다면 세실 포레스터 부인을 찾아뵙고 오겠네. 어제 부인이 집에 다시 와 달라고 했거든."

"오호! 세실 포레스터 부인을 만나러 간다고?"

홈스가 의미심장한 미소를 지으며 나를 쳐다보았다. 나는 애써 그의 시선을 피하며 말했다.

"물론 모스턴 양도 만나야겠지. 두 사람 모두 일이 어떻게 돌아가는지 알고 싶어 할 테니까."

"나 같으면 그들에게 모든 사실을 이야기하진 않을 거야. 여자들은 정말 믿을 수 없는 존재거든. 제아무리 훌륭한 여자라 하더라도 말이야."

나는 홈스의 편협한 생각에 반발하고 싶었지만 아쉽게도 그걸 따지고 있을 시간이 없었다.

"한두 시간 후에 돌아오겠네."

"행운을 빌어주겠네! 그리고 미안하지만, 이왕 나가는 김에 토비를 돌려주고 오게. 이제는 더 이상 그 녀석이 필요 없을 것 같군."

나는 토비를 핀친가의 늙은 박제사에게 돌려주며 도움의 대가로 금화 반 파운드를 손에 쥐어주었다.

곧바로 캠버웰로 향한 나는 모스턴을 만났다. 그녀는 어젯밤이 모험 때문인지 약간 피곤한 기색이었다. 하지만 나를 보자마자 그녀의 두 눈은 밝게 빛을 발했다.

"왓슨 박사님, 일이 어떻게 되어 가는지 알려주세요."

모스턴뿐만 아니라 포레스터 부인도 호기심에 가득 차 있었다. 나는 사건에 관련된 이야기를 모두 들려주었다. 하지만 사건의 끔찍한 부분에 대해서만큼은 말하지 않았다. 바솔로뮤 숄토가 살해당했다는 사실 이외에 구체적인 살해 방법에 대한 것은 입을 다물어버렸다. 하지만 두 여인은 그 정도의 이야기만 듣고서도 큰 충격을 받은 듯했다.

"어머나! 소설 속에 나오는 이야기 같아요! 상처받은 아름다운 숙녀와 50만 파운드에 달하는 보물! 검은 식인종과 의족을 한 악당! 틀에 박힌 용이나 사악한 백작이 등장하는 옛날이야기보다 훨씬 재미있는걸요."

포레스터 부인이 흥분한 목소리로 말했다.

"그리고 나를 구하러 달려오신 두 기사분까지."

수줍은 얼굴의 모스턴이 따뜻한 눈길로 나를 바라보며 말했다.

"메리! 네 운명은 이 사건이 어떻게 해결되느냐에 달려 있구나. 그런데도 넌 어쩜 그렇게 아무렇지도 않은 표정을 하고 있니? 이제 엄청난 부자가 돼서 세상을 네 아래 놓고 산다고 상상해보렴."

부인은 자기 일인 양 흥분한 표정으로 호들갑을 떨었다. 하지만 모스턴은 그 말에는 전혀 동요하지 않은 채 편안한 얼굴로 나를 바라보았다. 게다가 그런 일 따위에는 관심이 없다는 듯 고개를 갸웃거리기까지 했다. 그런 그녀의 모습에 내 가슴은 마구 떨렸고 환성을 지를 만큼 기분이 좋아졌다.

"무엇보다 새디어스 숄토 씨가 걱정되는군요. 그분은 정말 친절하고 착한 분이세요. 우리는 반드시 그분에게 씌워진 끔찍한 누명을 벗겨드려야 해요."

모스턴이 진심을 담아 말했다.

나는 저녁 무렵에 포레스터 부인 집을 나왔다. 베이커가로 돌아왔을 때는 사방이 어두워진 뒤였다. 의자 옆에는 홈스의 책과 파이프가 놓여 있었지만, 홈스의 모습은 어디에도 없었다. 나는 혹시라도 메모가 남아 있을까 싶어 주변을 살펴보았지만, 아무것도 없었다.

"홈스 씨는 외출했습니까?"

나는 때마침 덧문을 닫으러 올라온 허드슨 부인에게 물었다. 그러자 부인은 근심스러운 표정을 지으며 낮은 목소리로 말했다.

"아니에요. 방에 계신걸요."

부인은 방 쪽을 흘낏 쳐다보더니 내 쪽으로 몸을 기울이며 속삭였다.

"혹시 홈스 씨가 어디 아프신가요?"

"왜요? 무슨 일이라도 있었습니까?"

"홈스 씨가 너무 이상하게 행동해서 말이에요. 선생님이 나가신 뒤부터 계속해서 방 안을 왔다 갔다 서성거리시더라고요. 계단을 마구 오르내리기도 하시고요. 그 소리 때문에 제 신경이 다 곤두설 정도였어요."

"혹시 찾아온 사람은 없었습니까?"

"정말 누굴 기다리시는 건지 초인종 소리만 나면 계단을 뛰어 내려와서 '부인, 누굽니까? 무슨 일입니까?' 하고 물으시는 거예요. 홈스 씨를 찾아온 사람이 아니라고 하면 다시 방으로 올라가서 문을 쾅 닫아버리더군요. 그리고 또 방 안에서 이리저리 돌아다니는 소리가 쿵쿵 울렸어요. 혹시 병이라도 날까 걱정이 되더군요. 그래서 아까는 진정제라도 드릴까 여쭤봤더니 멍한 눈빛으로 저를 쳐다보더군요. 그래서 얼른 나와버렸답니다."

"부인, 걱정하지 마세요. 전에도 그런 일이 있었거든요."

"아니, 대체 무슨 일이 있는 겁니까?"

"요즘 마음 쓰는 일이 있어서 그렇습니다."

나는 마음 씀씀이가 고운 허드슨 부인에게 대수롭지 않다는 식으로 말하며 그녀를 안심시켰다. 하지만 밤새도록 그의 발소리가 멈추지 않자 나 역시 슬슬 걱정되기 시작했다. 날카롭고 예민한 그의 성격은 이런 예기치 못한 활동 중단 사태를 견뎌내지 못하고 있는 것이었다. 그날 밤 홈스와 나는 각자 다른 고민을 하느라 잠을 제대로 이루지 못했다.

다음 날 아침 식사 때 나타난 홈스는 아주 피곤하고 지쳐 보였다. 수척해진 그의 두 볼은 열이 있는 듯 붉게 달아올라 있었다.

"자네 얼굴이 그게 뭔가. 밤새도록 방에서 서성거리는 소리가 들리더군."

내가 걱정스럽게 말했다.

"도통 잠을 잘 수가 있어야 말이지. 밤새도록 그 사건 때문에 고민했다네. 범인이랑 증기선 이름까지 다 알아냈는데, 어디 있는지를 몰라서 이렇게 시간만 보내고 있다니! 답답해서 견딜 수가 없네!"

홈스는 인상을 찌푸리더니 신경질적으로 머리를 쓸어 올렸다.

"정말 한심해! 다른 사람들까지 보내서 강가를 샅샅이 살펴보라고 시켰건만 아무런 단서도 찾을 수가 없었네. 이제 내가 쓸 수 있는 수단은 다 동원했어."

"스미스 부인에게 연락해보지 그랬나?"

"아직 남편의 소식을 모르고 있다네. 혹시 놈들이 배 바닥에 구멍을 뚫어 가라앉혀버린 게 아닌가 하는 생각까지 든다니까. 하지만 그럴 가능성은 거의 없지."

"스미스 부인이 우릴 속인 건 아닐까?"

"그렇진 않을 거야. 조사해보니 그 부인이 말한 증기선은 틀림없이 있었어."

"그렇다면 배가 강 상류로 올라갔을 가능성은?"

"당연히 생각해봤네. 그래서 다른 수색대를 보내 리치먼드까지 조사해보라고 했어. 오늘까지도 소식이 없으면 내일은 내가 직접 나가볼 생각이야. 배가 아니라 범인을 찾아야겠어."

홈스는 담배에 불을 붙여 한 모금 깊숙이 빨아들이더니 의미심장한 표정으로 말했다.

"하지만 분명히 연락이 올 거야! 분명히!"

그러나 어디서도 연락은 없었다. 위긴스도, 다른 수색대도 우리가 기다리는 이야기를 전해주지 않았다. 하지만 거의 모든 신문에서는 노우드 사건 기사를 싣고 있었는데, 가엾은 새디어스 숄토를 적대적으로 공격하는 내용이 대부분이었다. 그러나 기사에도 내일 심리가 열린다는 것 외에는 새로운 사실이 없었다.

그날 저녁, 나는 두 여인에게 수사에 진전이 없다는 소식을 전하기 위해 캠버웰까지 걸어갔다 돌아왔다. 그때까지도 홈스는 우울한 표정 그대로였다. 어찌나 침울해 보이던지 말 한마디 건네기도 어려울 정도였다. 분위기를 바꿔보려고 몇 가지 질문을 하기도 했지만, 그는 아무런 대답도 하지 않았다. 그저 저녁 내내 까다로운 화학 실험을 하며 시간을 보낼 뿐이었다. 그는 끊임없이 증류기를 가열해서 기체를 증류시켰다. 마지막에는 어찌나 지독한 냄새를 풍기던지 도저히 그 자리에 있기가 힘들 정도였다. 나는 곧장 내 방으로 들어와 버렸는데, 그날 새벽까지 시험관 부딪치는 소리가 들려왔다. 그는 그때까지도 잠을 자지 않은 채 악취 나는 실험에 몰두한 것이 분명했다.

동쪽 하늘이 밝아올 무렵, 언뜻 잠에서 깬 나는 침대 옆에 서 있는 홈스를 보고 깜짝 놀라 일어났다. 그는 선원들이 입는 허름한 재킷을 걸치고 목에는 빨간 싸구려 스카프를 두르고 있었다.

"왓슨, 강가로 나가볼 생각이야."

"지금 말인가?"

"아무리 생각해봐도 방법은 한 가지뿐이야. 어쨌든 해볼 만한 가치는 있다고 생각하네."

"나도 같이 갈까?"

내가 이불을 박차고 일어나며 말하자 홈스가 나를 막으며 말했다.

"아니, 자네는 나 대신 여기 남아 있는 게 좋겠어. 솔직히 나도 나가고 싶진 않아. 어젯밤에 위긴스가 절망적인 이야기를 하긴 했지만, 오늘 안으로 무슨 연락이 올 게 틀림없어."

"그렇다면 내가 집에서 전보나 편지를 받는 편이 낫겠군."

"혹시 무슨 소식이 있다면 자네가 판단해서 행동하도록 하게. 어때, 할 수 있겠지?"

"물론이네."

"그런데 나한테 전보를 칠 수는 없을 거야. 내가 어디에 있게 될지 나도 알 수 없으니까. 하지만 운이 좋다면 그리 오래 걸리지 않을걸세. 아무튼 뭔가 알아내게 되면 곧바로 돌아오겠네."

하지만 아침 식사 전까지도 홈스에게서는 아무런 연락이 없었다. 소파에 앉아 〈스탠다드〉를 펼쳐보던 나는 사건에 관한 새로운 기사가 실린 것을 발견했다.

어퍼 노우드에서 발생한 비극이 처음에 생각했던 것보다 훨씬 복잡하게 얽혀 있다는 가능성이 대두되었다. 새롭게 밝혀진 증거에 따르면, 새디어스 숄토 씨가 사건의 범인일 확률은 없다고 한다. 그에 따라 새디어스 숄토 씨와 가정부 번스톤 부인은 어젯밤 석방되었다. 하지만 경찰은 진범에 대한 단서를 찾아냈고 런던 경찰청의 유능한 형사 애셜리 존스 씨가 그것을 추적하는 중에 있다고 한다. 머지않아 경찰이 범인을 체포하는 성과를 거두리라 예상된다.

'그나마 다행이로군.'

나는 이렇게 생각하며 고개를 끄덕였다. 새디어스 숄토가 억울한 누명을 벗게 된 것은 참으로 잘된 일이었다. 하지만 새롭게 찾아낸 단서가 있다는 말은 상당히 의심스러웠다. 어쩌면 그것은 경찰이 실수를 저질렀을 때 상투적으로 쓰는 말일 수도 있었다.

나는 신문을 탁자 위에 내던졌다. 그런데 그때 개인 광고란 하나가 내 눈길을 끌었다. 나는 다시 신문을 집어 들었다. 광고의 내용은 다음과 같다.

> 실종 - 선주 모드케이 스미스와 그의 아들 짐이 지난 화요일 오전 3시경에 증기선 오로라호를 타고 스미스 선착장을 출발한 뒤 행방불명되었음. 배는 검은 바탕에 붉은 줄 두 개, 굴뚝은 검은 바탕에 흰 띠를 두르고 있음. 누구든지 이들에 관해 제보해주시는 분에게는 사례금 5파운드를 드림. 모드케이 스미스나 오로라호의 소재를 아시는 분은 스미스 선착장의 스미스 부인이나 베이커가 221B로 연락 바람.

이것은 홈스가 낸 광고가 틀림없었다. 베이커가 주소가 실린 것만 보더라도 확실했다. 나는 정말 기발한 아이디어라고 생각했다. 범인들의 눈에는 실종된 남편을 걱정하는 아내가 낸 광고로 보일 것이기 때문이었다.

그렇게 길고 긴 하루가 지나가고 있었다. 나는 현관에서 문을 두드리는 소리가 나거나 거리에서 다급히 걸어가는 발소리가 들릴 때마다 자리에서 벌떡 일어서곤 했다. 혹시 홈스가 새로운 소식을 가지고 돌아오지는 않았는지, 정보를 알고 있는 누군가가 광고를 보고 찾아온 건 아닌지 하는 기대 때문이었다. 나는 차분히 앉아서 책을 읽어보려고도 했지만 지지부진한 수사와 우리가 쫓고 있는 범인들에 대한 생각이 자꾸만 떠올랐다. 혹시 홈스의 추리에 어떠한 결함이 있는 건 아닐까? 근본적으로 잘못 생각하고 있는 것을 눈치채지 못한 것은 아닐까? 아무리 비상한 두뇌를 가진 사람이라지만 잘못된 전제 위에서 그릇된 이론을 쌓아 올린 것은 아닐까? 물론 지금까지 나는 그가 실수하는 것을 한 번도 본 적이 없었다. 그렇다고 그가 실수하지 말라는 법도 없었다. 제아무리 뛰어난 이론가라고 할지라도 함정에 빠질 가능성은 있었다. 혹시라도 그가 자신의 논리를 지나치게 다듬다가 실수했을지도 모른다는 생각이 내 머릿속을 스치고 지나갔다. 사실 홈스는 단순하고 상식적인 설명보다는 복잡하고 기묘한 설명을 더 좋아했다. 그래서 기발하고 정교한 이론을 좇아 필요 이상으로 논리를 세우는 경향이 강했다.

그러나 이번 사건에서 나는 내 눈으로 직접 증거를 목격했다. 그리고 홈스가 어떤 근거를 내세우며 추리를 했는지도 잘 알고 있었다. 연달아 일어난 이상한 사건들을 떠올려보면 대부분이 사소한 것이지만 모두 같은 방향을 가리키고 있음을 알 수 있었다. 만약 홈스의 논리가 잘못된 것이라고 해도 그에 못지않게 놀랍고 기묘한 사건의 내막이 있으리라는 사실 또한 틀림없었다.

오후 3시. 요란스럽게 초인종이 울리더니 아래층에서 고압적인 목소리가 들려왔다. 쿵쾅거리며 계단을 올라와 방문을 열어젖힌 사람은 다름 아닌 애셜리 존스였다. 그런데 지난번 어퍼 노우드에서 현장을 휘젓고 다니며 거만하게 상식을 설교하던 모습은 전혀 찾아볼 수가 없었다. 그는 잔뜩 풀이 죽은 표정이었고, 태도는 부드럽다 못해 사죄하는 것처럼 보일 지경이었다.

"안녕하십니까? 홈스 씨는 안 계신다고요?"

"네, 그런데 언제 돌아올지 모르겠군요."

"잠시 기다려도 될까요?"

"물론입니다. 그쪽 의자에 앉아서 시가라도 한 대 태우시지요."

나는 그의 앞쪽으로 시가가 담긴 통을 밀어주었다.

"고맙습니다. 그럼 기다리겠습니다."

그는 붉은 손수건을 꺼내 땀이 흐르는 얼굴을 부지런히 닦았다.

"위스키라도 한 잔 드릴까요?"

"반 잔만 주십시오. 아직도 날이 덥군요."

존스 형사는 짧게 한숨을 내쉬고는 말했다.

"해결할 일이 태산같이 쌓인 데다 조바심까지 나서 죽을 지경입니다. 박사도 노우드 사건에 대한 내 의견은 이미 알고 계시지요?"

"네, 기억하고 있습니다."

존스 형사는 씁쓸한 얼굴로 헛웃음을 웃었다.

"그런데 그걸 재고해야 할 상황에 놓였지 뭡니까. 나는 숄토 씨가 범인이라 확신하고 그 주위에 그물망을 단단히 쳐뒀습니다. 그런데 그 사람은 구멍 사이로 잘도 빠져나가버리더군요."

"대체 무슨 일이 있었습니까?"

"믿을 수밖에 없는 알리바이가 있더군요. 바솔로뮤의 방을 나선 이후의 행적이 완전히 입증되었습니다. 여기저기서 그를 봤다는 사람이 많았습니다. 그러니 그가 지붕 위로 올라가 들창을 통해 형의 방으로 침입하기는 불가능했지요."

그는 속이 부글부글 끓어오르는 표정으로 위스키를 한 모금 마셨다.

"이 사건은 아주 복잡해요. 내 힘에 부칩니다. 이제 이 사건 때문에 형사로서 쌓아 올린 명성이 하루아침에 무너질 지경이 됐어요. 그래서 누군가가 조금이라도 도움을 준다면 정말 고맙겠습니다."

"누구든지 그럴 때가 있지요."

"그런데 홈스 씨는 정말 대단한 분입니다."

존스 형사는 쉰 목소리로 확신에 차서 말했다.

"그는 실패라는 단어를 모르는 사람 같습니다. 젊은 나이임에도 불구하고 수많은 사건을 실수 한 번 하지 않고 해결해오지 않았습니까. 물론 수사 기법이 독특하고 단숨에 결론으로 향하는 가설을 세우는 경향이 성급해 보이는 것도 사실이긴 합니다. 하지만 전체적으로 봐서는 누구보다도 형사로서 성공할 자질을 갖추고 있는 것이 분명합니다."

그는 바솔로뮤의 저택에서 만났을 때와는 완전히 다른 태도로 홈스를 칭찬하고 있었다.

"오늘 아침에 홈스 씨에게서 전보를 받았습니다. 아무래도 사건에 대한 단서를 잡은 모양이더군요. 한번 읽어보시겠습니까?"

존스 형사는 주머니에서 전보를 꺼내 내게 건네주었다. 그것은 1시에 포플러 우체국에서 보낸 것이었다.

> 곧장 베이커가로 갈 것. 내가 아직 돌아오지 않았다면 기다리기 바람. 현재 숄토 사건의 범인들을 추적 중임. 오늘 밤 범인 체포에 나설 때 동행해도 좋음.

"정말 좋은 소식이로군요. 홈스가 다시 실마리를 잡은 게 분명합니다."

내가 말했다.

"그렇다면 홈스 씨도 헤매고 있었단 말입니까?"

존스 형사의 얼굴에 반가운 기색이 역력했다.

"제아무리 뛰어난 탐정이라도 실패할 수 있겠지요. 어쩌면 이번 제보도 사실이 아닐 가능성 있습니다만, 어떤 상황에서도 최선을 다하는 게 형사의 의무지요."

그는 조금 전까지와는 180도 달라진 태도로 거드름을 피우며 말했다.

그때 현관에서 문소리가 들려왔다.

"오! 누가 온 모양입니다. 홈스 씨일까요?"

이내 계단을 올라오는 무거운 발소리와 함께 심하게 숨을 헐떡이는 소리가 들려왔다. 사내의 목에서는 가래 끓는 소리가 그르렁거렸고, 계단을 오르는 게 힘에 부치는지 한두 번 자리에 멈춰 서기도 했다.

이윽고 간신히 방문 앞에 도착한 사내가 문을 열고 방 안으로 들어섰다. 역시나 그는 백발의 노인이었다. 노인은 선원들이 입는 허름한 윗도리를 목까지 단추를 채워서 입고 있었다. 등은 앞으로 굽어 있었고 여기까지 오느라 힘겨웠는지 무릎은 부들부들 떨렸다. 또 천식을 앓고 있는지 숨을 쉬는 것이 매우 힘들어 보였다. 노인은 굵은 참나무 지팡이에 몸을 의지한 채 가쁜 숨을 몰아쉬며 숨 고르기에 열중하고 있었다. 그는 짙은 빛깔의 스카프를 턱까지 감싸고 있었다. 그래서 숱이 덥수룩한 흰 눈썹과 구레나룻, 날카롭게 반짝이는 검은 눈만이 밖으로 보일 뿐이었다. 지금은 생활고에 시달리는 것처럼 보이는 노인의 모습이지만 젊어서는 잘나가는 선장이었을 것 같은 느낌이 풍겨왔다.

"무슨 일로 오셨습니까?"

내가 묻자 노인은 느릿한 눈길로 방 안을 둘러보았다.

"당신이 셜록 홈스 씨요?"

"아닙니다. 하지만 대신 일을 보고 있으니 전하고 싶은 말이 있으면 제게 하시면 됩니다."

"아니, 직접 말하고 싶소이다만."

노인이 손을 내저으며 말했다.

"하지만 제가 홈스 씨의 대리인이니 말씀하셔도 됩니다. 혹시 모드케이 스미스의 배에 관한 이야기입니까?"

"맞소. 나는 그 배가 어디 있는지 잘 알고 있다오. 홈스 씨가 찾는 사람들이 어디 있는지도 알고 있지. 그뿐인가? 보물이 어디 있는지도 알고 있소. 난 다 알고 있어!"

노인이 의기양양하게 말했다.

"그러면 제게 말씀하십시오. 홈스 씨께 전하겠습니다."

"그 사람에게 직접 말해야 한다니까!"

노인은 미간을 찌푸리며 고집스럽게 말했다.

"좋습니다. 그럼 돌아올 때까지 기다리시지요."

"그건 싫소. 남 좋은 일 하자고 하루를 그냥 낭비하긴 싫으니까. 난 그냥 갈 테니 셜록 홈스에게 혼자 알아내 보라고 전하시오."

"하지만!"

"당신들이 어떻게 생각하든 난 상관없어! 한마디도 하지 않을 테야!"

노인은 다리를 질질 끌며 문 쪽으로 걸어갔다. 그때 존스 형사가 재빨리 노인의 앞을 가로막았다.

"잠깐만요! 중요한 정보를 알고 계신 것 같은데, 이렇게 가시면 안되지요! 영감님이 원하건 원하지 않건 홈스 씨가 돌아올 때까지 여기 계셔야 합니다."

노인은 존스 형사를 흘겨보더니 그를 피해 문 쪽으로 달아나려고 했다. 하지만 존스 형사가 재빨리 달려가 커다란 등으로 문을 가로막았다. 노인은 어쩔 수 없다는 사실을 깨달았는지 버럭 화를 내며 소리쳤다.

"대체 이런 경우가 어디 있나?"

노인은 지팡이로 바닥을 쾅쾅 내리치며 고함을 질러댔다.

"나는 셜록 홈스라는 신사를 만나러 온 거야. 그런데 생전 들도 보도 못한 사람들이 나를 이렇게 대접해?"

"진정하십시오. 여기서 보내신 시간에 대한 보상은 충분히 해드리겠습니다."

나는 최대한 부드러운 목소리로 노인을 달랬다.

"자, 여기 소파에 앉으세요. 홈스는 금방 돌아올 겁니다."

노인은 어쩔 수 없다는 듯 소파에 앉았다. 그는 두 손으로 턱을 괸 채 인상을 찌푸리고 있었다. 존스 형사와 나도 소파에 앉아서 다시 시가를 피우며 이야기를 시작했다.

그런데 갑자기 어디선가 홈스의 목소리가 들려왔다.

"나도 한 대 주게나."

존스 형사와 나는 깜짝 놀라 자리에서 벌떡 일어났다. 우리는 목소리가 난 쪽으로 재빨리 고개를 돌렸다. 놀랍게도 홈스는 소파에 앉은 채 미소를 짓고 있었다.

"세상에! 홈스!"

나는 너무 놀란 나머지 입을 다물지 못했다.

"그런데 그 노인은 어디로 갔지?"

이번에는 존스 형사가 소리쳤다. 그러고 보니 홈스는 조금 전까지 노인이 있던 자리에 앉아 있었다.

"그 노인, 여기 있네."

홈스가 흰 머리털 한 무더기를 들어 보이며 말했다.

"바로 이거야. 가발, 턱수염, 눈썹까지 모두 여기 있네. 난 내 변장이 끝내준다는 걸 잘 알고 있었지만 이렇게 감쪽같이 속을 줄은 몰랐는걸?"

홈스가 유쾌하게 웃으며 말했다.

"정말 완벽하게 당했습니다."

존스 형사도 함께 웃으며 소리쳤다.

"홈스 씨는 배우가 됐어도 크게 성공했을 겁니다. 아까 그 기침 소리는 진짜 구빈원에서나 들을 법한 노인의 기침 소리가 아닙니까. 부들부들 떠는 다리 하며, 일주일에 10파운드는 충분히 받을 법한 연기였어요."

홈스의 연기에 찬사를 늘어놓던 존스 형사는 아쉽다는 듯 무릎을 탁, 치며 말했다.

"어쩐지! 그 눈빛은 어디서 본 것 같더라니! 그러고 보면 홈스 씨가 우리를 감쪽같이 속인 건 아니로군요."

홈스는 존스 형사의 말에는 아랑곳없이 여유로운 표정으로 시가를 피워 물었다.

"오늘 온종일 이런 차림으로 돌아다녔습니다."

"특별한 이유라도 있었나?"

"자네가 사건 수사 기록을 책으로 펴낸 다음부터 범죄자들이 내 얼굴을 알아보기 시작했거든. 그래서 탐문 수사를 하러 나갈 때면 이런 식으로 변장을 해야 하지."

그는 담배 연기를 공중에 뿜어내고는 존스 형사에게 물었다.

"제가 보낸 전보는 받으셨습니까?"

"그렇습니다. 그걸 받고 여기 온 겁니다."

"수사는 잘돼 가고 있습니까?"

"모든 게 물거품으로 돌아가고 말았습니다. 결정적인 용의자 두 사람을 풀어줄 수밖에 없었거든요. 나머지 두 명 역시 증거가 불충분합니다."

존스 형사가 인상을 찌푸리며 말했다.

"걱정하지 마십시오. 대신 새로운 두 사람을 잡게 해드리겠습니다. 하지만 내 지시를 잘 따르셔야 합니다. 범인을 체포한 공은 혼자 누려도 좋지만 일단 내가 하자는 대로 움직여야만 합니다. 그렇게 할 수 있겠습니까?"

"물론입니다. 범인만 체포할 수 있다면 뭐든 하겠습니다."

존스 형사는 기대에 찬 목소리로 대답했다.

"좋습니다. 그럼 성능이 좋은 증기선 한 척을 준비해주십시오. 7시까지 웨스트민스터 선착장에 대기시켜야 합니다."

"그거야 쉬운 일이지요. 그 부근에는 항상 경비정이 한두 척씩 있습니다. 하지만 일은 확실히 처리해야 하니까 미리 전화를 해두겠습니다."

"그리고 범인들이 거칠게 나올 것에 대비해서 힘센 장정 둘 정도가 필요합니다."

"경비정에는 그런 경관이 두세 명씩 배치되어 있습니다. 또 다른 건?"

"범인을 잡으면 보물도 찾게 될 겁니다. 여기 있는 왓슨은 그 보물의 절반에 대한 권리가 있는 숙녀분에게 그것을 돌려주고 싶어 할 겁니다. 그 숙녀분이 가장 먼저 보물 상자를 열어보게 하고 싶은데요."

홈스는 나를 보고 싱긋 웃었다.

"어떤가, 왓슨?"

"그렇게 할 수만 있다면 정말 좋겠지."

그러나 존스 형사는 고개를 가로저으며 말했다.

"그건 좀 변칙적인 요구사항이군요."

그러다 문득 우리 두 사람의 표정을 본 그는 다시 말을 바꾸기 시작했다.

"하지만 사건 자체가 정상 궤도를 벗어났으니 그 정도는 눈감아줄 수 있을 겁니다. 대신 보물을 확인하고 난 뒤에는 곧바로 경찰에 넘겨야만 합니다. 공식적인 조사가 끝날 때까지는 경찰에서 보관하는 것이 원칙이니까요."

"물론입니다. 그리고 한 가지 더! 이 사건에 대해서 조너선 스몰에게 몇 가지 확인할 사항이 있습니다. 우리 집에서든 다른 장소에서든 그자와 비공식적인 면담을 하고 싶습니다. 경비만 확실히 해준다면 문제 될 건 없을 것 같은데요."

홈스의 말에 존스 형사는 흔쾌히 답을 내놓았다.

"좋습니다. 어차피 이번 수사는 선생이 주도한 거니까요. 사실 나는 조너선 스몰이란 사람이 누군지도 모릅니다. 그러니 홈스 씨가 그자를 잡아서 이야기하고 싶다 해도 내가 막을 명분은 없지요."

"그러면 더 할 이야기가 없군요."

"좋습니다. 아주 좋아요."

존스 형사는 이미 범인을 잡은 사람처럼 한껏 기분이 부풀어 있었다.

"자, 그럼 오늘은 우리와 함께 저녁 식사를 하시지요. 식사는 30분이면 준비될 겁니다."

홈스는 장난스럽게 웃으며 두 손을 비벼댔다.

"주요리는 굴과 꿩고기, 그리고 상당히 괜찮은 백포도주가 나올 예정입니다. 왓슨, 오늘 내 요리 솜씨 제대로 경험해보겠나?"

10
숨 막히는 추격전

아주 즐거운 저녁 식사였다. 홈스는 기분이 내킬 때면 꽤 말이 많아졌는데, 오늘이 바로 그런 날이었다. 그는 상당히 흥분한 것처럼 보였다. 그동안 나는 홈스와 함께 지내면서도 그가 이렇게 발랄하게 이야기하는 것을 본 적이 없었다. 그는 쉴 새 없이 주제를 바꿔가며 대화를 이끌어나갔다. 중세의 종교극과 도자기, 스트라디바리우스의 바이올린, 스리랑카의 불교, 미래의 군함에 관한 이야기까지, 그는 어떤 분야를 막론하고 놀라울 정도의 식견을 자랑하고 있었다. 홈스의 기분이 이처럼 유쾌한 것은 지난 며칠 동안 계속되었던 우울증에 대한 반작용이었다. 이야기를 나누고 보니 애설리 존스 또한 꽤 사교적인 사람이었고 상당한 미식가였다. 나 역시 수사가 거의 마무리 단계에 이르렀다고 생각하자 기분이 좋아졌다. 홈스의 유쾌함이 나에게까지 전염된 게 분명했다. 하지만 세 사람 중 누구 하나 우리를 한데 모이게 한 사건에 대해 말을 꺼내는 이가 없었다.

식사가 끝나자 홈스는 시계를 슬쩍 보더니 술잔 세 개에 포트 와인을 따랐다.

"자, 건배합시다. 오늘 밤 모험의 성공을 위하여!"

우리는 잔을 높이 들어 올린 뒤 기분 좋게 와인을 마셨다.

"이제 나갈 때가 됐군요. 왓슨, 자네 권총을 가지고 있나?"

"책상 서랍에 군용 리볼버가 하나 있네."

"그럼 그걸 가지고 가게. 조심해서 나쁠 건 없지."

홈스가 창밖을 내다보며 말했다.

"현관 앞에 마차가 대기하고 있군. 6시 30분까지 오라고 미리 일러두었거든."

우리는 마차를 타고 웨스트민스터 선착장으로 향했다. 7시가 약간 넘은 시각에 선착장에 도착하자 증기선 한 척이 대기하고 있었다. 홈스는 배를 이리저리 살펴보기 시작했다.

"이게 경비정이라는 걸 알 수 있는 표시가 있습니까?"

"물론입니다. 배 옆면에 달린 녹색등이 그것이지요."

"그렇다면 그걸 떼고 출발합시다."

존스 형사가 녹색등을 떼자 우리는 배에 올라탔다. 존스 형사와 홈스, 나는 배 뒤쪽에 자리를 잡았다. 키잡이 한 명, 화부 한 명, 그리고 건장한 체구의 경관 두 명이 배 앞쪽에 올라타 있었다.

"어디로 가야 합니까?"

존스 형사가 물었다.

"런던탑으로 출발하십시오. 제이컵슨 조선소 맞은편에 배를 세우라고 하시고요."

경비정은 생각보다 빠른 속도로 수면 위를 내달렸다. 어찌나 빠르게 지나쳤는지 짐을 싣고 달리는 나룻배들이 그 자리에 서 있는 것처럼 보일 정도였다. 게다가 우리보다 앞서가던 증기선 한 척을 멀찌

감치 뒤로 따돌리는 것을 보자 홈스는 만족스러운 듯 환한 미소를 지었다.

"강 위에 떠 있는 어떤 것이라도 추월할 수 있을 것 같군요."

홈스가 말했다.

"꼭 그렇지만은 않습니다만, 그래도 이 배보다 빠른 증기선은 그리 많지 않을 겁니다."

"우리는 반드시 오로라호를 따라잡아야 합니다. 그 배는 속도가 매우 빠르다고 알려져 있습니다."

홈스는 존스 형사를 보며 힘주어 말했다.

"왓슨, 오늘 어떤 일이 있었는지 이야기해줄까? 사소한 이유로 발이 묶여서 내가 답답해하던 것 기억하지?"

"그럼."

"그래서 난 화학 실험에 몰두하면서 머리를 깨끗하게 비워버렸네. 어떤 위대한 정치가가 이런 말을 했지. '최고의 휴식은 다른 일을 하는 것이다'라고 말이야. 그 말은 정말 사실이야. 탄화수소 용해에 성공하고 나니 다시 숄토 형제의 사건으로 돌아갈 수 있게 되더군. 그래서 나는 사건을 처음부터 끝까지 다시 생각해보았다네."

"고약한 냄새를 맡은 보람이 있었군."

"그런데 아이들을 시켜서 강가를 샅샅이 뒤졌지만 아무런 성과를 얻지 못했어. 어느 선착장에서도 오로라호의 모습을 찾을 수 없었으니까. 게다가 그 배는 집으로 돌아가지도 않았네. 그렇다고 놈들이 증거를 없애기 위해 배를 침몰시켰다고 보기도 어려웠어. 물론 그럴 가능성을 완전히 배제할 수는 없었지만 말이야."

"물론이지."

"아무튼 나는 조너선 스몰이라는 자가 잔꾀에 능한 사람이라는 걸

알고 있었네. 하지만 섬세하고 치밀한 계획을 세울 능력이 없다는 것도 파악하고 있었어. 고등 교육을 받은 적이 없는 사람에게 그런 건 무리였으니까. 그리고 나는 그자가 얼마 전부터 런던에 머무르고 있었을 거로 생각했네."

"무슨 근거로?"

"그자는 폰티체리 저택을 계속 감시하고 있었네. 그런 상황에서는 런던을 떠나기가 쉽지 않지. 단 하루만이라도 신변 정리를 할 시간이 필요했을 거야. 어쨌든 나는 그쪽으로 심증을 굳혔네."

"하지만 내 생각은 좀 다르네. 어쩌면 스몰은 폰티체리 저택에 침입하기 전에 미리 신변 정리를 끝냈을 수도 있지 않을까?"

내가 이렇게 말하자 홈스는 단호하게 고개를 가로저었다.

"아니, 절대로 그렇지 않네. 만약 위급한 일이 생겼을 때는 그곳이 바로 은신처가 되어줄 거야. 그런데 더 이상 그런 장소가 필요하지 않다는 확신이 생기기도 전에 그곳을 버렸을 리는 없어."

듣고 보니 홈스의 말도 일리가 있었다.

"또 이런 생각도 했다네. 조너선 스몰은 공범의 인상착의가 특이해서 아무리 옷으로 가린다고 해도 남의 눈에 띄기 쉽다는 것, 그리고 그 때문에 노우드 사건과 결부될 수도 있다는 사실을 잘 알고 있었을 거야. 놈은 그 정도의 머리는 돌아가는 녀석이야."

"그렇겠군."

"범인들은 날이 어두워지자 은신처를 향해 출발했어. 그들은 날이 밝기 전에 그곳에 도착하기를 바랐겠지. 스미스 부인의 증언에 따르면, 그들이 증기선을 탄 것은 새벽 3시 무렵이었네. 한 시간 정도만 지나면 날이 밝아 사람들이 일어나 돌아다닐 시간이지. 그렇다면 그들은 그다지 멀리 가진 못했을 거란 생각이 들더군."

나는 홈스의 명석한 추리를 들으며 나도 모르게 무릎을 탁, 쳤다.

"그들은 스미스의 입을 막기 위해 거액의 돈을 쥐여주고 배를 예약해놓았어. 그리고 보물 상자를 품에 안은 채 은신처에 도착했지. 이틀 동안 그들은 신문에 실린 기사를 보면서 자신들이 용의 선상에 올라 있는 건 아닌지 확인할 시간적 여유를 가졌네. 이들은 아마 한밤중에 그레이브센드 항이나 다운스 항에 가서 배를 탈 계획을 세워두었을 거야."

"어디로 가려고 했을까?"

"당연히 미국이나 다른 식민지로 가려고 했겠지."

"하지만 그 오로라호는? 배를 끌고 숙소로 갈 수는 없지 않나?"

"당연하지. 나는 눈에 띄지 않아도 그리 멀지 않은 곳에 배를 정박시켰을 거로 생각했네. 그때부터 나는 스몰의 시선으로 사건을 들여다보기로 했지. 만약 내가 그 정도의 능력이 있는 사내라면 어떻게 판단하고 어떻게 행동했을까, 하고 말이야."

"좋은 생각이로군."

"방법은 하나뿐이었네. 배를 조선소나 선박 수리소에 맡겨두고 사소한 걸 손봐 달라고 하는 거지. 그렇게 하면 사람들 눈에 띄지 않게 배를 감춰둘 수 있으니까 말이야. 게다가 필요할 때는 언제든지 끌어낼 수 있지."

"그것참 간단한 방법이로군."

"그런데 문제는 이렇게 간단한 방법들을 간과하기 쉽다는 거야. 하지만 일단 이런 생각을 떠올린 뒤에는 반드시 확인해볼 필요가 있었어."

"그래서 자네가 선원 차림으로 변장했던 거로군."

"맞았네. 나는 선원 복장을 하고 강변에 있는 조선소를 모조리 뒤지고 다녔네. 무려 15군데를 돌아다녔지만 모두 허탕을 쳤어. 그런데 16번째인 제이컵슨 조선소에서 원하던 이야기를 들을 수 있었어. 이틀 전에 의족을 한 사내가 찾아와 오로라호의 키를 고쳐달라며 배를 맡기고 갔다고 하더군."

"정말 키에 이상이 있었다고 하던가?"

"물론 아니지. 감독이 말하길, 키는 아무런 이상이 없다고 했네. 그런데 바로 그때 누가 등장한 줄 아나? 연락이 끊겼다던 선주 모드케이 스미스였네. 그는 몸을 가누기 힘들 정도로 잔뜩 취해 있더군."

"그가 스미스인 줄은 어떻게 알았나?"

"처음엔 나도 몰랐다네. 하지만 그가 자기는 오로라호의 선주인 모드케이 스미스라며 고래고래 소리를 지르더군. '오늘 밤 8시에 배를 찾으러 올 거요! 명심하시오! 8시 정각이오!' 이렇게 외치더니, '이따 신사 두 분을 태우기로 했는데, 기다리는 걸 제일 싫어하는 분들이오' 하고 떠들어댔네."

"제 입으로 정보를 흘려준 셈이로군."

"그런데 범인들이 스미스에게 상당한 돈을 준 게 틀림없었네. 주머니에서 은화를 꺼내 마구 뿌려대는 걸 보니 말이야. 나는 그길로 스미스의 뒤를 밟았네. 하지만 그는 술집 안으로 들어가서는 한참이 지나도 나오지 않더군."

"그래서 어떻게 했나?"

"나는 다시 조선소로 향했네. 그러다 우연히 내 밑에서 일하는 아이를 만나 녀석에게 증기선을 지켜보라고 일러두었지. 그 아이는 강가에 서 있다가 배가 출발하면 손수건을 흔들기로 약속했네. 그러니 우리는 조금 떨어진 곳에서 기다리기만 하면 돼."

"훌륭한 계획이로군."

"이런 상황에서 우리가 범인을 놓치거나 보물을 되찾지 못한다면 그거야말로 이상한 일이 되겠지."

그때 잠자코 이야기를 듣고만 있던 존스 형사가 끼어들었다.

"아주 훌륭한 계획을 세우셨군요. 물론 그들이 진범인지는 아직 알 수 없지만 말입니다."

존스 형사는 슬쩍 홈스의 눈치를 살피더니 말을 이었다.

"그런데 나라면 그 방법보다는 경찰들을 제이컵슨 조선소에 배치해놓고 놈들이 나타나자마자 체포해버리겠습니다."

하지만 홈스는 단호한 표정으로 손을 내저었다.

"그건 절대 안 됩니다. 조너선 스몰은 그리 호락호락한 인간이 아닙니다. 빈틈없고 약삭빠른 사람입니다. 그는 미리 사람을 보내 상황을 파악한 다음 조금이라도 수상한 낌새가 보이면 일주일 더 은신처에 숨어 있을 게 분명합니다."

"하지만 모드케이 스미스를 몰아붙여서 그들의 은신처를 알아낼 수도 있지 않나?"

내가 묻자 이번에도 홈스는 냉정하게 대답했다.

"그것 역시 시간 낭비일 뿐이야. 내 생각에 스미스가 놈들의 은신처를 알고 있을 가능성은 1퍼센트도 되지 않네. 스미스는 술을 마실 수 있고 돈을 충분히 받는 상황에 만족할 뿐 그런 것을 알려고 하지 않았을 거야."

"그럼 그들은 어떻게 접촉했을까?"

"용건이 있을 때마다 스미스에게 사람을 보내 연락했겠지. 그동안 여러 가지 가능성을 따져봤지만, 이것이 가장 최선이었다네."

우리가 이런 이야기를 나누는 동안에도 배는 템스강에 놓인 수많은 다리 밑을 빠른 속도로 지나쳐갔다. 런던의 중심가를 지날 무렵,

세인트 폴 성당 꼭대기의 십자가가 석양을 받아 황금빛으로 물들었다. 런던탑에 도착했을 때는 이미 황혼이 되어 있었다.

"저기가 제이컵슨 조선소입니다."

홈스는 서리주 방향으로 돛과 돛대가 삐죽삐죽 솟아 있는 곳을 가리켰다.

"저 나룻배들 틈에 숨은 후에 천천히 강을 오르내리면서 기다리면 될 겁니다."

홈스는 주머니에서 야간 망원경을 꺼내더니 잠시 건너편 강가를 살펴보았다.

"저기 내가 세워둔 소년이 보이는군요. 하지만 손수건 신호는 아직 보이지 않아요."

"차라리 하류 쪽으로 좀 더 내려가서 잠복하는 건 어떻습니까?"

존스 형사가 진지한 표정으로 물었다. 돌아보니 배에 타고 있는 사람 모두가 흥분한 상태였다. 도대체 일이 어떻게 돌아가고 있는지 제대로 알지 못하는 경관이나 선원들까지 눈빛을 반짝이며 열성을 보이고 있었다.

"물론 그자들이 하류로 내려갈 가능성이 큽니다. 하지만 장담할 수는 없지요. 대신 여기 있으면 우리는 조선소 입구를 한눈에 볼 수 있지만, 저쪽에서는 이쪽을 볼 수 없습니다. 그만큼 우리에게 유리하단 말이지요. 또 오늘 밤은 맑게 개어서 사방이 환할 겁니다. 그러니 그냥 여기 있는 편이 낫겠습니다."

홈스는 이렇게 말하고는 강 건너편 쪽을 가리켰다.

"저기를 보세요. 저쪽 가스등 불빛 아래 사람들이 얼마나 모여 있는지 보이지요?"

"조선소 직원들이 일을 마치고 돌아가는 길이겠지요."

"저들은 비록 지저분한 몰골을 하고 있지만, 그래도 나는 모든 인간의 내면에는 어떤 불멸의 불꽃이 하나씩 숨어서 타오르고 있다고 생각합니다. 물론 겉만 봐서는 그런 생각이 들지 않겠지만 말입니다. 하지만 그럴 것 같지 않다고 단언할 수는 없습니다. 인간은 그 자체로 풀기 힘든 수수께끼 같은 존재니까요."

"누군가는 인간을 동물 안에 깃든 영혼이라고 말했지."

내가 말했다.

"윈우드 리드가 그런 주제에 관한 책을 썼지. 그는 각각의 인간은 풀기 힘든 수수께끼지만 군중 속 인간의 수학적 확실성을 갖춘 존재라고 말했어."

"좀 쉽게 설명해보게."

"예를 들어 우리는 한 개인의 행동을 예측할 수는 없지만, 평균적인 사람들의 행동은 정확하게 말할 수 있네. 개인은 다양하지만 평균치는 일정하다는 것! 이것이 바로 통계학자의 주장이야."

그때였다. 홈스가 눈을 가늘게 뜨고 강 건너편을 쳐다보더니 반갑게 소리쳤다.

"오! 손수건을 흔드는 것 같군. 저쪽에서 하얀 것이 나풀거리는 게 보이지 않나?"

"그래. 자네 밑에서 일하는 아이가 맞네."

나도 소리쳤다.

"오! 저기 오로라호가 오고 있어."

홈스가 가리키는 곳을 보자 정말 오로라호가 아주 빠른 속도로 달려오고 있었다.

"기관사! 속도를 높이시오! 저 노란 램프를 밝힌 증기선을 쫓아가시오!"

홈스는 혹시라도 오로라호를 놓칠까 싶어 기관사를 채근했다.

"맙소사! 만약 저 배를 놓친다면 나는 절대로 나 자신을 용서하지 못할 거야!"

오로라호는 슬그머니 조선소 입구를 빠져나온 뒤 두세 척의 작은 배 사이에서 움직이다가 한껏 속력을 높이기 시작했다. 그런데 안타깝게도 우리가 오로라호의 모습을 포착했을 때는 이미 엄청난 속도로 강물 위를 날 듯이 달려가고 있었다. 존스 형사는 심각한 표정으로 오로라호를 쳐다보며 고개를 저었다.

"저건 너무 빠르군요. 과연 우리가 따라잡을 수 있을지 모르겠어요."

"반드시 따라잡아야 합니다!"

이를 악문 홈스가 단호한 목소리로 소리쳤다.

"화부! 석탄을 더 넣으시오! 속력을 최대로 높이란 말이오! 이 배가 타버리는 한이 있더라도 저놈들을 붙잡아야 하오!"

우리는 한껏 속력을 높여 오로라호를 뒤쫓았다. 기관에서는 요란한 소리와 함께 시뻘건 불길이 타올랐고, 강력한 엔진은 거대한 무쇠 심장처럼 거친 소리를 냈다. 날렵한 유선형의 뱃머리는 잔잔한 강물을 헤치며 양쪽으로 파도를 만들었다. 엔진이 한 번씩 요동칠 때마다 우리의 몸은 공중으로 튀어 오르며 흔들렸다. 뱃머리에 매달린 커다란 램프에서 흘러나온 노란 불빛은 강물 위로 길게 퍼져나갔다.

잠시 후 우리의 눈앞으로 시커먼 그림자가 펼쳐졌다. 바로 오로라호의 그림자였다. 배 뒤쪽에 생기는 새하얀 물거품만 보더라도 그것이 얼마나 빠른 속도로 달리고 있는지 알 수 있었다. 목표물을 바로 앞에 둔 우리 증기선은 나룻배와 다른 증기선, 상선 사이를 이리

저리 헤치며 빠른 속도로 내달렸다. 어둠 속에서 사람들이 고함치는 소리가 들려왔지만, 오로라호는 아랑곳하지 않고 쏜살같이 달려갔다. 우리 또한 혹시라도 놓칠세라 그 뒤를 바짝 쫓았다.

"석탄을 더 넣어요! 더!"

홈스는 기관실을 들여다보며 다급히 소리쳤다. 무서운 기세로 타오르는 불길이 홈스의 독수리처럼 날카로운 얼굴을 비추고 있었다.

"증기를 최대한 뽑아내시오!"

"아까보다 많이 가까워진 것 같군요."

존스 형사가 오로라호를 뚫어지게 쳐다보며 말했다.

"정말 그렇군요. 몇 분 안에 따라잡을 수 있겠어요."

내가 말했다. 그런데 바로 그 순간이었다. 나룻배 세 척을 매단 예인선이 우리 배 앞으로 슬쩍 끼어드는 것이었다. 기관사가 침착하게 키를 힘껏 잡아당긴 덕에 간신히 충돌은 면할 수 있었다. 그러나 배가 예인선을 돌아 나와 다시 속도를 냈을 때 오로라호는 이미 2백 미터 이상이나 앞서 달리고 있었다. 하지만 아직 시야에서 완전히 벗어난 것은 아니었다.

어느덧 흐릿한 황혼빛은 사라지고 맑게 갠 하늘 위로 별이 반짝이고 있었다. 기관은 최대한 가동되고 있었고, 무섭게 치솟은 속도 때문에 빈약한 선체는 좌우로 흔들리며 요동쳤다. 우리는 웨스트 인디아 부두를 지나 긴 뎁포드곶을 따라 내려갔다. 그리고 독스섬을 돌아서 다시 북쪽으로 올라갔다.

이제 눈앞에 보이는 시커먼 그림자는 다시 오로라호의 그것으로 바뀌어 있었다. 그뿐만 아니라 우리는 아주 가까이에서 오로라호의 날씬한 선체를 볼 수 있었다. 존스 형사가 탐조등을 비추자 배에 탄 사람들의 모습까지 선명하게 보였다. 고물 옆에 앉은 한 남자는 무릎 사이에 까만 물체를 놓은 채 쭈그리고 앉아 있었다. 그 옆에는 시커먼 덩어리가 웅크리고 있었는데, 자세히 보니 뉴펀들랜드 종의 개인 듯했다. 스미스의 아들이 키를 잡고 있었고, 웃통을 벗은 스미스는 시뻘겋게 달아오른 기관 앞에서 석탄을 퍼 넣고 있었다. 그들도 처음에는 자신들이 쫓기고 있는지 긴가민가했을 것이다. 그러다 우리가 끝까지 따라붙는 것을 보고 추격당한다는 사실을 확실히 깨달은 모양이었다. 그리니치에 이르자 두 배의 간격은 300보 정도로 좁혀졌고, 블랙월에서는 250보 정도로 가까워졌다.

그동안 나는 여러 나라를 돌아다니며 숱하게 사냥을 해보았지만, 이 순간 템스강 위를 미친 듯이 달리는 배를 쫓는 것처럼 박진감 넘치는 스릴을 맛본 적은 없었다. 이제 두 배 사이의 간격은 점점 좁혀지고 있었다. 사방이 고요한 밤이었기 때문에 오로라호의 엔진 소리가 우리 배에서도 들릴 정도였다. 고물에 앉은 남자는 여전히 갑판 위에서 몸을 웅크린 채 끊임없이 두 팔을 움직이고 있었다. 그는 가끔 고개를 들고 우리가 얼마나 가까이 다가왔는지를 살피곤 했다. 시간이 갈수록 거리는 점점 더 좁혀졌다.

"정지하라!"

존스 형사가 오로라호를 향해 큰소리로 외쳤다. 질풍처럼 달리는 두 배 사이의 간격은 배 네 척의 길이 정도로 바짝 좁혀진 상태였다. 이제 강기슭이 선명하게 눈에 보였다. 한쪽은 바킹 평지이고, 다른 쪽은 플럼스테드 습지대의 강줄기였다. 존스 형사가 소리를 지르자 고물에 앉아 있던 사내가 벌떡 일어났다. 그는 두 주먹을 불끈 움켜쥐고 흔들며 굵은 목소리로 욕설을 퍼부었다.

"웃기지 마라! 이놈들! 저리 꺼져버려!"

두 다리를 벌리고 선 사내는 체격이 좋고 힘이 세 보였다. 그런데 자세히 보니 그는 오른쪽 허벅지 아래쪽부터는 나무로 만든 의족에 의지하고 있었다. 그가 바로 우리가 쫓던 의족을 한 사내였다. 그가 큰소리로 욕을 퍼붓자 갑판 위에 웅크리고 있던 검은 덩어리가 조금씩 꿈틀대기 시작했다. 몸을 쭉 펴고 보니 그것은 조그맣고 검은 사람이었다. 기형적으로 큰 머리에 잔뜩 헝클어진 고수머리를 한 그는 이제껏 본 중에서 가장 작은 사람이었다. 홈스는 곧바로 리볼버를 꺼내 들었다. 나 역시 기괴한 원주민의 모습을 보자마자 권총을 움켜쥐었다. 원주민은 검은 외투인지 담요인지 정확히 알 수 없는 것으로 몸을 감싼 채 얼굴만 삐죽 내밀고 있었다. 하지만 그 얼굴만으로도 상대방을 공포에 떨게 하기에 충분했다. 살면서 내가 보아온 사람 중에 잔인성과 야수성이 가장 깊이 새겨진 얼굴이었다. 원주민의 두 눈은 음침한 빛으로 번득였고, 두툼한 입술 사이로는 하얀 이가 슬쩍 드러났다. 그는 짐승 같은 난폭함을 드러내며 우리를 향해 적의를 내뿜고 있었다.

"저 녀석이 손을 들거든 바로 총을 쏘게."

홈스가 목소리를 낮추며 말했다.

이제 두 배의 간격은 배 한 척 길이 정도로 좁혀졌다. 우리의 사냥감은 바로 손에 잡힐 듯 가까운 곳에 서 있었다. 게다가 밤이지만 날씨가 맑았기 때문에 그들의 모습은 선명하게 보였다. 백인은 다리를 벌린 채로 거친 욕실을 퍼붓고 있었고, 보기에도 끔찍한 용모를 한 원주민은 탐조등 불빛 아래에서 억세고 누런 이빨을 부드득 갈고 있었다.

그런데 우리가 원주민의 모습을 뚜렷하게 볼 수 있었던 것은 정말 다행스러운 일이었다. 그는 우리가 보는 앞에서 외투 속을 뒤적거리기 시작했다. 그리고는 자처럼 생긴 짧고 둥근 막대를 꺼내 들더니 입에다 댔다.

"지금이야!"

홈스가 다급히 소리쳤다. 우리 두 사람의 권총이 동시에 불을 내뿜었다. 원주민은 숨이 막히는 듯 캑캑거리더니 두 팔을 허공에 휘저으며 물속으로 풍덩 빠져버렸다. 우리는 하얗게 소용돌이치는 물결 속에서 잔인하게 번득이는 두 눈을 보았다.

그 순간 의족을 한 사내가 소년을 밀쳐내더니 자신이 키를 움켜쥐었다. 그는 황급히 방향을 틀어 남쪽 강기슭으로 뱃머리를 돌렸다. 우리도 재빨리 배를 돌려 바로 몇 미터 뒤까지 바짝 쫓아갔다. 하지만 오로라호는 벌써 강기슭에 거의 다다른 상태였다. 그곳은 황량하고 적막한 땅이었다. 밝은 달빛이 고인 물웅덩이와 수생 식물로 뒤덮인 늪지대 위를 비추고 있었다. 철퍽 하는 소리와 함께 오로라호는 흙탕물 속에 처박히면서 멈춰 섰다. 이제 오로라호의 뱃머리는 허공에 뜬 상태였다.

도망자는 곧바로 배에서 뛰어내렸다. 하지만 그 순간 의족이 질퍽한 늪 속으로 깊숙이 빠지고 말았다. 사내는 발을 빼내려고 몸을 뒤틀며 허우적댔지만 그럴수록 더 깊이 빠져드는 것이었다. 그는 앞으로도, 뒤로도 움직일 수 없는 상태가 되어버렸다. 화가 머리끝까지 치밀어 오른 사내는 고래고래 고함을 지르며 다른 한쪽 발로 미친 듯이 흙탕물을 걷어찼다. 그러나 모든 것이 헛수고일 뿐이었다.

우리는 오로라호 옆에 배를 정박시키고 사내 옆으로 다가갔다. 그때까지도 그는 늪 속에 뿌리를 내린 사람처럼 깊숙이 박혀 있었다. 그를 끌어내기 위해 우리는 그의 어깨에 밧줄을 묶어야만 했다. 그는 마치 고약한 물고기처럼 밧줄에 매달린 채 우리 쪽으로 끌려 나왔다.

한편, 스미스 부자는 잔뜩 풀이 죽은 얼굴로 갑판에 앉아 있었다. 그들은 경관의 명령에 따라 순순히 경비정에 올라탔다. 우리는 오로라호를 끌어내 경비정 뒤에 단단히 묶었다. 오로라호에 올라타자 갑판 위에 인도풍 장식이 새겨진 단단한 철제 상자가 놓여 있었다. 그것은 분명 숄토 형제의 불길한 보물이 담겨 있던 상자임이 확실했다. 상자는 한 번에 들어 올리기 힘들 정도로 상당히 무거웠다. 잠긴 상자를 열 수 있는 열쇠를 찾았지만, 주변에는 없었다. 우리는 그 상자를 조심스럽게 경비정의 작은 선실로 옮겨 실었다.

잠시 후 경비정은 다시 강을 거슬러 올라가기 시작했다. 사방으로 탐조등을 비쳤지만, 물에 빠진 안다만 원주민의 시체를 찾을 수는 없었다. 아마 템스강의 시커먼 진흙 바닥 속 어딘가에는 타국에서 온 괴상한 손님의 뼈가 지금까지도 묻혀 있을 것이다.

"이걸 좀 보게."

홈스가 갑판의 목제 승강구를 가리키며 말했다.

"조금만 늦게 총을 쏘았다면 큰일 날 뻔했네."

놀랍게도 우리가 서 있던 자리 바로 뒤쪽에 낯익은 독침 하나가 박혀 있었다. 우리가 권총을 쏜 바로 그 순간 우리 사이로 날아와 박힌 것이 분명했다. 홈스는 그것을 보고 씩 웃으며 어깨를 으쓱해 보였다. 자기는 아무렇지도 않다는 신호였다. 하지만 솔직히 말해서 나는 끔찍한 죽음이 한 뼘 차이도 안 나게 지나쳐갔다는 생각에 등골이 오싹해졌다.

11
아그라의 보물 상자

우리가 잡은 포로는 선실에 앉아 있었다. 그의 앞에는 오랫동안 기를 쓰며 손에 넣으려고 했던 철제 상자가 놓여 있었다.

햇볕에 검게 그을린 피부, 두려움을 모르고 번득이는 두 눈, 검은 얼굴 가득 쭈글쭈글한 주름살은 야외에서 힘들게 일하며 살아온 세월을 보여주는 것 같았다. 덥수룩하게 구레나룻을 기른 각진 턱은 그가 목표로 세운 일을 쉽게 단념하지 않는 사람이라는 것을 보여주는 것 같았다. 검은 곱슬머리에 희끗희끗한 머리칼이 많이 섞인 것으로 봐서 대략 쉰 살이 넘은 것처럼 보였다. 아까 화를 낼 때의 얼굴은 짙은 눈썹과 고집 센 턱 때문인지 매우 무섭게 보였는데, 차분하게 앉아 있는 것을 보니 전혀 불쾌한 얼굴이 아니었다. 그는 이제 수갑을 찬 두 손을 무릎 위에 올린 채 고개를 푹 떨어뜨렸다. 하지만 날카롭게 번득이는 두 눈만큼은 온갖 악행의 근원인 보물 상자를 바라보고 있었다. 그런데 가만 보니 그의 얼굴에는 노여움이나 분노보다는 오히려 슬픔이 가득했다. 그가 잠시 고개를 들었을 때 나와 눈이 마주쳤는데, 희한하게도 그의 눈에서 웃음기가 엿보이는 것 같았다.

홈스가 시가에 불을 붙이며 말했다.

"조너선 스몰, 일이 이렇게 돼서 유감이오."

"나도 그렇게 생각하오."

스몰이 담담하게 말했다.

"하지만 난 이 사건 때문에 교수형 당하지는 않을 거요. 나는 절대로 숄토 씨의 몸에 손을 대지 않았소. 이건 성경에 손을 대고 맹세할 수도 있소."

"그럼 누가 숄토 씨를 죽였단 말이오?"

"그건 지옥의 사냥개 통가의 짓이오. 그놈이 끔찍한 독침을 쏘았소! 난 그 일과 조금도 관련이 없소. 아니, 오히려 나는 숄토 씨가 죽은 것에 대해 진심으로 애도했소. 그래서 그 작은 악마를 밧줄로 후려치기까지 했다오. 하지만 이미 엎지른 물을 주워 담을 수는 없었소."

"담배 한 대 피우시오."

홈스가 시가를 내밀며 말했다.

"몸이 많이 젖은 것 같은데 위스키도 한 모금 하시오. 그런데 한 가지 물어봅시다."

"얼마든지."

"당신이 밧줄을 타고 올라가는 동안 그렇게 작고 약한 원주민이 어떻게 숄토 씨를 제압할 거로 생각했습니까?"

"선생은 꼭 거기 있었던 사람처럼 말하는군. 사실 나는 그 방에 아무도 없을 거로 생각했소. 평상시 같았으면 숄토 씨가 저녁 식사를 하기 위해 아래층으로 내려가 있

을 시간이니까."

"역시 당신은 그 집의 일과에 대해 다 알고 있었군."

"그렇소. 이제 아무것도 숨길 것이 없으니 사실대로 다 말해주겠소. 그렇게 하는 편이 내게 더 유리할 테니 말이오."

스몰은 담배 한 모금을 깊숙이 빨아들이더니 말을 이었다.

"솔직히 그때 죽은 사람이 늙은 소령이었다면 나는 가벼운 마음으로 교수대에 오를 수 있을 거요. 그놈을 찔러 죽이는 것쯤이야 이 담배를 피우는 것만큼이나 쉬운 일이니까. 하지만 나와는 아무런 원한도 없던 숄토의 아들 때문에 감옥에 갈 거라고는 생각조차 못 했소."

"당신은 런던 경찰국 애설리 존스 형사의 손에 넘겨질 거요. 그전에 존스 형사가 당신을 우리 집으로 데리고 올 텐데, 그때 사건의 진상에 대해 자세히 이야기해주시오. 이 사건과 관련된 모든 사실을 솔직히 털어놓아야 하오. 그렇게 해준다면 나도 당신에게 도움이 될 수 있을 거요."

"어떤 도움이 될 수 있단 말이오?"

"당신이 방으로 들어가기도 전에 숄토 씨는 이미 사망했다는 사실을 증명해줄 수 있소."

"아니, 어떻게 그걸?"

"독이 생각보다 빠르게 퍼졌다는 걸 내가 증언해줄 수 있소."

"정말 그랬소! 방 안으로 들어가 보니 숄토 씨가 고개를 옆으로 떨어뜨린 채 이상한 표정으로 죽어 있었소. 나를 보고 웃는 것 같은 그 표정 때문에 나는 간이 떨어지는 줄 알았다오. 너무나 놀란 나머지 나는 통가를 반쯤 죽여놓으려 했지. 하지만 통가는 재빠르게 도망쳤소. 나중에 듣자 하니 그때 당황해서 도망치다가 무기랑 독침도 떨어뜨리고 왔다고 했소."

"바로 그 덕분에 내가 단서를 잡을 수 있었소."

홈스가 빙긋 웃으며 말했다.

"선생이 여기까지 나를 쫓아올 수 있었던 것도 바로 그 때문이었 겠지. 하지만 나는 선생에게 아무런 원한도 없소. 하지만 생각할수록 억울하기만 하오."

스몰은 씁쓸한 미소를 지으며 한숨을 내쉬었다.

"나는 분명히 50만 파운드라는 거액에 대해 정당한 권리를 갖고 있소. 그런 내가 인생의 절반을 안다만 제도에서 방파제나 쌓으며 지냈는데, 이제는 다트무어에서 땅을 파며 보내게 되었으니 속 터질 노릇이지."

"그렇기도 하겠군."

"아주 우연히 아흐메트라는 상인을 알게 되고 아그라 보물과 인연을 맺게 된 그 날이 내 인생 최고로 불운한 날이었소. 아그라 보물은 그 보물을 소유한 사람에게 저주를 내린 게 분명하오. 아흐메트는 그것 때문에 살해당했고, 숄토 소령은 공포와 죄책감에 시달렸으니까. 또 나 역시 평생을 노예로 살게 되지 않았소."

이때 존스 형사가 비좁은 선실 안으로 통통한 어깨와 얼굴을 들이밀었다.

"흠, 분위기 한번 좋군요."

존스 형사는 홈스와 스몰을 번갈아 보며 말했다.

"홈스 씨, 나도 한 잔 주십시오. 서로의 성공을 축하는 의미로 한 잔합시다. 또 한 녀석을 산 채로 잡지 못한 건 아쉽지만 어쩔 수 없는 노릇이지요."

그는 기분이 좋은지 연신 싱글거리고 있었다.

"그리고 홈스 씨, 당신은 정말 훌륭하게 일을 처리했습니다. 솔직히 위험한 곡예나 마찬가지였지요. 증기선을 따라잡는 것만 해도 대단한 일이었어요."

"모두 힘을 합한 덕분에 좋은 결과를 얻은 거지요. 그나저나 나는 오로라호가 그렇게 빠른 배인 줄은 몰랐습니다."

홈스의 말을 들은 존스 형사는 고개를 끄덕이며 말했다.

"스미스는 자기 배가 템스강 주변에서 가장 빠른 증기선이라고 말하더군요. 만약 기관실에 조수가 있었다면 절대 잡히지 않았을 거라고도 했어요. 게다가 자기는 노우드 사건에 대해서는 아무것도 모른다며 발뺌을 하고 있어요."

"그 사람은 정말 아무것도 모르오. 그 사람에게 한마디도 한 적이 없으니까. 그저 그의 증기선이 정말 빠르다는 소문을 듣고 그를 고용했을 뿐이지. 대신 그에게 돈은 충분히 주었소. 그리고 우리를 그레이브센드 항에서 브라질로 떠나는 에스메랄다호를 탈 수 있게 해주면 더욱 후하게 사례하기로 약속했었소."

조너선 스몰이 아쉽다는 듯 말했다.

"좋아. 만약 잘못한 게 없다면 부당한 대우를 받지 않도록 신경 써주겠소. 우린 범인을 잡는 데는 바람처럼 빠르지만 그에게 벌을 내릴 때는 아주 신중하니까."

나는 범인을 체포했다고 벌써 거만하게 으스대는 존스 형사의 모습을 보자 웃음이 터져 나왔다. 홈스 역시 그의 말을 듣고 피식 웃고 있었다. 존스 형사는 우리를 둘러보며 큰 소리로 말했다.

"이제 곧 복스홀 다리에 도착할 겁니다. 왓슨 박사는 보물 상자를 갖고 내리십시오. 그것과 관련된 책임은 모두 내가 진다는 사실을 모르지는 않겠지요?"

존스 형사는 날카로운 시선을 내게 던지며 말을 이었다.

"이것은 매우 파격적인 일입니다만, 약속은 약속이니 지켜야겠지요. 어쨌든 아주 귀중한 보물이니만큼 경사를 함께 보내겠습니다. 마차로 가시겠습니까?"

"네, 그렇게 하려고 합니다."

"열쇠가 없는 게 유감이군요. 뚜껑을 열 수만 있다면 먼저 물품 목록을 만들어놓을 수 있을 텐데요. 아무래도 자물통을 부숴야 할 것 같습니다."

존스 형사는 스몰의 어깨를 툭 치며 물었다.

"이봐, 열쇠를 어떻게 했지?"

"강바닥에 버렸소."

스몰이 퉁명스럽게 대꾸했다.

"그렇게 불필요한 말썽을 부려봤자 좋을 게 없어. 그렇지 않아도 당신 때문에 우리가 얼마나 고생했는지 알기나 해?"

존스 형사는 인상을 찌푸리며 짜증스럽게 말했다.

"어쨌든 왓슨 박사, 굳이 조심하라는 말은 하지 않겠습니다. 일을 보신 뒤 상자를 들고 베이커가로 오십시오. 우리도 거기서 기다리고 있다가 경찰서로 가겠습니다."

나는 무거운 철제 상자를 들고 배에서 내렸다. 친절한 경관 한 명이 나와 동행했다. 세실 포레스터 부인의 집까지는 마차로 15분가량 걸렸다.

내가 현관문을 두드리자 하인이 놀란 표정으로 문을 열었다. 그렇게 늦은 시간에 남의 집을 방문하는 손님이 있다는 것이 의아한 모양이었다.

"부인께선 집에 계신가?"

"죄송합니다만 부인께선 지금 외출 중이십니다."

"언제쯤 돌아오신다고 하던가?"

"그냥 늦으신다고만 하셨습니다."

"그럼 모스턴 양은?"

"지금 응접실에 계십니다."

나는 상자를 들고 모스턴이 있는 응접실로 향했다. 그 사이 친절한 경관은 마차에 남아서 나를 기다리기로 했다. 모스턴은 창문을 열어놓고 그 앞에 앉아 있었다. 그녀는 목과 허리에 주홍빛 단을 댄, 하늘거리는 하얀색 드레스를 입고 있었다. 갓을 씌운 램프에서 흘러나온 부드러운 불빛에 비친 모스턴은 참으로 아름다웠다. 그녀의 우수에 찬 얼굴과 탐스러운 금발 머리는 신비롭게 느껴질 만큼 빛나고 있었다. 모스턴은 의자 양옆으로 하얀 두 팔을 힘없이 늘어뜨렸다. 뭔가 깊은 생각에 잠겨 있는 것이 분명해 보였다. 그러다 내 발소리가 들리자 그녀는 깜짝 놀라 자리에서 일어섰다. 나를 발견한 그녀의 얼굴에는 반가운 미소가 떠올랐고, 창백한 두 뺨은 기쁨으로 붉게 달아올랐다.

"세상에! 마차 소리가 들리기에 포레스터 부인이 예정보다 일찍 돌아오신 줄 알았어요. 당신이 오실 줄은 꿈에도 몰랐답니다. 오늘은 무슨 소식을 갖고 오셨나요?"

그녀는 두 눈을 반짝이며 내게 물었다.

"그 어떤 소식보다 더 좋은 것을 가져왔습니다."

나는 상자를 탁자 위에 내려놓았다. 사실 내 마음은 천근만근 무거웠지만, 목소리만큼은 일부러 더 밝고 유쾌하게 말했다.

"그게 대체 뭔가요?"

"당신의 재산을 가져왔지요."

철제 상자를 흘낏 쳐다보는 모스턴의 얼굴은 의외로 담담해 보였다.

"이게 그 보물인가요?"

"그렇습니다. 바로 아그라의 보물이지요. 절반은 당신의 것이고, 나머지는 새디어스 숄토의 것입니다. 아마도 두 사람에게 각각 25만 파운드씩 돌아갈 겁니다. 생각해보세요. 1년에 1만 파운드의 연금을 받는 셈이지요. 이제 영국에서 당신보다 더 부유한 숙녀는 없을 겁니다. 정말 굉장하지 않습니까?"

그때 나는 기쁨을 좀 더 과장해서 보여줄 필요가 있었던 것 같다. 그녀는 내 축하 인사 속에 담긴 공허한 울림을 눈치챘는지, 두 눈을 동그랗게 뜨고 호기심 어린 눈빛으로 나를 쳐다보았다.

"만약 제가 그걸 갖게 된다면 그건 모두 선생님 덕분입니다."

모스턴이 엷은 미소를 지으며 말했다.

"아닙니다. 내가 아니라 내 친구 셜록 홈스 덕분이지요. 그 친구의 천재적인 분석 능력으로도 해결하기 힘든 일이었는데, 어떻게 내가 이 일을 해결할 수 있었겠습니까? 솔직히 내게는 단서를 찾아낼 만한 능력이 없습니다. 게다가 마지막 순간에도 자칫하면 실패할 뻔했답니다."

"왓슨 선생님, 여기 앉아서 그간의 일들을 이야기해주세요."

나는 그녀의 부탁에 따라 그동안 있었던 일들을 간단하게 설명해주었다. 홈스의 새로운 수사 방법, 오로라호의 발견, 애설니 존스의 방문, 해가 진 뒤 범인을 체포하기 위해 출발한 일, 템스강에서 필사적으로 범인을 추적했던 일까지. 모스턴은 입술을 반쯤 벌린 채 두 눈을 반짝이며 내가 들려주는 모험담에 귀를 기울였다. 홈스와 나 사이를 아슬아슬하게 비껴간 독침 이야기를 해주자 그녀의 얼굴은 금방이라도 기절할 것처럼 하얗게 질렸다. 나는 황급히 물을 따라서 그녀에게 건네주었다.

"괜찮아요."

그녀는 내가 건넨 물을 한 모금 마시더니 안심하라는 듯 미소를 지었다.

"이제 괜찮아요. 두 분이 저 때문에 그렇게 위험한 일을 당했다니 놀라지 않을 수 없네요."

"다 끝난 일인걸요. 그리 대단한 일도 아니고요. 이제 사건은 이것으로 종결되었으니 더 이상은 끔찍한 이야기를 하지 말아야겠습니다."

나는 모스턴을 안심시키기 위해 황급히 화제를 돌렸다.

"좀 더 유쾌한 이야기를 해볼까요? 여기 당신의 보물이 있습니다. 이보다 더 즐거운 일이 또 있겠습니까? 나는 이것을 당신에게 가장 먼저 보여주고 싶어서 경찰에게 양해를 구하고 이곳으로 가져왔습니다."

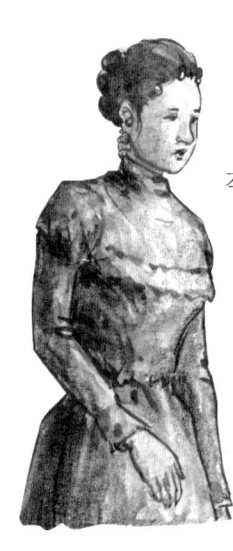

"물론 저도 빨리 보고 싶습니다."

그런데 말과는 다르게 그녀의 목소리에는 기뻐하는 기색이 없었다. 하지만 우리가 온갖 우여곡절을 겪으며 힘겹게 보물을 되찾았다는 것을 안 이상, 보물에 흥미가 없는 듯한 태도는 실례라고 생각한 듯 보였다.

"상자가 참 예쁘군요."

모스턴이 상자를 이리저리 살펴보며 말했다.

"인도에서 만든 건가 봐요."

"네. 베나레스의 금속 세공이지요."

"상자만으로도 상당한 가치가 있을 것 같군요. 그런데 열쇠는 어디 있죠?"

"스몰이 템스강에 던져버렸습니다."

순간 그녀의 얼굴에 난감한 표정이 스치고 지나갔다.

"아무래도 포레스터 부인의 부지깽이를 빌려야겠군요."

상자 앞면에는 부처가 앉아 있는 모습이 새겨진 넓고 두꺼운 자물쇠가 달려 있었다. 나는 그 아래로 부지깽이 끝을 집어넣고 그것을 지렛대 삼아 바깥쪽으로 비틀었다. 그러자 걸쇠가 커다란 소리를 내며 떨어져 나갔다. 나는 떨리는 손으로 상자 뚜껑을 들어 올렸다. 그런데 생각지도 못했던 상황이 벌어지고 말았다. 상자 안을 확인한 우리는 입을 떡 벌린 채 서로의 얼굴만 멍하게 쳐다볼 뿐이었다. 상자 안은 텅 비어 있었던 것이다!

그런데도 상자가 무거운 것은 전혀 이상한 일이 아니었다. 상자의 둘레가 모두 1.5센티가량의 쇠로 되어 있었던 것이다. 그것은 귀중품을 넣기 위해 튼튼하게 만든 상자가 분명했다. 하지만 황금이나 보석은커녕 그 흔한 쇠붙이 한 조각 들어 있지 않았다.

"보물이 없군요."

모스턴이 담담하게 말했다.

나는 그 말의 의미를 확실히 이해하고서야 내 마음에 드리워진 커다랗고 검은 그림자가 걷히는 것을 느낄 수 있었다. 상자 안에 보물이 없다는 걸 확인하기 전까지, 나는 아그라의 보물이 내 마음을 얼마나 무겁게 짓누르고 있었는지 확실히 알지 못했다. 그것은 분명 이기적이고 믿음을 저버리는 태도였다. 그러나 그 순간 내 머릿속에는 그녀와 나 사이를 가로막고 있던 황금의 장벽이 사라졌다는 생각만 가득 차 있었다.

"오! 하느님, 감사합니다!"

급기야 나도 모르는 사이에 이 말이 입 밖으로 튀어나오고 말았다.

"왜 그런 말씀을 하시죠?"

모스턴이 미소를 머금고 내게 물었다.

"당신이 이제 내 손이 닿는 곳으로 돌아왔으니까요."

나는 그녀의 손을 살며시 잡았다. 그녀도 내 손길을 피하지 않았다.

"나는 당신을 사랑합니다. 한 남자의 진심을 알아주십시오. 그동안 그 보물 때문에 나는 내 마음을 드러낼 수 없었습니다. 하지만 이제 그것들은 사라져버렸습니다. 이제야 나는 내가 당신을 얼마나 사랑하는지 말할 수 있습니다."

"그렇다면 저도 하느님께 감사해야겠군요."

내가 그녀의 어깨를 감싸자 그녀가 조용히 속삭였다. 그날 밤, 보물을 잃은 사람이 누구든 간에 나는 세상에서 가장 아름다운 보물을 얻게 되었다.

12
조너선 스몰의 사건 진술

나는 한참 후에야 포레스터 부인의 집에서 나왔다. 마차에서 기다리던 경관은 참을성이 매우 강한 사람이었다. 그는 그때까지도 아무런 불평 없이 나를 기다리고 있었다.

"상자 안이 비어 있더군요."

내가 빈 상자를 보여주자 그의 얼굴이 금세 어두워졌다.

"그렇다면 상금도 없겠군요."

그는 한숨을 길게 내쉬었다.

"보물이 없으니 상금도 없는 게 당연하지요. 만약 보물이 있었다면 나와 샘 브라운은 오늘 밤 수고한 대가로 10파운드를 받을 수 있었습니다."

"새디어스 숄토 씨는 대단한 부자입니다. 그분은 보물이 있든 없든 사례를 해줄 겁니다."

하지만 경관은 실망한 표정으로 고개를 저으며 말했다.

"그건 안 됩니다. 애셜리 존스 씨도 그렇게 생각할 겁니다."

그의 예상은 적중했다. 베이커가의 집으로 돌아가 빈 상자를 보여주자 존스 형사는 깜짝 놀란 나머지 아무 말도 하지 못했다. 홈스와 존스 형사는 애초의 계획을 바꿔 경찰서에 먼저 들러 상황을 보고한 뒤 베이커가에 도착한 참이었다. 홈스는 항상 그렇듯 무표정한 얼굴로 안락의자에 파묻혀 있었다. 홈스의 맞은편에 앉은 스몰은 성한 다리 위에 의족을 한 다리를 올려놓고 멍하게 앉아 있었다. 내가 빈 상자를 보여주자 스몰은 몸을 뒤로 젖히며 큰소리로 웃기 시작했다.

"스몰, 네놈 짓이지?"

존스 형사가 불같이 화를 내며 소리쳤다.

"물론이지. 보물은 너희가 결코 찾을 수 없는 곳에 숨겨놓았다!"

스몰은 온 방이 쩌렁쩌렁 울릴 만큼 큰소리로 외쳤다.

"그 보물은 내 거다. 어차피 내가 갖지 못할 바에야 그 누구도 손댈 수 없는 곳에 보관해놓는 게 낫지. 똑똑히 들어라. 이 세상에 그 보물을 가질 수 있는 사람은 안다만에 있는 세 명과 나뿐이야."

"하지만 그 누구도 그 보물을 써보지 못하겠지."

"그래! 불행하게도 우리 네 사람 모두 같은 처지에 놓였다. 나는 그동안 친구들을 대표해서 행동해왔다. 우리는 항상 네 사람의 서명과 함께해왔어."

"과연 그들이 당신의 행동에 찬성할까?"

"당연하지. 그들도 내가 한 일을 잘한 짓이라고 할 거야. 숄토나 모스턴, 그리고 그들의 자식들에게 보물을 넘겨주느니 템스강 속에 던져버리는 게 낫다고 말할 게 분명하다. 우리는 그들을 부자로 만들어주려고 아흐메트를 죽인 게 아니야!"

"대체 보물은 어디에 둔 거야?"

존스 형사는 분을 참지 못하고 씩씩댔다.

"너희가 혈안이 돼서 찾고 있는 보물도 열쇠도 모두 통가가 잠든 곳에 함께 가라앉아 있을 거다."

"대체 언제 그랬다는 거지?"

"너희가 우리 배에 바짝 다가오자 나는 보물을 안전한 곳에 뿌리기 시작했어. 너희는 애써 나를 쫓아왔지만, 동전 한 닢 건지지 못할 것이다."

"스몰! 넌 지금 거짓말을 하고 있다!"

존스 형사가 무거운 목소리로 말했다.

"네가 진짜로 보물을 강에 던졌다면 너는 분명 상자를 통째로 던졌을 거다. 그게 훨씬 쉬운 일이니까."

"모르는 소리! 던지는 게 쉽다면 너희가 찾는 것도 쉽겠지."

스몰이 교활하게 눈을 흘기며 대답했다.

"나를 추격할 정도로 영리한 사람이라면 강바닥에서 철제 상자 하나 찾는 일쯤이야 식은 죽 먹기겠지. 하지만 보물은 8킬로미터에 걸쳐서 흩어져 있으니 그걸 찾아내기는 쉽지 않을 거야."

"그걸 던지면서 마음이 편하던가?"

"물론 내 마음도 찢어지는 것 같았지. 너희가 나를 바짝 쫓아오는 걸 보고 미칠 것만 같았어. 하지만 이제 와 억울해한다고 해도 무슨 소용일까. 내 인생에 좋은 일도 있고 나쁜 일도 있었지만, 지나간 일 때문에 억울해하거나 후회하지는 않을 거야."

"스몰, 당신은 실수한 거야. 만약 그렇게 멍청한 짓을 하는 대신 정의의 편에 섰다면, 재판 때 훨씬 관대한 처분을 받을 수 있을 텐데."

"정의라고?"

스몰이 버럭 화를 내며 소리쳤다.

"대체 무슨 정의? 그 보물이 우리 게 아니라면 대체 누구 것이란 말이야? 보물을 가질 자격이 없는 자들에게 그것을 넘겨주라는 게 당신이 말하는 정의인가? 내가 그 보물을 어떻게 손에 넣었는지 알기나 해? 무려 20년 동안이나 푹푹 찌는 늪지대에서 살아야만 했어. 낮에는 온종일 맹그로브 나무 아래에서 일하고, 밤에는 더러운 죄수 막사에 갇혀 있었지. 바글바글한 모기떼에 시달리고, 말라리아를 앓고, 백인 죄수 괴롭히는 걸 삶의 낙으로 삼는 흑인 간수들에게 두들겨 맞으며 살아왔단 말이야. 그런 고통과 고생을 다 겪어가며 아그라의 보물을 손에 넣은 나다!"

스몰은 씩씩거리며 두 주먹을 불끈 쥐었다.

"그런데 너희는 이 고생의 대가를 다른 놈에게 넘겨주지 않는다고 해서 정의를 들먹이고 있다! 대체 이게 말이나 되는 소리냐? 완전히 엉뚱한 작자가 내 돈으로 편하게 놀고먹는다는 걸 알면서 감옥으로 들어가고 싶지는 않다. 차라리 몇 번이라도 교수형을 당하거나 통가의 독침을 맞는 편이 낫겠다!"

스몰에게서 더 이상 냉정함은 찾아볼 수 없었다. 그는 몹시 흥분한 얼굴로 두 눈을 번득이며 두 팔을 흔들어댔다. 그때마다 팔목에 찬 수갑이 절그럭, 소리를 냈다. 분노에 사로잡혀 악다구니를 쓰는 그를 보니, 의족을 한 사내가 자신을 쫓고 있다는 사실을 알았을 때 숄토 소령이 얼마나 큰 공포를 느꼈을까 짐작할 수 있었다.

"우리가 자세한 내막을 모른다는 사실을 완전히 잊은 모양이군."

홈스가 부드러운 목소리로 말했다.

"우리는 아직 당신의 이야기를 듣지 못

했소. 그러니 당신의 주장이 어디까지가 사실인지도 알 수 없지."

"흥, 그래도 선생은 공정한 사람인 것 같구려. 물론 내가 이렇게 수갑을 차게 된 것은 다 당신 덕분이지만, 그래도 원한 따위는 없소. 모든 일이 공정하게 이루어진 것을 아니까. 당신들이 내 이야기를 듣고 싶어 한다면 굳이 숨기지는 않겠소. 그리고 내가 지금부터 하는 말은 모두 다 사실이오."

홈스는 스몰에게 물 한 잔을 따라 건네주었다.

"고맙소. 잔은 옆에다 두시오. 얘기하다 목마르면 그걸로 입술이나 축이게."

스몰은 짧은 한숨을 내쉬더니 이야기를 시작했다.

조너선 스몰은 피쇼어 지방의 우스터셔 출신이었다. 그곳에는 아직도 스몰이라는 성을 쓰는 사람이 많았다. 한동안 스몰은 고향에 가고 싶다는 생각을 여러 번 했다. 그러나 집안에서 자랑할 만한 사람도 아닌 데다 자신을 반기는 사람도 없어 항상 생각에만 그치곤 했다. 그의 일가친척들은 모두 성실하고 착하며 교회에도 열심히 나가는 농부들이었다. 한마디로 그들은 모두 그 지역에서 인정받는 일꾼들이었다. 오직 스몰만이 떠돌이 기질을 참지 못한 데다 항상 크고 작은 말썽을 일으키곤 했다. 그가 열여덟 살 되던 해에는 여자 문제로 말썽에 휘말렸다. 스몰은 복잡한 문제를 피하려고 인도로 출발하는 보병 3연대에 입대했다.

하지만 스몰은 군대에서 오래 지낼 운도 아니었다. 그가 겨우 제식 훈련을 마치고 소총 다루는 법을 익혔을 무렵이었다. 스몰은 갠지스강을 헤엄쳐 건너겠다고 물에 뛰어들었다. 그때 스몰에게는 천만다행으로 같은 부대에서 수영의 일인자로 소문난 존 홀더 하사가 함께 수영을 하고 있었다. 사건은 스몰이 강을 절반쯤 건넜을 때 벌어졌다. 갑자기 거대한 악어가 달려들더니 스몰의 오른쪽 다리를 물어 뜯어버린 것이었다. 스몰의 다리는 마치 외과의사가 잘라내기라도 한 것처럼 깨끗하게 절단되고 말았다.

스몰은 쇼크와 출혈 때문에 그 즉시 정신을 잃었다. 만약 홀더 하사가 스몰을 강둑으로 끌어내 주지 않았다면 그는 분명 그때 죽었을 것이다. 이후로 5개월 동안 스몰은 병원 신세를 졌다. 그리고 다리에 의족을 단 절름발이 신세로 퇴원했다. 스몰은 그런 자신의 신세가 한심하기 그지없었다.

"결국 아무짝에도 쓸모없는 군인으로 제대하고 말았구나. 어디 군대뿐인가? 이 꼴로는 다른 일도 할 수 있는 처지가 아닌 것을."

스몰은 하루하루 괴로운 심정으로 살았다. 채 스무 살이 되기도 전에 어디에서도 환영받지 못하는 불구자가 되었다는 사실은 그를 비참하게 만들었다.

그런데 불행은 곧 놀라운 행운으로 이어졌다. 인도에서 건너와 쪽(중국이 원산지인 식물로 콩과에 속하는 열대산 관목) 농장을 시작한 에이블 화이트가 일꾼들을 감독할 사람을 찾고 있었다. 그런데 사고를 당한 뒤부터 스몰에게 각별한 관심을 보여주던 부대 대령이 에이블 화이트의 친구였던 것이다. 덕분에 스몰은 감독 자리에 오르게 되었다.

사람들은 스몰이 의족 때문에 말을 잘 못 탈 것이라며 걱정했다. 하지만 스몰의 허벅지가 안장에 달라붙어 있을 만큼은 남아 있었기 때문에 다리가 없어도 크게 불편하지는 않았다. 스몰은 그곳에서 주로 말을 타고 농장을 살피며 일꾼들을 감시하는 일을 했다. 혹시라도 게으름을 피우는 자가 있으면 그 즉시 보고했다. 임금도 상당히 괜찮았고 숙소도 편했기 때문에 스몰은 그곳에서 일하는 것에 대만

족이었다. 자신의 남은 인생을 거기에서 보내겠다고 결심할 만큼이나. 게다가 농장주인 에이블 화이트는 인간성이 아주 좋은 사람이었다. 화이트는 자주 스몰의 숙소에 들려 파이프 담배를 같이 피우기도 했다. 인도 같은 타국에서 백인을 만나게 되면 서로에게 긴밀한 친근감을 느끼기 좋았다.

그러나 행운은 오래 가지 않았다. 갑자기, 정말 아무런 경고도 없이 세포이(영국 동인도 회사에 고용된 인도인 용병) 반란이 일어난 것이다. 그 일이 있기 전까지만 해도 인도는 아주 평화롭고 고요한 곳이었다. 그런데 어느 날 갑자기 20만 명이나 되는 폭도가 일제히 난동을 부리며 온 나라를 쑥대밭으로 만든 것이다.

스몰이 일하는 농장은 서북 지방의 국경선 부근에서 가까운 무트라는 곳에 있었다. 밤마다 불타오르는 방갈로 때문에 하늘은 온통 빨갛게 물들었다. 그곳에서는 매일같이 가족들을 데리고 도망치는 유럽인들이 줄을 이었다. 그들은 스몰이 일하는 농장을 지나 군대가 주둔하고 있는 아그라를 향해 떠났다. 그런데 에이블 화이트는 못 말리는 고집불통이었다.

"이번 사태는 과장되었을 뿐이야. 폭동이 갑자기 일어난 것처럼 순식간에 조용해질 것이 분명해."

에이블 화이트는 나라 전체가 불바다로 변했는데도 태평하게 베란다에 앉아 위스키를 홀짝거리거나 한껏 멋을 부리며 시가를 피웠다. 스몰과 도슨은 어쩔 수 없이 그의 곁을 지켰다. 그런데 혼자 몸인 스몰과는 다르게 도슨에게는 농장의 사무와 관리 일을 맡아보는 아내까지 있었다.

결국 일이 벌어지고 말았다. 그날 저녁 스몰은 꽤나 멀리 떨어진 농장에 다녀오는 길이었다. 말을 타고 천천히 돌아오는 중에 가파른

수로 바닥에서 어떤 물체를 발견한 것이었다. 스몰은 그것이 무엇인지 보기 위해 말에서 내렸다. 그런데 그것의 정체를 알자마자 심장이 딱 멈추는 것만 같았다. 그것은 바로 도슨 부인의 시체였다. 그것도 온몸이 갈기갈기 찢긴 데다 자칼과 들개에게 몸이 반쯤이나 먹힌 상태였다. 조금 더 길을 올라가니 도슨 역시 엎드린 채로 죽어있었다. 그는 총알이 없는 권총을 꼭 쥐고 있었고, 그의 앞에는 세포이 넷이 쓰러져 있었다. 당황한 스몰은 말을 멈춰 세우고 어느 길로 가야 할지 잠시 망설였다.

바로 그때였다. 방갈로에서 검은 연기가 피어오르면서 시뻘건 불길이 지붕을 뚫고 치솟는 것이 보였다.

"지금 가봤자 화이트 씨를 구하기엔 이미 늦었다. 만약 내가 그쪽으로 달려간다고 해도 내 목숨만 위험해질 것이다."

스몰은 이렇게 중얼거리며 고개를 저었다.

스몰이 서 있는 곳에서도 시커먼 도깨비 수백 명이 불타오르는 집을 둘러싸고 날뛰는 모습이 생생히 보였다. 그들은 붉은 영국 군복을 입고서 고래고래 고함을 질러대고 있었다. 그런데 그중 한 사람이 스몰을 발견하고는 손가락으로 가리키는 것이었다. 그러자 폭도들이 스몰을 향해 총을 쏘아대기 시작했고 총알이 스몰의 머리 위로 날아들었다. 스몰은 죽을힘을 다해 도망쳤다. 그리고 마침내 그날 밤늦게 아그라의 성에 무사히 도착할 수 있었다.

하지만 그곳도 그다지 안전하지는 않았다. 물론 나라 전체가 벌집을 쑤셔놓은 것처럼 들썩거렸으니 뭐라 할 말은 없었다. 그곳에서 영국인들은 몇 명 이상만 모이면 총을 들고 방어에 나섰다. 하지만 다른 지역에서는 도망치는 것이 제일 나은 선택이었다. 그것은 수백만 명 대 수백 명의 싸움이었기 때문이다. 더 심각한 문제는 수백만 명의 사람 중에서 가장 잔인한 이들은 영국군이 직접 훈련한 현지인 정예부대였다는 것이다. 보병이건, 기병이건, 포병이건 모두 영국군이 가르친 사람들이었다. 그들은 영국군의 무기를 들고, 영국 나팔을 불면서 영국인들을 공격하고 있었다.

아그라에는 뱅갈 제3연대 보병과 시크교도 약간, 기병대 2개 중대, 포병대 1개 중대가 있었다. 관리나 상인들은 의용군을 조직하거나 군대에 자원입대했다. 스몰도 의족을 끌며 입대했다. 7월 초에는 샤군지에서 폭도에 맞서 싸웠는데, 한동안은 영국군이 우위를 점했다. 그러나 얼마 가지 않아 화력이 떨어지는 바람에 성안으로 후퇴하고 말았다. 이후로 사방에서 나쁜 소식만 들려왔다. 그들은 폭동의 중심부에 있었다. 동쪽으로 1백 60킬로 정도 가면 러크나우시가 있고, 남쪽으로 그 정도 거리에 칸푸르시가 있었다. 어디를 가도 고문과 폭행, 살인이 자행되고 있었다.

게다가 아그라는 광신자와 온갖 종류의 악마 숭배자들이 득실대는 도시였다. 미로처럼 좁고 구불거리는 거리에서 스몰의 부대는 길을 잃고 말았다. 어쩔 수 없이 그들은 대장의 지휘에 따라 강 건너편에 있는 옛 성으로 들어갔다. 그곳은 정말 이상한 곳이었다. 무엇보다도 아그라성은 크기가 대단했다. 어찌나 넓은지, 면적이 몇 에이커가 되는지 가늠하기도 힘들 정도였다. 성에는 현대적으로 지은 건물들도 있고 방만 해도 수십 개가 넘었다. 덕분에 수비대, 여자와 아이들, 짐 등이 다 들어가고도 여유가 있을 정도였다. 하지만 그렇게 커다란 건물도 오래된 건물에 비하면 아무것도 아니었다. 오래된 건물은 아무도 출입하지 않아 전갈과 지네가 득실거렸다. 텅 빈 커다란 홀과 구불구불한 통로, 사방으로 뻗은 긴 회랑이 죽 이어져 있었는데, 만약 잘못 발을 들여놓았다가는 길을 잃기 십상이었다. 그래서 사람들은 횃불을 들고 무리를 지어 그 안에 들어가기는 해도 혼자서 들어가는 사람은 없었다.

성 앞으로 흐르는 강물은 해자 역할을 하고 있었다. 하지만 측면과 뒷면에는 수많은 문이 나 있었기 때문에 경비를 세워야만 했다. 경비대는 숙소로 사용하고 있는 곳뿐만 아니라 오래된 건물의 출입구까지 지켜야 했다. 그러나 그러기에는 인원이 턱없이 부족했다. 성문이 너무 많아서 대문에 일일이 보초를 세운다는 것은 처음부터 불가능한 일이었다. 그래서 그들은 성 한가운데 경비본부를 세웠다. 그리고 각 문마다 백인 한 사람을 책임자로 세우고 원주민 두세 명을 배치했다. 스몰은 남서쪽에 있는 외딴 문의 야간 경비 책임자로 뽑혔다. 두 명의 시크교도가 그의 밑에 배치되었다.

"무슨 일이 생기거든 곧바로 소총을 발사하라. 그러면 경비본부에서 곧바로 지원할 것이다."

상부에서는 이렇게 명령했지만, 경비본부는 스몰이 있는 곳에서 2백 보나 떨어진 곳에 있었다. 게다가 그사이에는 통로와 회랑이 미로처럼 가로놓여 있었다. 만약 진짜 공격을 받았을 때 도움을 받을 수 있을지도 의심이 될 정도였다.

그러나 스몰은 두 명의 부하를 지휘한다는 사실이 매우 자랑스러웠다. 자신 역시 신병인 데다 한쪽 다리까지 절룩거리고 있었기 때문이었다. 그는 이틀 밤을 연달아 펀자브 출신 부하들과 함께 보초를 섰다. 그들은 둘 다 키가 크고 우락부락하게 생긴 전사들로 이름은 마호메트·싱과 압둘라 칸이었다. 칠리언 월러에서 영국군에 대항한 적도 있는 늙은 병사들이었다. 영어도 상당히 유창하게 할 수 있었지만, 그들은 스몰과 영어로 말을 하는 법이 없었다. 그저 밤새도록 자기들끼리 이상한 시크 어로 대화를 나눌 뿐이었다. 스몰은 하는 수 없이 문밖에 서서 휘어져 흐르는 넓은 강을 내려다보기도 하고, 아그라 거리의 화려한 불빛을 바라보기도 했다. 크고 작은 북소리와 마약에 취한 반란군의 고함이 밤새도록 끊이지 않고 울려 퍼졌다. 그 소리를 듣는 스몰의 머릿속에는 강 건너편에 있는 위험한 적들에 대한 생각이 가득 차올랐다. 당직 근무를 하는 장교는 두 시간에 한 번씩, 이상이 없는지를 확인하기 위해 순찰을 했다.

야간 근무를 선 지 사흘째 되는 날이었다. 그날은 비바람이 거세게 몰아치는 칠흑 같은 밤이었다. 스몰은 두 부하들에게 몇 번이나 말을 걸었지만, 그들은 한 번도 시원스레 답을 해줄 생각을 하지 않았다. 새벽 2시경이 돼서야 야간 순찰을 하는 장교가 와서 겨우 지루함을 달랠 수가 있었다. 스몰은 부하들과는 대화가 안 된다는 사실을 인정하기로 하고 파이프를 꺼내 들었다. 그리고 성냥을 찾기 위해 잠시 소총을 내려놓았다. 그런데 바로 그때였다. 갑자기 두 명의 부하가 스몰에게로 달려드는 것이었다. 한 명은 총을 재빨리 집어 들더니 스몰의 머리에 총구를 겨눴다. 다른 한 명은 시퍼렇게 날이 선 칼을 목에 들이대며 위협적으로 말했다.

"한 발짝이라도 움직이면 죽여버리겠다!"

그때 스몰의 머릿속에 가장 먼저 떠오른 생각은 이들이 폭도들과 같은 편이라는 것이었다.

'설마 이게 공격의 시작인가? 만약 이 문이 세포이의 손에 넘어가게 된다면 성은 함락된 거나 다름없다. 그러면 부녀자들은 칸푸르 때와 똑같은 꼴을 당하게 되겠지.'

스몰은 차가운 칼끝이 목에 닿는 것을 느끼면서도 경비본부에 이 사실을 알려야겠다고 생각했다. 만약 여기서 죽는다 해도 자신의 의무는 다해야겠다고 결심한 것이었다. 그런데 스몰의 목에 칼을 들이 댄 병사가 스몰의 귀에 대고 낮은 목소리로 속삭였다.

"소리 내지 마라. 성은 안전하니까. 여기에는 반란군이 없다."

그 말이 거짓 같지는 않았다. 흘낏 그들의 갈색 눈을 본 스몰은 소리를 지르면 곧바로 죽임을 당하리라는 것을 알아차렸다. 그는 일단 그들이 자신에게 원하는 것이 무엇인지 알아볼 생각으로 잠자코 기다리기로 했다.

"사힙, 내 말 잘 들어라."

둘 중에 키가 더 크고 사납게 생긴 압둘라 칸이 입을 열었다.

"우리와 함께 행동하든지 이대로 영원히 사라지든지 그건 네가 선택해라. 한시가 급한 일이니 우물쭈물할 시간이 없다. 너희 그리스도의 십자가를 걸고 진정으로 맹세하겠느냐? 아니면 오늘 밤 시체가 되어 저 깊은 강물 속에 처박히겠느냐? 너를 죽인다 해도 우리는 강을 건너 반란군 형제들이 있는 곳으로 가면 그만이다. 다른 방법은 없다."

압둘라는 스몰을 노려보며 위협적으로 말했다.

"죽느냐, 사느냐, 어느 쪽이냐? 3분을 줄 테니 빨리 결정해라. 다시 순찰이 오기 전까지 모든 일을 마쳐야 한다."

"대체 뭘 결정하란 말이냐?"

스몰이 답답하다는 듯 물었다.

"너희는 나한테 원하는 게 무언지 아무런 설명도 하지 않았다. 하지만 분명히 들어라. 만약 성의 안전과 관계되는 일이라면 나는 절대로 듣지 않을 것이다. 그 일이라면 차라리 그 칼로 나를 찔러 죽여라."

"이 일은 성의 안전과는 아무런 상관도 없다."

압둘라가 고개를 저으며 말했다.

"우리는 너희가 인도에서 찾는 것을 주려고 한다. 우리가 너를 부자로 만들어주겠다. 오늘 밤 우리 편에 가담한다면 너에게도 정당한 몫을 줄 것이다. 이 칼에 대고 맹세하마. 우리 시크교도는 절대로 맹세를 어기지 않는다. 보물의 4분의 1은 네 것이다. 그 이상 공평하게 나눌 수는 없을 것이다."

"보물이라니?"

스몰은 전혀 생각지도 못했던 단어를 듣고 깜짝 놀랐다.

"왜? 부자가 되고 싶지 않은가?"

"물론 나는 부자가 되고 싶다. 그런데 대체 보물이 어디 있다는 것이냐?"

"일단 맹세부터 해라. 네 아버지의 뼈에, 그리고 네 어머니의 명예에, 또 너희 기독교도들의 십자가에 걸고, 지금부터 우리를 배반하는 말과 행동을 하지 않을 것을 맹세해라."

압둘라가 근엄한 목소리로 말했다.

"맹세하마."

스몰이 대답했다.

"다만 성을 위협하지 않는다는 조건이다."

"물론이다. 그리고 우리는 보물을 4등분으로 공평하게 나누어 네 몫을 줄 것을 맹세하겠다."

압둘라가 고개를 끄덕이며 말했다.

"하지만 여기에는 세 사람밖에 없지 않나?"

스몰이 주위를 두리번거리며 물었다.

"아니다. 도스트 아크바르에게도 한 몫을 나눠주어야 한다. 그들이 오길 기다리는 동안 사정을 이야기해주마."

압둘라는 마호메트를 보며 말했다.

"마호메트, 너는 성문을 지키고 있다가 그들이 오면 바로 알려다오."

압둘라는 다시 스몰을 보고 이야기를 시작했다.

"사실은 이렇다. 내가 너에게 이런 이야기를 하는 것은 백인들도 맹세를 가볍게 여기지 않는다는 것을 알 뿐만 아니라, 네가 믿을 만하다는 것도 잘 알고 있기 때문이다. 만약 네가 거짓을 늘어놓는 힌두교도였다면 상황은 달랐을 것이다. 네가 아무리 그 거짓 사원에 있는 신을 모두 걸고 맹세한다고 해도 네 몸뚱이는 이미 칼에 찔린 채

차가운 강물 속으로 가라앉아 버렸겠지. 그러나 시크교도와 영국인들은 서로를 잘 안다. 그러니 이제부터 내가 하는 말을 잘 들어라."

압둘라는 스몰의 옆에 더욱 바짝 붙어 섰다.

"북부 지방에 영토는 좁지만 꽤 부유한 군주가 있었다. 그는 선대로부터 많은 재산을 물려받았는데, 돈을 쓰기보다는 모아놓기를 좋아하는 구두쇠였다. 덕분에 그의 재산은 날이 갈수록 불어만 갔지. 게다가 이번 난리가 터지자 그 군주는 사자 편도 들고 호랑이 편도 들었어. 한마디로 반란군 손을 잡기도 하고 동인도 회사 손을 잡기도 하면서 박쥐처럼 행동했던 거야. 그런데 시간이 지나자 그의 눈에는 백인의 지배가 곧 끝날 것처럼 보였어. 그도 그럴 것이 사방에서 백인이 살해당하거나 대패했다는 소식만 들려왔으니까. 하지만 그는 워낙에 조심성이 많은 사람이었다. 그래서 일이 어떻게 되더라도 재산의 절반을 지킬 수 있는 묘안을 짜냈지."

"그렇다면 보물을?"

"그래. 금과 은은 궁전 금고에 남겨두고 자신이 모아둔 귀중한 보석과 최상품 진주는 철제 상자에 담았지. 그리고 상인으로 변장시킨 하인에게 상자를 아그라의 요새로 옮기라고 명령했다. 평화가 올 때까지 그곳에 감춰둘 생각이었지."

"만약 반란군이 승리하면 궁전의 금과 은이 남고, 회사가 승리하면 보석은 남을 테니까."

"맞아. 아무튼 재산을 나눠서 보관하기로 한 군주는 세포이 편에 가담했어. 그의 영지에서는 그쪽이 훨씬 우세했으니까."

"그렇다면 그 하인은?"

"아흐메트라는 이름의 그 가짜 상인은 지금 아그라시에 들어와 있어. 그는 어떻게든 성안으로 들어올 기회를 노리고 있지."

네 개의 서명 **435**

"그런데 그 사실을 어떻게 알게 되었나?"

"아흐메트는 여행 도중에 도스트 아크바르를 만나 동행했다. 도스트 아크바르는 나와는 의형제를 맺은 사이지. 아흐메트에게 비밀을 전해 들은 그는 내게 그 사실을 전했어. 그리고 오늘 밤, 성 뒷문으로 그를 데려오겠다고 내게 약속했다."

"그것이 바로 이 문이겠군."

"당연하지. 여기는 외진 데다가 그들이 여기에 오는 것을 아는 사람은 아무도 없어. 우리는 아흐메트를 죽여버리고 군주의 막대한 보물을 차지할 생각이다. 어떤가, 사힙?"

압둘라는 턱을 치켜들고 스몰의 대답을 기다렸다. 스몰은 속으로 생각했다.

'내가 태어난 우스터셔에서는 사람 목숨이 가장 중요하고 성스러운 것이었다. 하지만 지금 내가 있는 곳은 어떠한가? 어디를 둘러봐도 시체가 널려 있고 피비린내가 진동한다. 사람의 목숨은 한낱 파리 목숨처럼 하찮을 뿐! 이렇게 매일 대하고 보니 죽음도 익숙해지는구나. 좋다! 아흐메트가 죽건 말건 나와는 아무런 상관없다!'

스몰은 압둘라의 제안을 받아들이기로 했다. 보물에 대한 미련을 버릴 수 없었던 것이다. 그는 보물을 갖고 영국으로 돌아가 무엇을 할까 생각해보았다. 또 사람 구실 못한다고 손가락질당하던 그가 주머니에 금화를 가득 넣고 나타나면 고향 사람들이 어떤 표정을 지을까 하는 생각까지 했다. 스몰은 이미 마음을 굳힌 상태였다. 그런데 압둘라는 그가 망설이는 것으로 생각하고 더욱 강력하게 밀어붙였다.

"사힙! 잘 생각해봐라. 만약 아흐메트가 수비대에 잡히면 어차피 교수형이나 총살을 당하게 될 것이다. 그리고 보석은 고스란히 정부에 압수당하겠지. 그렇게 되면 누구도 동전 한 닢 얻지 못할 게 분명하다. 그러느니 우리가 정부를 대신해 상인을 체포한 다음 나머지 일을 처리하는 게 낫지 않겠나? 보물이 동인도 회사의 금고로 들어가는 대신 우리의 주머니에 들어오는 걸 상상해보란 말이다. 우리 넷은 큰 부자가 될 것이고, 우리 말고는 이 사실을 아무도 모를 것이다. 자, 이제 결정해라! 우리 편에 설 것인가, 아니면 우리를 적으로 삼겠는가?"

"너희와 행동을 같이하겠다."

스몰은 압둘라의 눈을 똑바로 바라보고 대답했다.

"아주 잘 생각했군."

압둘라는 스몰에게 총을 돌려주며 말했다.

"당신도 우리처럼 맹세를 반드시 지키리라고 믿는다. 이제 내 의형제 아크바르가 아흐메트와 오기를 기다리는 일만 남았다."

"그런데 당신의 의형제도 이 계획을 알고 있나?"

스몰이 물었다.

"이것은 모두 그가 세운 계획이다. 이제 문 앞으로 가서 마호메트 싱과 함께 보초를 서도록 하자."

때마침 우기가 시작될 무렵이라 비가 거세게 쏟아지고 있었다. 시커먼 구름이 하늘을 뒤덮고 있었기 때문에 한 치 앞도 분간하기 힘들 정도였다. 그들이 지키는 문 앞에는 깊은 해자가 있었는데, 군데군데 물이 마른 곳이 있어서 건너기 어렵지는 않았다. 스몰은 사나운 펀자브 사람 두 명과 그곳에 서서 죽음을 향해 걸어오는 사람을 기다리고 있었다.

그때 갑자기 해자 저편에서 불빛이 반짝이는 것이 보였다. 불빛은 흙더미 뒤로 잠시 사라졌다가 다시 나타나더니 우리 쪽을 향해 서서히 다가오기 시작했다.

"왔다!"

스몰이 소리쳤다.

"사힙, 보통 때처럼 당신이 수하(암호를 확인하는 것)하라."

압둘라가 소리쳤다.

"일단 저 녀석을 안심시킨 다음 우리와 함께 안으로 들어가게 해야 한다. 뒷일은 우리가 알아서 처리할 테니, 당신은 여기서 망을 보도록! 그리고 그 녀석이 맞는지 확인할 수 있도록 램프를 비출 준비를 해라."

불빛은 잠시 멈추었다 움직였다를 반복하면서 이쪽으로 천천히 다가오고 있었다. 마침내 해자 건너편 둑 위로 시커먼 그림자 두 개가 나타났다. 두 사람은 경사진 둑을 미끄러져 내려와 진흙탕을 첨벙거리며 건너왔다. 그리고 문 아래쪽 둑을 기어오르기 시작했다. 스몰은 그들이 둑을 절반쯤 올라올 때까지 기다렸다가 수하를 했다.

"누구냐?"

스몰이 작은 목소리로 물었다.

"친구들이오."

역시 낮은 목소리로 대답이 들려왔다. 스몰은 램프 덮개를 벗기고 소리가 나는 쪽으로 불을 비춰보았다. 앞장서 올라온 사람은 몸집이 큰 시크교도였다. 그는 시커먼 수염을 거의 허리까지 드리우고 있었다. 다른 한 사람은 작고 통통한 남자로 노란 터번을 머리에 두툼하게 감고 있었다. 그는 천으로 싼 물건을 손에 들고 있었다. 터번을 두른 사내는 두 손을 부들부들 떨 정도로 두려워하고 있었다. 그는 구멍에서 막 튀어나오려는 생쥐처럼 작고 반짝이는 두 눈을 연신 깜빡였다. 스몰은 그를 죽일 거로 생각하자 온몸에 소름이 돋았다. 하지만 애써 보석을 떠올리면서 마음을 단단히 다잡았다. 그는 스몰이 백인이라는 걸 알아보자 환호성을 지르며 달려왔다.

"사힙! 저를 도와주십시오."

그는 숨을 헐떡이며 간절하게 애원했다.

"불쌍한 상인 아흐메트를 보호해주십시오. 저는 아그라성에 피난처를 구하려고 라즈푸타나에서 왔습니다."

"왜 이곳으로 오려 하느냐?"

"저는 회사 편을 들었다는 이유로 가진 것을 모두 빼앗기고 몰매까지 맞았습니다. 그래도 오늘 밤은 운이 좋은 모양입니다. 얼마 안 되는 재산을 가지고 이곳까지 안전하게 왔으니 말입니다."

"손에 들고 있는 건 뭐냐?"

"이건 그냥 철제 상자입니다. 이 안에는 집안에 대대로 전해지는 물건 몇 개가 들어 있을 뿐입니다. 다른 사람에게는 아무런 가치도 없는 것들이죠. 하지만 제게는 귀중한 물건입니다."

아흐메트는 상자를 꽉 끌어안으며 말했다.

"저는 거지가 아닙니다. 만약 제가 여기에 피신할 수 있게 해주신다면 사힙과 지휘관께도 충분한 사례를 하겠습니다."

스몰은 그와 더 이상 이야기를 나눌 자신이 없었다. 그의 겁에 질린 얼굴을 보고 있자니 마음이 약해져서 그를 죽이는 게 더 어려워질 것 같았기 때문이었다. 스몰은 차라리 빨리 이야기를 끝마치는 게 낫겠다고 생각했다.

"이 사람을 본부로 끌고 가라."

스몰이 말하자 두 시크교도가 상인을 에워싸고 어두운 복도로 들어갔다. 이제 상인은 완전히 죽음에 둘러싸인 꼴이 되고 말았다. 스몰만이 램프를 들고 문 앞에 남아 있었다.

잠시 후 적막한 회랑으로 걸어 들어가는 사람들의 발소리가 울려 퍼졌다. 그런데 어느 순간 갑자기 발소리가 뚝 그치는 것이었다. 뒤이어 쾅 하는 소리와 함께 다급한 말소리가 들려왔다. 다음 순간 헐떡거리는 숨소리가 들리는가 싶더니 검은 그림자가 긴 회랑에서 빠져나왔다. 당황한 스몰은 회랑 입구를 램프로 비춰보았다. 놀랍게도 뚱뚱한 사내 하나가 피투성이가 된 채 달려오고 그의 바로 뒤로는 검은 수염을 기른 키 큰 남자가 번쩍이는 칼을 휘두르며 쫓아오는 것이었다. 스몰은 그 상인처럼 발이 빠른 사람을 본 적이 없었다. 결국 두 사람 사이의 거리는 점점 벌어지고 있었다. 스몰은 상인이 자기 앞을 지나갈 때 바로 붙잡아야 한다고 생각했다. 그러나 한순간 상인이 매우 불쌍하게 느껴지는 것이었다.

"보물! 보물만 생각하자!"

스몰은 이렇게 중얼거리며 마음을 독하게 다잡았다. 결국 스몰은 아흐메트가 자기 옆을 지나갈 때 그의 다리 사이로 총을 쏘아댔다. 총에 맞은 아흐메트는 비명을 내지르며 땅 위로 두 번 굴렀다. 그리고 그가 미처 일어서기도 전에 압둘라가 바람처럼 달려들어 옆구리를 칼로 찔러댔다. 아흐메트는 신음 한번 못 내고 넘어진 곳에서 그대로 죽어버렸다. 스몰은 어쩌면 아흐메트가 쓰러질 때 목뼈가 부러졌을지도 모른다고 생각했다.

스몰은 잠시 이야기를 마치고는 수갑 찬 손으로 홈스가 따라놓은 위스키 잔을 집어 들었다. 솔직히 나는 스몰이 저지른 극악무도한 살인 행각보다도, 그 일에 대해 너무나 자연스럽게 털어놓는 모습에 더 오싹함을 느꼈다. 이 남자가 앞으로 어떤 처벌을 받게 될지 모르지만 내게서는 털끝만큼의 동정도 받지 못할 것은 확실했다. 홈스와 존스 형사는 두 손을 무릎에 올려놓은 채 스몰의 이야기에 푹 빠져 있었다. 하지만 그들의 얼굴에도 나와 똑같은 혐오감이 드러났다. 스몰도 우리의 표정 변화를 눈치챈 모양이었다. 다시 이야기를 이어나가는 그의 목소리는 아까보다 훨씬 도전적으로 변해 있었다.

"물론 우리가 한 행동은 나쁜 일이 분명하오. 하지만 목숨을 내놓고 그런 일을 벌인 이상 자기 몫을 거절할 사람이 과연 몇이나 되겠소? 그리고 아흐메트가 성안에 발을 들여놓은 이상, 그와 나 둘 중 하나는 죽어야 할 운명이었소. 만약 그 녀석이 도망쳐서 사건의 진상이 밝혀졌다면 나는 군법 회의에 넘겨져 총살형을 당했을 거요. 그 당시에는 그런 일에 엄하게 대처했으니까."

"이야기를 계속해보게."

홈스가 차갑게 말했다. 스몰은 손바닥으로 얼굴을 비빈 다음 다시 이야기를 시작했다.

스몰과 압둘라, 그리고 아크바르는 아흐메트의 시체를 건물 안으로 끌고 들어갔다. 아흐메트는 키가 작은 편이었지만 몸은 상당히 무거웠다. 마호메트는 그 자리에 남아서 보초를 섰다. 시크교도들은 미리 시체를 숨겨놓을 곳을 준비해둔 상태였다. 그곳은 문에서 상당히 떨어진 곳이었다. 그들이 꾸불꾸불한 회랑을 지나 한참 내려가자 텅 빈 넓은 홀이 나왔는데, 그곳의 벽돌은 거의 무너져 있었다. 그 옆으로 바닥이 움푹 파여 무덤처럼 보이는 곳이 있었다. 그들은 아흐메트의 시체를 그 안에 내려놓고 무너진 벽돌 더미로 덮어버렸다. 그리고 보물 상자를 찾기 위해 원래 자리로 돌아왔다.

보물 상자는 아흐메트가 처음 공격당했을 때 떨어뜨린 장소에 그대로 놓여 있었다. 열쇠는 상자 위의 조각된 손잡이에 비단 끈으로 묶여 있었다. 그들은 떨리는 가슴을 애써 진정시키며 상자를 연 뒤 램프를 비춰보았다. 그 안에는 그들 평생 구경조차 하기 힘든 보물이 잔뜩 들어 있었다. 어찌나 눈이 부신지 눈을 뜨고 있기조차 힘들 지경이었다.

"어린 시절 책에서나 보았던 보물들을 이렇게 보게 되다니!"

스몰의 입에서는 절로 감탄사가 쏟아져 나왔다. 한참 동안 입을 벌린 채로 보물을 구경하던 그들은 상자 안의 보물을 모두 꺼내 목록을 작성했다. 거기에는 최상품 다이아몬드가 무려 143개나 들어 있었다. 그중 하나는 '위대한 무굴'이라는 별칭이 붙은 것으로, 세계에서 두 번째로 큰 다이아몬드였다. 그 외에 최상품 에메랄드 97개, 루비 170개가 있었는데, 그중에는 작은 것도 섞여 있었다. 그리고 석류석이 40개, 사파이어가 210개, 마노가 61개, 또 수를 헤아릴 수 없이 많은 양의 녹주석, 오닉스, 묘안석, 터키석이 들어 있었다. 보물을 발견한 당시 스몰은 그 보석들의 이름을 정확히 알지 못했다. 여기에는 질 좋은 진주도 300개가 들어 있었는데, 그중 12개는 금관에 박혀 있었다. 그런데 금관은 그사이에 누가 꺼내 갔는지 숄토의 집에서 보물 상자를 찾아온 다음에 열어보니 안에 없었다고 했다.

그들은 보물의 목록을 다 작성한 뒤 다시 상자에 집어넣었다. 그리고 상자를 문 앞으로 가져가 마호메트에게 보여주었다.

"드디어 목적을 달성했다. 하지만 서로를 위해 비밀을 지키겠다는 맹세를 반드시 지켜야 한다."

압둘라가 나머지 세 사람을 일일이 쳐다보며 힘주어 말했다.

"일단 보물을 안전한 장소에 숨겨두었다가 이 소란이 끝나고 나면 공평하게 배분하도록 합시다. 어차피 지금 나누어봤자 쓸 수도 없으니 말이오."

"맞소. 이 정도로 값비싼 보석을 갖고 있다가 들키기라도 하는 날엔 의심을 살 게 뻔하지."

그들은 모두 보물을 숨기자는 의견에 동의했다. 그런데 성안에는 개인 공간이 없었기 때문에 보물을 숨길 장소가 마땅치 않았다. 성 밖의 상황도 마찬가지였다.

"일단 시체를 묻어놓은 홀로 갑시다."

압둘라의 말에 따라 세 사람은 재빠르게 움직였다. 그들은 홀 안의 벽 중에서 가장 상태가 좋은 벽을 선택한 뒤 벽돌 몇 장을 들어냈다. 그리고 그 구멍 안에 상자를 감추었다. 또 헷갈리지 않도록 그 장소의 위치를 잘 표시해두었다.

다음 날 스몰은 네 장의 지도를 만들어 모두에게 한 장씩 나누어주었다. 그리고 지도 아래에 네 사람의 서명을 써넣었다.

"지금 여기에 하는 서명은 절대로 다른 사람을 배신하지 않겠다는 맹세나 다름없소. 이 맹세만큼은 하늘이 무너져도 지킬 것을 약속하시오."

한자리에 모여 선 네 사람은 결연한 표정으로 고개를 끄덕였다.

얼마 후 세포이 반란이 드디어 끝났다. 윌슨이 델리를 점령하고 콜린 경이 러크하우를 수복하자 반란군의 기세가 확 꺾인 것이다. 게다가 영국군이 계속 투입되자 나나 사힙은 간신히 국경을 넘어 달아나버렸다. 그리고 그레이트헤드 대령이 이끄는 유격대가 아그라로 진입해 나머지 반란군을 완전히 소탕했다. 나라 안은 다시 평화로워졌다.

'드디어 보물을 나눠 가질 때가 되었구나!'

네 사람은 모두 금방 부자가 될 거라는 희망에 들떠 있었다.

그러나 즐거운 상상도 잠시, 그들이 아흐메드의 살해범으로 체포되면서 그 희망은 산산이 흩어지고 말았다. 완전 범죄라고 생각했던 그들은 도대체 어떻게 사실이 밝혀진 것인지 몹시 궁금했다. 그 해답은 바로 아흐메트를 보낸 군주에게 있었다. 군주는 아흐메트가 매우 충직하다는 사실을 알았기 때문에 그에게 보물 상자를 맡겼다. 하지만 그는 의심 많은 동양인이었다. 그는 아흐메트보다 더 충성심이 강한 하인을 불러들였다.

"아흐메트의 뒤를 쫓아라. 조금이라도 허튼짓을 하면 즉시 내게 알리도록!"

그 하인은 군주의 명령에 따라 아흐메트를 그림자처럼 따라다녔다. 그리고 사건이 발생한 그 날 밤, 그 뒤를 쫓아와 아흐메트가 성안으로 들어가는 모습을 본 것이었다. 그는 아흐메트가 성안에 피신처를 구했을 거로 생각했다. 그래서 다음 날, 날이 밝자마자 자신도 허가를 받아 성안으로 들어갔다. 하지만 아흐메트의 모습은 어디에도 없었다. 이를 수상하게 여긴 하인은 경비대 중사에게 이 사실을 알렸다. 그러자 중사는 다시 사령관에게 보고했고 그 즉시 수사 명령이 떨어졌다. 급하게 구성된 수색대는 성 안을 샅샅이 조사했다. 그리고 결국 아흐메트의 시체를 발견하고 말았다.

이렇게 해서 네 사람은 안전하다고 생각한 바로 그 순간, 살인죄로 체포되어 재판에 넘겨졌다. 넷 중 세 사람은 그날 밤 문을 지키고 있었다는 사실과 나머지 한 사람은 아흐메트와 동행했다는 사실이 재판 중에 밝혀졌다. 그러나 재판 과정 중에도 보물에 관련된 이야기는 한마디도 나오지 않았다. 그때 당시 군주가 이미 폐위되어 인도에서 추방당했기 때문이었다. 덕분에 보물에 관해 문제를 제기

할 사람은 한 명도 없었다. 그렇다고 살인죄가 없어지는 것은 아니었다. 게다가 네 사람이 범행에 가담했다는 증거도 뚜렷했다. 결국 시크교도 세 사람은 종신형을 받았고, 스몰은 사형을 선고받았다. 하지만 얼마 후 스몰도 나머지 사람들과 똑같이 종신형으로 감형되었다.

이제 네 사람은 참으로 희한한 처지에 놓이게 되었다. 그들 모두는 어마어마한 저택에서 왕처럼 살 수 있을 정도로 부자였다. 하지만 그들은 다리에 족쇄를 차고 다시는 담장 밖 구경을 하기 힘든 신세였다. 엄청난 재산이 감옥 밖에 잠들어 있는데, 더러운 감방에서 쌀밥에 맹물로 배를 채우며 하찮은 관리들에게 구타를 당하고 있자니 속이 바짝바짝 타들어 갔다. 아니, 스몰은 그대로 미쳐버릴 것만 같았다. 그러나 그는 매우 의지가 강한 사람이었다. 그는 흔들리는 마음을 다잡으며 묵묵히 기회가 오기만을 손꼽아 기다렸다.

그리고 마침내 그때가 왔다. 스몰은 아그라에서 마드라스로, 그리고 다시 안다만 제도의 블레어 섬으로 이송되었다. 안다만에는 백인 죄수가 적은 데다 처음부터 얌전하게 행동했기 때문에 금세 특별대우를 받게 된 것이다. 그는 해리엇 산기슭에 있는 호프타운에 막사를 하나 얻어서 혼자 지낼 수 있게 되었다. 그런데 그곳은 몹시 무덥고 열병이 기승을 부리는 아주 끔찍한 곳이었다. 게다가 그들이 개간한 땅 건너편에는 시도 때도 없이 독침을 쏘아대는 식인종들이 들끓고 있었다. 한마디로 최악의 조건이었다. 죄수들은 땅을 갈고 도랑을 파서 마를 재배했다. 하지만 그들이 할 일은 그것 말고도 산더미처럼 많아서 낮에는 잠시도 시간을 내기가 힘들었다. 늦은 저녁때가 돼서야 겨우 자기 시간을 가질 수 있을 정도였다.

스몰은 그곳에서 많은 일을 배울 수 있었다. 특히나 군의관의 조수로 일하며 약을 짓는 법을 배우고 다양한 의학 지식을 쌓았다. 그런 와중에도 스몰은 끊임없이 탈출할 궁리를 하고 있었다. 그러나 안다만 제도는 육지에서 수백 킬로미터 떨어져 있었다. 게다가 그 부근의 바다에는 바람도 거의 불지 않았다. 이런 상황 속에서 탈출한다는 것은 거의 불가능한 일이었다.

한편 군의관 소머튼은 놀기 좋아하는 활발한 청년이었다. 밤이 되면 그는 젊은 장교들을 불러 모아 카드를 치곤 했다. 스몰이 약을 짓던 수술실은 의사 방 옆에 붙어 있는 거실인데, 그사이에 작은 창문 하나가 나 있었다. 스몰은 할 일이 없을 때면 조제실 불을 끄고 창문 옆에 서서 장교들이 이야기를 나누며 카드를 치는 모습을 구경했다. 스몰 또한 카드놀이를 무척 좋아했지만 구경하는 것도 재미있었다. 그곳에 항상 모이는 사람들은 주둔군을 지휘하는 숄토 소령, 모스턴 대위, 브롬리 브라운 중위와 의사, 그리고 절대로 돈을 잃은 적이 없는 교도관 두세 명이었다. 그들은 항상 단출하게 모여 카드를 치며 시간을 보냈다.

그런데 카드판을 꾸준히 지켜보던 스몰은 희한한 사실 하나를 발견했다. 군인들은 항상 돈을 잃고, 민간인들은 항상 돈을 따는 것이었다. 특별한 속임수가 있는 것은 아니었지만 항상 결과는 똑같았다. 그런데 알고 보면 그 이유는 별것 아니었다. 교도관들은 안다만에 온 이후로 카드 말고는 할 일이 없었기 때문에 상대방의 실력과 버릇을 훤히 꿰뚫고 있었다. 하지만 군인들은 단지 심심풀이로 하는 게임이라 그다지 신경을 쓰지 않고 있었다. 아무튼 밤마다 군인들이 돈을 잃었고 그럴수록 그들은 카드에 더욱 깊숙이 빠져들었다. 그중에서도 숄토 소령이 가장 많은 돈을 잃었다. 처음에 그는 지폐와 금화를 판돈으로 냈지만 얼마 지나지 않아서는 약속어음을 쓰기 작했다. 게다가 그 액수는 점점 고액으로 변했다. 물론 어쩌다가 돈을 따서 기분 전환을 하는 때도 있었지만, 그다음에는 어김없이 더 많은 돈을 잃곤 했다. 결국 숄토 소령은 온종일 우울한 표정으로 돌아다니더니 건강을 해칠 정도로 술을 마시기 시작했다.

그러던 어느 날 밤, 숄토 소령은 평소보다 훨씬 많은 돈을 잃고 말았다. 그때 스몰은 막사 앞에 앉아 있었는데, 숄토 소령과 모스턴 대위가 비틀거리는 걸음걸이로 그 앞을 지나 숙소로 돌아가고 있었다. 두 사람은 절친한 사이였기 때문에 어디를 가든 항상 함께 다녔다.

"모스턴! 이제 난 끝났어! 사표를 쓸 수밖에 없겠어. 난 완전히 빈털터리가 되고 말았다네."

숄토 소령이 절망적인 목소리로 신세 한탄을 했다. 그러자 모스턴 대위가 숄토 소령의 어깨를 토닥이며 말했다.

"그런 소리 말게. 나도 지금 곤경에 처해 있다네. 하지만……."

그날 밤 스몰이 들은 이야기는 여기까지였다. 그러나 그것만으로도 충분했다. 그날 밤 스몰은 어떠한 생각을 하느라 밤을 꼬박 새웠다.

이틀 뒤 숄토 소령이 혼자 바닷가를 산책하는 모습을 본 스몰은 곧바로 그에게 접근했다. 지금이야말로 절호의 기회라는 생각이 들었기 때문이었다.

"소령님, 드릴 말씀이 있습니다."

"무슨 일이냐?"

숄토 소령은 입에 물고 있던 시가를 빼내며 물었다.

"조언을 듣고 싶어서요."

스몰은 고개를 돌려 주위를 살핀 다음 나지막한 목소리로 말했다.

"실은 숨겨놓은 보물이 있는데, 그걸 어떻게 처리해야 할지 모르

네 개의 서명 **449**

겠습니다."

"보물?"

순간 숄토 소령의 눈이 반짝 빛났다.

"네, 무려 50만 파운드에 달하는 보물이 숨겨진 장소를 알고 있습니다. 하지만 저는 그걸 쓸 수 없는 처지지요. 그래서 정부에 그걸 넘기고 형량을 단축할 수는 없을까 하는 생각을 하고 있습니다."

"그러니까 50만 파운드라고 했나?"

숄토 소령은 입을 떡 벌린 채 스몰의 얼굴을 뚫어지게 쳐다보았다. 혹시라도 스몰이 거짓말을 하는 게 아닐까 생각하는 모양이었다.

"그렇습니다. 소령님. 여러 종류의 보석과 진주가 잔뜩 쌓여 있답니다. 게다가 그건 누가 가져가도 상관없는 물건입니다."

"어떻게?"

"희한한 일이긴 하지만 그 보물의 원래 주인이 추방을 당해서 소유권을 주장할 수 없게 되었거든요. 그러니 그걸 찾아낸 사람이 주인 아니겠습니까?"

스몰은 이렇게 말하며 숄토 소령의 표정을 살폈다.

"정부에 넘긴다, 그러니까 정부에 넘긴단 말이지……."

숄토 소령은 이 말을 계속해서 반복했다. 그 모습을 본 스몰은 자신이 쳐놓은 덫에 걸려든 것이 틀림없다고 생각하며 속으로 쾌재를 불렀다.

"그래서 말인데요, 이 사실을 총독 각하께 보고하는 게 나을까요?"

스몰이 태연하게 물었다.

"아니, 그렇게 서둘 필요는 없다. 나중에 후회할 수도 있으니 말이야. 일단 그 보물에 대해 더 이야기해다오. 있는 그대로 자세하게 말이다."

스몰은 숄토 소령에게 그동안의 일들을 사실대로 말해주었다. 단지 보물을 숨긴 장소를 알지 못하도록 몇 가지 사실에는 거짓말을 섞기도 했다. 스몰이 이야기를 끝마친 뒤에도 숄토 소령은 깊은 생각에 잠긴 채 멍하니 서 있었다. 입술이 파르르 떨리는 것으로 보아 마음속에 갈등이 요동치고 있는 것이 분명했다. 한참 후에야 숄토 소령은 겨우 입을 열었다.

"스몰, 이건 섣불리 판단하고 행동할 일이 아니다. 일단 다른 사람에게는 절대 이야기해서는 안 된다. 며칠 안에 내가 너를 다시 부르겠다."

이틀 뒤 깊은 밤, 숄토 소령과 모스턴 대위가 램프를 들고 스몰의 막사로 찾아왔다.

"스몰, 나에게 했던 이야기를 모스턴 대위에게 그대로 말씀드려라."

숄토 소령이 말했다. 스몰은 전에 했던 이야기 그대로를 되풀이했다.

"어때? 진짜가 틀림없는 것 같지? 한번 시도해봐도 좋을 것 같은데."

숄토 소령이 모스턴 대위를 툭 치며 말했다.

"정말 그렇군."

모스턴 대위가 고개를 끄덕이며 대답했다.

"스몰, 며칠 동안 여기 있는 내 친구와 나는 그 문제에 대해 여러 번 얘기를 나눴다. 무엇보다 우리는 네가 말한 그 비밀이 정부와는 아무런 상관없는 문제라는 결론을 내렸지. 누가 뭐래도 그건 네 개인 재산이야. 그러니 보물을 마음대로 처분할 수 있는 권리는 너에게 있는 거야."

숄토 소령은 최대한 냉정함을 유지하며 이야기를 이어갔다.

"다만 문제는 말이지, 네가 요구하는 대가가 뭐냐 하는 거야. 만약 서로 이야기만 통한다면 함께 일을 추진해볼 생각이 있는데, 일단 그것이 있는 곳으로 가봐야 할 것 같구나. 계약을 맺으려면 적어도 확인은 해봐야지 않겠나?"

숄토 소령의 두 눈은 흥분과 탐욕으로 번득이고 있었다.

"저 같은 처지에 있는 사람이 할 수 있는 요구가 뭐겠습니까. 자유의 몸이 되도록 도와주십시오. 제 친구 세 명도 함께 말입니다. 그렇게만 해주신다면 두 분에게도 공정한 몫을 나눠드리겠습니다. 보물의 5분의 1을 드리겠다는 말이지요."

"흥, 두 사람에게 5분의 1이라고?"

숄토 소령이 미간을 찌푸리며 말했다.

"그래도 한 사람당 5만 파운드씩 돌아가지 않습니까?"

스몰이 말했다.

"하지만 너희를 어떻게 풀어줄 수 있단 말이냐? 너도 지금 불가능한 걸 요구하고 있다는 것쯤은 알고 있겠지?"

"절대 그렇지 않습니다. 저는 자세한 부분까지 모두 생각해놓았습니다. 탈출하는 데 유일한 걸림돌은 바다를 건널 수 있는 배와 그동안 필요한 식량을 구할 수 없다는 것뿐입니다. 하지만 캘커타나 마드라스에 가면 쓸 만한 범선들이 많이 있을 겁니다. 그러니 배 한 척만 구해주십시오. 아무도 모르게 밤에 올라타겠습니다. 그리고 인도 해안 아무 곳에나 내려주시면 두 분의 역할은 끝나는 겁니다."

"한 사람이라면 어떻게 해보겠지만 넷은······."

숄토 소령이 고개를 저으며 말했다.

"네 사람 모두가 아니면 절대 안 됩니다."

스몰이 단호하게 소리쳤다.

"우린 언제나 행동을 같이하기로 맹세했습니다."

"모스턴! 스몰은 신의가 있는 사람이군. 이런 상황에서도 친구들을 배신하지 않는 걸 보면 알 수 있지. 이 자를 믿어도 좋을 것 같은데?"

숄토 소령이 고개를 끄덕이며 말했다.

"하지만 이건 규율을 어기는 행위야."

모스턴 대위는 턱을 쓰다듬으며 잠시 생각에 빠졌다.

"하지만 자네 말처럼 보수가 두둑하니까."

"좋아! 스몰, 네 요구를 들어주마. 하지만 네 얘기가 사실인지부터 확인해봐야겠다. 보물 상자를 숨겨놓은 곳을 밝혀라. 휴가를 얻어서 물자 수송선을 타고 인도로 가보겠다. 내 눈으로 직접 확인해야겠단 말이다."

숄토 소령의 얼굴에는 흥분의 빛이 가득 차올랐다.

"그렇게 서두르지는 마십시오. 저는 우선 친구들의 동의를 받아야만 합니다. 아까 말씀드렸다시피 우리는 모든 행동을 함께하기로 맹세했습니다."

스몰은 상대방이 흥분하자 더욱 냉정함을 찾으며 말했다.

"웃기는 소리! 그따위 검둥이들하고 우리 계약이 무슨 상관이라고!"

숄토 소령이 고래고래 고함을 질렀다.

"검든 하얗든 그들은 제 친구입니다. 무슨 일을 하든 그들과 함께 움직일 것입니다."

스몰은 아랑곳하지 않고 당당하게 말했다.

이렇게 해서 이 문제는 마호메트 싱, 압둘라 칸, 도스트 아크바르가 모두 모인 자리에서 결정되었다. 그들은 오랜 고민을 거친 끝에 마침내 결단을 내렸다. 함께 맹세했던 네 사람은 두 장교에게 지도를 건네주고 보물이 숨겨진 위치를 알려주기로 했다. 그리고 숄토 소령이 아그라성에 가서 사실 여부를 확인한 뒤 돌아오는 조건이었다. 보물 상자는 존재 여부를 확인한 뒤 그대로 두는 것으로 결정했다. 또 범선을 러트랜드섬에 감춰두고 네 사람이 탈출한 것을 확인한 후에 부대에 복귀하는 것으로 계획을 짰다. 모스턴 대위는 숄토 소령이 복귀한 뒤 휴가를 얻어 아그라로 오기로 했다. 그리고 그곳에서 스몰 일행과 만나 숄토 소령의 몫까지 보물을 배분하기로 약속했다. 그들은 이 약속을 반드시 지키겠다고 엄숙히 맹세했다. 스몰은 그날 밤을 꼬박 새워가며 두 장의 지도를 완성했다. 그리고 지도 아래에 스몰과 압둘라, 아크바르, 마호메트의 이름을 적어 넣었다.

그런데 인도로 간 숄토 소령은 한참이 지나도록 감감무소식이었다. 얼마 후 모스턴 대위는 신문에 실린 우편선의 승객 명단에 숄토 소령의 이름이 올라 있는 것을 보여주었다.

"숄토 소령은 숙부가 세상을 떠나자 유산을 물려받고 군에서 제대했다."

스몰은 숄토 소령이 다섯 명과 한 약속을 가차 없이 어기고 떠난 것에 대해 분노했다. 나중에 모스턴 대위가 아그라로 가보자 아니나 다를까 보물은 그곳에 없었다.

"그놈은 천하에 둘도 없는 악당이다. 우리가 비밀을 알려주는 대가로 요구한 조건은 하나도 지키지 않고 보물만 훔쳐서 달아나다니!"

그날부터 스몰은 복수의 칼을 갈며 살아왔다. 그는 밤낮으로 복수만을 꿈꿨다. 그에게 법은 이미 두려움의 대상이 아니었다. 복수심에 사로잡힌 스몰은 교수형을 당해도 상관없다고 생각했다.

"반드시 숄토를 찾아내 그놈의 숨통을 끊어놓겠다. 그 일에 비하면 아그라의 보물은 아무것도 아니다."

지금껏 스몰은 결심했던 일은 반드시 해냈다. 하지만 기회가 올 때까지 무수히 많은 날을 기다려야 한다는 사실은 사람을 미치게 만드는 일이었다.

그러던 어느 날이었다. 소머튼 선생이 열병으로 앓아눕자 죄수들이 숲에서 발견했다며 안다만 원주민 한 명을 데리고 왔다. 그는 죽을병에 걸리자 혼자 죽으려고 아무도 없는 곳으로 나왔다가 죄수들의 눈에 띈 것이었다. 그는 독사처럼 위험한 자였지만, 스몰은 성심껏 치료를 해주었다. 그동안 약 짓는 법을 배웠기 때문에 가능한 일이었다. 두 달간의 치료 끝에 원주민은 걸어 다닐 수 있을 만큼 몸이 회복되었다. 그러자 그는 스몰을 좋아하게 되었고 자신이 살던 곳으로 돌아갈 생각을 하지 않았다. 그저 스몰의 막사 주위를 어슬렁거리며 배회할 뿐이었다. 스몰은 그에게서 안다만 부족의 말을 조금 배웠다. 이후로 원주민은 스몰을 더 따르게 되었다.

원주민의 이름은 통가였다. 그는 배를 잘 다루었고 크고 널찍한 카누도 한 척 가지고 있었다. 스몰은 통가가 자신을 위해서라면 무슨 짓이라도 할 만큼 헌신적이라는 사실을 잘 알고 있었다. 그리고 드디어 탈출의 기회가 찾아왔다는 것도 깨달았다. 스몰은 이 문제에 대해 통가와 의논했다. 당연히 통가는 스몰의 탈출을 돕기로 약속했다.

"경비를 세우지 않는 오래된 선착장으로 배를 끌어다 놓겠습니다."

"좋아. 배가 준비되면 물통 여러 개를 준비해라. 또 마와 야자 열매, 고구마 같은 식량을 많이 준비해놓아라."

작은 통가는 성실하고 믿음직한 사람이었다. 스몰은 통가야말로 세상에서 가장 충실한 벗이라고 생각했다.

약속한 날 밤이 되자 통가는 카누를 타고 선착장으로 왔다. 그런데 하필이면 그곳에 교도관 한 명이 와 있는 것이었다. 그의 이름은 파탄으로 비열하기 짝이 없는 인물이었다. 그는 걸핏하면 스몰을 모욕하고 괴롭혀왔다. 스몰은 언젠가는 그에게 복수하리라 벼르고 있었는데, 마침내 그 기회가 찾아온 것이었다.

'섬을 떠나기 전에 놈에게 진 빚을 갚을 수 있겠구나. 하늘이 도우셨다!'

파탄은 스몰 쪽으로 등을 돌린 채 카빈총을 어깨에 메고 바닷가에 서 있었다. 스몰은 그의 머리통을 부숴버리겠다는 생각으로 돌멩이를 찾아보았다. 하지만 그만한 크기의 돌은 보이지 않았다.

그러다 문득 스몰의 머리에 기발한 생각이 떠올랐다. 사실은 그에게 아주 적당한 무기가 있었던 것이다. 스몰은 어둠 속에 쭈그리고 앉아 의족을 풀었다. 그리고 한쪽 다리만으로 세 걸음 뛰어간 다음 파탄의 머리통을 향해 의족을 힘껏 휘둘렀다. 지금 스몰이 차고 있는 의족의 금 간 부분은 바로 이때 생긴 자국이었다. 파탄은 머리 앞쪽이 완전히 부서지는 상처를 입고 쓰러져버렸다. 스몰 또한 몸의 중심을 잃고 앞으로 넘어졌다. 그런데 스몰이 자리에서 일어난 반면, 파탄은 끝내 일어나지 못했다.

드디어 스몰은 통가가 몰고 온 배에 올라탔다. 한 시간가량을 항해하자 배는 안다만 해안에서 멀리 떨어진 바다로 나올 수 있었다. 통가는 자기가 가진 온갖 종류의 물건들을 챙겨왔다. 그중에는 기다란 대나무 창을 비롯한 무기와 신(神)들도 있었다. 그들은 대나무 창과 야자나무로 긴 돛을 만들어 달았다. 이후로 열흘 동안 두 사람은 운명에 몸을 맡긴 채 항해를 계속했다. 그리고 마침내 열하루가 되는 날, 말레이 순례자들을 태우고 싱가포르에서 지다로 가던 상선에 구조되었다. 배 안의 순례자들은 하나같이 이상한 사람들이었지만, 통가와 스몰은 금세 그 분위기에 적응했다. 사실 그들로서는 좋은 점이 더 많았다. 스몰과 통가를 둘만 있게 내버려두고 아무것도 묻지 않았기 때문이다.

이후로 두 사람은 세계 곳곳을 돌아다녔다. 몇 번이고 런던으로 가려고 했지만, 항상 안 좋은 일들이 터지는 바람에 뜻을 이루지 못했다. 그러나 스몰은 한 번도 자신의 목적을 잊어본 적이 없었다. 그는 밤마다 숄토를 죽이는 꿈을 꾸곤 했다.

마침내 두 사람은 지금으로부터 3, 4년 전에야 영국에 도착할 수 있었다. 그들이 숄토의 집을 찾는 건 식은 죽 먹기였다. 스몰은 숄토가 보물을 팔아치웠는지, 아니면 가지고 있는지를 알아보기 시작했다. 그리고 그 일을 도와줄 만한 사람을 친구로 사귀었다. 스몰은 끝내 이 사람의 이름을 말하지 않았다. 불이익을 당하게 하고 싶지 않았기 때문이다. 아무튼 스몰은 숄토가 아직 보물을 갖고 있다는 사실을 알아냈다. 이후로 스몰은 숄토에게 복수하기 위해 백방으로 노력했지만 허사였다. 숄토는 생각보다 훨씬 더 교활하고 빈틈이 없었다. 두 아들과 인도인 하인 외에도 권투 선수 두 명이 항상 그의 곁을 지키고 있었던 것이다.

그러던 어느 날, 스몰은 숄토가 죽음을 목전에 두고 있다는 소식을 들었다. 그는 곧장 숄토의 집 정원으로 달려갔다.

"이런 식으로 내 손에서 빠져나가는 건 용납할 수 없어!"

스몰은 이렇게 중얼거리며 숄토의 집 창문으로 안을 들여다보았다. 숄토는 죽은 듯이 침대에 누워 있었고 양옆으로 두 아들이 서 있었다. 스몰은 당장이라도 방 안으로 뛰어들어가서 세 사람을 상대하고 싶은 마음이 굴뚝같았다. 그런데 바로 그 순간, 숄토의 고개가 축 늘어지는 것이었다.

그날 밤, 스몰은 숄토의 방 안으로 침입했다. 혹시라도 보물에 대한 단서를 찾을 수 있을지 모른다고 생각했기 때문이다. 하지만 방 안에서는 아무것도 발견하지 못했다. 스몰은 속상하고 화나는 마음을 애써 참으며 그 방에서 나와야만 했다. 다만 방을 나오기 전에 적개심을 표현한 무언가를 하나쯤 남겨둬야겠다는 생각을 했다. 나중에라도 시크교도들을 만나 이 사실을 전달하면 그들이 기뻐할 거는 생각이 들었다. 그래서 스몰은 지도에 적었던 것처럼 '네 명의 서명'이라고 써서 숄토의 가슴에 꽂아두었다. 숄토에게 도둑맞고 사기당한 것도 분한데 아무런 증표도 없이 깨끗하게 무덤으로 보내주기는 싫었기 때문이었다.

한편, 스몰은 축제가 열리는 곳에 통가를 데리고 다녔다. 그곳에서 통가를 흑인 식인종이라고 소개하고 구경꾼들에게 돈을 받아 생계를 꾸렸다. 불쌍한 통가는 사람들 앞에서 날고기를 먹고, 전쟁터로 나가는 용사들의 춤을 선보이곤 했다. 하루 일이 끝나고 나면 모자 안에는 잔돈이 가득 모였다. 그 와중에도 스몰은 폰티체리 저택에 대한 감시를 늦추지 않았다. 하지만 두 아들이 보물을 찾고 있다는 이야기만 전해질 뿐, 실제로 보물을 찾았다는 소식은 들을 수가 없었다.

그러던 어느 날 스몰이 간절히 기다리던 소식이 전해졌다. 보물이 발견된 것이다. 보물은 바솔로뮤 숄토의 화학 실험실 천장에 숨겨져 있었다. 스몰은 당장 그 집으로 달려가 주위를 살펴보았다. 하지만 의족을 하고서는 도저히 지붕까지 올라갈 수 없었다. 그래도 지붕에 들창이 나 있다는 사실과 저녁 식사 시간이 언제인지에 대한 정보는 알아낼 수 있었다.

스몰은 통가의 도움을 받으면 문제를 쉽게 해결할 수 있을 거로 생각했다. 그는 통가의 허리에 긴 밧줄을 맨 다음 지붕 위로 올려보냈다. 통가는 고양이처럼 날렵하게 몸을 움직이더니 들창을 통해 집 안으로 들어가는 데 성공했다. 하지만 예상치 못한 사건이 발생하고 말았다. 통가가 그때까지 방에 남아 있던 바솔로뮤 숄토를 독침으로 살해하고 만 것이다. 스몰이 밧줄을 타고 들어가자 통가는 우쭐한 표정으로 방 안을 돌아다니고 있었다. 그는 자신이 칭찬받을 일을 했다고 생각하고 있었던 것이다.

"이런 멍청한 놈! 피에 굶주린 악마 같은 놈! 누가 사람을 마구 죽이라고 했느냐?"

스몰은 통가를 향해 마구 밧줄을 휘둘렀다. 뜻하지 않았던 스몰의 반응에 놀란 통가는 어쩔 줄 몰라 하며 기겁했다. 스몰은 애써 냉정함을 되찾으며 일단 보물 상자를 창밖으로 내려놓았다. 그런 다음 밧줄을 타고 방을 빠져나갔다. 물론 이번에도 방을 나오기 직전 탁자 위에 〈네 사람의 서명〉이라고 적은 쪽지를 남겨두었다. 통가는 스몰이 아래로 내려간 것을 확인한 다음 밧줄을 끌어 올렸다. 그리고 창문을 안에서 잠근 뒤 들어갔던 천장 구멍을 통해 다시 밖으로 빠져나왔다.

이후로 스몰이 오로라호를 선택한 것은 순전히 속도 때문이었다. 사람들에게서 스미스의 증기선이 가장 빠르다는 이야기를 들었던 그는 스미스를 만나 곧바로 계약했다.

"항구까지 우리를 안전하게 데려다주면 더 많은 돈을 주겠소."

이 말을 들은 스미스는 의심스러운 눈초리로 스몰을 쳐다보았다. 하지만 스미스는 자세한 내막을 몰랐고 스몰이 제시한 액수에 큰 관심을 보였다.

"지금까지 내가 말한 내용은 모두 사실이오. 내가 이 이야기를 털어놓은 것은 여러분을 즐겁게 해주기 위해서가 아니오. 내가 당신들에게 그럴 이유는 전혀 없지. 단지 나는 진실을 밝힘으로써 숄토 소령이 얼마나 나쁜 짓을 했는지, 그리고 바솔로뮤 숄토의 죽음이 나와 아무런 상관이 없다는 것을 알리고 싶었을 뿐이오. 세상에 널리 알리는 것이야말로 나를 방어하는 최상의 방법이니까."

스몰은 말을 마친 뒤 이마에 맺힌 땀을 닦아냈다.

"아주 인상적인 진술이었네."

홈스가 말했다.

"흥미로운 사건에 걸맞은 결론이로군. 하지만 당신들이 직접 밧줄을 가지고 갔다는 사실을 제외하면 내게는 새로울 게 없는 이야기였소. 다른 사실에 대해선 이미 알고 있었으니까. 그런데 통가가 지붕에서 내려올 때 떨어뜨린 독침이 그가 가진 전부이길 바랐는데, 배에서 우리에게 한 방 날렸더군."

"그때 통가가 독침을 전부 잃어버린 것은 사실이오. 당신들에게 쏜 독침은 대롱에 남아 있던 것뿐이었지."

"아, 그렇군. 그 생각은 미처 못했소."

홈스가 피식 웃으며 말했다.

"더 알고 싶은 게 있소?"

스몰이 편안한 목소리로 물었다.

"아니, 없소. 고맙소."

홈스가 대답했다.

"그럼, 홈스 씨."

존스 형사가 만족스러운 표정으로 자리에서 일어서며 말했다.

"이제 나는 당신의 요구사항을 다 들어줬습니다. 물론 당신이 이 사건 해결에 결정적인 역할을 했고 범죄 연구의 전문가라는 사실은 충분히 알고 있습니다. 하지만 나는 경찰로서 지켜야 할 의무가 있고 이 정도까지 한 것도 나로서는 크게 무리했다는 걸 알아주기 바랍니다."

그는 스몰을 자리에서 일으켜 세우더니 팔을 움켜잡았다.

"이 이야기꾼을 어서 경찰서로 데리고 가야 마음이 놓일 것 같습니다. 아래에 아직 마차가 대기 중입니다. 경관 두 명도 기다리고 있고요. 두 분 모두 도와주셔서 감사합니다. 물론 재판 때는 법정에 출석해야 할 겁니다. 그럼, 안녕히 계십시오."

존스 형사가 살짝 고개를 숙이며 인사했다.

"안녕히 계시오."

스몰이 말했다.

"먼저 나가라, 스몰."

문 앞에서 존스 형사가 경계심을 드러내며 말했다.

"안다만에서 네가 교도관을 어떻게 처리했는지 잘 알고 있다. 나는 그 의족에 머리를 맞지 않도록 각별히 주의할 테다."

그들이 간 뒤로 홈스와 나는 말 없이 시가를 피우고 있었다.

"이것으로 우리의 연극도 막을 내렸군."

내가 먼저 침묵을 깨고 말했다.

"그런데 홈스, 내가 자네의 수사 기법을 연구할 기회는 이번이 마지막인 것 같네."

"그게 무슨 소린가?"

"모스턴 양이 내 청혼을 받아주었거든."

나는 미소를 지으며 말했다. 그런데 웬일인지 홈스는 우울한 표정으로 신음을 토해냈다.

"하지만 자네 결혼을 축하해줄 수 없을 것 같네."

뜻하지 않은 반응에 나는 조금 속이 상했다.

"내 선택을 불만족스럽게 여길 만한 이유라도 있나?"

"절대 그렇지 않아. 모스턴 양은 내가 만나본 숙녀 중에서 가장 매력적인 여성에 속하니까. 게다가 우리 같은 일을 하는 사람들에게 도움이 될 만하지. 그녀는 분명 천부적인 감각을 지니고 있네. 아버지가 남긴 여러 서류 중에서 아그라의 지도를 찾아 보관하고 있던 것만 보더라도 그래."

"그렇다면 대체 뭣 때문에?"

"사랑이란 참으로 감정적인 거야. 그런데 그 감정적인 것은 내가 가장 중요하게 생각하는 냉정한 이성과는 완전히 반대되는 것이거든. 나는 절대로 냉철한 판단력을 잃고 싶지 않아. 그래서 결코 결혼 따위는 하지 않을 생각이네."

홈스가 미간을 찌푸리며 말했다.

"하지만 내 생각은 다르네. 사랑이라는 감정의 시련 속에서도 냉철한 판단력을 유지할 수 있을 거야."

내가 웃으며 말했다.

"그런데 홈스, 자네 몹시 피곤해 보이는군."

"벌써 반작용이 시작되고 있는 모양이네. 앞으로 일주일 정도는 넝마처럼 축 늘어져서 지낼 것 같네."

"참 이상한 일이로군. 엄청나게 폭발적인 힘과 에너지가 어떻게 게으름이라고밖에 할 수 없는 기질과 맞물리는지 말이야."

내가 고개를 갸웃하며 말했다.

"맞아. 내 안에는 아주 지독한 게으름뱅이 기질과 대단히 활달한 활동가의 기질이 공존하고 있어. 이따금 나는 괴테의 말을 생각하지. '자연이 인간을 창조한 것은 안타까운 일이다. 인간은 때에 따라서 위인도, 악한도 될 수 있기 때문이다.'"

홈스는 잠시 이 말에 대해 생각하는 듯 눈을 감았다.

"그런데 노우드 사건에서 말이야, 내가 추측한 대로 집안에 끄나풀이 있었던 게 분명해."

"그게 누굴까?"

"집사 랠 라오가 틀림없어. 어쨌거나 존스 형사는 커다란 그물을 던져 잡은 물고기로 모든 영예를 독차지하겠구만."

"그건 불공평해. 이 사건을 해결한 사람은 자네가 아닌가?"

내가 흥분해서 소리쳤다.

"나는 이 사건 덕분에 아내를 얻었고, 존스 형사는 명예를 얻었어. 그런데 자네한테 남은 것은 뭐지?"

"나한테 남은 것?"

홈스가 흘낏 탁자 위를 쳐다보며 말했다.

"코카인!"

그는 탁자 위에 놓인 병 쪽으로 길고 하얀 손을 뻗었다.